NELE POLLATSCHEK

Das Unglück anderer Leute

GOLDMANN
Lesen erleben

Buch

Thene, 25, Oxford-Studentin mit Zweitwohnsitz in Heidelberg, lebt ihren Traum: mit ihrem Freund im alten BMW zur Lieblingslichtung im Odenwald fahren, Klapptisch aufstellen, lesen, schreiben und ab und an ein Stück Kirschjockel essen. Leider aber fällt in Thenes Odenwald-Idyll immer wieder ein, was sie nur in kleinen Dosen verträgt: ihre Patchwork-Familie, eine in alle Himmelsrichtungen verstreute ostwestdeutsche Mischpoke. Allen voran ihre Mutter Astrid – Weltretterin, Punk, hochmanipulativ und schon immer mehr an sich selbst als an ihren Kindern interessiert. Als Thenes Masterverleihung in Oxford ansteht, reist natürlich ihre gesamte Familie an. Wer hätte auch ahnen können, dass der Zufall ausgerechnet hier den Hebel ansetzt, um Thenes Welt aus den Angeln zu heben …

Autorin

Nele Pollatschek lebt im Odenwald und in Oxford. Sie wurde 1988 in Ost-Berlin geboren, hat einige Zeit später Englische Literatur und Philosophie in Heidelberg, Cambridge und Oxford studiert. Sie arbeitet als Dozentin und promoviert über das Problem des Bösen in der Literatur. Für ihr Romandebüt »Das Unglück anderer Leute« erhielt sie den Hölderlin-Förderpreis.

Nele Pollatschek

Das Unglück anderer Leute

Roman

GOLDMANN

MIX
Papier aus verantwortungsvollen Quellen
FSC® C014496

Verlagsgruppe Random House FSC® N001967

1. Auflage
Taschenbuchausgabe März 2018
Wilhelm Goldmann Verlag, München,
in der Verlagsgruppe Random House GmbH,
Neumarkter Str. 28, 81673 München

Umschlaggestaltung: UNO Werbeagentur, München
Unter der Verwendung der Umschlaggestaltung von Barbara Thoben, Köln
Umschlagmotiv: © Gribanessa – Fotolia.com
mb · Herstellung: kw
Satz: Buch-Werkstatt GmbH, Bad Aibling
Druck und Bindung: GGP Media GmbH, Pößneck
Printed in Germany
ISBN: 978-3-442-48669-4
www.goldmann-verlag.de

Besuchen Sie den Goldmann Verlag im Netz

Meinem Bruder

Man muss nur ein Wesen recht von Grund
auf lieben, dann kommen einem alle anderen
liebenswürdig vor.

– Johann Wolfgang von Goethe

Bokonon lehrt uns, dass es falsch ist,
nicht jeden genau gleich zu lieben.

– Kurt Vonnegut

Die Hölle, das sind die anderen.

– Jean-Paul Sartre

A B C D E F G H I J K L M N O P Q R S T U V W X Y Z

»Ich hasse sie, ich hasse sie, ich hasse sie«, sagte ich. Nicht voller Wut. Voller Wahrheit. Wut hatte ich hinter mir gelassen. Meistens zumindest. Nun sprach ich nur noch aus, was sowieso alle dachten. Klar und ruhig, laut und deutlich, ohne Wenn, ohne Aber: Ich hasste meine Mutter.

Wenn ich an meine Mutter dachte, sah ich rot. Was nicht nur an der penetranten Feuerwehrfarbe von Mamas viel zu enger Garderobe lag. Von den Schuhen bis zum Hut, der auf ihrem weißblonden Kurzhaarschnitt saß und sie wie einen kurvigen Mafioso aussehen ließ, trug Mama seit Jahren fast ausschließlich Rot. Dieses unerträgliche Signalrot, das wie das Rot eines Stoppschilds zu sagen schien: »Guck mich an! Ich bin wichtig!«, war die sichtbarste Manifestation all dessen, was ich an meiner Mutter hasste. Mamas Aussehen war wie ein Autounfall. Man wollte nicht hingucken, aber man konnte auch nicht weggucken. Es war, als wollte Mama nicht nur alle Menschen ihrem Willen unterwerfen, sondern auch alle Augen zwingen, sich immer nur auf sie zu richten.

»Ich verstehe überhaupt nicht, warum sie das schon wieder macht. Hast du es ihr nicht erklärt?«, fragte meine Oma (mütterlicherseits) vom Sitz hinter mir und lehnte ihre kurzen Locken so weit in den Gang, dass die Stewardessen Slalom laufen mussten.

»Natürlich hab ich's ihr erklärt. Mehrmals. Aber das ist

doch gar nicht der Punkt. Da könnte eine Teleportationsanlage direkt am Gate stehen, um sie ins Hotel zu beamen, und sie würde trotzdem abgeholt werden wollen. Einfach nur, weil ich es nicht will«, erklärte ich und massierte meinen Hals, der durch meine Versuche, mit der hinter mir Sitzenden zu sprechen, langsam steif wurde.

»Ja, weil sie mich immer ärgern will!«, fügte Oma kopfschüttelnd hinzu.

Auch wenn wir uns uneins waren, ob Mama nun ihre Tochter oder ihre Mutter ärgern wollte, so waren wir uns doch einig, dass das Ärgern an sich eines ihrer Grundbedürfnisse war. Mama wollte ärgern. Immer. Und die gemeinsame Erkenntnis dieser Wahrheit brachte mich nun doch leicht in Rage. Ich drehte mich um, sodass ich fast auf meinem Sitz kniete und flüster-schrie zu Oma:

»Da fährt ein Bus, direkt vom Airport bis zu meiner Haustür: Heathrow-Oxford. Der braucht genau fünfzig Minuten. Der ist praktisch das einzige Verkehrsmittel, das – Maggie Thatcher sei Dank – in diesem beschissenen Land überhaupt noch funktioniert. Und Mama weiß das. Weil ich seit Jahren immer nach Heathrow fliege, um diesen Bus zu nehmen. Der ist so zuverlässig, der könnte fast deutsch sein.«

Der Alt-68er in Jeans und Öko-Latschen auf dem Fensterplatz drehte sich schockiert zu mir um.

»Keine Angst. Ich darf so was sagen. Ich bin jüdisch«, sagte ich routiniert. Er wandte sich sichtlich beruhigt wieder dem Flugzeugfenster zu. Funktioniert immer, dachte ich und textete meine Oma weiter mit Tiraden über Mama zu.

»Und trotzdem, Madame will abgeholt werden. Auch wenn sie weiß, dass wir über die M25 müssen und die halbe Nacht im Stau stehen. Verstehst du, die könnte bei unserer Ankunft schon längst im Hotel sitzen, Tee trinken und Angestellte malträtieren. Aber sie wartet lieber stundenlang am bekackten Airport, als zu tun, worum ich sie bitte.«

»Aber es kann doch nicht sein, dass drei erwachsene Menschen mitten in der Nacht im Linksverkehr durch England fahren müssen, nur weil sie grundlos vom Flughafen abgeholt werden will«, sagte meine Oma mit ernst scheinendem Unverständnis. Ich war nicht ganz sicher, ob sie wirklich nicht verstand oder sich lediglich über meine Wut freute und wollte, dass ich weiter einheizte.

»Oma, du kennst sie. Der Flughafen ist ihr scheißegal. Es geht ihr doch genau darum, dass sie drei erwachsene Menschen mitten in der Nacht durch ein Land kommandiert, welches nie das Glück genossen hat, von Hitler ein paar Autobahnen gebaut bekommen zu haben.«

(Oma schreckte kurz zusammen, als jüdische Exilanten-Tochter mit stark ausgedünnten Familienfeiern mochte sie es nicht so, wenn ich mit dem H-Wort herumwarf.)

»Es geht Mama doch genau darum, ihre Macht zu beweisen. Nur weil ich hier seit Jahren studiere und dieses Land mit all seinen Macken genau kenne, heißt das noch lange nicht, dass ich etwa irgendetwas besser wissen könnte als Mama. Sie macht es doch in Wahrheit, um zu zeigen, dass ihr Wille stärker ist als meine rationalen Argumente. Sie macht das, weil sie nur so beweisen kann, dass sie die Matriarchin und wir ihre Marionetten sind. Und weil sie nicht versteht, dass andere Menschen wirklich existieren. Dass du wirklich erschöpft vom Flug bist. Dass ich wirklich aufgeregt bin, weil ich morgen meinen Master verliehen bekomme. Dass Papa wirklich überarbeitet und auch noch Nichtraucher ist und einfach nur ins Bett will. Sie macht das, weil sie die Macht hat und ihre größte Lebensfreude darin liegt, sie uns zu beweisen.«

In diesem Moment meiner größten Erregung ergriff

eine schlecht gebräunte und wohlmanikürte Hand den Arm, mit dem ich mich auf meinen Sitz lehnte.

»Entschuldigen Sie bitte«, raunte die selbstgebräunte Stewardess in für Discount-Flieger und Engländerinnen überraschend gutem Deutsch.

»Ist gut, ich bin leise«, antwortete ich und tat so, als hätte ich vor, mich wieder nach vorne zu drehen und die Unterhaltung abzubrechen.

»Es ist, die anderen Reisegäste wollen ruhen«, sagte sie lächelnd und ließ das Lippenstiftrot ihrer Schneidezähne aufblitzen.

»Natürlich. Entschuldigung«, sagte ich, geübt im Befrieden von Engländerinnen. Doch zu spät. Oma hatte bereits den Arm der Stewardess und ihre Chance ergriffen.

»Ja, wissen Sie, ich will auch ruhen, aber ich muss noch durch England fahren und Taxi spielen. Vor 100 Jahren hätte man dafür noch eine Sklavin gehabt, jetzt gibt's eine Großmutter. Das ist doch nicht normal. Würden Sie eine neunundsiebzig Jahre alte Frau so behandeln?«

Die Stewardess fragte sich offensichtlich panisch, wie sie die kleine alte Furie auf Platz 22C wohl dazu bringen könnte, ihren Arm wieder loszulassen. Ohne Gesichtsverlust, versteht sich. Sie wollte gerade etwas sagen, da erschallte vom Sitz neben mir ein tiefempfundener, ohrenbetäubender Schnarcher. Oma erschrak leicht, sodass sich ihr stahlharter Griff für einen Moment lockerte. Die Stewardess ließ meinen Arm los und riss sich frei. In der für ihre Profession angemessenen Höchstgeschwindigkeit stöckelte sie davon. Eine Naht im unteren Drittel ihres schwarzen Bleistiftrocks öffnete sich mit jedem Schritt und ließ das leuchtend orange Futter hervorblitzen.

Ich guckte dem wackelnden Hinterteil der Stewardess und dem orange-schwarzen Spiel ihres Rockes hinterher und spielte mit dem Gedanken, mich tatsächlich wieder anzuschnallen. Die Dünndruck-Ausgabe der *Kritik der reinen Vernunft,* die ich zur Beruhigung meines Doktorandengewissens mit mir herumschleppte, ohne jemals ernsthafte Fortschritte zu machen, hatte ich beim Umdrehen rücksichtslos unter meinen Knien zerknittert. Nun hob ich sie auf und glättete die Falten, gewillt, mich endlich Kant zu widmen. Doch Oma war nicht bereit, ihr Lieblingsthema einfach so aufzugeben. Wohl wissend, dass sich die innerfamiliären Macht- und Bündnisverhältnisse jederzeit ändern könnten, wollte sie jeden Funken Wut aus ihren Verbündeten ziehen.

»Sie ist einfach unerzogen«, sagte Oma, als wäre unsere Konversation nie unterbrochen worden.

»Und wessen Schuld könnte das wohl sein?«, fragte ich, grinsend.

Ja, schon, Oma und ich waren gerade auf derselben Seite. Und ich liebte nichts mehr, als mich über meine Mutter aufzuregen, unter der ich ja immerhin schon seit fünfundzwanzig Jahren litt. Aber wenn Oma etwas so Dummes tat wie sich über die schlechte Erziehung ihres einzigen, alleinerzogenen Kindes aufzuregen, hatte sie einen kleinen verbalen Schlag auf die Fingerspitzen verdient.

»Natürlich, wenn du sagen willst, dass all ihr Meschuggesein allein deine Schuld ist, dann ist sie wohl die Erste, die dir recht gibt. Und ehrlich gesagt, vielleicht kommen ihre ganzen Machtkämpfe ja wirklich daher, dass sie eben eine übermächtige Mutter hatte. Niemand muss sich so sehr als Matriarchin beweisen wie das Kind der Matriarchin!«, sagte ich.

»Quatsch!«, sagte Oma, genauso wie meine Mutter auch immer »Quatsch« sagte, wenn sie ihrem Gesprächspartner auf subtile Weise vermitteln wollte, dass sie nicht einmal hören musste, was er sagen wollte, um es als völligen Blödsinn zu enttarnen. Es war komisch, dass Oma das auch sagte, weil sie in vielem ganz anders war als Mama. Wo Mama nur aus roten Kurven und wasserstoffblonden Haaren zu bestehen schien, war Oma ein kleines braungraues Ausrufezeichen. Rechteckig, praktisch, gut, mit kurzgeschorenen graubraunen Locken und ohne erkennbare Taille. Was aber die Vehemenz anging, mit der sie Widerworten begegneten, waren die beiden doch Mutter und Tochter.

»Das ist alles Ralfs Schuld. Der hat sie so verhunzt. Der isst ja auch mit den Fingern«, sagte Oma.

Zumindest glaube ich, dass sie das sagte, weil sie das immer sagte. Ralf war der Vater meines kleinen Bruders, Elijah. Er und Mama waren ein Paar gewesen, nachdem Papa ausgezogen war. Oma hatte Ralf schon nicht leiden können, als er noch mit Mama zusammen war. Ihre Abneigung hatte sie auch in der Dekade seit der Trennung nicht überwunden. So musste Ralf heute noch immer dann herhalten, wenn es darum ging, Mamas Marotten zu erklären.

Ihre eigentlichen Worte konnte ich nur teilweise hören, weil sie vom Staccato-Schnarchen neben mir überdeckt wurden. Dieses Schnarchen, gespickt mit Schmatzgeräuschen, hörte erst auf, als sich der Urschnarchaffe neben mir in meinen Vater zurückverwandelte. Er blinzelte und guckte mich mit prallen Tränensäcken an, als wäre er gerade aus dem tiefsten Dornröschenschlaf aufgewacht.

»Kinder, sie will einfach mit uns zusammen sein …«, säuselte er.

»Ja, weil sie weiß, dass ich sie bei meiner Abschlussfeier nicht dabeihaben will. Und du gehst auch noch auf sie ein!«, antwortete ich energisch.

Meine Oma posaunte ebenso nachdrücklich, dass das alles Ralfs schlechter Einfluss sei, weil der immer »Ich liebe dich! Ich liebe dich!« gesagt hatte und meine Mutter jetzt davon überzeugt war, dass es das Wichtigste sei, zusammen zu sein und »Ich liebe dich!« zu sagen, anstatt sich anständig zu verhalten.

Oma sagte nie »Ich liebe dich«. Sie kochte, putzte und belehrte. Deswegen konnte man auch nur erkennen, dass sie einen liebte, wenn man im Nahbereich war und so von ihrer Kochkunst und frisch gewaschener Wäsche profitieren konnte. Und auch nur dann, wenn man die mit jedem Arbeitsschritt einhergehenden Beschimpfungen ausblendete und sich stattdessen aufs Essen konzentrierte. Leider wohnte Oma in Berlin, während Mama in einem Industriepalast im Frankfurter Ostend logierte und ich in Oxford lebte. Und so war der Einzige, der in den Genuss von Omas Liebe kam, mein Vater, weil er auch in Berlin wohnte.

Und dann war da noch Thao. Ein vietnamesischstämmiger Schüler, den Oma seit vielen Jahren als ehrenamtliche Leihgroßmutter betreute. Will heißen: sie bekochte ihn und malträtierte ihn mit ihren Leistungsansprüchen.

Im Prinzip hatte Oma recht, was Mamas bedeutungsloses »Ich liebe dich!« anging. Aber die Sache mit Ralf war natürlich Blödsinn. Meine Mutter und Ralf hatten sich vor über zehn Jahren getrennt, und Mama wurde nur immer wahnsinniger. Wobei – vielleicht nicht so wahnsinnig wie Ralf, der sich irgendwann schlagartig vom jüdischen Atheisten zum jüdisch-orthodoxen Vollbartfanatiker gemausert hatte.

»Hey Thene«, sagte Papa und guckte mich schläfrig an, »ich hab zugesagt, dass wir sie abholen kommen, weil man mit deiner Mutter nicht diskutieren kann! Aber es ist doch nicht so schlimm. Heathrow liegt wirklich auf dem Weg, wenn man nach Oxford fährt. Das ist ein minimaler Umweg.«

»Georg, das ist nicht der Punkt.«

(Wenn er mich aufregte, nannte ich meinen Vater immer Georg. Wenn ich etwas wollte, nannte ich ihn Papa.)

»Der Punkt ist, dass sie immer mein negatives Gesicht angreift«, sagte ich mit akademischer Ernsthaftigkeit, die vom »Hä?« meiner Großmutter nicht gerade verstärkt wurde.

»Oma, das ist linguistisch für ›sie untergräbt meine Fähigkeit, mich willensfrei zu verhalten‹. Man unterscheidet in der Höflichkeitstheorie zwischen positivem Gesicht und negativem Gesicht. Positives Gesicht ist, wenn man sich gut findet und gut fühlt. Negatives Gesicht ist, wenn man sich frei verhalten kann. Wenn jemand zum Beispiel sagt ›Du bist scheiße‹, dann greift er das positive Gesicht an, also die Fähigkeit, sich gut zu fühlen. Aber wenn man sagt ›Tu das nicht!‹ oder ›Du musst dies tun!‹, dann greift man das negative Gesicht an, also die Freiheit zu tun, was man möchte.«

Oma guckte mich immer noch mit großen Fragezeichen in den Augen an. Ich war mir selber nicht mehr so sicher, ob ich das richtig erklärt oder wie so oft die Bedeutungen umgedreht hatte.

Die Verwechslung zweier Ausdrücke in einem Konzeptpaar nennt sich Ranschburg'sche Hemmung. Brutto und Netto, konvex und konkav, »das« und »dass«. All diese Paare, die man heimlich verwechselt und dann so tun muss, als hätte der andere einen falsch verstanden, um weiter ernst genommen zu werden. Gerade vor Oma, die mich erst respektierte, seit ich in Oxford studierte, konnte ich mir solche Schwächen nicht eingestehen. Also ganz schnell weg vom Akademischen. Ich wechselte die Taktik.

»Also: sie zwingt mich. Sie will mich immer zwingen.«

Meine Erklärung wurde mit Nicken und einem »Weil sie so ist!« von meiner Großmutter kommentiert. Nur mein Vater musste sich natürlich auf Mamas Seite schlagen. Ich hasste es, wenn er das tat.

Aber ich wusste, warum. Denn, egal wie scheiße meine

Mama war, seine war hundertmal schlimmer. Meine Mutter hatte mich nicht mit vierzehn Jahren mutterseelenallein zurückgelassen. Über die Jahre hatte Papa sich eingeredet, dass die Beziehung zu wirklich jeder Mutter gepflegt werden musste. Also dachte Papa, er müsse dafür sorgen, dass ich meine Mama liebe und verstehe. Irgendwie ironisch, wenn man bedenkt, dass ich meine Kindheit damit verbracht hatte zuzusehen, wie sich meine Eltern die Köpfe einschlugen. Oder wenn man bedenkt, wie ich weinend im Kleiderschrank gesessen hatte und drohte, nicht wieder rauszukommen, bis sie aufhörten sich anzuschreien. Oder wie ich mich zwischen die beiden gestellt hatte, während Eier- und Aschenbecher flogen. Oder wie ich weinend im Park stand, während mein Vater mir erklärte, dass Mama mich ihm wegnehmen und dass er deswegen vor Gericht gehen wolle. Oder wie ich Mama eine heiße Pizza ins Gesicht feuerte, als sie es wirklich tat (oder zumindest in meiner Wahrnehmung tat, indem sie den Umgang auf jedes zweite Wochenende reduzierte). Oder wie ich mit zehn Jahren Ende Dezember barfuß vor dem Haus stand, mit einer Kiste im Arm, in die Papa die Weihnachtsgeschenke geräumt hatte, die ich ihm geschenkt hatte, weil er sie nicht mehr wollte. Weil er mich nicht mehr wollte. Weil er, wie er sagte, nicht mehr von meiner Mutter erpresst werden wollte. Oder wie ich im folgenden Sommer hoch oben im Birkenbaum saß, während die Ameisen ihr Geschäft auf mir verrichteten, und schwor, erst wieder runterzukommen, wenn Papa es sich anders überlegte und mich doch zum Wochenende holte. Oder bis Mama tat, was er sagte und doch erlaubte, dass ich ihn öfter als jedes zweite Wochenende sehen durfte, denn das war die Bedingung, unter der er mich sehen wollte und sonst eben nicht. Also sahen wir uns nicht.

Und jetzt hatte Papa nichts Besseres zu tun, als mir zu

erklären, dass Machtkämpfe mit meiner Mutter sinnlos waren. Und mir Verständnis für sie abzuringen. Hätte er sich das nicht überlegen können, bevor er für fünf Jahre aus meinem Leben verschwand?

O. k., nein, offenbar nicht; kontrafaktische Fragen führen doch zu nichts, dachte ich. Ich schloss das Fotoalbum mit den Kindheitserinnerungen in meinem Kopf seltsam wohlwollend.

Papa rieb sich die Augen und hievte seinen neugewonnenen Bauch in Richtung meiner Großmutter. Er war seit nunmehr einem Jahr Nichtraucher und hatte sich als ehemaliger Hänfling noch nicht an seine neue Körpermitte und die damit verbundenen Sitzschwierigkeiten in Billigflugzeugen gewöhnt.

Ächzend drehte er sich dem Gesprächskreis aus mir und meiner Oma, die stehend gerade über die Lehne meines Sitzes gucken konnte, wieder zu und erklärte seiner Tochter und Beinahe-Schwiegermutter deren nächste Verwandte.

»Mama will einfach nur geliebt werden. Sie will wissen, sie will bewiesen bekommen, dass sie geliebt wird. Und wenn sie uns alle bitten muss, etwas Dämliches für sie zu tun, nur um daraus, dass wir es tatsächlich tun, zu schließen, dass wir sie bedingungslos lieben, dann bittet sie uns halt darum. Und wenn sie uns auf dem Weg zur Einsicht helfen muss …«

Papa hielt kurz inne und guckte gespielt unschuldig mit vollem Einsatz der ihm eigenen Theatralik in die Runde.

»Manche mögen jetzt denken, es handele sich bei dieser Hilfe um Erpressung. Aber es ist eigentlich nur eine kleine Hilfe, damit wir uns für sie entscheiden. Also machen wir das. Das ist ein Liebesbeweis, und es ist doch klar, dass sie uns lieber alle zehn Finger einzeln brechen würde, als diesen Liebesbeweis nicht zu bekommen.«

Papa lächelte uns an. Er hatte dieses kommunistische Lächeln, das der Welt zu sagen schien:

»Ich bin Sohn des ersten Sekretärs der Kreisleitung Angermünde, und auch wenn die Parteilinie nicht immer ganz nachzuvollziehen ist, packen wir jetzt alle gemeinsam an, und dann wird das eine ganz dufte Sause.«

Als würde er gleich »Bau auf, bau auf« singen und Baracken in Tschernobyl errichten. Das hatte er ein paar Jahre vor meiner Zeugung, also kurz nach dem Super-GAU, übrigens tatsächlich getan, und ich bin sicher, er trug dabei das gleiche fatalistisch-motivierende Arbeiterlächeln. Doch meine Oma Patzi, die der Partei auch schon recht gegeben hatte, als mein Vater noch ein Planungspunkt im roten Buch des ersten Sekretärs gewesen war, ließ sich nicht beeindrucken.

»Aber das ist doch Quatsch«, sagte sie und würdigte seine Analyse der Psyche meiner Mutter mit keinem Gedanken. »Wegen so einem kindischen Scheiß ...«

(Ja, meine Oma sagte »Scheiß« und oft auch »Arschloch«, aber das nur zu Kindern und Schwächeren.)

»... lässt man sich doch nicht vom Flughafen abholen!«

»Ja, aber deswegen will sie ja auch nicht vom Flughafen abgeholt werden, sondern vom Autobahnzubringer«, triumphierte mein Vater, als hätte er mit diesem Entgegenkommen aufseiten meiner Mutter die Wahrheit seiner Theorie ein für alle Mal bewiesen.

»Vom Autobahnzubringer? Das ist nicht ihr Ernst!«, rief meine Oma empört, während ich »Nicht schon wieder auf der Autobahn!« schrie und meine Stirn in der Hand vergrub.

Doch bevor Oma und ich uns in Gezeter überbieten konnten, erkannte meine Nemesis, die orange-gebräunte Stewardess, die Gefahr. Sie bat uns, uns hinzusetzen und anzuschnallen, da wir uns auf dem Landeanflug befänden.

Diesmal blieb sie einige Sekunden neben uns stehen (in angemessenem Abstand zu meiner Oma), um auch ganz sicherzugehen, dass wir jetzt ruhig waren. Ihr Plan hätte natürlich nie funktioniert – Oma fing selbstredend sofort wieder an, sich bei der Stewardess über ihre wahnsinnige, egoistische und gemeingefährliche Tochter zu beschweren – hätte ich selbst nicht bei der Erwähnung einer Übergabe auf der Autobahn die nächste Ausfahrt genommen und das Gespräch längst hinter mir gelassen.

Jetzt saß ich, im Kopf zumindest, mitten im Odenwald bei Heidelberg und konzentrierte mich auf das Rauschen des Baches, das Brummen der Hummeln und meine eigene ruhige Atmung. Die Autobahn – schon wieder. Den Vorschlag, von der Autobahn abgeholt zu werden, als Entgegenkommen meiner Mutter zu interpretieren, verdeutlichte mir einmal wieder, dass mein Vater und meine Mutter, zumindest in der Ausprägung ihres Wahnsinns, immer noch und für alle Zeit, seelenverwandt waren. Übergaben auf der Autobahn waren der neue Wahn meiner Mutter, und nur jemand wie mein Vater ging jemals freiwillig auf so einen riskanten Mist ein.

BCDEFGHIJKLMNOPQRSTUVWXYZ

Ich glaube, die Idee mit der Autobahn war Mama das erste Mal vor einigen Wochen gekommen, auf der Fahrt von Frankfurt nach Heidelberg. Ich hatte mich darauf eingelassen, sie zu treffen. Jugendlicher Leichtsinn. Dabei hätte ich es wirklich besser wissen müssen. Aber eigentlich fing die Sache noch anders an:

Mama wollte mich in Heidelberg zum Essen einladen. Wenn ich nicht in Oxford bin, lebe ich in Heidelberg, in einer Einzimmerwohnung mit meinem Freund, Paul, einem semiprofessionellen Pfannkuchenbräter und einem Hartz-IV-Fernseher.

Der Sommer in Heidelberg hatte mich glücklich und weich gemacht. Nichts ist so schön wie der Sommer in Heidelberg, nicht mal Pfannkuchen essen und Fernsehen. Außerdem hatten Paul und ich angefangen, regelmäßig in den Wald zu fahren, immer am Neckar entlang, durch Schlierbach, vorbei an Ziegelhausen. Richtung Dilsberg, aber nicht auf den Dilsberg rauf, sondern immer weiter geradeaus, als würde man zum Kloster Eberbach fahren, bis man zu einer winzigen Fähre kommt. Auf die Fähre passen gerade mal vier Autos. Sie wird mit einem Drahtseil am Abtreiben gehindert und von einem braungebrannten Mann Anfang fünfzig geführt. Man könnte wahrscheinlich auch eine der Brücken nehmen, aber die Fährfahrt ist wichtig.

Wäre ich spirituell, würde ich sagen, dass die Fährfahrt einen zwingt, stehen zu bleiben, die Geschwindigkeit zu drosseln und den Stress des Alltags auf der anderen Straßenseite zu lassen. Ich bin nicht spirituell. Ich mag es einfach, dem braunen Mann mit dem Pferdeschwanz und der kleinen Schirmmütze zuzugucken, wie er die Autos einweist und seinen nackten, zähen Oberkörper die Sonne genießen lässt. Die Fahrt dauert nur eine Minute, aber in dieser Minute steht der Fährmeister mit glänzender Brust in der Sonne, eine Kippe im rechten Mundwinkel. Er genießt sein Stück Neckar und erlaubt uns, ihn und seinen Fluss zu betrachten. Es ist schön.

Wenn die Fahrt vorbei ist, zahlt Paul den Fährmeister aus und gibt ein gutes Trinkgeld. Weil er immer gutes Trinkgeld gibt. Und, ich glaube, weil er honoriert, dass der Fährmeister seine Berufung gefunden hat, mit der er ganz im Reinen ist. Manchmal frage ich mich, was der Fährmeister im Winter macht. Braucht es ohne wanderwütige Touristen die Fähre noch? Macht der Fährmeister etwas anderes oder dasselbe, nur mit bedecktem Oberkörper und langer Hose? Beides irgendwie traurig.

Wir sind keine Wanderwütigen. Nach der Neckarüberquerung fahren wir in den Wald hinein, bis wir zu einer kleinen Ausbuchtung kommen. Die Bucht neben der Straße ist genau so groß, dass unser alter BMW reinpasst und wir daneben Klapptisch und Stühle aufstellen können. Hier sitzen wir dann, den ganzen Tag, reden, denken, schreiben, genießen das Akademikerdasein und essen mitgebrachten Gundel-Kuchen. Gundel ist die beste Bäckerei von Heidelberg und somit die beste der Welt. Im Sommer backen sie dort Kirschjockel, der so göttlich feucht und kirschig ist, dass er Ambrosia-Hungerstreiks auf dem Olymp auslöst.

Von der Bucht, in der wir sitzen, gehen zwei Straßen ab, auf der nur Nutzfahrzeuge fahren dürfen. Die eine, etwas gepflegtere, geht bergab. Manchmal, also, ehrlich gesagt, immer wenn die Natur ruft, geh ich auf diesen unteren Weg, bis ich hinter einem mobilen Hochsitz zu hocken komme (also nicht direkt dahinter, das hat der arme Jäger nicht verdient).

Den oberen Weg bin ich noch nicht hochgelaufen. Er scheint auf den Berg zu führen. Von meinem Platz am Klapptisch guckt man auf diesen Weg, allerdings beginnt er mit einer Kurve, sodass man nicht viel sehen kann, außer dem Straßenschild: »Schlechter Weg«. Das ist keine Metapher. Der Weg heißt wirklich so. Das wird auf einem verwitterten Holzschild in großen Lettern verkündet. Von meinem Sitz aus wirkt der Weg nicht schlecht. Aber was weiß ich, ich wandere ja nicht. Ich bin kein Naturmensch, war ich nie. Aber der Wald um Heidelberg, gerade wenn man nicht wandern muss, sondern sich einfach mit Kaffee und Kirschjockel mitten hineinsetzt, der macht Sachen mit einem sonst vernunftbegabten Kopf. Man kann nicht auf Dauer unglücklich sein im Odenwald bei Heidelberg.

Heidelberg hatte mich weich gemacht, und so sagte ich zu, als meine Mutter mich fragte, ob ich sie nicht nächste Woche in Heidelberg zum Essen treffen könnte. Die Frage, wann ich denn Zeit habe, beantwortete ich mit einem äußerst großzügigen »eigentlich immer, außer Sonntagabend«. Sonntagabend war ich mit Paul zum Pfannkuchenessen verabredet.

»Sag einfach, wie es dir am besten passt«, fügte ich hinzu.

Montag könne sie nicht, erklärte mir Mama, weil sie da einen Termin in Trixies Kindergarten hat.

Trixie ist meine kleine Schwester. Mütterlicherseits. Trixie ist fünf, und Mama geht auf die fünfzig zu.

»Toll, wa? Ich mach mir meine eigenen Enkelkinder. Dann musst du nicht ran«, sagt Mama immer.

Ich find's nicht toll. Ich kann Trixie nicht leiden.

Dienstag musste Mama auf Recherche. Mama hat einen Blog, mit dem sie die Welt rettet. Oder zumindest denkt sie, dass sie die Welt rettet, und redet es sich damit schön, dass sie ihr Geld ausgerechnet mit Werbung verdient. Als wäre es in Ordnung, Frauen einzureden, dass sie nur begehrenswert sind, wenn sie aussehen wie aalglatte Kleinkinder, und Männern einzureden, sie seien nur Männer, wenn sie im neuesten Sportwagen CO2 in die Atmosphäre pumpten, solange man gleichzeitig knapp zweitausend Auserwählten im Internet erklärt, wie sexistisch und umweltzerstörend der globale Kapitalismus ist.

Also fragte ich, wie es denn mit Mittwoch aussah, doch da war Mama in der Agentur verabredet und konnte somit unmöglich nach Heidelberg kommen. Donnerstag war ganz schlecht, weil sie sich da mit Lothar treffen musste, um über Trixie zu reden. Lothar ist Trixies Vater und der Grund, warum ich Trixie nicht leiden kann.

»Also Freitag oder Samstag«, schlug ich vor, als nichts anderes mehr übrigblieb.

Mama antwortete nach kurzem Nachdenken: »Also Freitag geh ich mit Sarah auf ein Konzert. Kannste dir vorstellen, ihr neuer Freund hat sie jetzt auch betrogen, und Samstag hat Eli doch seinen Auftritt.«

Elijah, den alle Eli nennen, ist mein kleiner Bruder. Wobei er seit seinem letzten Wachstumsschub 1,83 Meter ist. Sehr schlaksige, sommersprossige 1,83 Meter, mit rotblonden Haaren, die ihm in ungewaschenen Strähnen bis zur Nase hängen. Eli ist Zauberer und der unselbstständigste Fünfzehnjährige, den ich je erlebt habe. Eli und Mama sind voneinander abhängig wie ein altes, keifendes Ehepaar. Sie schlagen sich zwar täglich die Köpfe ein, aber das führt nicht zu der Idee, Eli könne seine Auftritte alleine machen.

Nachdem wir alle Tage durchgegangen waren und

deutlich wurde, dass Mama mich zwar theoretisch in der nächsten Woche unbedingt sehen wollte, praktisch aber weder Montag, Dienstag, Mittwoch, Donnerstag oder Freitag Zeit hatte und Samstag auch ganz schlecht war, lachte ich nur. Vielleicht lachte ich ein bisschen spöttisch, aber nicht weiter böse. Dass ich im Leben meiner Mutter nicht die A-Priorität war, hatte ich, im Gegenteil zu meinen Geschwistern, längst begriffen. Und ich fand es gut. Ein Funke Normalität in einem emotional übergriffigen Familienzusammenhalt. Andere Menschen wollen für ihre Mütter vielleicht das Wichtigste sein, aber ich wusste, dass ich jede Freiheit nur Mamas latentem Desinteresse schuldete. Abgesehen davon hatte ich jetzt auch nicht die größte Lust, einen Abend mit meinem Freund für einen Streit mit meiner Mutter zu opfern. Ich wollte gerade auflegen, da fing Mama an, meinen Sonntag zu verlangen. Den Sonntag wollte ich nicht hergeben, weil das der letzte Tag war, bevor Paul auf eine Konferenz fuhr. Aber das Rumpelstilzchen, das Mama nun mal war, roch, wovon ich mich nicht trennen wollte, und forderte es ein.

»Nein, Mama. Du kannst alle Tage haben. Aber nicht Sonntagabend«, sagte ich nachdrücklich.

»Ach komm, Thene, das kannst du ruhig mal für mich machen. Ich mach so viel für dich.« Das sagte Mama immer in solchen Situationen.

Ich fing an, mich wie Rilkes Panther im allerkleinsten Kreis zu drehen. Linksherum, bis mir schlecht wurde, dann rechtsherum, das Telefon zwischen Schulter und Ohr geklemmt, während meine Hände abwechselnd die viel zu langen Haare aus dem Gesicht strichen und wild gestikulierten.

Eigentlich sollte Mama nicht fähig sein, bei mir Herzrasen auszulösen. Im Gegenteil: Der Fakt, dass das Gespräch in den Zustand emotionaler Erpressung übergegangen war, sollte mich beruhigen wie ein Neujahrsabend mit »Dinner for One«. Gerade war sie dabei aufzuzählen, wie viel sie mein Studium kostete. Danach würden Krankenkasse und Handy folgen. Das kannte ich schon. In meinem Kopf übersetzte sich die immer gleiche Leier in »Sie haben Ihr Fahrtziel erreicht«. Wir waren da angekommen, wo alle unsere Gespräche immer endeten. Wo alle Gespräche mit meiner Mutter immer endeten.

Im Kopf sah ich Eli, wie er sich anhören musste, dass er ohne Mama niemals zaubern gelernt hätte. Sarah, wie Mama ihr erklärte, dass sie sich ohne Mamas Beistand nie von ihrem betrügenden Exfreund getrennt hätte.

Ich weiß nicht, was ich schlimmer fand: Dass Mama jedes Gespräch darauf reduzierte zu erklären, wie sehr alle von ihr abhängig waren, oder dass sie damit recht hatte. In jedem Fall war das Ergebnis dieses berechtigten Hinweises bei mir nie Dankbarkeit, sondern immer nur das Bedürfnis, die Verbindungen zu kappen. Ich legte auf.

Was das Verhältnis zu meiner Mutter anging, war ich Marxist. Das heißt, ich wusste, dass die materiellen Verhältnisse die ideellen Verhältnisse schaffen.

»›Das Sein bestimmt das Bewusstsein‹, sagt Marx«, so viel Osten hatte mir Papa doch noch beigebracht.

Ich war fünfundzwanzig Jahre alt und von meiner Mutter finanziell abhängig. Da soll mal jemand erwachsen werden.

Bis vor Kurzem hatte dieses Wissen noch dazu geführt, dass ich im Zweifelsfall klein beigab. Aus Angst, der Geldhahn könnte doch irgendwann zugedreht werden, und, Stipendium hin oder her, solange ich in Oxford war, musste das Geld sprudeln, sonst hieße es: »Goodbye Doktorarbeit«, oder zumindest: »Goodbye Lebensstandard«.

Doch vor Kurzem hatte ich entdeckt, dass ich eine Zeit lang überleben konnte, ohne dass Mama mir jeden Monat Geld überwies. Sie aber nicht. Endlich konnte ich das tun, was ich immer hatte tun wollen, mich aber nie getraut hatte. Auflegen.

Das Telefon klingelte. Ich lächelte. Nach dem dritten Klingeln ging ich ran. »Ja«, sagte ich mit neutral-freundlicher Stimme, wohl wissend, dass ich sie mit Emotionslosigkeit am meisten aufregen konnte. Als wollte ich sagen: »Sieh her. Während du zerplatzt vor Wut, ist mir das alles ganz egal.«

»Thene, es ist unglaublich, wie egoistisch du bist!«, schrie sie. »Ich lasse mich von dir nicht so behandeln. Wenn du es noch einmal wagst, einfach aufzulegen …«

Ich legte auf.

Es dauerte nur einige Sekunden, bis das Telefon wieder anfing zu klingeln. Diesmal ging ich nicht ran, sondern fing an, in der Kochnische den Abwasch vom Vorabend zu machen.

Es ist ein demütigender Fakt des Erwachsenwerdens, dass das Kind zeitlebens bestehen bleibt. So leben in einem immer mindestens zwei Menschen: der Erwachsene, der mit kühler Distanz sehen kann, wo die rationale Entscheidung liegt, und das Kind, welches sich doch irrational entscheidet.

Oder vielleicht ist diese Verallgemeinerung auch unfair all denen gegenüber, die einfach nur »Ich« sind und nicht einem anderen zugucken müssen, wie es Kontrolle über das eigene Gehirn erlangt und sich in sinnlosem Gedankendurchfall ergießt. Ich jedenfalls hatte die Vernunftentscheidung getroffen, den Abwasch zu machen und mich auf den Mist meiner Mutter gar nicht erst einzulassen, weil es absolut sinnlos war, sich mit meiner Mutter rational auseinanderzusetzen. Gleichzeitig übernahm jedoch das Kind die Kontrolle über meine Synapsen und erklärte mir mit adoleszenter Selbstgerechtigkeit, dass Mama ja wohl bescheuert war, mir einen Vorwurf zu machen, wo sie es doch war, die sich mal wieder vollkommen danebenbenommen hatte. Und so führte »Ich zwei« dieselbe bescheuerte Diskussion weiter, die »Ich eins« vernünftigerweise abgebrochen hatte. »Ich drei« schüttelte den Kopf und »Ich vier« hatte auf den ganzen Mist keinen Bock und war ein Bier trinken gegangen.

Nach fünf ausgedehnten Versuchen hörte das Telefon auf zu klingeln. Ich schloss die Augen und genoss das Wasser auf meinen Händen, welches jetzt, wo ich mit Abwaschen fertig war, auch endlich lauwarm wurde.

Am selben Abend hatte ich eine E-Mail von Mama im Postfach. Die E-Mail war nicht lang und enthielt primär einen Link zu einem Sonderschlussverkauf, wo es meine Lieblingsschuhe (von denen ich bereits zwei Paar besaß) in zwei weiteren Farben um fünfzig Prozent reduziert gab. Dazu die Frage: »Sind das nicht deine Schuhe?«

Ich lachte. Aha, Kapitalistenfrieden. Darauf hatte ich gehofft. »Oooh, die gibt es ja auch in türkis«, schrieb ich zurück. Kurz später machte es wieder »Pling«. »Und was willst du damit sagen?«, schrieb Mama.

Sie wollte, dass ich sie um die Schuhe bat. Also wahrscheinlich wollte sie eigentlich, dass ich mich auf den Rücken legte, die Extremitäten in die Luft streckte und meinen ungeschützten Bauch präsentierte. Aber da hätte sie in meiner Aufzucht einiges anders machen müssen. Um die Schuhe zu bitten, war die beste Alternative. Pustekuchen, dachte ich und schrieb: »Nichts. Nur eine Feststellung.«

Das Festnetz klingelte. Ich wartete nur zweimal - man muss ja manchmal guten Willen zeigen.

»Ja«, hob ich neutral ab.

»Du, was hältst du davon, wenn du am Samstag zu Elis Auftritt mitkommst?«, fragte Mama mit gespielter Nonchalance.

»Ach nö. Ist schon o. k.«, antwortete ich, ebenso nonchalant.

»Ach komm doch mit, du hast deinen Bruder so lange nicht mehr gesehen. Elijah freut sich bestimmt.«

Ah ja, Elijah freut sich. Wir spielen also die Du-vernachlässigst-deine-Geschwister-Karte. Interessante Wahl. Aber nicht wirklich überraschend. Mit Eli konnte Mama mich fast immer kriegen.

Es gibt Menschen, die liebt man, aber man kann sie nicht leiden. Menschen, mit denen man auf immer verbunden ist, mit denen man aber um Gottes willen nicht in einem Raum sein möchte. Im Laufe der Jahre hatte sich diese Feststellung zur Standarderklärung meiner Beziehung zu meiner Mutter gemausert. Aber im stillen Kämmerchen meines Herzens war ich mir nicht einmal mehr sicher, ob das noch stimmte. Oder ob ich nur behauptete, dass ich sie liebte, ohne sie leiden zu können, weil man seine Mutter nun mal zu lieben hat. Weil »Du musst deine Mutter lieben« mir wie das zweitgrößte emotionale Gebot der Neuzeit erschien. Nur überschattet von »Du musst deine Kinder lieben«, was bestimmt auch nicht immer leicht ist.

Während ich mir also nicht so sicher war, ob ich Mama noch ertragen wollen würde, wenn ich wirklich nicht mehr von ihr finanziell abhängig war, liebte ich meinen kleinen Bruder leider wirklich. Ich hatte versucht, ihn aufzuziehen, während Mama ihre Werbeagentur großzog und Gott und die Welt rettete. Und so war Eli nach wie vor, auf alle Zeit, mein kleiner Bruder. Wachstumsschub hin oder her.

»Wo ist es denn?«, fragte ich, den Köder nur fast ignorierend. Paul wartete mit Pfannkucheneisen und Nutella im Bett. (Ja, wir machten die Pfannkuchen im Bett.) Meine Lust auf ausgedehnte Diskussionen war auf dem Nullpunkt angekommen.

»In Limburg, aber ich könnte dich aus Heidelberg abholen, dann könnten wir da hingehen, fein essen – Eli zaubert Close-up in dem Fine-Dining-Restaurant, von dem ich dir erzählt habe –, und dann bringe ich dich wieder zurück«, säuselte sie mir zu. Sie wollte mich tatsächlich abholen und wieder zurückfahren – ich hatte keine Ahnung, wie viele Kilometer das waren, aber es waren viele. Vor allem für Mama, die Autofahren hasste. Sie meinte es ernst.

»Meinst du das ernst?«, fragte ich, um sicherzugehen.

»Ja, ist doch toll. Dann können wir uns endlich mal wieder richtig unterhalten. Wir haben so lange keine Zeit mehr miteinander verbracht. Nur wir beide.«

Irgendwie stieg mir das unerwartete »Nur wir beide« meiner Mutter wohl zu Kopf. Sonst hätte ich niemals zugesagt. Als ich auflegte, erfüllte mich das wohltuende Gefühl, den Deal des Jahrhunderts gemacht zu haben. »Ich vier«, welches von seinem Bier zurückgekommen war und »Es ist eine Falle!« schrie, wurde mit Pfannkuchen und dem sanften Plätschern des Fernsehers ruhiggestellt.

CDEFGHIJKLMNOPQRSTUVWXYZ

Am Samstagmorgen wurde ich vom Klingeln des Telefons geweckt.

»Mama …«, sagte ich verschlafen zum grummelnden Mann neben mir. Nur Mama würde mich Samstag um halb neun aus dem Bett klingeln und es bei der Feststellung, dass niemand ranging, gleich noch zweimal versuchen. Der Mann zuckte nur mit den Schultern, säuselte »du Arme« und vergrub sich maulwurfsgleich in der Decke.

»Was?«, raunte ich, als ich ans Telefon ging, um meinen Schlafenden vor weiterem Klingeln zu retten.

»Hab ich dich geweckt?«, sagte die Stimme am anderen Ende penetrant gut gelaunt und ohne ein schlechtes Gewissen auch nur vorzutäuschen.

»Du, ich wollte fragen, ob du vielleicht mit dem Zug zurückfahren könntest. Ich hab die ganze Zeit mit Zlatko geredet, dem wollen sie den Kiosk wegnehmen. Ich hab jetzt dazu gepostet, auf dem Blog 'ne Unterschriftenaktion angefangen und meinen Anwalt angerufen, falls wir klagen müssen. Gut, wa?«

Bevor ich antworten konnte, dass noch ein Rechtsstreit (Mama sammelte Rechtsstreite wie andere Menschen Briefmarken) nicht gut war, fuhr sie fort.

»Auf jeden Fall habe ich wahnsinnige Kopfschmerzen, und dann müsste ich nur eine Strecke doppelt fahren, und das ist ja schon echt wahnsinnig lang, und ich hab ganz schlecht geschlafen, wegen Trixie und …«, hier unterbrach ich den Monolog meiner Mutter.

»Ich fahr auch beide Strecken mit dem Zug. Lass mich einfach in Ruhe schlafen. Ciao.«

Ich legte auf. Das Nichtklingeln des Telefons sang mich zurück in den Schlaf, schöner als jede Melodie.

*

Als ich erwachte, hatte ich ein dumpfes Gefühl, als hätte man mir eine Basstrommel über den Kopf gezogen. Wie hatte ich so dumm sein können. Ich hatte Mama von dem ihr verhassten Autofahr-Marathon entbunden, um mich stattdessen auf einen mir verhassten Öffentliche-Verkehrsmittel-Marathon einzulassen. Jetzt hieß es also: Zug allein, anstatt Auto mit Mutter. Und dabei hatte ich fast einen Moment lang geglaubt, sie wollte einfach mal mit ihrer ältesten Tochter reden. Vielleicht wissen, wie es mit dem Master in Oxford so gelaufen ist oder worum es in der Doktorarbeit gehen sollte. Vielleicht war es dieses plötzliche Mutter-Tochter-Ding gewesen, das mich bewogen hatte, mich – ohne es auch nur zu merken – dem Alphatier vollkommen zu unterwerfen.

»Was ist los?«, fragte Paul, als er mich zum Abschied umarmte und meine Verstimmung bemerkte.

»Ach nichts, ich hab nur keine Lust auf die Öffentlichen«, antwortete ich.

Erst als ich unsere Wohnung schon verlassen hatte, gestand ich mir ganz heimlich ein, dass das wohl nur die halbe Wahrheit gewesen war. Ein kleiner Teil von mir war tatsächlich enttäuscht. Ich betrachtete diesen verschwindend kleinen Teil mit derselben Mischung aus Ekel und akademischem Interesse, die ich all meinen unliebsamen Emotionen entgegenbrachte. Es war nicht so, dass dieser Teil Mama innig liebte und deswegen enttäuscht war, dass er auf so wenig Gegenliebe traf. Nein, es war mal wieder dieser verdammte kleine Teil, der sich schon im Kindergarten eine Mama zum Liebhaben gewünscht hatte. So eine, die immer für einen da ist. Die pünktlich kommt und ihre Versprechen hält. Die sich für jede Grundschulkritzelei begeistert und jubelnd am Fußballfeld steht, auch wenn man immer nur danebenschießt. Es war diese dumme frühkindliche Prägung, diese unrealistische Vorstellung von Mutterliebe aus Disney-Filmen, die es wegzurationalisieren galt, wenn man nicht am helllichten Tage mitten in der Heidelberger Altstadt mit den Tränen kämpfen wollte. So blöd bin ich nie wieder, dachte ich und wischte mir das Gesicht mit dem Ärmel ab.

DEFGHIJKLMNOPQRSTUVWXYZ

In Frankfurt holte mich Mama vom Bahnhof ab – ich wollte gleich nach Limburg fahren, aber Mama hatte darauf bestanden, dass wir diesen Teil der Fahrt zusammen antreten.

(»Quatsch, ich fahr da doch eh hin, haste die Geldscheiße, oder was?«)

Sie war zu spät. Ich wusste, dass sie zu spät kommen würde, weil sie immer zu spät kam. Normalerweise, wenn Leute »immer« sagen, meinen sie »oft« oder »meistens«. Im Fall meiner Mutter bedeutete »immer« wirklich »immer«.

Also war ich zu Starbucks gegangen. Vor mir war eine Schlange von drei Menschen. Also war klar, dass ich mein Getränk in frühestens zwanzig Minuten bekommen würde und so die gesamte Wartezeit auf meine Mutter sinnvoll mit Warten auf ein überteuertes Kaffeegetränk füllen könnte.

Noch bevor ich mich in die Schlange eingereiht hatte, rief Mama mich an, ich solle zum Nordausgang kommen. Das sagte sie immer so und lieferte mir damit eine vollkommen sinnlose Information – als ob ich wüsste, wo Norden ist. Aber es war immer der gleiche Ausgang, an dem sie mich abholte. Überdacht, mit ein Paar Crackrauchern und dem satten Geruch von altem Urin. Um sicherzugehen, fragte ich noch mal nach, wann sie denn da sein würde.

»Jetzt«, war ihre Antwort.

»Jetzt jetzt?«, fragte ich nochmals. Im sinnlosen Versuch, das »jetzt« meiner Mutter in eine sinnvolle Information zu verwandeln.

»Nein, jetzt, jetzt, jetzt. Verarsch mich nicht, Thene, komm raus!«

Also ging ich raus. Natürlich war sie nicht wirklich jetzt schon da.

Wie alle chronisch Verspäteten hatte Mama die Angewohnheit, über die Ausmaße ihrer Verspätungen generell die Unwahrheit zu sagen. Als ob der Wartende nicht mitkriegen würde, dass die versprochenen fünf Minuten in Wirklichkeit eine halbe Stunde waren. Ich erinnere mich daran, wie Mama einmal verreist war, ich war vielleicht elf und hatte die Obhut für meinen damals wirklich noch sehr kleinen Bruder. Sie hatte versprochen, um acht Uhr abends da zu sein. Sie kam erst gegen Mittag des nächsten Tages. Da hatte ich sie um neun Uhr abends angerufen, und sie hatte auch behauptet, sie sei gleich da. Das war das letzte Mal, dass ich mir wegen einer Verspätung meiner Mutter Sorgen machte.

Also wartete ich. Ich beobachtete die Säufer in den Kneipen auf der anderen Straßenseite, die sich schon mittags an ihren Bieren festhielten, und spielte verlegen das große Spiel der selektiven Wahrnehmung »Ich sehe was, was du nicht bist« mit dem Penner, der neben mir seine Hand ausstreckte, während ich davon nichts bemerkte. Nach zehn Minuten rief ich nochmals an – ich wollte eigentlich nur wissen, ob ich mir jetzt doch einen Kaffee holen sollte – und bekam die übliche Antwort, ein gehetztes, gehauchtes: »Ich bin sofort da.«

Ich hätte gerne mehr über dieses »sofort« erfahren, aber Mama war nur rangegangen, hatte ihren Text gesagt und dann gleich wieder aufgelegt. Außerdem wusste ich auch, dass man sowieso keine verlässliche Aussage hätte aus ihr herausbekommen können. »Sofort« war gleich, war in fünf

Minuten, einer Stunde, übermorgen. Ich war mir auch gar nicht sicher, ob sie überhaupt die Fähigkeit besessen hätte, eine echte Aussage über Zeit zu geben oder ob sie so in ihren Verspätungslügen gefangen war, dass sie den Sinn für die zeitliche Realität gänzlich verloren hatte.

In jedem Fall, mit einer knappen halben Stunde Verspätung fuhr die rote Frau im schwarzen Jeep um die Kurve, hielt auf der gegenüberliegenden Straßenseite, gestikulierte wild und schrie: »Jetzt komm schon, Thene!«

Als ich die Tür öffnete, begrüßte sie mich mit den Worten: »Mach die Tür zu, die Klimaanlage läuft!« Im Auto waren gefühlte Minusgrade. Trixie schrie auf dem Rücksitz (wahrscheinlich um dem Erfrierungstod entgegenzuwirken), und mein Bruder Elijah wiederholte ihren Namen in unterschiedlichen Frequenzen und Lautstärken, mit dem Ziel, lustig zu sein und Trixie abzulenken. Er hatte die Entspanntheit eines Fünfzehnjährigen, der ein schreiendes Kleinkind beruhigen soll. Nach wenigen Sekunden unterbrach Mama das verzweifelte »Trixie, Trixxxieeee, TRIXXXIE« meines Bruders.

»Eli, jetzt hör auf, ich habe dir tausendmal gesagt, dass du ruhig sprechen sollst, wenn Trixie schreit. Du sollst sie beRUHIGen. Es hilft nichts, wenn sie schreit, und du schreist drüber«, schrie meine Mutter über das Schreien ihrer Kinder. Doch Eli, mit Tränen der Verzweiflung in der Stimme, schrie weiter, während er magische Spielkarten in Trixies Gesicht drückte und seinen Text um ein »Guck mal, Trixie!« erweiterte.

»Eli. Eli. ELI!«, schrie meine Mutter lauter. »Jetzt hör auf. Nimm ihre Hand und HALT DEINE SCHNAUZE!«

Den letzten Teil schrie sie so laut, dass beide Kinder sich erschreckten und das Schreien kurz vergaßen. Mama drehte sich wieder nach vorne um und widmete zumindest einen Teil ihrer Aufmerksamkeit der Straße.

»Hallo, mein Kind«, sagte Mama mit übertriebener Nonchalance, »es freut mich dich zu sehen.«

»Schön, nicht?«, antwortete ich mit einem ähnlich unechten Lächeln in ihre Richtung.

»Hallo, Stinki«, sagte ich zu meinem Bruder, drehte mich zu ihm nach hinten und knuffte sein Knie, was aufgrund des letzten Wachstumsschubs fast bis zu mir nach vorne reichte.

Eli antwortete mit dem ewig gleichen »Hallo, Wohlriechie«.

Genau wie früher, als wir noch klein waren. Egal wie sehr man sich verändert, in der Familie bleibt man stets, wer man immer war.

»Hast du mal 'nen Euro, Thene?«, fragte Eli.

»Schon so verzweifelt, dass du bei der eigenen Schwester betteln musst?«

»Nein. Ich meine, darf ich dir einen Trick zeigen?«, fragte Eli brav.

»Klar.«

Ich kramte einen Euro aus meinem Rucksack und reichte ihn meinem Bruder.

»Kopf oder Zahl?«, fragte Eli. Vorhersehbar.

»Kopf«, antwortete ich.

»Zahl«, sagte Eli und warf die Münze.

Er fing sie und klatschte sie auf die andere Hand. Tatsächlich Zahl. Glück, dachte ich.

»Kopf«, sagte ich wieder.

Eli grinste, sagte »Zahl« und warf die Münze. Wieder Zahl. Hmmm, kann Zufall sein.

»Kopf«, wiederholte ich dickköpfig.

»Zahl«, sagte Eli, sichtlich erfreut und warf abermals. Schon wieder hatte er recht. Unwahrscheinlich.

»Kopf«, sagte ich. Wieder dasselbe. Eli triumphierte sichtlich. ›Wie macht er das bloß?‹, fragte ich mich.

»Kopf«, sagte ich. Und noch während sich die Münze im Flug befand, fügte ich hinzu: »Der Spannungsaufbau ist eine Kunstform. Obwohl er auch allein durch Glück zu erreichen ist.«

Eli guckte mich völlig verdattert an.

»Aus *Rosenkrantz und Güldenstern sind tot«,* sagte ich, als wäre das eine ausreichende Erklärung.

»Hä? Was hat denn mein Trick mit Shakespeare zu tun?«

Eli wirkte verwundert. Aber nicht so verwundert wie ich. Vor einem Jahr hätte er Rosenkrantz und Güldenstern nicht als Shakespeare-Figuren erkannt. Es ist schwer, kleine Geschwister zu haben; irgendwann muss man zuschauen, wie sie in rasender Geschwindigkeit erwachsen werden, während man selbst im Erwachsenendasein so vor sich hin dümpelt. Irgendwann ist der Wissensvorsprung aufgebraucht, und man muss hoffen, dass das Geschwisterlein es nicht merkt oder nicht zu enttäuscht ist, dass selbst eine große Schwester nur mit Wasser kocht und bei Wikipedia nachliest. Aber irgendwann war noch nicht. Ein bisschen was wusste ich noch immer mehr.

»Nicht Shakespeare. Tom Stoppard. Absurdes Theaterstück basierend auf Hamlet. Ein bisschen wie *Warten auf Godot.* Fängt praktisch genauso an. Ganz viele identische Münzwürfe und dann eben der Satz mit dem Spannungsaufbau und dem Glück. Nur, da ist es kein Zaubertrick, sondern ein beunruhigendes Zeichen für den Zusammenbruch der Realität. Die mit jedem Wurf steigende Unwahrscheinlichkeit deutet an, dass etwas faul ist im Staate Dänemark. Alles sehr surreal. Lass mich raten: Du hast wieder Zahl geworfen.«

Tatsächlich zeigte die Münze wieder Zahl, aber Eli guckte eher kleinlaut. Meine Herangehensweise war simpel: Wenn man nicht versteht, was los ist, einfach mit unnützem Wissen Verwirrung stiften.

Eli wurde sichtlich nervös. Für eine Sekunde verrutschte die eiskalte Ich-bin-15-und-kann-zaubern-Maske, und ich sah meinen kleinen Bruder, der, wie alle kleinen Geschwister, genau wusste, dass die große Schwester schon immer alles besser konnte. In seiner Hand sah ich kurz etwas blitzen, und auch bei mir blitzte eine Vermutung auf.

»O.k., du wirfst überhaupt nicht den Euro, den ich dir gegeben habe. In Wirklichkeit hast du zwei Münzen. Die eine zeigt nur Zahl, die andere nur Kopf, oder eben Adler, und je nachdem, was ich sage, tauschst du sie gegeneinander aus.«

»Bist du dir da sicher?«, fragte Eli und versuchte vergeblich, mysteriös zu wirken.

»Ich bin mir vollkommen sicher«, sagte ich selbstbewusst. Ich hatte keine Ahnung.

Ich wusste aber, dass Eli fingerfertig genug war, um eine Münze gegen eine andere auszutauschen, ohne dass ich es merkte. Noch entscheidender war, dass ich wusste, dass Eli mich maßlos überschätzte. Es war also egal, was ich sagte. Solange ich nur überzeugend so tat, als wüsste ich mehr als er, würde er früher oder später wie die Eurozone in sich zusammenbrechen.

»Ach, verdammt, ich kann für dich einfach nicht zaubern. Willst du noch 'nen Trick sehen?«, grummelte Eli enttäuscht, aber nicht überrascht.

»Gib mir erst meine Münze wieder.«

Eli warf mir die Münze zu.

»Kopf«, gluckste Trixie, die mittlerweile begriffen hatte, dass das die angemessene Reaktion war.

»Könnt ihr mal aufhören mit dem Scheiß. Trixie soll schlafen«, schnauzte Mutter.

Schweigend drehte ich mich nach vorne um und öffnete die Hand, mit der ich meine Münze gefangen hatte. Zahl.

EFGHIJKLMNOPQRSTUVWXYZ

Elis Auftritt verlief reibungslos. Nicht dass ich etwas davon mitbekommen hätte. Eli hatte eine nervöse Furcht davor entwickelt, vor der überkritischen Schwester zu zaubern. Anscheinend machte ihn mein bloßer Blick unfähig, auch nur einen einzigen Trick zu beenden. Das hinderte ihn aber nicht daran, außerhalb seiner Auftritte einen scheiternden Trick nach dem anderen zu zeigen. Dabei wiederholte er das immer gleiche Mantra: »Wenn du zuguckst, kann ich nicht zaubern – soll ich dir noch einen Trick zeigen?«

Im Rahmen einer bezahlten Veranstaltung ignorierte er mich allerdings vollkommen. Vielleicht auch, um Unabhängigkeit zu simulieren – was ich nur begrüßen konnte. Da Eli als Close-up-Magier gebucht wurde – also in einem schnieken Restaurant von Tisch zu Tisch ziehen und die Gäste bespaßen sollte –, funktionierte das mit dem Schwester-Ignorieren auch ganz hervorragend. Und ich konnte aus der Ferne meinen kleinen Bruder abwechselnd belächeln und bewundern.

Viel überraschender als das Schwester-Ignorieren meines Bruders war das Tochter-Ignorieren meiner Mutter. Die hatte zu Beginn des Abends einen alten Bekannten begrüßt und mich seitdem keines Blickes mehr gewürdigt. Den Bekannten erkannte ich bald als Joe. Ich hatte ihn seit fast fünf Jahren nicht mehr gesehen. Mamas Freundschaften hielten selten lange.

Damals hatte Mama auf dem Blog eine Reihe von investigativen Beiträgen unter dem Titel *Mafia: Made in Germany* gepostet, und Joe war einer der Insider gewesen, der in Youtube-Videos verpixelt und mit verzerrter Stimme vom Leben in der »Familie« erzählt hatte.

Zwischendurch teilte mir Mama kurz mit, dass sie reingehen würde, weil Joe sich auf der Terrasse beobachtet fühlte. Den Abend, an dem ich extra nach Limburg gefahren war, um Zeit mit Mutti zu verbringen, verbrachte ich daher auf der Terrasse mit Inna.

Inna war auch Mitte zwanzig und anscheinend die neueste Ersatztochter meiner Mutter. Sie war zeitweise in mein altes Zimmer gezogen und war zwischen politischem Flashmob in Köln und Kunst-Aschram in Wiesbaden auf Mamas Bitten zu Elis Auftritt gefahren. Auch sonst schien sie die Rolle der ältesten Tochter viel besser auszufüllen als ich.

Mama und Inna hatten sich in einer Gefängniszelle bei Moskau kennengelernt, nachdem beide bei einer Demonstration verhaftet worden waren. Mama war eigentlich in Moskau gewesen, um für Blogposts über die russische Bürgerrechtsbewegung und die Behandlung von Schwulen und Lesben zu recherchieren. Aber das hatte sie natürlich nicht daran gehindert, trotzdem in bestem DDR-Schulrussisch mitzugrölen, Fahnen zu schwingen und ihre Brüste in internationale Kameras zu halten. Neutrale Berichterstattung war nicht Mamas Ding.

Deswegen machte Mama ja auch Werbung und schrieb einen Blog, anstatt für irgendeinen Dreckssender Propaganda zu machen, so wie mein Vater. Oder zumindest erklärte Mama das immer so. Für Papa wiederum lag es daran, dass er sein Studium abgeschlossen hatte, während Mama irgendwann im hohen Bogen von der Uni geflogen war und ihr deswegen kein Sender eine Stelle geben wollte. Und wer nichts wird, der wirbt. Und schreibt nebenbei einen Blog.

Irgendwann war es kurz nach elf und Zeit zu gehen, wenn wir in Frankfurt sein wollten, bevor der letzte Zug nach Heidelberg fuhr. Um Mama hatte sich mittlerweile eine Traube von Menschen gebildet, die ihr fasziniert zuhörten oder abwechselnd auf die roten Stoffschichten, den blonden Raspelkopf und die Brüste starrten, je nach persönlicher Präferenz. Den Schwarm ignorierend stellte ich mich hinter sie und flüsterte ihr ins Ohr, dass wir gehen müssten.

»Ja, ja, sofort. Wegen mir können wir gehen. Ich warte nur auf dich und Eli«, log sie.

Also schnappte ich Eli und stand, wenige Minuten später, wieder vor Mama.

»Sofort, ich muss noch ganz kurz mit Joe zu seinem Auto, aber dann können wir gehen. Geht schon mal vor«, sagte Mama.

»Mama, dann geh jetzt schnell. Die letzte Bahn von Frankfurt geht um 0:09, danach musst du mich fahren«, antwortete ich, erfahren, aber hilflos angesichts der Marotten meiner Mutter.

»Ist gut, ich komme gleich. Geht schon mal vor.«

»Beeil dich«, bat ich und ging mit Eli Richtung Auto.

Als Mama endlich zurückkam, war es zwanzig vor zwölf. Ich hatte meine Unruhe schon verloren, wohl wissend, dass mein Zug nun sowieso nicht mehr zu erreichen wäre.

»Du wirst mich wohl doch fahren müssen«, sagte ich bemüht freundlich, in der Hoffnung, den Streit, der unausweichlich folgen würde, doch irgendwie zu umschiffen. Ich wollte einfach nur nach Hause zu Paul.

»Wieso das denn?«, fragte sie und warf die hohe, eigentlich sehr glatte Stirn in Falten.

»In weniger als einer halben Stunde geht mein Zug. Den kriegen wir niemals«, antwortete ich.

»Quatsch«, sagte meine Mutter, als wäre damit alles gesagt und sie hätte die Debatte nach allen Regeln der Kunst gewonnen. Sie setzte sich hinters Steuer des schwarzen Monsters und trat in die Pedale.

Für die meisten Menschen sind 190 auf der Autobahn kein Grund für Schweißausbrüche und Todesangst. Für mich, hoch oben im Jeep meiner Mutter thronend, schon. Als Mutter also versuchte, die Fahrtzeit zu halbieren, zog mein Leben – und Mamas Autofahrerkarriere – an mir vorüber. Ich sah all die Unfälle mit Totalschaden und Krankenhaus, Sekundenschläfchen, kirschgrünen Ampeln und all die anderen kleinen Möchtegern-Tödlichkeiten, die ihr den Titel »schlechteste Autofahrerin aller Zeiten« eingebracht und mich dazu bewogen hatten, aus genetischer Vorbelastung nie einen Führerschein zu machen.

»Mama, hör auf«, schrie ich schweißgebadet. »Es sind noch fünfzig Kilometer bis Frankfurt und in achtzehn Minuten geht mein Zug. Ich brauch mindestens drei Minuten vom Auto bis zum Gleis. Du müsstest durchgängig zweihundert fahren, damit ich den Zug kriegen könnte. Das ist nicht möglich.«

»Wolln wa wetten?«, fragte Mama grinsend mit Berliner Selbstüberschätzung und verlagerte ihr Gewicht merklich aufs Gas, ohne dass das Auto allerdings irgendwelche Anstalten machte, die 190 zu überschreiten.

»Mama, es bringt auch nichts, wenn wir tot auf der Autobahn liegen. Bitte hör auf. Und ja. Ich kann dir wettsicher garantieren, dass nicht mal du in der Frankfurter Innenstadt zweihundert Sachen fahren kannst. Schon allein wegen des Verkehrs nicht.«

Sie schwieg. Wahrscheinlich ging sie im Kopf nochmals meinen Dreisatz durch und überlegte, welche Verkehrssünde sie vor der kalten mathematischen Wahrheit retten konnte. Doch dann wechselte sie beherzt die Taktik: »Hättest du nicht so getrödelt, würdest du schon längst im Zug sitzen!«

Jetzt bloß nicht reagieren, sagte eine Stimme in mir eindringlich. Ich wusste genau, dass wenn ich jetzt auch nur ein Wort sagte, ein unkontrollierbarer Streit entstehen würde, dessen Konsequenzen ich nicht vorhersagen konnte. Ich beschloss, meinen Mund zu halten.

Aber mein Mund hatte wie so oft seinen eigenen Kopf: »Mama, ich habe eine Stunde auf dich gewartet. Du musstest ja wohl mit Joe noch was holen gehen …«

»Musst gar nicht so tun, Thene. Joe ist verheiratet. So was mach ich nicht. Ich musste noch mal alleine mit ihm reden, weil er die ›Familie‹ verlassen will und meine Hilfe braucht.«

»Der hat dich seit fünf Jahren nicht gesehen und braucht ausgerechnet deine Hilfe, um die Mafia zu verlassen? Ist das dein Ernst?«, fragte mein Mund spöttisch.

»Thene, du hast keine Ahnung. Joe hat Angst, dass sein Onkel seine kleine Tochter umbringt, wenn ich ihm nicht helfe«, sagte Mama.

»Und auf die Idee, dass Joes Onkel deine kleine Tochter umbringt, wenn du ihm hilfst, bist du noch nicht gekommen, oder?«

»Quatsch«, sagte Mama, »wieso sollte der mir was tun? Außerdem hab ich ja Karsten.«

»Mama, nur in deinem Kopf kann der Fakt, dass du einen einzigen Polizisten kennst, dich vor der Mafia retten«, sagte ich energisch, obwohl ich wusste, dass das mal wieder zu nichts führen würde. »Auf jeden Fall wäre es schön, wenn du deinen Messias-Komplex nicht an dem einen Abend ausleben müsstest, an dem ich extra zu dir fahre, weil du mich sehen willst. Oder wenigstens so, dass ich deswegen meinen Zug nicht verpasse.«

»Du bist so herzlos, Thene. Das ist unglaublich. Bei Joe

geht es um Leben und Tod. Und du denkst wieder nur an dich und den verdammten Zug. Damit du dich wieder im heilen Heidelberg verkriechen kannst. Das Leben ist nun mal kein Odenwald. Und übrigens, wärst du schneller mit Elijah zum Auto gegangen, wäre ich auch gekommen.«

»Mama, das ist doch Kacke. Ich hab doch mindestens dreimal gesagt, dass ich den Zug verpasse, wenn wir nicht gehen, und dass du mich dann fahren musst.«

»Ja, aber da warst du ja noch gar nicht fertig zu gehen, außerdem weißt du, wie ich reagiere, wenn du mir Vorwürfe machst.«

»Ich hab dir doch überhaupt keine Vorwürfe gemacht«, schrie ich vorwurfsvoll, wohl wissend, dass ich jetzt machtlos war. Das machte Mama immer, wenn sie Mist gebaut hatte und kein logischer Weg daran vorbeiging, das auch einzugestehen: Sie behauptete, der andere machte ihr Vorwürfe. Behauptete es so lang, bis der andere aus lauter Verzweiflung tatsächlich begann, ihr Vorwürfe zu machen.

»Natürlich, das machst du immer. Jetzt ja auch. Ich lade dich nett zum Essen ein – ich musste für dich übrigens den vollen Preis zahlen. Fast fünfzig Öcken. Und dann machst du mir Vorwürfe. Das ist echt typisch.«

Mama wurde lauter. Hinter mir schnarchten die Kinder. Sie waren die Geräuschkulisse gewohnt, und abgesehen vom Synchronschnarchen in klein und groß hielten sich ausnahmsweise mal beide aus der Diskussion raus.

»Mama, du wolltest unbedingt, dass ich mitkomme, und jetzt machst du mir Vorwürfe, lustiges Spiel, dieses Vorwurfstennis. Ich mach dir jedenfalls keine. Fahr mich einfach nach Hause.«

»Du erwartest jetzt nicht ernsthaft, dass ich dich nach Heidelberg fahre? Das sind drei Stunden hin und zurück, und ich habe den ganzen Tag schon Kopfschmerzen. Du kannst ruhig mal ein bisschen Rücksicht nehmen und nicht immer nur an dich denken«, sagte sie mit überzeugend gespielter Verletzung. Vorwürfe, check. Rücksicht, check. Bis jetzt verlief alles wie immer, dachte ich. Und wie immer gab es kein Entkommen.

»Mama, wie soll ich denn sonst nach Hause kommen?«

»Na, du hättest ja nicht so rumtrödeln müssen, dann könntste den Zug nehmen. Sag Paul wenigstens, dass er dich auf der Strecke übernehmen soll.«

»Wie?«, ich, ungläubig.

»Ja, irgendwo zwischen Frankfurt und Heidelberg halt. Sag ihm 'ne Raststätte, such mal eine aufm Handy«, sagte Mama, als wäre es das Normalste auf der Welt.

»Ist doch 'ne Scheißidee«, sagte ich und zückte resigniert mein Smartphone. Nach ein paar erfolglosen Suchversuchen, stellte ich fest, dass es anscheinend keine Autobahnraststätte auf der Mitte der Strecke gab.

»Ey, das kann doch nicht sein, dass du zu blöd bist, 'n Handy zu benutzen. Ruf jetzt Paul an, der soll losfahren, wir finden schon was.«

Ich versuchte mich zu weigern, Paul zu sagen, er solle sich jetzt ins Auto setzen, um wer weiß wohin zu fahren und seine Freundin von einer nicht existierenden Autobahnraststätte abzuholen. Aber Mutter fand, dass Paul das schon mal für mich machen könnte, das wäre ja normal in einer Beziehung.

Wie meine Mutter, die in ihrem Leben noch nie eine normale Beziehung geführt hatte, wissen wollte, was »normal in einer Beziehung« ist, war mir ein Rätsel. Irgendwann gab ich auf. Wohl wissend, dass aller Widerstand zwecklos war, man also auch gleich klein beigeben konnte.

»Kleiner Schatz, ich hab meinen Zug verpasst, und Mama will, dass du mich abholst, ich hab schon alles versucht, bin aber machtlos«, sagte ich, mit Bedeutungsschwere in jeder Silbe. Paul verstand sofort:

»Mein Schatz!«, quietschte er fidel ins Telefon und signalisierte mir damit, dass alles o.k. war und er wusste, dass wir Opfer einer Situation waren, die zu ändern wir nicht vermochten. »Ich fahr nach Frankfurt!«, fügte er hinzu, mit nur halb gespielter Freude, und ergänzte ein wohlwollendes »Brumm, Brumm!«, um zu zeigen, dass, auch wenn der Anlass doof war, Autofahren immer Spaß macht. Ich drehte mich zu Mama und sagte ruhig und bestimmt (wahrscheinlich mit Vorwurf in der Stimme, weil meine Stimme anscheinend so gebaut ist): »Paul holt mich aus Frankfurt ab, dann kannst du gleich ins Bett.«

Man könnte jetzt meinen, dass damit die Diskussion erledigt wäre, da Mama ja jetzt einfach ins Bett gehen konnte und Paul und ich meine Heimreise alleine erledigen würden. Man läge falsch.

»Das ist doch Quatsch, dass Paul jetzt nur wegen dir nach Frankfurt fährt, wo du doch schon bei mir im Auto sitzt.«

»Ja, ist es«, sagte ich (und verdammt, o.k., da war ein Vorwurf in der Stimme).

»Nein, sag ihm, dass er einfach losfahren soll. Wir finden schon was, wo man kurz halten kann.«

Das war allerdings selbst Paul zu doof. Also versuchte ich Mama davon zu überzeugen, dass sich auf einer Autobahn entgegenzufahren, in der Hoffnung, man fände schon eine sich mysteriös materialisierende Raststätte, eine echt blöde Idee sei. Es musste ja damit enden, dass man sinnlos Abfahrtenbingo spielt, und alles länger dauert als die dreißig Minuten, die wir jetzt noch bis zu meiner Haustür unterwegs waren.

»Quatsch«, sagte Mama siegessicher, »ich mach das mit meinen Informanten auch andauernd. Schlimmstenfalls übergibt man auf der Autobahn.«

»Wie auf der Autobahn? Aufm Standstreifen oder was?«, fragte ich sarkastisch ungläubig.

»Ja, ja. Das geht. Das machen wir immer so«, schnauzte Mama, mit der Lockerheit und Überzeugungskraft, die jeder halbwegs Geschulte sofort als bodenlose Lüge enttarnen musste.

»Mama, das machen wir nicht. Ich habe keinen Bock, von irgendeinem masturbierenden Lastwagenfahrer am Autobahndreieck überfahren zu werden. Wenn du überfahren werden willst, ist das dein Bier. Wobei auch echt arschig deinen Kindern gegenüber.«

»Quatsch, ich hab doch 'ne super Lebensversicherung«, widersprach sie grinsend. »Ich mach euch noch alle reich. Außerdem ist das total ungefährlich. Mir ist ja auch noch nie was passiert.«

»Mama, das sagst du immer. Nur weil bisher noch nichts passiert ist, heißt das nicht, dass auch nie was passieren wird. So funktioniert Wahrscheinlichkeit leider nicht. Fahr bitte einfach nach Frankfurt und lass mich da an einer Tankstelle raus.«

»Nö. Du musst jetzt gar nicht rumzicken. Wir machen das jetzt so. Paul soll losfahren«, bestimmte Mama resolut und peitschte den Jeep an der letzten Ausfahrt nach Frankfurt vorbei.

»Nein, Mama«, bettelte ich vergeblich.

»Doch, Thene! Du tust jetzt, was ich sage!«, schrie Mama.

»Schatz, fahr los«, flüsterte ich resigniert ins Telefon und legte auf, in der Hoffnung, dass jetzt endlich Ruhe wäre.

Aber Mama schrie weiter. Und dann schrie auch ich. Hin und her. Lauter und lauter. Wir schrien und schrien. Und gleichzeitig bäumte sich in mir eine Stimme auf, die sagte, wie sinnlos das Ganze war. Mir war doch klar, dass ich in einem Schreigefecht mit Muttern nicht gewinnen konnte – Recht hin oder her. Recht haben war ja auch egal, da es einen nicht vor Gebrüll, Herzrasen und Kopfschmerzen retten konnte. Ich wollte, dass es aufhörte, aber fühlte mich vollkommen machtlos; gezwungen, immer und immer wieder die gleichen sinnlosen Kämpfe zu führen; gefangen an einer Front, von der es kein Entkommen gab.

Oder doch? Wie durch eine Nebelwand hörte ich plötzlich meinen Ausweg: »Und du gestehst deine Fehler nie ein, Thene, und deswegen will ich jetzt nicht mehr darüber reden.«

»O. k., du hast recht. Lass uns nicht mehr darüber reden«, sagte ich und glaubte selber kaum, dass ich das wirklich gesagt hatte.

Mama guckte mich schockiert an. Schwieg kurz und hob aufs Neue an »Also, wie selbstherrlich kann man sein, die eigene Mutter so zu behandeln! Ich werde ja wohl meinen Punkt noch machen dürfen«, sagte sie und hob von Neuem an zu schreien.

»Nein«, dachte ich und sagte nichts.

Stattdessen tat ich etwas Unerhörtes; etwas, was zugleich lächerlich offensichtlich und vollkommen überraschend war. Ja, ich tat etwas Geniales. Langsam und kontrolliert hob ich beide Hände in die Höhe. Ich streckte meine Zeigefinger aus und steckte sie tief in die Ohren, bis ich nur noch ein tiefes Gurgeln, wie Feuerwerk unter Wasser, hörte. Mama gestikulierte wild hin und her. Ich fragte mich kurz, ob sie versuchen würde, mir die Finger aus den Ohren zu ziehen. Doch das tat sie nicht. Stattdessen wurde sie leiser und hörte schließlich auf zu reden.

Wer hätte gedacht, dass es die erwachsenste Entscheidung meines Lebens sein sollte, mir die Finger in die Ohren zu stecken? Ich schloss die Augen, und der aufgebrachte Taubenschwarm ihrer Hände verschwand. Ich spürte den dumpfen Bass der Musik, die Mama aufgedreht hatte, um meine Stille zu zerstören. Ich bohre meine

Zeigefinger tiefer in meine Ohren, bis ich nur noch meinen schnellen Herzschlag gegen die Wände meines Innenohrs pochen höre. Ruhig, denke ich. Du bist nicht das Opfer deiner Familie. Du hast die Kontrolle. Wenn du nicht hier sein willst, dann geh woanders hin. Ich stelle mir vor, dass ich nicht im Auto sitze, sondern auf meinem kleinen Klappstuhl im Wald.

Erst ist alles dunkel (ich habe ja schließlich die Augen zu). Aber wenn ich mir Mühe gebe, wird aus dem Dunkel ein Dunkelgrün, dicht und satt. Vor mir ist ein Weg, der leicht ansteigt und sich dann nach rechts in den Wald hineinschmiegt. Ich sehe nur ein kleines Stück vom Weg. Ich weiß aber, dass er immer tiefer in den Wald hineinführt. Hinter mir geht noch ein Weg in den Wald rein, gerader als der andere und nicht so steil. Würde ich diesen Weg entlanggehen, würde ich an einem Hochsitz vorbeikommen. Der Hochsitz wäre rechts von mir an einem Baum festgebunden, aus silbernem Metall, wie eine Art Klappleiter mit Stuhl oben drauf. Obwohl mein Großvater Jäger ist, kenne ich diese Art Hochsitz nur von hier. Die beiden Wege, an deren Kreuzung ich sitze, umarmen eine Dickicht-Insel. Ich glaube, die Wege sind für den Transport von Holz mit großen Wagen angelegt und deswegen recht tief und stabil. Die Dickicht-Insel ist einen Meter höher als die Wege, und es ist anstrengend hinaufzuklettern. Ich habe das schon einmal versucht, um Himbeeren zu pflücken, mir dabei aber nur die Beine an Dornen aufgerissen und deswegen schnell wieder aufgegeben. Von da, wo ich sitze, kann ich ein paar Meter tief ins Dickicht schauen, danach sehe ich nur noch tausend Farben grün. Es ist Dämmerung, und die Abendsonne bricht tief durch die Blätterkrone. In der Waldinsel wird sie von Abertausenden flimmernden Insekten reflektiert, die auf und ab schwärmen und den Wald mit ihren Tänzen füllen. Links von mir rauscht ein Bach gemütlich vor sich hin. Hinter meinen geschlossenen Augen habe ich die Augen weit auf und sehe das grün-goldene Spiel rechts von mir, den Weg, der sich vor mir in den Wald schlängelt, den Bach kann ich nur hören, aber nicht sehen, dafür sehe ich am linken Wegesrand das Schild aus alterndem Holz, auf dem in schwarzen Lettern steht: »Schlechter Weg«. Ich schmunzle. Wer nennt einen Waldweg wohl »Schlechter Weg«?

Das Grün beginnt mich zu entspannen. Mein Puls wird ruhiger. Meine Atmung ist langsam und tief, als atmete ich den Wald in mich hinein. Meine Arme werden schwer und schwerer, bis sie von meinen Ohren wegsinken. Ich sitze ganz ruhig und entspannt und mache die Musik zu meiner Stille. Doch auf einmal geht sie aus. Ich öffne erschreckt die Augen und gleichzeitig Mama den Mund.

Schon geht es wieder los. »Ich verstehe nicht, warum du immer nur an dich denkst. Das ist doch nicht normal, dass ich mitten in der Nacht …«

Mein Puls fährt wieder auf doppelte Frequenz, aber ich habe die Lektion gelernt. Anstatt zu diskutieren, hebe ich meine Hände und stecke die Finger so tief in die Ohren, dass es wehtut. Aber diesmal schaffe ich es nicht auf den schlechten Weg. Stattdessen sitze ich halb im Wald und halb im Auto, kriege aus dem Augenwinkel mit, dass Mama telefoniert. Ich glaube, mit Paul. Ich glaube, sie verabreden die Übergabe. Zwanzig Minuten später nimmt Mama die Ausfahrt und fährt unter einer Autobahnbrücke zur Seite. Es ist stockduster, und ich sehe nur die Standlichter von Pauls altem BMW wie die Augen einer überdimensionierten Wildkatze in der Entfernung glimmen. Als ich meine Hände sinken lasse, um die Tür zu öffnen, schießt das Blut wie eine Maschinengewehrkugel in meine Ohren. Unter der Autobahnbrücke riecht es nach Urin und Benzin. Ohne noch ein Wort zu Mama zu sagen, setze ich mich zu Paul ins Auto, und wir fahren davon.

Paul ist bester Dinge. Er hat die unglaubliche Fähigkeit, die Scheiße meiner Mutter praktisch spurlos an sich abperlen zu lassen und weiterhin nach Rosen zu duften. Mit kindischem Übermut begrüßt er mich. Ich beginne, mich über meine Mutter aufzuregen, und bald entwickelt sich ein taktisches Gespräch. Wie Fußballkommentatoren fachsimpeln wir über jeden Spielzug. Vor allem die große technische Neuerung – Rückzug auf den Schlechten Weg – wird gebührend gefeiert. Die Freude am detaillierten Darlegen ihres Wahnsinns lässt meine Wut bald verpuffen.

Mark Twain beschrieb das Heidelberger Schloss mal als genau richtig platziert. Außerdem schloss er, dass es früher einmal sehr hübsch gewesen sein musste, bevor die Franzosen ihr Unwesen in Heidelberg trieben. Twain hatte immerhin halb recht. Wie es so in orangener Beleuchtung direkt über mir umringt vom satten Odenwald erstrahlte, war es atemberaubend schön. Man kann nicht lange wütend sein im Sommer in Heidelberg.

»Und warum habt ihr euch jetzt ausgerechnet an der Ausfahrt getroffen?«, fragte ich, als wir Hand in Hand über die Alte Brücke in Richtung unserer Wohnung schlenderten.

»Du kennst doch deine Mutter. Es gab anscheinend einfach keine Raststätte, und ihr ist nichts Besseres eingefallen. Sie wollte sich unbedingt auf dem Standstreifen treffen, aber da habe ich mich geweigert. Dann ist sie einfach an der ersten einigermaßen sinnvollen Möglichkeit rausgefahren. Knapp zehn Minuten vor Heidelberg«, antwortete Paul seelenruhig.

»Knapp zehn Minuten und dafür mussten wir uns vierzig Minuten streiten, du musstest um Heidelbergs Autobahnzubringer Dressurfahren, und ich musste im Stockdusteren einen Autobahnzubringer überqueren. Alles für knapp zehn Minuten«, sagte ich ungläubig.

»Alles für knapp zehn Minuten«, sagte Paul, grinste und küsste mich auf die Nase.

Auf einmal war ein Aufprall wie bei einem Autounfall, und ich saß stocksteif mit rasendem Herz im Sitz. Es war nur das Aufsetzen bei der Landung, das mir mithilfe meines Traumunterbewusstseins einen großen Schreck verpasst hatte. Neben mir saß Papa, der auch gerade wieder aufwachte, allerdings ohne auch nur irgendeine Reaktion auf den plötzlichen Aufprall zu zeigen. Oma schnarchte seelenruhig einfach weiter. In einer Familie voller Schnarcher war sie die unangefochtene Rekordhalterin.

Beim Aussteigen war mir etwas flau im Magen, weswegen ich das falsche »vielen Dank bis zum nächsten Mal« der orangenen Stewardess nicht mal ignorierte, sondern zerknautscht zurücklächelte.

Am Flughafen übernahm Georg die Führung. Das tat er immer. Trotz der üblichen bürokratischen Unfähigkeit am Leihwagenschalter, die allen Engländern zusammen mit der Fähigkeit, sich Sonnenbrand auch bei Regenschauern zuzuziehen und um neun Uhr abends schon kotzend vor dem Pub zu stehen, in die Wiege gelegt werden, saßen wir bereits dreißig Minuten später in einem lilafarbenen Vauxhall Vectra B.

Die Straße war außergewöhnlich frei, und Georg triumphierte verbal vor sich hin. Oma und ich waren müde und verstimmt, und so nahm Georg es auf sich, den Alleinunterhalter zu geben.

Wenn Georg nicht schlief, redete er. Oma war vielleicht die Rekordhalterin im Schnarchen, aber in einer Familie voller Redner war Georg das Radio. Also erzählte er, wie er mit Ken Follett Segway-Rennen gefahren war. Wie er einer Touristin im australischen Outback das Leben gerettet hatte. Wie er mit Gorbatschow grusinischen Tee gekocht hatte. Wie er Michael Crichton, kurz vor dessen Tod, warten ließ, nur um eine Straße nicht zu überqueren, auf der eine schwarze Katze von links nach rechts gegangen war. Und wie er sich zu Hemingways Todestag in dessen kubanisches Haus eingeschlichen hatte und Fidel Castro ihn lange umarmt hatte, weil Fidel dachte, Papa sei Hemingways Großneffe. Vielleicht erzählte er auch andere Geschichten, aber dies waren seine Lieblingsrosinen.

Er nannte sie immer Rosinen, weil er die Geschichten wie Früchte aus dem langweiligen Einheitsbrötchenteig des Lebens pickte. Ich hatte die Geschichten schon so oft gehört, dass es mich fast nicht mehr überraschte, dass er immer wieder eine neue Version erfinden konnte. Die meisten waren wahrscheinlich im Kern wahr. Als Fernsehreporter hatte er wirklich eine Menge erlebt - er selbst sagte immer »ich arbeite nicht, ich illustriere meine Spesen« -, aber noch mehr, als er erlebt hatte, hatte er ausgeschmückt. Was ihm aber niemand weiter krummnahm.

In meiner Familie nahm es mit der Wahrheit sowieso niemand so genau. Vor allem nicht, wenn sie einer guten Geschichte im Weg stand. Anders gesagt, jeder auf seine Weise waren wir alle Lügner. Alle außer Oma. Oma wollte es immer ganz wahrheitsgetreu, weswegen sie nach fast dreißig Jahren bei jeder Geschichte meines Vaters immer noch nachhakte, ob es wirklich genau so gewesen sei. Das amüsierte mich fast noch mehr als Papas Geschichten selbst, weil Oma so offensichtlich nicht verstand, dass Georg nicht mal wusste, was »wirklich« bedeutet. Als er aber, wie so oft, erklärte, dass er eigentlich ein Windsor sei, verkniff sich selbst Oma ihr »wirklich?«.

»Kinder, ihr kennt meine Eltern«, hob Georg an und wandte sich kurz zu Omas Rücksitz, um der Erklärung mit Mimik Nachdruck zu verleihen. »Denkt ihr wirklich, dass ICH von diesen Menschen abstammen könnte. Es ist doch ganz offensichtlich, dass ein Windsor sich außerehelich vergnügt hat und dass Queen Elizabeth verordnet hat, dass man diesen illegitimen Nachwuchs - *moi* -, der auch noch fünfter in der Thronfolge und somit vor Lizbeths Lieblingsneffen dran wäre, eliminieren musste. Aber mein royaler Papa brachte es nicht übers Herz, seinen wunderhübschen Sohn zu ermorden, und so schickte er ihn dahin, wo ihn Elizabeth niemals finden würde: in die sozialistische Provinz. Er gab mich an ein kinderloses Kommunistenpaar. Und, um Queen Liz im Geheimen doch noch eins auszuwischen, gab er mich zu einem Vater, der genau wie Elizabeths Sohn auch Charles hieß und an eine Frau, welche genau wie die Queen selbst auch Elizabeth hieß. Und so wuchs ich zwar nicht bei Windsor, aber immerhin bei Elizabeth und Charles auf.« Er pausierte kurz und verbesserte sich dann. Als würde er es mit der Wahrheit ganz genau nehmen, fügte er hinzu: »Gut, ich wuchs bei Liesel und Karl auf. Aber im Kern stimmt's.«

»Red nicht so einen Quatsch«, sagte Oma mürrisch, »konzentrier dich auf die Straße, sonst passiert noch was.«

»Aber das ist ja das Tolle. Als royaler Brite liegt mir der Linksverkehr praktisch im Blute«, konterte Georg.

Er hatte mich schon öfter in England besucht, und das mit dem Linksverkehr bekam er tatsächlich recht gut hin.

Trotz der allgemeinen englischen Unfähigkeit in allen praktischen Fragen - mein Motto war: Zum Studieren ist England super, aber wer will, dass ein Fenster schließt, eine Heizung heizt oder man beim Duschen nass wird, sollte in Deutschland bleiben – machte sich sogar das Auto ganz akzeptabel, und ich war versucht, mich zu beruhigen. Hinter mir begann Oma im Stil einer strengen Staatssicherheitsdienstmitarbeiterin sämtliche Informationen über das morgige Ereignis einzuholen.

»Und um wie viel Uhr genau müssen wir denn zum Tee da sein? Und wann genau willst du aufstehen? Und wo genau ist eigentlich die Hutfeier?«, fragte sie zärtlich wie ein Maschinengewehr.

Noch bevor ich antworten konnte, griff Papa ein.

»Patzi, du sollst nicht immer Hutfeier sagen«, sagte er streng. Er nannte Oma, die eigentlich Patrizia hieß, seit Jahrzehnten immer nur Patzi. Und weil es sie so aufregte, wenn man sie Patzi nannte, nannten sie inzwischen alle so. »Meine Tochter hat morgen ihre *Graduation* (er sagte das Wort in vorsichtigem Englisch, anscheinend konnte er keine angemessene Übersetzung finden). Das heißt, sie kriegt morgen den akademischen Grad des *Masters of Studies* verliehen von einer der besten Universitäten der Welt. Das ist eine Auszeichnung und ein großes Verdienst. Nur weil sie dabei einen Talar und einen Hut trägt, ist das doch keine Hutfeier. Das ist, als würde ich die Geburt eines Kindes als Patientenkittelereignis bezeichnen.«

»Ja, wann ist denn jetzt diese Grädjueyschn? Und wann müssen wir da sein? Und wo essen wir dann?«, setzte Oma den Dauerbeschuss fort.

Nicht nur hatte sie alle diese Informationen bereits per E-Mail erhalten, ich war auch viel zu müde, um akkurat irgendwelche Informationen zu geben. Ich hatte versucht, ihr zu erklären, dass ich es selbst gerade nicht genau wüsste, aber das wollte sie mir nicht glauben. Also log ich vor mich hin und erfand Zeiten und Orte. Ich war erschöpft und wollte einfach nur meine gottverdammte Mutter einsammeln, um ins Bett zu kommen. Morgen sollte ein anstrengender, wichtiger Tag werden, und ich brauchte meinen Schönheitsschlaf.

Plötzlich leuchteten vor uns Warnblinker auf, und Papa verlangsamte das Auto, bis wir hinter einem Mini-Cooper zum Stehen kamen.

»Was ist denn jetzt schon wieder?«, fragte Oma, als hätte sie in ihrem ganzen Leben noch nie einen Stau erlebt.

»Ein Stau«, gab ich hilfreich zum Besten, »es ist ja nicht so, dass ich das Mama nicht hätte gleich sagen können. Oh, warte, ich hab ihr das gleich gesagt.«

Obwohl ich hundemüde war, kann ich nicht leugnen, dass ein Teil von mir verdammt froh war, dass wir offenbar auf ewig hier rumstehen sollten und Mama also richtig lange auf uns warten musste. Das war die gerechte Strafe.

»Na ja, das ist nicht so schlimm«, versuchte mein Vater sich zu retten. »Wir sind ja praktisch schon in Heathrow. Da vorne ist schon das Schild. Das dauert keine fünf Minuten mehr.«

»Falls wir uns jemals bewegen sollten«, fügte ich hinzu.

»Das ist wieder typisch. Das hat Astrid gut hingekriegt«, raunte Oma, als wäre Mama höchstpersönlich für den Stau verantwortlich.

»Hier ist immer Stau, Oma«, erklärte ich. »Engländer können keine Straßen bauen. Deswegen habe ich Mama ja gesagt, sie soll gleich ins Hotel.«

»Ja, aber ihr wisst doch, wie sie ist. Sie meint das nicht so«, Georg unterbrach sich und warf den Motor wieder an. Hinter uns tönte das Crescendo eines Polizeiautos oder Krankenwagens und teilte die Autoscharen wie Moses das Meer. Tatsächlich fuhren sowohl Krankenwagen als auch Polizei vorbei.

»Ich sag Astrid, dass es länger dauert«, sagte Georg und zückte sein Handy.

»Lass sie ruhig warten, das ist die gerechte Strafe«,

keifte Oma gehässig, begleitet von eifrigem Nicken meinerseits.

»Ich hab kein Netz«, sagte Georg und öffnete die Tür. »Ich bin in fünf Minuten wieder da. Dann kann ich auch gleich gucken, wie lang es noch dauert.«

Weg war er, und Oma begann ihr Planungsquiz von Neuem. Ich fragte mich, ob es wohl wirklich die sozialistische Sozialisierung war, die sie so versessen darauf machte, jeden kleinsten Planungspunkt genau festzuhalten. Oder ob sie sich nicht traute, spannende Unterhaltungen zu führen und sich deshalb über *Minutiae* unterhielt, die sowieso vollkommen außerhalb ihrer Kontrolle lagen. So wie Engländer sich permanent übers Wetter unterhalten, um nicht Gefahr zu laufen, mit Gesprächen über Politik, Religion oder Sex irgendjemanden vor den Kopf zu stoßen. Ich glaube, Oscar Wilde sagte mal, dass das Wetter die letzte Rettung der Fantasielosen ist. Als Oma mich zum dritten Mal fragte, wie lange genau die Zeremonie denn gehen würde, fand ich sie ganz schön fantasielos.

Ich war erleichtert, als die Tür nach einer gefühlten Ewigkeit aufging und sich Papa wieder ins Auto setzte. Bei all seinen Fehlern war er doch sehr unterhaltsam. Aber diesmal schwieg er. Wäre ich ein wenig empfindsamer, wäre mir aufgrund seines bloßen Schweigens aufgefallen, dass etwas nicht stimmte. Ich hätte spüren können, dass etwas kaputt war. Dass soeben etwas zu Bruch gegangen war. Doch ich spürte nichts. Und sah nicht, was in ihm vorging.

»Mama ist tot«, sagte er.

»Quatsch«, sagte ich.

GHIJKLMNOPQRSTUVWXYZ

Es war alles nur ein Traum. So klischeebeladen, wie sollte es anders sein? Dass ich nur geträumt haben musste, wurde mir klar, noch bevor ich aufwachte.

In meinem Kopf spielten sich die üblichen Fragen noch vor der Tatsachenaufnahme ab. Was hatte ich geträumt? – Mama ist tot.

War's meine Schuld? – Nein. Autounfall. Sie war mal wieder auf der Autobahn rumgelaufen und irgendwie unter die Räder eines Trucks gekommen.

Muss ich mir Sorgen machen? – Nein, alles im Rahmen dessen, was in Träumen erlaubt ist. War ja nicht von mir verschuldet, und Inzest war es auch nicht. Alles o. k. Du bist noch normal. Wenn du dich im Laufe des Tages an den Traum erinnerst, wirst du müde lächeln und nicht vor Scham im Boden versinken.

Ich setzte mich auf und ließ die Beine vom hohen Vierpfostenbett baumeln. Schönes Zimmer, dachte ich. Nicht das Schönste, in welches Mama mich jemals einquartiert hatte. Ein bisschen langweilig. Sehr beige. Aber definitiv besser als die Sparmaßnahme, die Papa ausgewählt hatte. Papa hatte sich wie immer für ein enges und etwas schmuddeliges Bed & Breakfast entschieden. Aber als Mama mit dem teuersten Hotel von Oxford ankam, hatte er schnell klein beigegeben. Vor allem als Mama anbot, Georg könnte ja mit Oma im B&B schlafen, und sie würde dann einfach mit mir im Randolph wohnen. Da gab Georg sofort nach, unter der Bedingung, dass sie beide die Hälfte zahlten und dass Mama Oma einlud und er seine Tochter. So war ich mal wieder materieller Nutznießer des Tauziehens meiner Eltern geworden.

Mama hatte dann aber die Bedingung aufgestellt, dass Papa mit Oma ein Zimmer teilen sollte und sie mit mir. Da Mamas Schnarchen das meines Vaters wie das zarte Zirpen einer Grille in der Abendsonne erscheinen ließ, war ich von der Idee eher nicht so begeistert.

»Wenn wir in einem Zimmer liegen, kann ich die ganze Nacht nicht schlafen und bin am nächsten Tag nur schlecht gelaunt«, hatte ich ihr erklärt.

Doch sie hatte das abgetan; bestimmt mit irgendeiner klugen Begründung, aber die hatte ich bereits vergessen. Also hatte ich mich gefügt. Dass ich in der Nacht vor meiner Abschlussfeier schlafen könnte, hatte ich sowieso bezweifelt. Ich rieb mir die zugeschwollenen Augen. Eigentlich hatte ich trotz Mama und Abschlussfeier gut geschlafen, dachte ich nachdenklich.

Plötzlich kam mir mein Traum wieder hoch. Ich probierte den Gedanken aus. So wie ich, wenn ich als Kind geträumt hatte, dass ich fliegen könne, auch immer ausprobierte, ob es nicht vielleicht doch klappt. Ein paar vorsichtige Flügelschläge. Am besten in der Dusche. Damit es niemand sieht. So peinlich berührt von der Unfähigkeit, Traum und Realität auseinanderzuhalten, war ich damals, dass ich selbst im verschlossenen Badezimmer nur ganz zaghafte Flugversuche wagte. Dann fragte ich mich den ganzen Tag, ob es wohl vielleicht doch geklappt hätte, wenn ich es mit voller Überzeugung versucht hätte.

Genauso zaghaft probierte ich jetzt auch diesen Gedanken, den ich selbst im Kopf nicht mehr auszusprechen wagte. In einer beigen Ecke des Zimmers sah ich meinen verschlossenen Koffer. Mamas Koffer sah ich nirgends, und auch Mama war weder zu hören noch zu sehen.

Aber es war auch schon 9:07, wie der Digitalwecker auf dem Nachttischchen verkündete. Mama hatte sich an das Aufstehen mit Kindern gewöhnt. Sie war bestimmt schon lange wach und nervte jetzt unschuldige Hotelangestellte mit ihren Versuchen, frisch gepressten Grapefruitsaft und ein weich gekochtes Ei zu ergattern.

(»Nicht hart, nicht wachsweich, nein weich, flüssig weich. Ist doch nicht so schwer.«)

Meinen Kopf schüttelnd räumte ich dem Tod meiner Mutter den gleichen Realitätsgrad wie meinen Flugfähigkeiten ein und stolperte schlaftrunken ins Bad.

Obwohl Mama sich bei der Zimmerwahl nicht hatte lumpen lassen, war das Bad typisch englisch. Also winzig klein mit zwei Wasserhähnen - kochend heiß und flüssiges Eis. Auf dem Klo sitzend streckte ich die Hand aus und nahm eine der beiden Hotelzahnbürsten aus dem Zahnputzbecher. Beide waren noch eingeschweißt. Hatten wir uns gestern nicht die Zähne geputzt?, fragte ich mich mit schlechtem Gewissen und ließ meine Zunge über die pelzige Zahnoberfläche gleiten. Igitt. Die Reiseklamotten hatte ich auch anbehalten und in Leggins und Pulloverkleid geschlafen. Sogar meinen BH hatte ich noch an und fühlte eine Mischung aus Schmerz und Schweiß unter den Brüsten.

Mir wurde flau im Magen, und ich versuchte krampfhaft den gestrigen Abend zu rekonstruieren. Ich hatte einen Filmriss, wie ich ihn seit meiner Kifferzeit mit fünfzehneinhalb nicht mehr gehabt hatte.

Ich stand auf, spuckte ins Klo und spülte die schaumige Mischung aus Urin und Zahnpasta runter. Mit schnellen Bewegungen vom heißen zum kalten Wasser und wieder zurück wusch ich mir die Hände und stellte die Zahnbürste wieder in den Becher. Aus dem Spiegel guckte mir ein bleichgelbes Gesicht mit dunklen Augenringen entgegen. Gott, seh ich scheiße aus, dachte ich und verließ das Bad.

Ums Gesicht würde ich mich gleich kümmern. Erst musste ich sichergehen, dass ich nicht fliegen konnte. Ohne Schuhe und mit buntgeringelten Socken lief ich auf dem beige-schwarz gemusterten Teppich den beigen Flur entlang. Ich erinnerte mich an den israelischen Witz über die polnische Ehefrau, die beim Orgasmus »beige, unsere Vorhänge sollten beige sein« sagt. Anders als die Deutschen denken die Israelis nicht, dass die Polen klauen, sondern dass sie besonders emotionslos sind. Den Witz kannte ich von Mama, die ihn von Ralf kannte. Ich weiß nicht, ob ich ihn je sehr lustig fand. Aber jetzt war ich froh, dass ich ihn hatte.

Ich war mir nicht so sicher, wo Georgs und Omas Zimmer war, also ging ich den langen Flur zum Empfangsbereich entlang, um dort den Concierge zu fragen. Auf dem Weg kam mir ein Zimmermädchen entgegen, das mich anlächelte. Mitleidig anlächelte, dachte ich. Ohne dass ich hätte erklären können, wieso, wirkte ihr Lächeln bedauernd, und sie guckte nach kurzem Augenkontakt auf den Boden und huschte schnell weiter. Der Flur mündete in ein offenes Treppenhaus, und aus polnisch beige wurde herrenhäuslich englisch: rot-gold gemusterter Teppich auf Marmortreppe an Mahagonigeländer. Ich legte die linke Hand aufs Geländer und lief langsam die Treppe herunter. Ich war immer noch nicht richtig wach, aber schon genügend Treppen hinuntergefallen, um zu wissen, dass jetzt nicht der Moment für Eile war.

Unten angekommen war der Conciergeposten leer. Ich streckte mich über den schwarzen Marmortresen, um zu erspähen, ob vielleicht doch irgendwo irgendwer war.

Plötzlich hörte ich Stimmen aus dem Flur. Ich drehte mich um und sah meinen Vater, wie er mit dem Concierge sprach, leiser als sonst und weniger. Er entdeckte mich und guckte mich durch dicke Tränensäcke an. Er sah älter aus als je zuvor. Er war immer ein junger Papa gewesen, doch plötzlich sah man ihm die beinahe fünfzig an. Und sogar mehr. Er sah richtig alt aus.

Er guckte mich an, und ich dachte, dass gleich ein Redeschwall aus ihm rausschießen musste. Doch da kam nichts. Als ob ich brechen müsste, stieg es in mir auf, und ich sah ihn nur noch verschwommen, wie durch eine Nebelwolke. Es fühlte sich an, als hätte ich Watte in den Ohren, und durch diese Watte hörte ich unsere Worte:

»Mama ist tot.«

»Quatsch.«

Tränen groß wie Pingpongbälle liefen ihm das verquollene Gesicht runter. Ich war mir nicht mehr sicher. Auf einmal lag Georgs Hand auf meiner Schulter. Das war so ein fremdes Gefühl. Eine Geste, die ich nicht von ihm kannte, und dann war ich mir sicher. Mama ist tot. In meiner Nebelwolke schlug Klarheit wie ein Blitz ein.

Mein Hirn arbeitete auf Hochtouren. Elijah, Beerdigung, Trixie, Haus, Geld, dachte etwas in mir schlagartig. Eli war bei Sarah, sein Handy bestimmt wie immer aus. Man müsste es also Sarah sagen und die dann Eli. Nein, ich musste es Eli selbst sagen. Der würde total zerstört sein. Der brauchte mich. Der Rückflug war für morgen früh gebucht. Sollte ich einen früheren Flug besorgen? Nein, man musste sich ja noch darum kümmern, wie Mama nach Deutschland kam. O. k. Trixie war bei Lothar. Dem müsste man es sagen. Er sollte entscheiden, wie und ob man es Trixie sagt. War Trixie noch klein genug, um es gar nicht richtig zu merken? Würde sie Mama einfach vergessen, sodass man es ihr in ein paar Jahren schonend erklären könnte? Egal, damit muss sich Lothar herumschlagen. Mein Problem war, die Beerdigung zu organisieren. Und ich musste es Eli beibringen. Der arme Eli. Ich konnte Sarah gar nichts sagen, sonst würde Eli das vielleicht merken. Wobei menschliches Feingefühl nicht seine Stärke war. Egal, nichts riskieren. Eli ist morgen dran. Um die Überführung kümmert sich sicherlich Georg. Irgendjemand muss sich um Oma kümmern. Die braucht eine Aufgabe, irgendwas Planerisches, damit sie nicht durchdreht. Die soll die Urlaubsflüge stornieren. Nach Zypern fahren wir jetzt sicherlich nicht. Und sie muss die Vermieter des Hauses anrufen, um zu sagen, dass wir nicht kommen. Nein, das kann sie nicht. Sie kann keine Fremdsprachen. Sie soll Christoff anrufen. Der kann ihr helfen. O.k., Oma kümmert sich um die Urlaubsstornierung. Georg um die Überstellung des Körpers. Lothar um Trixie. Ich um Eli. Ich würde erst mal nach Frankfurt ziehen. Das muss ich mit Oxford regeln. Also eigentlich nur mit meinem Doktorvater. Der würde das verstehen. Wenn ich dem sage, was passiert ist, dann klärt er das mit der Fakultät. Das passt. Also würde ich zu Eli nach Frankfurt ziehen.

Geld ist da. Das hat Mama ja versprochen. Lebensversicherung von einer Million und die Immobilie in Schwerin. Ich müsste also nur zu Eli ziehen und mich darum kümmern, dass er das irgendwie übersteht. Und dass sein Vater ihn nicht in die Finger bekommt und alles noch schlimmer macht. Das Kopfrasen verlangsamte sich.

Der Vorteil einer beschissenen Kindheit ist, dass man lernt, routiniert mit Katastrophen umzugehen. Während andere im Sturm anfangen, mit ihren Ängsten zu ringen und mit den Tränen zu kämpfen, bleibt man selbst ganz ruhig, befestigt die Takelage und verschiebt emotionale Ausbrüche auf die Zeit, wenn das Schiff im sicheren Hafen angekommen ist. Und so ratterte mein Gehirn alle Möglichkeiten und Handlungen durch, schnell und analytisch, eher Schachspiel als Todesfall.

Im Spiegel sah ich eine Fremde und merkte erst da, dass ich wieder im Bad stand. Kurz war ich mir nicht sicher, ob ich unten gewesen war und Georg gesehen hatte, oder ob ich das nur geträumt hatte. Ich wusch mir das Gesicht mit eisigem Wasser. Nein, nein, das war jetzt schon real. Ich pumpte Feuchtigkeitscreme aus dem Spender in meine Hand. Viel zu viel, Geldverschwendung, dachte ich und cremte mir Gesicht, Hals und Dekolleté ein. Und die Ohren. Immer auch die Ohren. Das hatte Mama mir beigebracht, weil sie der Meinung war, dass Oma zuerst auf den Ohren Falten bekommen hatte und man sich deshalb dringend die Ohren eincremen musste. Jetzt würde Mama wohl keine Ohrenfalten mehr bekommen, dachte ich. Als ich fertig war mit Denken, war ich geschminkt. Den Akt des Schminkens hatte ich gar nicht mitbekommen, das war beim Denken so nebenbei passiert.

Ich guckte in den Spiegel und stellte fest, dass ich noch nie so gut ausgesehen hatte. Ich wusste, dass eine dicke Schicht Make-up auf meiner Haut saß, immerhin kannte ich den Vorher-Nachher-Vergleich. Aber mein Gesicht sah nicht aus, als trüge ich eine Maske. Im grellen Licht des Hotelbadezimmers sah ich aus, als hätte ich vier Wochen Sonnenurlaub hinter mir. Frisch, ausgeschlafen, gesund und glücklich. Ich schüttelte den Kopf, und aus dem Spiegel schüttelte es hübsch zurück. Ich war versucht, mir das Gesicht noch mal zu waschen, aber es hätte nichts genutzt. Mein Gesicht wusste einfach nicht, wie es jetzt auszusehen hatte.

Ich zog meine Leggins und das Pulloverkleid vom Vortag aus und ging zu meinem Koffer. Als ich gepackt hatte, dachte ich, ich bräuchte nur Schlafsachen und mein Subfusc – akademische Formalkleidung, die unter dem Talar getragen wird – für die Graduierung. Ansonsten war mein kleiner gelber Koffer leer. Also zog ich meine weiße Bluse, die schwarze Smokinghose und die Smokingjacke an, schlüpfte in meine schwarzen Lackslipper und kramte die weiße Fliege hervor. 2012 war die Geschlechtertrennung bei der Subfuscwahl aufgehoben worden. Meine Kommilitoninnen trugen weiterhin die knielangen Röcke und hässlichen schwarzen Satinhalsbänder, die zuvor für Frauen vorgeschrieben waren. In meinem Bekanntenkreis war ich die Einzige, die sich für Hose, Jacke und Fliege entschieden hatte.

Weil ich die Einzige war, musste ich es richtig machen. Daher hatte ich mich, anders als der Großteil meiner männlichen Kollegen, nicht für die vorgebundene Polyester-Deppenfliege, sondern für ein Modell in strukturierter weißer Seide zum Selberbinden entschieden. Meine erste Woche im Masterstudium hatte ich mit Fliegenbindenlernen zugebracht. Trotzdem lief es bei jedem öffentlichen Anlass darauf hinaus, dass ich mir panisch in letzter Sekunde einen geübten Mann suchte, von dem ich mir heimlich die Fliege richtig binden ließ. Meist musste der betreffende Mann dafür so tun, als würde er seine eigene Fliege binden. Also hatten sich in meinen ersten Wochen in Oxford einige Männer von hinten an mich gedrückt und mir mit vorsichtigen Fingern die Fliege gebunden. So hatte ich schnell ein paar Bekanntschaften geschlossen. Nichts macht vertrauter als ein paar Minuten Kopf an Kopf und Po an Schwanz zu stehen. Schöner, schmuddeliger Gedanke, dachte ich, den musste ich Mama sagen. Als ich begriff, dass das nicht mehr gehen würde, war meine Fliege gebunden. Ich hatte es doch noch gelernt.

»Entschuldigen Sie, bunte Strümpfe sind leider nicht erlaubt.«

»Was?«, sagte ich. Vor mir stand eine schmallippige Dame mittleren Alters in schwarzem Talar.

»Bunte Strümpfe sind nicht erlaubt«, wiederholte die Aufseherin.

»Ich kann sie ausziehen«, schlug ich vor und hob den linken Fuß.

»Wenn Sie an der Zeremonie teilnehmen wollen, müssen Sie schwarze Strümpfe tragen.«

Ich blieb stehen und starrte die Sittenhüterin an. Ich wusste auf einmal nicht mehr, was ich eigentlich hier wollte.

»Ihr College hat Sie von den Kleiderregelungen zur Graduierung informiert«, stellte die Aufseherin mit strenger Stimme fest.

»Meine Mutter ist heute Nacht gestorben«, antwortete ich.

Als hätte ich eine magische Formel gesprochen, drehte die Hüterin des Theaters sich um und wendete sich einem Mädchen mit hellblau besticktem Kopftuch zu. Das sind nicht die Droiden, nach denen ihr sucht, dachte ich, und folgte den anderen in den Bauch des Theaters.

Der Orgelspieler spielte sich gerade warm – oder zumindest klang es so –, und so konnte man die Menschenmengen und das Stühleschieben kaum hören. Um mich herum war geschäftiges Treiben. Alle suchten ihre Familien, die bereits in den oberen Reihen saßen und auf die Herde der Studenten hinabguckten. Wie aufgeregte Pinguine watschelten meine Kommilitonen in ihrer schwarzweißen Formalkleidung hin und her, um einen Platz zu ergattern, von dem aus sie besonders vorteilhaft von der stolzen Sippe fotografiert werden konnten.

Nur ich setzte mich auf den erstbesten freien Sitzplatz und schaute auf meine Socken. Die hatte Mama mir geschenkt. Wie fast alle meine Socken. Sie hatte sie bei irgendeinem Burberry-Sale im Internet »geschossen«. Da hatten sie dann anstatt 40 Euro nur noch 10 Euro gekostet. 10 Euro für ein Paar bunte Ringelsocken. Da hatte sie dann gleich zehn Paar gekauft – wieder ein Schnäppchen gemacht. Dass ich schwarze Socken brauchte und mit bunten Socken gar nichts anfangen konnte, war ihr egal gewesen.

»Musst se ja nicht nehmen«, hatte sie gesagt. »Außerdem sieht das ja niemand.«

»Doch, das sieht man bei den Smokingschuhen, und dann lassen die mich nicht an der Graduierung teilnehmen«, hatte ich geantwortet.

»Ach Quatsch, dann musste halt mit denen diskutieren. Die können dir doch nicht die Sockenfarbe verbieten.«

Das war ihre Antwort auf alles. Irgendwie geht das schon. Klar, wenn man die Gabe hat, Leute so penetrant vollzuquatschen, dass sie einem lieber alles durchgehen lassen, als weiter zu diskutieren, geht das. Scheiß auf die Konsequenzen oder darauf, dass man sich zumindest im akademischen Leben immer zehnmal sieht.

»Mama, das geht nicht«, hatte ich gesagt »das sind Engländer, da ist diskutieren sinnlos.«

»Das kriegst du hin, du bist doch meine Tochter.« Das sagte sie immer, und es machte mich wahnsinnig. Es machte mich wahnsinnig, weil es mir das Recht absprach, eine eigene Persönlichkeit zu besitzen. Und weil es sie daran hinderte zu erkennen, wer ich war und was ich konnte. Anders als sie konnte ich pünktlich sein, meine Zeit vernünftig managen und respektvolle, streitlose Beziehungen führen. Und es hinderte sie daran zu sehen, was ich nicht konnte: Oxfordaufseher davon überzeugen, mich mit bunten Socken an meiner Abschlussfeier teilnehmen zu lassen. Also hatten wir eben miteinander diskutiert. Ohne Sinn und Verstand, aber mit Nachdruck. Bis Paul mir irgendwann ein Paar schwarze Socken von sich in die Hand gedrückt hatte. Aber das hatte den Streit natürlich auch nicht beendet, weil wir zu diesem Punkt längst von der Metaebene zur Meta-Metaebene vorgedrungen waren und ich mich darüber aufregte, dass Mama mir immer meinen Ton vorwarf, um bloß nicht eingestehen zu müssen, dass ich inhaltlich recht hatte, und Mama mir vorwarf, ihr immer Vorwürfe zu machen. Da waren Socken nebensächlich.

Plötzlich stand ich auf, angetrieben von der Bewegung der Masse, die sich um mich herum erhoben hatte, um den Einzug der Proktoren und des Vizekanzlers zu würdigen. Beim Aufstehen rutschte mein Hosenbein herunter und begrub unter sich die bunten Socken. Der Orgelspieler hatte mittlerweile seinen Beat gefunden, und die Prozession von Talaren in Schwarz, Blau, Rot und Hermelin zog mit schweren, aber rhythmischen Schritten an uns vorüber. Angeführt und abgeschlossen wurde der Einzug der Honoratioren von zwei kleinen Talarträgern, die unter ihren eckigen Samtmützen aussahen wie ehrenwerte Sitzmöbel. In den Händen trug jeder einen langen, dicken Streitkolben.

Mama würde sich bestimmt über die mächtigen Silberschwänze lustig machen. Ja, ja, Phallussymbol, dachte ich. Als hätte er meinen Gedanken gelesen, schaute mich der Vizekanzler milde lächelnd an und hob seinen Doktorhut eine Hand breit vom Kopf, um ihn dann wieder auf die Glatze zu setzen. Ich verbeugte mich, weil alle sich verbeugten, und verstand erst da, dass das hier meine Graduierung war und ich bunte Socken trug. Gott sei Dank konnte Mama das nicht sehen, damit würde sie mir sonst für immer in den Ohren liegen. »Siehste, hab ich's dir doch gesagt. Gut, wa?«, hörte ich sie schelmisch grinsend zum Besten geben. »Lass mich doch in Ruhe«, antwortete ich und fragte mich sofort, ob ich das jetzt laut gesagt hatte. Aber wenn, hatte es anscheinend niemand gehört, die anderen waren zu aufgeregt und hörten mit gespitzten Ohren der Rede des Vizekanzlers zu. Auch ich sah ihn reden, noch auf Englisch, bevor gleich der lateinische Teil folgte. Er sprach über Tradition und Fortbestand. Das gehörte dazu. Irgendwo hatte ich mal gehört, dass die Universität Oxford älter war als das Aztekenreich. Ich weiß nicht, ob es der Vizekanzler erzählt hatte oder ob ich es bei Buzzfeed gelesen hatte. Auf jeden Fall hatte es mich nicht überrascht.

Mit getragener Stimme und leichtem Lispeln redete der Vizekanzler über den Weg, den wir zurückgelegt hatten, um jetzt hier zu sein. Er meinte bestimmt den metaphorischen Weg: unser Studium, die langen Tage in der Bibliothek, die erregten Diskussionen bei Tee oder Port in den wohnzimmerartigen »Büros« unserer Dozenten, die durchgearbeiteten Nächte.

Aber ich dachte an den Weg der letzten Nacht. Die Autobahn, auf der ein eingenickter Lastwagenfahrer den Körper meiner Mutter verteilt hatte. Ich hatte es nicht gesehen, nur von Papa ein paar Eckdaten gehört, aber in meinem Kopf malte sich die Szene von ganz alleine aus, und ich sah ihre feuerroten Kleider und ihren blutroten Körper.

Der Trucker hatte sie wohl nur von der Seite erwischt, und so war der Großteil ihres Körpers über die Leitplanke in einen Graben geflogen. Der Kopf blieb so weit unversehrt, dass mein Vater sie noch am Unfallort identifizieren konnte. Und nicht mal das war wirklich nötig, da Mama wegen des Fluges ja ihren Pass bei sich hatte. Die Polizei brauchte uns also gar nicht. Nachdem unsere Personalien aufgenommen waren und Papa notdürftig erklärt hatte, was eine deutsche Frau zu Fuß auf einer englischen Autobahn zu suchen hatte, konnten wir gehen. Es hätte einen psychologischen Berater geben müssen. Aber der war verspätet, was ja auch kein Wunder ist, wenn man die Qualität der Straßen bedenkt. Also schickte man uns weg. Und so fuhren wir, bis wir in Oxford ankamen, weil es nichts anderes gab, was wir hätten tun können. Und dann schliefen wir. Und dann wachten wir auf und wussten nicht, was wir tun sollten.

Ein paar Telefonate, um die Überführung der Toten zu klären, aber sonst gab es nichts mehr vor dem Rückflug. Georg und Oma hatten kurz diskutiert, ob man den Flug noch auf den Abend umbuchen könne, aber man hatte sich geeinigt, dass das keinen Sinn ergebe. Ich will nicht sagen, dass Mamas Tod sie nicht erschütterte. Und irgendwie standen wir natürlich unter Schock. Aber ein Todesfall in der Familie ist ja keine Persönlichkeitsgeneralüberholung. Sie waren beide traurig, aber immer noch die Alten. Und das bedeutete vor allem eines: Sie waren immer noch geizig.

Oder was Mama immer als geizig bezeichnet hatte. Während Oma immer beteuerte, dass sie doch nicht geizig war, aber man ja auch nicht immer sinnlos Geld aus dem Fenster schmeißen musste. Damit meinte sie Mama, die Geld aus und in jede Öffnung schmiss und stopfte, die sie nur irgendwie finden konnte. Weder Papa noch Oma war bereit, die tausend Euro auszugeben, um uns noch am selben Tag nach Deutschland zu fliegen. Und vielleicht wussten sie auch nicht, was sie da sollten. So wie wir alle nicht genau wussten, was wir irgendwo sollten. Irgendwie war klar, dass eine Menge auf uns zukommen würde, aber nicht heute oder morgen. Und in mir drinnen war ich auch ganz dankbar, dass ich noch einen Tag Zeit hatte, bevor ich meinem Bruder sagen musste, dass seine Mutter tot war.

Und wenn ich ehrlich bin, war es auch ein Triumph. Oder zumindest wäre es eine Niederlage gewesen, mir diesen Moment von Mutter kaputt machen zu lassen, so wie sie alles kaputt machte. Deswegen hatte ich auch nicht gewollt, dass sie herkam. Ich wollte einfach in Ruhe meinen Abschluss feiern. Mit den Menschen, die stolz auf mich und meine Leistung waren, und nicht nur, weil meine Leistung sie (in ihren Augen) zur besten Mutter der Welt machte.

Wobei - vielleicht sprach ich meinem Vater auch zu viel Ehre zu. Es war ja nicht so, als ob er mich nicht vor allem als Vorzeigetochter verwendete. Vor meinem inneren Auge sah ich schon, wie er durchs Büro rannte und allen Fotos von mir im Talar zeigte und gebetsmühlenartig »Meine Tochter hat ihren Abschluss in Oxford gemacht« wiederholte. Aber irgendwie war mir der genuine Stolz meines Vaters auf »seine Tochter« immer noch lieber als das »Weißt du noch, wie ich damals eine Englisch-Vokabel für dich nachgeschlagen habe, ohne mich hättest du es nie nach Oxford geschafft« meiner Mutter.

Mir war klar gewesen, dass wenn meine Mutter zu meinem Abschluss käme, sich der ganze Tag nur um sie drehen würde. So wie sich immer alles nur um sie drehte. Deswegen hatte ich ihr gesagt, dass es nicht weiter wichtig wäre, ob sie käme, und sie war einverstanden. Hätte ich ihr gesagt, dass ich nicht wollte, dass sie kommt, wäre sie natürlich auf die Barrikaden gegangen. Aber einem »ich würde mich freuen, aber es ist nicht schlimm, wenn nicht«, konnte sie nicht widerstehen. Und sie wäre auch in Deutschland geblieben, hätte sich mein Vater nicht mit seinem »Aber du kannst doch nicht den Abschluss deiner Tochter verpassen« eingemischt. Mutter versuchte noch das Unumgängliche zu verhindern, indem sie Georg erklärte, dass unzählige Menschen von ihr abhängig waren und verhungern und verdursten würden, wenn sie auch nur für einen Tag Frankfurt verließe. Aber Georg ließ nicht locker. Mit einem Elternabend in Trixies Kindergarten kriegte sie ihn fast, aber dann bestand er doch darauf, dass die Graduierung der einen Tochter wichtiger sei als ein popeliger Elternabend der anderen.

Meinen Einwand, dass sich alles nur um Astrid drehen würde, wenn sie käme, wiegelte er ab.

»Kind, wir feiern deinen Master in Oxford«, hatte er gesagt, »womit soll sie das bitte in den Schatten stellen? Wie kann man das überbieten?«

Und wie immer wusste ich nicht, wie, sondern nur, dass. Georg wollte auf mein Flehen nicht hören und salbaderte nur darüber, wie er mit Astrid vor meinem Kinderbettchen gestanden hatte und mir beim Schlafen zugesehen hatte, und dass es wichtig sei, dass sie bei meinem Abschluss dabei sei. »Es ist doch die Mama« und so. Also wirkte Georg weiter auf Astrid ein. Und in einem Spiel um die bessere Elternschaft konnte Astrid sich doch keine Niederlage gegen Georg eingestehen. Und so flog sie nach England. Sie flog nach England und starb.

Ob Papa das wusste? Hatte er schon bemerkt, dass sie jetzt noch am Leben wäre, wenn er sich nicht eingemischt hätte? Ich guckte auf meine bunten Socken, aus Angst, ihn anzuschauen und ihm mit meinen Augen die Wahrheit zu sagen.

Mit aller Macht versuchte ich dem Monolog des Vizekanzlers wieder zu folgen. Er sprach immer noch über die lange Tradition, in der wir uns befanden, und unsere Rolle in dieser Geschichte. Glaube ich zumindest - wenn man das alles oft genug gehört hat, hört es sich doch eher gleich an.

Aber dann sagte er etwas Neues. Wahrscheinlich sagte er auch das jedes zweite Mal, aber ich hatte es noch nicht gehört. Im Nachhinein war das, was er da auf seinem goldenen Thron von sich gab, nicht weiter einfallsreich. Aber mich überraschte es jetzt doch.

Er sagte, dass wir, die wir hier saßen, um gleich unseren Abschluss entgegenzunehmen, nicht die Einzigen waren, die etwas geleistet hatten. Dann bat er uns, an all die Menschen zu denken, die uns geholfen hatten, das zu erreichen. Dann forderte er uns auf, unsere Angehörigen anzuschauen und uns im Geiste bei ihnen für die Unterstützung zu bedanken. Ich schaute immer noch auf meine Socken, aber die Aufforderung verwirrte mich so, dass mein Kopf hochzuckte, wie von unsichtbarer Hand gelenkt, und dann sah ich sie. Neben meiner kleinen braungrauen Oma und meinem tränenüberströmten Vater leuchtete ein Flecken feuerwehrrot und forderte Dankbarkeit ein. »Hätte ich dich nicht damals zur Summer School nach England geschickt, hättest du niemals in Oxford studieren können«, sagte sie.

»Es waren nur drei Wochen, und ich war zwölf, und von den dreißig Leuten, die mit mir da waren, sitzt heute keiner mit mir hier, und außerdem war es Ralf, der mir Oscar Wilde vorgelesen hatte, bis ich mich in diese Sprache verliebte, und nicht du, weil du nie Zeit hattest, mir was vorzulesen«, wollte ich schreien, aber sah im letzten Moment, dass sie nicht wirklich da war, sondern ich nur den feuerroten Samtbezug des leeren Stuhles neben meinem Vater gesehen hatte. Und dass ich in einem Raum voller Menschen war und diese Menschen auch noch aufgestanden waren, ohne dass ich es gemerkt hatte, und ich als Einzige noch saß.

Ich sprang auf. Etwas zu schnell und etwas zu laut. Die Masse bewegte sich in Vierergruppen auf den Vizekanzler zu. Sascha schubste mich in die richtige Richtung. Ich hatte ihn noch gar nicht bemerkt.

Ich hatte meine Freunde nicht mal begrüßt. Sascha nicht, obwohl er neben mir saß. Und Laura nicht, die Jura studierte, aber eigentlich nur tagein, tagaus *Siedler von Catan* spielen wollte. Martin nicht, der immer seine Kamera dabeihatte, um der Welt zu zeigen, wie schön sie war. Und Bess nicht, die sich Neuankömmlingen mit Regenbogenhaaren, Kniestrümpfen und den Worten: »Hallo, ich bin Bess. Wir sollten mal Sex haben«, vorstellte. Nicht mal Evelin hatte ich begrüßt, und dabei war sie mein Mensch in Oxford, seitdem wir eines Nachts im Pub beschlossen hatten, dass eine Freundschaft die einzig logische Entscheidung angesichts unserer offensichtlichen intellektuellen und emotionalen Kompatibilität wäre.

Um mich herum waren die Leute, mit denen ich im letzten Jahr gegessen, geredet, gespielt, gelacht und gekotzt hatte – also ich nicht, aber der Engländer ist ja nicht für seine Trinkfestigkeit bekannt –, und ich hatte sie überhaupt nicht wahrgenommen. Jetzt gingen wir gemeinsam auf diesen Moment zu, auf den wir alle so fieberhaft hingearbeitet hatten, und es zog alles wie im Flug an mir vorbei. Der Vizekanzler sagte irgendwas, und die Reihe vor mir sagte irgendwas, und alle verbeugten sich. Saschas lange Komponistenhaare zogen in einem großen Lockenbogen an mir vorbei. Und nun stand ich vor dem Vizekanzler. Links und rechts von mir Freunde und Studenten anderer Colleges, manche kannte ich gut, andere nur flüchtig.

»Do fidem!«, sprach es von überall her. Und auch aus meinem Mund ertönte der lateinische Treueschwur. Es war, als sagte ihn jemand anderes: »Do fidem!« – »Ich gelobe es.« Ohne mir noch ganz im Klaren zu sein, was ich da gelobte. Wir verbeugten uns und verließen das Theater.

Und ich war nicht mehr nur ich, sondern *Master of Studies, Oxon.* Ich hatte es geschafft. Und fühlte mich genau wie davor, nur etwas trauriger. Es war doch wie immer gekommen. Ich hatte meinen Tag nicht für mich gehabt. Ganz im Gegenteil, Mama hatte es mal wieder geschafft: Durch ihren Tod hatte sie sich wie ein Leichentuch über meinen Tag gelegt.

Als wir am Frankfurter Flughafen landeten, war alles schon wieder normal. Oder zumindest hatte ich das Gefühl, in den Gesichtern der anderen den fortschreitenden Normalisierungsprozess beobachten zu können. Oma keifte Thao, ihren vietnamesischen Ziehenkel, am Telefon an, er solle erst seine Hausaufgaben machen und sich danach mit seinen Freunden treffen, und dann schloss sie an, dass er sowieso keine Zeit für Freunde habe. Er müsse ja noch für seine Englischklausur lernen – und hatte er sich eigentlich schon die Zähne geputzt? Georg telefonierte abwechselnd mit seiner Redaktion, dass sie sein Stück bloß nicht aus der nächsten Sendung nehmen sollten, und mit Christoff, um Reisestornierungen zu besprechen.

Christoff war der Grund, warum ich meinen Vater lieber mochte als meine Mutter. Oder zumindest war Christoff das narrative Element, der Teil der Geschichte, der am besten erklären konnte, wieso Mama und Papa so unterschiedlich waren. Denn meine Mutter und mein Vater waren ursprünglich der gleiche Mensch. Sie hatten sich auch nur deshalb kennengelernt, weil sie Dipol-Dipol-Kräfte entwickelten und sich wie zwei identische Wassermoleküle angezogen hatten.

Es muss vor ungefähr sechsundzwanzig Jahren gewesen sein, dass Georg und Astrid an derselben Universität in Leipzig, oder war es Dresden, egal, irgendwo im Osten, studierten. Papa war ein Semester weiter als Mama, und sie hätten sich nie kennengelernt, hätte nicht ein Professor irgendwann Papa gebeten, er solle seiner Schwester etwas ausrichten. Papa war Einzelkind. Jetzt wo ich darüber nachdenke, hätte der Professor das wissen müssen, weil Papa ja einen ganz anderen Nachnamen hat. Aber egal, so erzählte Papa die Geschichte immer, und es gibt keine Möglichkeit, jemals herauszufinden, welcher Teil davon stimmt oder ob er die Geschichte gleich ganz erfunden hat. Aber wenn er sie erfunden hat, dann fühlt sie sich doch an, als wäre sie wahr. Und das ist ja das Wichtigste.

Also auf jeden Fall dachte der Professor, dass Georg und Astrid Geschwister seien. (Komisch, wie ich bei diesem Gedanken automatisch von Papa und Mama zu Georg und Astrid wechsle, als wolle mein Hirn die inzestuöse Phrase »dass Papa und Mama Geschwister sind« verhindern.) Papa war so fasziniert davon, eine ungekannte Schwester zu haben, dass er Mama kennenlernen musste. Und die Ähnlichkeit muss wohl tatsächlich frappierend gewesen sein. Zumindest behauptet Papa das. Und irgendwie weiß ich, dass es stimmt, und irgendwie stimmt es auch nicht.

Aber Papa und Mama, vor allem, wenn sie im gleichen Raum waren, konnten wirklich unglaublich identisch sein: singend, tanzend - auch auf Tischen -, laut, exzentrisch bis zur Schmerzgrenze, redewütig bis zur Manie. Und trotzdem müssen sie auch damals schon sehr unterschiedlich gewesen sein, denn sonst wäre Mama ja nicht von der Uni geflogen. Außerdem hasste Georgs gesamte Seminargruppe Astrid. Oder, vielleicht waren sie doch nicht so unterschiedlich. Aber das, was bei einem jungen Mann bewundert wurde, wurde der jungen Frau zum Verhängnis. Vielleicht war es das Gender-Pendant zu »Wenn der Keks spricht, schweigt der Krümel«. Wie soll ich das heute noch sagen können? In jedem Fall, Mama und Papa fanden sich ähnlich, und aus dieser Beinahe-Geschwisterliebe entstand ich. Und dann irgendwann trennten sich die beiden. Da war ich ungefähr neun.

Eigentlich trennten sie sich schon vorher, also die emotionale und sexuelle Trennung fand vor meiner Geburt statt, aber erst als ich neun war, wurde aus der Trennung im Bett eine Trennung von Tisch und Bett.

Für Kinder ist so etwas gemein. Ein bisschen, wie wenn man als Erwachsener mitbekommt, dass jemand, den man sehr mochte, aber aus den Augen verloren hat, vor ein paar Jahren gestorben ist. Man hat also eigentlich gar nicht mehr das Recht zu trauern, weil es ja schon verjährt ist. Genau so fühlte es sich an, als meine Eltern mir sagten, dass sie auseinanderziehen würden, und als sie mir dann, als ich anfing zu weinen, erklärten, dass sie schon meine ganze Kindheit über getrennt gewesen waren.

Irgendwie dachten meine Eltern, dass die wechselnden Männer meiner Mutter - der Pariser Künstler, der Zeitungsjournalist mit dem Motorrad oder der vegane Nudist - mich hätten wissen lassen müssen, dass meine Eltern nicht »zusammen« waren. Aber wenn man neun Jahre alt ist, dann ist zusammen zu Abend essen und zusammen frühstücken gleichbedeutend mit »zusammen sein«. Dass es zwischen Abendbrot und Frühstück ein entscheidendes Interregnum gibt, ohne dessen zumindest sporadische Durchführung zusammen nicht *zusammen* ist, war mir damals nicht klar.

Es ist komisch, wie so ein Gedächtnis funktioniert. Wenn ich im Kopf meine Erinnerungen vor diesem verhängnisvollen Tag durchgehe, dann komme ich vielleicht auf eine Handvoll Bilder. Da sind die Montagsdemonstrationen: ich auf Mamas Arm und überall Kerzen und Menschen. Aber vor allem Kerzen. Und überall Stimmen. Wir sind das Volk!

Die Welt ist sich einig, dass ich mich daran nicht erinnern kann, weil ich mich unmöglich an etwas erinnern kann, was passierte, als ich gerade mal ein Jahr alt war. Aber ich weiß es besser. Das Volk, das wir waren, ist in meinem Kopf so real wie mein letztes Frühstück.

Als Nächstes erinnere ich mich an das Monster. Also, ich habe das Monster nie gesehen, aber ich hatte es aus verlässlicher Quelle, dass in unserer Wohnung in Leipzig ein Monster wohnte. Das Bild in meinem Kopf ist, wie ich mich fest gegen die Wand im Korridor drückte. Der Fußboden war gepflastert mit Fliesen aus geflochtenem Bast, die ich noch unter meinen Füßen spüren kann. Mama war in der Küche, glaube ich. Es war kalt.

Es war immer kalt in der Wohnung, weil wir keine Miete zahlten. Im Winter fror das Wasser in der Toilette, und man musste es mit einem Stock durchschlagen. Die Toilette war eine halbe Etage unter der Wohnung, und wir teilten sie mit den anderen, die hier wohnten und auch keine Miete zahlten. Ich drückte mich an die Wand, weil in der anderen Wand ein kreisrundes Loch war, ungefähr so groß wie die geballte Faust meines Vaters. »Wohnt in dem Loch ein Monster?«, stellte ich meinem Papa die offensichtliche Frage. Er stand ein paar Schritte hinter mir. Ich weiß nicht mehr genau, was er sagte. Egal wie fest ich meine Augen schließe, ich kann seine Stimme nicht mehr hören, und ich weiß nicht, ob er mich anlachte, als er antwortete, oder eine lange fantasievolle Geschichte erzählte. Ich weiß nur noch, wie sich die Welt änderte, weil ich von diesem Moment an wusste, dass es Monster nicht nur in Geschichten, sondern auch in meinem Korridor gibt.

Ein bisschen erinnere ich mich auch an andere Sachen. An den Neubeginn im Westen. An meinen ersten Tag im Kindergarten in Wiesbaden. Ich wollte nicht bleiben. Aber man gab mir einen Pfannkuchen, den sie jetzt, wo wir nicht mehr im Osten wohnten, sondern in Wiesbaden, dem Herz des bürgerlichen Westens, »Berliner« nannten. Als ich den Berliner aufgegessen hatte, war Papa weg. Seitdem esse ich keine Berliner mehr. Er mag süß, rund und lecker sein, aber der gemeine Berliner ist eine Falle.

Und dann erinnere ich mich, wie ich in Mamas Agentur saß. Georg hatte mich vom Kindergarten abgeholt, und wir hatten die Schildkröten gefüttert, die im Biotop lebten. Dann hatten wir in der Kantine zu Mittag gegessen. Ich hatte zwei verschiedene Nachtische. Ich glaube, Sahnepudding und Milchreis mit Apfelmus. Das durfte ich sonst nie, weil Mama und Papa mich zu dick fanden. Das merkte ich daran, dass Papa manchmal Witze über mich machte und Mama versuchte, mir den Pudding zu verbieten, den Papa und ich so gerne aßen.

Danach waren wir noch bei Sofia im Büro gewesen. Sofia moderierte *Akzente,* die Sendung, für die Papa arbeitete, und war die tollste Frau der Welt. Sie war schlank und schön und hatte die besten Kleider. Und jeden zweiten Donnerstag war sie im Fernsehen. Wenn ich zu ihr ins Büro kam, nahm sie mich in den Arm und sprach mit mir wie mit einem wichtigen Erwachsenen. Es war also ein toller Tag gewesen, so wie man ihn nur mit meinem Papa haben konnte.

Dann fuhren wir in den Neubau, in dem die Agentur war, bei der Mama damals angestellt war. Obwohl ich den großen Betonkasten mochte, in dem Papas Büro war, weil da Sofia und Michael arbeiteten, der lustige Berliner Alkoholiker, und auch Sabine mit den bodenlangen Röcken, unter denen man sich verstecken konnte, mochte ich Mamas Neubau lieber. Denn der Neubau hatte in der Mitte des Gebäudes eine Grünfläche, auf der riesige Farne und mehrstöckige Bäume wuchsen. An Mamas Büro erinnere ich mich nicht mehr wirklich und noch weniger an ihre Kollegen, weil die alle wahnsinnig langweilig waren und sich für unglaublich spannend hielten. Zu spannend, um einem vorlauten Gör wie mir ihre Aufmerksamkeit zu schenken. Was ich noch weiß, ist, dass Mamas Büro im ersten Obergeschoss war und dass der Flur vor ihrem Büro auf der zum Innenhof gerichteten Seite eine Art Geländer aus Metallstreben hatte. Man konnte also vom Korridor aus in den Innenhof gucken und sich wie auf einem überdachten Balkon fühlen. Wenn man neun ist, ist so etwas sehr beeindruckend.

Jetzt ist da eine Lücke in meiner Erinnerung. Wie genau meine Eltern mir ihre Trennung beibrachten, weiß ich nicht mehr. Vielleicht begann die Unterhaltung in Mamas Büro. Vielleicht waren wir von Anfang an auf dem Flur. Alles, was ich weiß, ist, dass ich wegrannte, bis ich zum Ende des Flurs kam, wo das Geländer einen Knick machte und man nicht mehr weiterkam. Ich schmiss mich auf den Fußboden und streckte meine Beine unter der untersten Metallstrebe hindurch. Da waren Papa und Mama schon hinter mir und erklärten mir, dass sie sich ja gar nicht wirklich trennten, weil sie ja schon ewig getrennt waren.

Ich wollte nur weg. Ich fragte mich, ob ich mich wohl unter der untersten Metallstrebe hindurchquetschen und in den grünen Innenhof fallen lassen konnte. Ich fragte mich, ob ich wohl zu fett dafür war. Ich fragte mich, ob ich wohl sterben würde, wenn ich mich in den Innenhof stürzte. Und für den Bruchteil einer Sekunde sah ich, wie meine Eltern vor meinem Grab standen und sich die berechtigte Schuld gaben. Aber dann wusste ich auch, dass ich gar nicht sterben wollte, weil ich ja dann nicht sehen könnte, wie sie sich selbst die Schuld gaben. Ich war zum Atheismus erzogen worden und dachte damals, dass man die Geschehnisse nach dem Tod gar nicht mitbekommen würde.

Eigentlich wollte ich nur, dass alles so bliebe, wie es war. Und es war unerträglich, dass ich schreien und weinen und doch nichts ändern konnte. Und ich war mir sicher, dass, auch wenn sie das jetzt behaupteten, nicht alles eigentlich wie immer bleiben würde. Und auf einmal waren wir nicht mehr das Volk. Und nicht nur der Berliner, sondern jede Süßspeise und jeder tolle Tag war in Wahrheit eine Falle. Die Welt war voller Monster.

*

Ein Jahr später war Papa weg. Und auch wenn ich heute weiß, dass er nur für fünf Jahre weg sein sollte, wusste ich das damals nicht, und so war er für alle Ewigkeit weg. Jeden Morgen, wenn ich aufstand, war er weg. Und wenn ich ins Bett ging, war er weg. Und jeden langen Tag.

Ich weiß nicht mehr, wie lange es dauerte, bis ich verstand, dass er wirklich, wirklich weg war. Aber irgendwann war ich mir sicher. Und dann war ich mir sicher, dass ich ihn nicht vermisste, weil man nur Dinge vermisst, die man liebt. Ich aber hasste ihn. Hasste ihn, wie nur Kinder hassen können. Und als ich ihn nicht mehr liebte und ihn nicht mehr vermisste, war der Schmerz weg. Und als der Schmerz weg war, musste ich ihn nicht mehr hassen. Aber ich hasste ihn weiter, nicht weil ich litt, sondern weil ich damals gelitten hatte. Den Hass schuldete ich dem kleinen Kind, das noch immer hoch oben im Birkenbaum saß und schwor, nicht mehr runterzukommen, bis Papa zurückkam. In meinem Gedächtnishaus gab es Räume, die ich nie verschließen konnte, und Ichs, die immer noch in ihnen lebten. Und vielleicht immer leben würden.

Um das Kind hatte sich niemand gekümmert. Papa nicht, weil er gegangen war. Mama nicht, weil sie ihn so lange gepiesackt hatte, bis er dachte, er habe keine andere Wahl mehr. (Aber Papa, man hat doch immer eine Wahl.) Oma Patzi nicht, weil sie heimlich ihre große Liebe für Papa entdeckt hatte, was vor allem deshalb absurd war, weil sie ihn davor immer gehasst hatte. So wie sie immer alle Männer hasste, die Mama mochte. Aber nachdem Georg mich im Rosenkrieg mit Mama hatte sitzen lassen, entschied Oma, dass der Feind ihres Feindes ihr Freund war. Und da ihre Tochter ihr größter Feind war, war Georg somit ihr allerbester Freund.

Für die nächsten fünf Jahre war alles scheiße. Und dann kam Christoff.

Aber erst mal kam Georg nach Frankfurt, wo Mama, Eli, ich und Ralf inzwischen wohnten. Ralf war Mamas damaliger Mann, Elijahs Vater und für einige Zeit auch mein Vater.

Oma hatte über die fünf Jahre, in denen ich keinen Kontakt zu ihm hatte, Georg selbstverständlich die Treue gehalten. Immer wieder hatte sie peinliche Diplomatieversuche gewagt. Oma war für Diplomatie etwa so geeignet wie ein Flammenwerfer zum Kerzenanzünden. Am Ende brannte meist das ganze Haus. Und immer, wenn sie sich weniger dumm anstellte, nahm Georg an ihrer Stelle ein Vollbad im Fettnäpfchen.

An einen ihrer gemeinsamen Versuche erinnere ich mich noch genau. Ich war ungefähr fünfzehn damals. Ich war gerade auf der Suche nach Eli, weil ich wollte, dass er irgendwas aus dem dritten Stock holte – er war damals ungefähr sechs und prima als Hauselfeinsetzbar.

Als ich ins Wohnzimmer kam, saß er neben meiner telefonierenden Oma, die mich mit dieser Mischung aus Scham und Trotz, wie es nur Kleinkinder und meine Oma können, anguckte.

»Es gibt da jemanden, der mit dir reden möchte«, sagte

sie, und bevor ich mich wehren konnte, klebte der Telefonhörer an meinem Ohr.

»Hallo, mein Kind.«

Die Stimme, die ich seit fast fünf Jahren nicht gehört hatte, überzog mich wie kochendes Öl. Ich sagte nichts, sondern guckte Oma nur wütend an. Nein, noch nicht mal wütend, sondern erst mal nur schockiert. Für eine Ewigkeit war alles still. Doch dann brach Georg das Schweigen.

»Patzi hat mir erzählt, dass du ganz schön zugenommen hast«, lachte er ins Telefon und brach so auch mein Schweigen.

»Das ist jetzt nicht dein Ernst, oder?«, sagte ich, schmiss Oma das Telefon entgegen und verließ den Raum.

Wäre ich mir vorher nicht so sicher gewesen, dass ich Georg niemals verzeihen würde, wäre ich es nach diesem Moment gewesen. Und auch Oma, die mich so hintergangen hatte, erntete für einen Moment zu Recht meinen ewigen Zorn. Aber die menschliche Neigung zu vergeben machte meinen rechtschaffenen Plänen wie so oft einen Strich durch die Rechnung. Nicht, dass Oma sich jemals bei mir dafür entschuldigte, dass sie hinter meinem Rücken mit dem Mann, der mich wie kein anderer Mensch auf der Welt verletzt hatte, über mein Gewicht lästerte. Entschuldigungen waren Oma so vertraut wie dem Ministerium für Staatssicherheit das Recht auf Privatsphäre – ein Problem der anderen. Und dennoch verzieh ich ihr irgendwann, vielleicht auch, weil sie mich immer wieder mit merkwürdigen Andeutungen bei der Neugier packte.

Kurz nach dem missglückten Telefonat versuchte sie sich damit herauszureden, dass Georg mir ja etwas Wichtiges zu sagen hatte. Ich bohrte nach, aber sie blieb stumm und stur wie der Tod. Seit dem Geschichtsunterricht der neunten Klasse hatte ich vermutet, dass Oma damals im Palast der Republik mehr als nur die Produktionsleitung im großen Saal geleistet hatte. Und gerade ihre Fähigkeit, mich nur mit den Informationen zu füttern, die ihr dienlich waren, und allen meinen weiteren Verhören standzuhalten, waren ein gutes Indiz dafür, dass sie Liebesgrüße und gutes Training aus Moskau erhalten hatte. In jedem Fall waren ihre wiederholten Andeutungen, dass es da etwas gebe, was ich nicht wusste, genug, um mich zu veranlassen, kurz nach meinem sechzehnten Geburtstag einzuwilligen, mich mit Georg zu treffen.

Es war wirklich nur die Neugier, die mich dazu bewegte, eine steife weiße Bluse, einen biederen Rock und eine dicke Maske aus Make-up anzulegen und mich mit ihm im Frankfurter Stadtzentrum zu treffen.

Mit meiner Kleiderwahl, die ich so oft in meinem Kopf hin und her geworfen hatte, wie ich nie zuvor oder danach ein Outfit überdacht hatte, wollte ich deutlich machen, dass er meine Kindheit verpasst hatte. Ich wollte Distanz zeigen und aufrechterhalten. In meinem Kopf war ich Elizabeth I., unerreichbar hinter ihrer dicken, kalkigen Schminke. Ich wusste, dass Georg sich mit mir traf, weil er sich wieder annähern wollte, aber das war absolut ausgeschlossen. Wie vielleicht meine Oma schon dreißig Jahre zuvor, war ich hier, um Informationen zu sammeln, nicht um Freundschaften zu schließen.

Als ich ihn sah, wie er am Frankfurter Opernplatz hinter dem Brunnen hervorkam und auf mich zuging, fühlte ich gar nichts. Nach Jahren des Hasses war ich jetzt nur erfüllt von Instinkten und Fluchtreflex. Emotionen, gar familiäre Gefühle, hatten da keinen Platz. Er kam näher und öffnete die Arme mit dem Ziel, sie um mich zu schließen. Ich ging einen Schritt zurück, schüttelte den Kopf und sagte entschlossen: »Nein.«

Wenn ich heute darüber nachdenke, weiß ich, dass er unendlich nervös gewesen sein muss. Was in ihm vorging, was für Schmerzen er durchlitten hatte, hat er mir später oft genug voller Selbstmitleid vorgeheult. Aber davon merkte ich nichts. So wie ich auch sein Fettnäpfchenvollbad am Telefon nicht mit Nervosität oder Verlegenheit in Verbindung gebracht hatte. Ich war so fokussiert darauf, die Contenance zu wahren, dass ich seine unbeschwerte Jovialität für bare Münze nahm.

Wir gingen in das Café der alten Oper. Es wurde gerade renoviert, und überall standen dünne Wände aus dunklem Holz herum, die den Blick hinter die Kulissen versperren sollten. Eine Kellnerin kam uns entgegen und führte uns in eine kleine Nische, in der ein rechteckiger Tisch von einer dreiseitigen Eckbank umarmt wurde. Georg setzte sich auf die Eckbank, ich saß ihm stocksteif auf einem Stuhl gegenüber. Hinter meiner Stuhllehne stand eine der dünnen Holzwände und schien mich gleichzeitig zu beschützen und zu bedrängen. Durch die drei Wände, an denen die Eckbank befestigt war, und den Raumtrenner hinter mir fühlte es sich an, als wären wir ganz allein in einem winzigen, dunklen Kämmerchen. Dass das Café eigentlich voll von alten Tanten und ihren Erbnichten war, konnte man aus unserem Abteil kaum erahnen.

Er smalltalkte ein wenig vor sich hin, fragte nach der Schule, nach Freunden, die ich seit einer halben Ewigkeit nicht gesehen hatte. Ich antwortete kurz und knapp, besessen von dem Gedanken, ihm die Situation so unangenehm wie nur irgend möglich zu machen. Doch nachdem wir die Getränke erhalten hatten (ich trank einen kindischen Latte macchiato, er einen Cappuccino), kam ich endlich zum Einzigen, was mich wirklich interessierte.

»Oma hat erzählt, dass es Neuigkeiten gibt«, sagte ich und sah Georg aufhorchen. Da war definitiv mehr als nur Omas fadenscheinige Diplomatieversuche. Das hatte ich schon befürchtet. Heimlich hatte sich in meinem Herzen die Vermutung eingenistet, dass er eine neue Familie hatte. An Weihnachten hatte Oma Liesel, Georgs Mutter, angerufen und behauptet, Georg sei jetzt mit einer Anne verheiratet und erwarte ein Kind. Ich hatte es nicht geglaubt. Oma Liesel war sicherlich im Suff gewesen und behauptete viel, wenn der Tag lang war. Bevor Georg und seine Eltern aus meinem Leben verschwunden waren, war ich mit Oma Liesels Alkoholismus aufgewachsen. Ich wusste, dass man ihren Aussagen keine große Aufmerksamkeit schenken durfte. Aber ganz tief unten im dunkelsten Winkel meines Brustkorbs hatte sich der Gedanke doch wie ein Bandwurm eingenistet. Ich hob wieder an, wollte aber nicht, dass Georg etwa dachte, dass es mich irgendwie interessierte, was er so macht.

»Was ist nun?«, fragte ich kühl.

Georg wurde sichtlich rot.

»Bist du verheiratet?«

Betont unbekümmert, ja scherzhaft fügte ich hinzu: »Schwanger? Schwul?«

»Schwul«, sagte er.

»Nein, im Ernst. Verheiratet? Schwanger? Schwul?«

»Schwul«, sagte er und zog ein kleines zerknittertes Bild aus seinem Portemonnaie.

»Das ist Christoff.« Er zeigte auf einen schmalen Dunkelhaarigen, der auf dem Bild neben ihm auf der Hollywoodschaukel in Oma Liesels und Opa Karls Garten saß.

»Mein Freund«, fügte er hinzu.

Ich guckte ihn ungläubig an.

»Ja, wirklich, schwul«, sagte er. Und ich sah, dass er ausnahmsweise die Wahrheit sagte.

Und dann platzte es laut und hemmungslos aus mir raus. Es gluckste noch ein: »Nee, oder?«, hervor, aber dann konnte ich nur noch lachen. Ich lachte und lachte und vergab.

Fünf Jahre Wut verpufften in diesem Moment fast völlig. Es war, als schriebe sich die Geschichte vor meinen Augen um. Georg war nicht böse, er war nur schwul. Hätte ich rational darüber nachdenken können, hätte sich nichts ändern dürfen. Er hatte mich immer noch im Stich gelassen. Er war immer noch einfach so gegangen. Hatte mich oben im Birkenbaum sitzen lassen. Ohne Erklärung. Ohne ein Wort des Abschieds. In keinem Gerichtssaal der Welt würde »schwul sein« als Verteidigung durchgehen. In keinem außer meinem. Alles war anders und gar nicht mehr richtig real. Mein Leid fühlte sich an wie das Leid einer anderen, wie das lächerliche Leid eines überkandidelten Romans, in dem jede Krise eine simple Erklärung haben musste. Warum er mich im Stich gelassen hatte, war nicht mehr die unbeantwortbare Frage nach dem Bösen in der Welt. Es gab eine Antwort. Eine irrsinnig simple Antwort. Und ich lachte und lachte. Lachte so sehr, dass die vierte Wand hinter mir zu Boden krachte. Und auf einmal sah ich die Tische und die Erbtanten, und alle starrten uns an. Eine Kellnerin rannte auf uns zu und fragte konsterniert, ob alles in Ordnung sei. »Mein Vater ist schwul«, prustete ich ihr entgegen, zeigte auf Papa, der nun auch mitlachte, und schüttelte mich. Sie stellte die Wand wieder auf. Ich beruhigte mich. Bald zahlten wir.

JKLMNOPQRSTUVWXYZ

Als Georg die Wohnungstür aufschloss, stürzten uns Getta, Katze und Furzi maunzend entgegen, umgeben von einer Wolke aus Katzenpisse und Hunger. Den Hunger der Katzen konnte man tatsächlich fast riechen. Er löste in mir eine Übelkeit aus, die meinen eigenen Hunger vergessen machte. Die Wohnung war menschenleer, wirkte aber durch den Gestank, die roten Wände und die unglaubliche Menge an Möbeln und staubigen Objekten trotzdem überfüllt.

»Warum macht denn keiner das Katzenklo sauber«, fragte Oma sichtlich gestresst. Ich guckte Papa an. Er war genauso überfordert wie ich. Als Papa und Mama noch zusammen waren, hatte er das Saubermachen übernommen. Vielleicht hätte seine große Liebe für den Hausputz Mama damals schon ein Hinweis sein sollen. Jetzt machte Papa für Christoff sauber, und Mama war im Müll erstickt. Und sie sah es nicht mal. Weil es für sie kein Müll, sondern wertvolle Schnäppchen waren.

In einer Ecke hinter dem viel zu großen Küchentisch waren drei große Sitzsäcke übereinandergestapelt. »Guck mal, hab ich bei Ebay geschossen. Gut, wa?«, konnte ich Mama sagen hören, als wäre es gestern gewesen. Ich weiß nicht, wie lange wir am Wohnungseingang standen und das Küchenchaos betrachteten, aber irgendwann hielt es Oma nicht mehr aus, sie schubste mich zur Seite und stampfte Richtung Katzenklo.

»Geh da weg, ich mach das jetzt«, keifte sie und verschwand.

»Und nu?«, fragte Papa und guckte mich mit völlig verheulten Tränensäcken an.

»Es stinkt«, sagte ich.

Papa nickte.

*

Wir saßen regungslos am Küchentisch und warteten darauf, dass alles wieder gut würde. Mit dem Unterarm schob ich Elis Schulhefte zur Seite. Sie klebten leicht. Jeden Moment würde Papa anfangen sauberzumachen, und dann wird alles gut, dachte ich und merkte nicht, dass Georg in Wahrheit angefangen hatte zu weinen. Dicke fette Tränen liefen seine Wangen hinunter und platzten auf dem Tisch wie Wasserbomben auf Asphalt. »Weißt du noch«, hob er an, und ich unterbrach ihn: »Papa, fang jetzt damit nicht an, du machst es nur schwerer, und ich muss gleich mit Eli reden und kann Geheule jetzt wirklich nicht gebrauchen.«

Aber es war zu spät. Die Wasserwerke waren an, und da war ich jetzt machtlos. Er zeigte auf eine Flasche Sojasauce, die frech unter einem von Elis Schulheften hervorlugte.

»Genau die Sojasauce haben Mama und ich nach der Hochzeit geklaut. Die kleinen Bänkchen, wo man die Stäbchen drauflegt, die Mama mitgenommen hat, haben die Kellner wiederhaben wollen. Aber die Sojasauce haben sie nicht gemerkt. Damit hat Mama noch wochenlang gekocht«, schluchzte Georg.

»Ich weiß, Papa«, sagte ich mit einer Mischung aus Mitleid und Wut. Ich kannte die Geschichte.

Für mich ging sie anders: Papa und Mama hatten beschlossen zu heiraten. Danach folgten die üblichen Streitereien, cholerische Anfälle von ihm, ein wenig Rumschreien und Werfen von Gebrauchsgegenständen von beiden.

Am Ende ließ Mama Papa während des Polterabends sitzen. Aber erst, nachdem das Porzellan schon in Trümmern lag. Opa, der damals ja erster Parteisekretär in Angermünde war und deshalb das beste Restaurant gemietet hatte, bekam das Geld, das er hinterlegen musste, nicht wieder. Mama hatte Sex mit Klaus Jürgen Teichelmann, der als Freund aus Papas Seminargruppe am Polterabend nicht fehlen durfte. (»Keiner fickt wie Klaus Jürgen Teichelmann«, war alles, was mir Mama jemals über ihn erzählt hatte und mehr als ich jemals wissen wollte.) Oma Patzi war froh, weil man mit so einem wie Georg nichts zu tun haben sollte. Oma Liesel war froh, weil man mit so einer wie Astrid nichts zu tun haben sollte. Und Papa ertränkte Mamas Wellensittich. Angeblich, weil er (der Sittich) eine Lungenentzündung hatte und Papa dachte, dass Mama sich nach der Trennung nicht richtig um ihn kümmern würde.

Eine Woche später hatten Georg und Astrid sich wieder versöhnt. Das Geld fürs Hochzeits-Restaurant war verprasst und der Wellensittich tot. Aber das Flitterwochen-Budget war noch da. Also entschied Mama, dass sie das Geld nicht zurückgeben sollten, sondern dringend die Versöhnung im einzigen japanischen Restaurant von Ost-Berlin feiern mussten. Beide zogen sich ihre Hochzeitsklamotten an – Georg einen grob karierten 80er-Jahre-Anzug, Mama ein beiges Kostüm mit fetten Schulterpolstern – und hauten das restliche Hochzeitsbudget für ihr erstes Sushi auf den Kopf. Wobei, ich glaube, Mama kannte Sushi schon, und Georg, der sonst immer ein Bauer war und nichts aß, was er nicht kannte, war so in Mama verliebt an diesem Abend, dass er freiwillig rohen Fisch probierte.

Für Georg war die Geschichte ein großer romantischer Moment und alles, was er an Mama geliebt hatte. Georg war zwar sexuell nicht sonderlich an ihr interessiert gewesen – so sagte er das zumindest nach dem Coming-out –, aber das hatte ihn nicht daran gehindert, Mama zu lieben (oder später zu hassen). Nur dass es eben nicht der Sex, sondern die großen melodramatischen Momente waren, die er liebte. Papa liebte das Drama, welches Mama unabdingbar Tag für Tag produzierte. Aber Georg musste auch nicht mit dem Drama aufwachsen. Und jetzt saß er hier und begoss das Drama mit seinen Tränen und besang es mit seinem Geheule, und ich fragte mich, warum er denn geflüchtet war, wenn er das Drama so liebte. Auf einmal griff er über den Tisch und fasste meine Hand.

»Sie fehlt mir so«, greinte er und guckte mich nachdrücklich an. Ich hätte auf den Tisch kotzen können. Jetzt fehlt sie dir, dachte ich. Jetzt, wo sie tot ist. Und die fünf Jahre, in denen du mit mir keinen Kontakt hattest, weil du sie nicht aushalten konntest, hat sie dir da auch gefehlt? Dass Menschen nach einem Todesfall so einiges verklären, ist ja o. k. Aber irgendwo muss es doch Grenzen geben. Hinter dem hummerroten Gesicht und den zugequollenen Augen war Georg tatsächlich nicht in der Lage zu erkennen, wie obszön es war, ausgerechnet mir vorzuheulen, dass er meine Mutter vermisst. Dass er die Frau vermisst, um die zu meiden er mich alleine gelassen hatte.

Ich saß regungslos am Tisch, und Georg schluchzte und heulte und lamentierte vor sich hin. An mir prallten seine Tränen ab wie Öl in einer Teflonpfanne. Ich fragte nicht, warum, wenn er sie so vermisste, er nicht vor einer Woche oder einem Monat oder einem Jahr mal mit ihr Zeit verbracht hatte. Ich wusste die Antwort. Hätte er sich in den letzten fünfzehn Jahren irgendwann mal ernsthaft mit ihr beschäftigt, würde er sie nicht vermissen. Sein Vermissen entsprang Erinnerungen, die so alt waren, dass sie schon gar nicht mehr stimmten. Sein Kopf hatte im Lauf der Dekaden alles mit Filmmusik und Sepiafilter unterlegt. Er vermisste in meiner Mutter auch seine Jugend und das unglaubliche Gefühl, in eine Wahnsinnige verliebt zu sein.

»*Manic-Pixie-Dream-Girl*«, murmelte ich anscheinend hörbar, denn Georg hielt kurz inne, guckte mich fragend an und fing erst wieder an loszuschluchzen, als ich meinen Kopf geschüttelt und »nichts weiter« gesagt hatte. Aber in dem Moment wurde mir klar, wer meine Mutter für Georg gewesen sein musste.

Den Ausdruck des *Manic-Pixie-Dream-Girls* – des manischen Feen-Traummädchens – hatte ich in einem Artikel über feministische Filmkritik gelesen (akademische Arbeit ist zehn Prozent Inspiration und neunzig Prozent Prokrastination). Der Begriff bezeichnet die Art weiblicher Figur in einem Film oder Buch, die nur dafür da zu sein scheint, den männlichen Helden aus seiner langweiligen Spießerwelt zu befreien. Diese Figuren haben normalerweise blonde Kurzhaarschnitte, die man passenderweise Pixie-Cuts nennt, und einen exzentrischen Kleidungsstil, oft mit Hut wie Annie Hall, sie tanzen im Regen, pfeifen auf Konventionen, sind aufregend, manisch und irgendwie ganz anders als alle anderen. Hätte mein Vater als überzeugter Ossi nicht weder Ahnung von Disney-Filmen noch von Reinhard-Mey-Liedern, hätte ich ihm das *Manic-Pixie-Dream-Girl* als Mischung aus Tinker Bell und Annabelle erklärt.

Das Problem mit diesen Figuren aus feministischer Sicht ist, dass sie nicht echt sind. Es sind keine wirklichen Frauen mit echten Gefühlen, Erfahrungen und Hintergründen, sondern Projektionen von Männern, die gerne aus dem Alltag gerettet werden wollen von Frauen, die keine eigenen Probleme und am besten auch keine Körperbehaarung haben.

Das Problem mit diesen Figuren aus meiner Sicht ist, dass sie echt sind. Dass Männer sie lieben, und wenn Männer sie ohne Verhütung lieben, dann kommen dabei Kinder heraus, um die sich ein *Manic-Pixie-Dream-Girl* nicht kümmern kann. Es ist schließlich viel zu sehr damit beschäftigt, sich die Haare weißblond zu färben, auf Konventionen zu pfeifen und Männer aus ihrem Alltag zu befreien.

Wenn Papa jetzt an Mama zurückdachte, dachte er an die aufregende Feenfrau zurück, die ihn aus seinem langweiligen DDR-Spießer-Alltag befreit hatte, und nicht an die verantwortungslose Furie, mit der er versucht hatte, ein Kind zu erziehen. Für Georg war Mama gedoppelt, und er konnte lieben und hassen, je nachdem, an wen er sich gerade erinnerte. Ich konnte das nicht, ich wusste, dass das *Manic-Pixie-Dream-Girl* ein einziger, komplexer, echter Mensch ist, einer, der im wirklichen Leben nur schwer zu ertragen war.

KLMNOPQRSTUVWXYZ

Es war Abend, und die Stimme von Homer Simpson dröhnte ohrenbetäubend durch die Wohnung. Im Innenhof, der durch die gläserne Wohnungstür von der Küche aus zu erreichen war, telefonierte Oma energisch mit Thaos Mutter. Es ging mal wieder darum, ob der Junge nachts im Restaurant seiner Eltern arbeiten oder für die Schule lernen sollte. Ich hielt Schlafen für eine vernünftige Beschäftigung, wollte dem Streit aber keine dritte Stimme zumuten.

Oma keifte, dass man doch einen fünfzehnjährigen Jungen nicht die ganze Nacht lang arbeiten lassen könne; dass der Junge sich auf die Schule konzentrieren müsse; dass sonst nie etwas aus ihm werden würde. Dass Thaos Mutter, mit der sie da gerade diskutierte, selber nur vier Jahre zur Schule gegangen war und dass, wenn sie »nichts werden« sagte, Oma mit diesem »nichts« eigentlich das Leben von Thaos Mutter meinte, fiel ihr nicht auf. Den kolonialherrschaftlichen Aspekt ihrer Versuche, Thao den Erziehungsvorstellungen seiner vietnamesischen Eltern zu entreißen und ihren eigenen unterzuordnen, hatte ich ihr gegenüber oft angedeutet. Ohne Erfolg. Es ging hier schließlich um die Erziehung der Arbeiterklasse, nicht um real existierenden Kolonialismus. Jetzt freute ich mich, dass sie Thao hatte. Dass sie etwas hatte, worüber sie sich aufregen konnte. Es ging Oma immer am besten, wenn sie sich aufregte.

Genauso freute mich, dass Eli meine Liebe fürs Fernsehen teilte. Als er nach Hause kam, hatte ich ihn zur Seite genommen und ihm gesagt, was passiert war. Erst hatte er mir nicht geglaubt. Aber als er verstanden hatte, dass Mama wirklich tot war, sagte er nur, ich solle ihn kurz in Ruhe lassen und ging ins Wohnzimmer. Jetzt saß er auf der riesengroßen roten Ledercouch. Über mehrere Rechtecke verteilt hatte das rote Ledermonstrum eine Grundfläche von mindestens fünf Quadratmetern und schien gleichzeitig jeden menschlichen Besetzer und das gesamte Wohnzimmer zu verschlingen. Eli schaute *Simpsons*. Vielmehr liefen die *Simpsons* im Fernseher in unglaublicher Lautstärke, während er gleichzeitig auf Youtube Zaubervideos guckte und mit Karten hantierte. Durch den Türspalt sah ich ihn sich so meisterhaft ablenken, wie es nur jemand schaffte, der eine wirklich miese Kindheit gehabt hatte. Irgendwann würde er zusammenbrechen. Irgendwann würde er meinen Trost und meine Unterstützung brauchen. Aber irgendwann war Gott sei Dank nicht jetzt.

Also schloss ich die Wohnzimmertür leise hinter mir und ging den langen Flur an der Treppe zum Obergeschoss und Elis Zimmer vorbei, vorbei am Bad, welches trotz Omas Putzarbeiten immer noch nach dem Urin verschiedener Spezies stank, bis ich zur Tür von Mamas Schlafzimmer kam. Ich wollte einfach nur meine Ruhe haben. Gleichzeitig hatte ich das Gefühl, ich müsste sichergehen, dass alles okay ist. So weit wie möglich okay.

Ich war nicht sicher, ob ich reingehen sollte. Georg schluchzte immer noch, zwischendurch hörte ich Christoffs ruhigere Stimme. »Hase, Karl sagt, er kann Liesel bis morgen bewachen, und dann ruft er noch mal den Arzt. Wenn's schlimm ist, müssen sie sie ja mitnehmen. Du musst dir darum jetzt wirklich keine Sorgen machen. Wir haben das im Griff.«

Schon ging das Leben weiter, dachte ich. Der Tod meiner Mutter änderte auch nichts daran, dass die anderen weiterleben. Und im Fall von Oma Liesel bedeutete weiterleben eben, alle anderen verrückt machen. Die Manie und der Suff kamen immer in Phasen. Anscheinend waren sie wieder da. Aber Christoff hatte recht, darüber sollten sich andere Gedanken machen. In Frankfurt gab es genug Wahnsinn.

Ich klopfte und öffnete die Tür, als ich Georg »Ja« schluchzen hörte. Papa hob seinen Kopf von Christoffs Schulter und guckte mich rot und verquollen an. Die beiden saßen nebeneinander auf Mamas Bett. Christoff war vor ein paar Stunden mit dem ICE aus Berlin gekommen und hatte seitdem Georg getröstet. Ob Papa wohl wirklich so traurig war, fragte ich mich? Es war schwer zu sagen, da Georg seine Emotionalität so pflegte und feierte wie ich meine Rationalität. Ob er tatsächlich unendlich traurig war oder unendliche Trauer einfach nur für die angemessene Reaktion hielt, war von außen kaum zu erkennen. In jedem Fall sah er unendlich traurig aus, und das war ja das Wichtigste. Christoff streckte seine schlanke Hand nach mir aus. Ich ging zu den beiden, um ihm die meine zu reichen.

»Die Mama«, seufzte Christoff mit bedeutungschwangerer Stimme – Christoff war zwar nominal katholisch, aber »die Mama« war das wahre Sakrale in seinem Leben. Also schaute er mich an, wie er eben einen Menschen anschaute, der die Mama verloren hatte, und strich aus Pietät das Wissen aus seinem Kopf, dass meine Mama und seine Mama in etwa so ähnlich waren wie Mutter Teresa und Dita von Teese. Jetzt wo Astrid tot war, war sie für Christoff nur noch »die Mama«. Dass sie auch die unmögliche Frau war, die es bei ihrem ersten Treffen unglaublich lustig fand, ihm – einem prüden, katholischen Homosexuellen – mit voller Wucht in den Schritt zu greifen, konnte er vollkommen verdrängen. Bewundernswert. Ich schien die Einzige zu sein, für die die tote Astrid immer noch dieselbe war, nur halt »in tot«. Für mich wurde Astrid nicht in dem Moment durch eine Heilige ersetzt, als sie der Laster vom Standstreifen riss.

»Ich habe mit der Staatsanwaltschaft in London telefoniert, man konnte natürlich keine Drogen und keinen Alkohol finden. Sie geben den Leichnam voraussichtlich innerhalb der nächsten vierundzwanzig Stunden frei, und der Bestatter überführt sie nach Berlin.« Für einen Moment war Christoff ganz abgeklärter Jurist und drückte dann meine Hand, um Nähe zu zeigen. Ich nickte kurz. Ich konnte die Körperwärme der beiden Männer spüren, und diese Nähe überforderte mich. Christoff verstand und ließ meine Hand sanft los. Christoffs Empathievermögen schockierte mich immer wieder aufs Neue. In meiner Familie wirkte Christoff deplatziert wie eine Seerose in der Sahara.

»Also müssen wir übermorgen nach Berlin?«, fragte ich. »Und ich brauche Geld für die Bestattung. Dann sag ich Mamas Bürofrau, dass sie morgen herkommen soll, um mir zu erklären, wie ich ans Geld komme.«

»Das kannst du auch nach der Beerdigung machen«, schluchzte Papa und wischte sich die Nase am Handrücken ab. Christoff reichte ihm ein Taschentuch aus der Box neben dem Bett.

»Nee, Papa. Lass mich das mal machen, solange ich noch 'nen Anwalt im Haus habe.« Ich lächelte Christoff müde an. »Außerdem ist es auch gut, wenn Oma was zu tun hat. Das ist bestimmt viel nerviger Papierkram. Das tut ihr gut.« Das hätte ich nicht sagen sollen.

Als ich Oma erwähnte, gingen bei Georg die Schleusen wieder auf. Er brabbelte irgendwas von wegen »einziges Kind verlieren«. Immer dieselbe symbolische Kacke. Dabei hatten sich Astrid und Patzi zeitlebens nicht ausstehen können. Patzi hatte Astrid verloren, als sie den Geburtskanal verließ. Und seitdem nie wiedergefunden. Aber es war immer dasselbe mit meiner Familie. Alles studierte Leute, aber wenn ihnen irgendwie auffiel, dass sie wohl doch alle sterblich waren, war es, als hätte man ihnen erklärt, dass die Erde ein um eine Flugananas schwimmender Oktaeder ist.

Als Oma letztes Jahr zum zweiten Mal Krebs gehabt hatte, mussten auf einmal alle Weihnachten miteinander verbringen. Und ja, es war genauso furchtbar, wie jeder Mensch mit auch nur einer halben Gehirnzelle sich hätte ausmalen können.

Sterblichkeit ändert gar nichts. Die ist immer da, auch wenn wir sie verdrängen. Nur ich, morbide und hypochondrisch, konnte sie nie ganz vergessen. Ich war im Leben genauso scheiße zu meinen Verwandten, wie ich es auch nach dem Tode gewesen wäre. Oder zumindest war das die Maxime meines Handelns. Deswegen war ich vor ihrem Krebs liebevoller mit Oma gewesen als Mama und währenddessen kaltherziger als sie. Für mich war Oma immer Oma – in Gesundheit wie in Krankheit –, immer meine kleine, sterbliche Oma. Und Oma konnte Mama nicht ausstehen, ob sie nun das einzige Kind verloren hatte oder nicht. Und Georgs Geheule änderte daran gar nichts. Aber er weinte trotzdem weiter.

»Papa, kannst du mal aufhören, die ganze Zeit rumzuheulen«, platzte es aus mir raus.

Papa und Christoff guckten mich an, als hätte ich sie mit einer benutzten Windel ins Gesicht geschlagen. Vor lauter Überraschung hörte Papa kurz auf zu weinen, hob dann aber von Neuem an, »Aber es ist doch ihr einziges Kind gestorben«. Er wollte seine Trauer auf mir abladen, aber ich hatte keine Lust mehr.

»Ja, das einzige Kind, das sie, wenn man Mama glaubt, mit einem Metallkleiderbügel so schlimm verprügelt hat, dass Mama sich nicht mehr in den Sportunterricht getraut hat. Und wenn man Mama nicht glaubt, dann das einzige Kind, das ihr jahrzehntelang zu Unrecht vorgeworfen hat, dass sie sie windelweich geprügelt hat. In jedem Fall ist Astrid die Frau, die dich angeblich so terrorisiert hat, dass du deswegen dein einziges und vielgeliebtes Kind fünf Jahre im Stich gelassen hast. Also ist sie entweder ein Monster, oder die Sache mit dem Einzigen-Kind-Verlieren ist auch nicht so weltbedeutend. Also hör um Gottes willen endlich auf zu heulen. Das kotzt mich so an. Du miese, kleine Heulsuse«, schrie ich immer lauter werdend und hüpfte dabei auf und ab. Aus dem Augenwinkel konnte ich mich im Spiegel sehen. Ich sah aus wie der große Diktator.

»Aber sie ist tot«, fing Georg schon wieder an.

»Mein Gott«, spuckte ich entnervt, »Menschen sterben. Das ist zum Heulen. Und jetzt hat es halt Astrid getroffen. Tausende Kinder sterben jeden Tag an Hunger, und die haben dir nicht angeblich dein Kind geraubt oder sonst was angetan. Also heul wenigstens für die und nicht für die unmögliche Person, für die du dich die letzten fünfzehn Jahre kein bisschen interessiert hast.«

»Aber«, fing Georg an.

Doch Christoff waltete seines Amtes als Friedensheiliger und stand auf.

»Komm, Hase, wir richten uns oben mal das Gästezimmer ein.«

Sie verließen das Zimmer. Ich hörte, wie sie die Treppe zum Obergeschoss hochgingen. Im Verschwinden hörte ich noch Christoffs »Guck mal, Hase, du musst ein bisschen Rücksicht auf das Kind …« aber der Rest wurde vom Fernseher übertönt. (Mittlerweile guckte Eli *Star Trek*, ich glaube *Next Generation.*)

Das Schöne, wenn man einen Todesfall in der Familie hat, ist, dass alle einem einen Freifahrschein geben. Normalerweise hätte selbst der seelenruhige Christoff mir meinen Schreianfall ein wenig verübelt. Aber jetzt dachten alle, dass ich ja frisch mutterlos und schwer traumatisiert war. Dabei war ich einfach nur ich.

*

Vor lauter Gebrüll war ich ganz verwirrt. Als ich an mir runterguckte, konnte ich meine Bauch-Aorta durch mein T-Shirt pochen sehen. Ganz schnell und dringlich wie ein Frettchen in der Regentonne kämpfte mein Herz vor sich hin. Mir war schwummerig - den niedrigen Blutdruck mit Ohnmachtsgarantie hatte ich von Astrid geerbt. Danke, Mama. Ich hielt den Bettpfosten fest und ließ mich langsam aufs ungemachte Bett nieder. Als Mama das letzte Mal hier schlief, wusste sie nicht, dass es das letzte Mal war, dachte ich. Absurd. Als ich das letzte Mal mit ihr redete, wusste ich auch nicht, dass es das letzte Mal war. Hätte ich mich anders verhalten? Ich glaube nicht. Ich hätte mir bei ihrem beharrlichen Gekeife die Finger trotzdem in die Ohren gesteckt und mich auf den Schlechten Weg geträumt. Ich hätte trotzdem die Augen geschlossen und auf der Leinwand meiner Augenlider die tausend Farben Grün und den Tanz der Tiere im goldenen Licht gesehen. Und jenseits des Blutrauschens meiner geschlossenen Ohren hätte ich dem geschäftigen Treiben der Insekten gelauscht.

Ein Vibrieren riss mich aus dem Wald ins Jetzt, und ich griff reflexartig nach meinem Handy. Auf Anhieb konnte ich es weder in der rechten noch in der linken Gesäßtasche spüren, als auch die Suche in den Vordertaschen erfolglos blieb, tastete ich wieder hinter mich. Das Handy war anscheinend aus meiner Hosentasche aufs Bett gefallen. Ich tastete mich voran, bis ich es unter der Bettdecke fand. Es pulsierte groß, pink und aufgeregt in meiner Hand. Und es war kein Handy.

Ich ließ es fallen. »Verdammt, Mama, muss das sein«, brach es aus mir raus. Es wand sich auf dem Fußboden vor mir wie ein Regenwurm im Todeskampf. Ich griff ein Taschentuch aus der Box neben dem Kopfende, schaltete es aus und schob es unters Bett. Dann wusch ich mir die Hände. Typisch. Auch im Tod hat sie nichts Besseres zu tun, als mir ihre Sexualität unter die Nase zu reiben. Ich hab's verstanden, Mama. Du magst Sex. Schön für dich. Aber andere Menschen mögen auch Sex und schließen trotzdem ihr Schlafzimmer ab, wenn sie's tun. Oder machen zumindest nicht weiter, wenn ein Kind reinkommt. Und fangen nicht an zu heulen, weil sie sich in ihrem Frausein verletzt fühlen, wenn selbiges Kind – mittlerweile sechzehn – nicht unbedingt zuhören möchte, wenn sie sich am Mann des Monats erfreut.

Aber das »Könnt-ihr-nicht-bitte-leise-Sein« ihrer Tochter hatte Mama nie anders denn als Angriff verstehen können. So wie sie meine ganze Existenz immer nur als Angriff verstanden hatte. Also hatte ich mit großen Kopfhörern und der ewig unschuldigen Stimme von Julie Andrews versucht, das rhythmische »Ich liebe dich, ich liebe dich, ich liebe dich« auszublenden, das Mama jetzt erst recht laut stöhnte. Und dann wunderte sich Mama, dass ich verkorkst war.

*

Oma hatte gerade das Abendessen gekocht – Quarkknöpfli, Papas und mein Liebling unter Omas Exilgerichten – und scheuchte uns nun alle durch die Küche, um den Tisch zu decken, als es an der gläsernen Küchentür klopfte.

Ich hatte ihn seit zehn Jahren nicht gesehen, aber ich erkannte den Mann mit dem rotblonden Vollbart, der da mit schwarzem Hut, schwarzem Mantel und Aluminiumfolie bedeckter Auflaufform auf der Terrasse stand, sofort.

Ralf, oder wie er sich jetzt nannte, Menachem. Eli bemerkte ihn als Letzter, da er sich voll darauf konzentrieren musste, zwei Gläser gleichzeitig zu tragen. Bevor er seinen Vater sah, stand ich schon schützend neben meinem kleinen Bruder und nahm ihm die Gläser aus der Hand. Georg war der Erste, der reagierte. Ausgerechnet Georg. Er öffnete die Tür, stellte die Auflaufform auf die Kücheninsel und schloss Menachem fest in die Arme. Was für Georg ein kitschiger Ritus der Versöhnung und der Verbrüderung mit dem ehemaligen Rivalen im Angesicht der großen Trauer war, war für Menachem lediglich eine Mizwa – eine heilige Pflicht. So wie auch sein Besuch hier nichts zu tun hatte mit Liebe zu der Frau, mit der er immerhin einen Sohn gezeugt und viele Jahre lang gelebt hatte, sondern ausschließlich Erfüllung irgendeiner Mizwa war. Und jetzt umarmte ihn dieser schwule Goi. Ich sah, dass Menachem hätte kotzen können. Das war gut. Dann war ich wenigstens nicht allein.

Woher zur Hölle wusste er, dass Mama tot war, fragte ich mich und sah die Antwort sofort in Omas verlegenem Gesicht. Klar, nachdem Oma mit Thaos Mutter durch war, hatte sie sofort ihren Neffen Thomas angerufen. Thomas musste mit Ralfs Schwester Katja geredet haben, und die wiederum hatte ihren Bruder angerufen. Und so wusste Menachem, dass es seine heilige Pflicht war, mit uns Schiwa zu sitzen, oder so 'ne Kacke. Oma, die mit Ralf aus persönlichen und mit dem jüdisch-orthodoxen Menachem aus kommunistisch-atheistischen Gründen nichts, aber auch gar nichts zu tun haben wollte, war rot vor Wut und schwieg vor Scham. Über die Schulter meines Vaters sah ich Menachem das Schma Jisrael murmeln.

Höre Israel, der Ewige, unser G-tt, ist einer.

Georg ließ Menachem los und bat ihn, zu meinem großen Missfallen, reinzukommen. Menachem guckte seinen Sohn, den er in den letzten zehn Jahren, seit seiner plötzlichen Erleuchtung, vielleicht dreimal gesehen hatte, ernst an.

»Hallo Elijah«, sagte er hölzern, »wie geht es dir?«

Offensichtlich hatte sich Menachem auf der langen Fahrt nach Frankfurt nicht überlegt, was er sagen würde, wenn er hier ankam. Er hatte wahrscheinlich auf eine weitere Erleuchtung gewartet. »Wie geht es dir?« war keine.

»Gut, danke«, sagte Eli sichtlich überfordert und reichte seinem Vater stocksteif die Hand. Vor wenigen Jahren noch wäre er tränenüberströmt zusammengebrochen. Aber fortschreitendes Alter und eintretende Pubertät hatten die tiefe Vaterwunde in seinem Herzen wenn nicht geheilt, dann doch wenigstens recht solide vernarbt. Peinlich berührt standen wir alle viel zu nah in der viel zu kleinen, viel zu vollen, viel zu roten Küche und guckten auf den Fußboden. Oma öffnete kurzzeitig den Mund, ließ ihn dann aber wieder zuschnappen.

Ich fragte mich, was sie wohl dachte. Zum Teil wusste ich es. Sie dachte, dass Katja eine blöde Kuh ist, ihren Bruder anzurufen, wohl wissend, dass er dann aus religiösen Gründen irgendwelche völlig unangebrachten Gesten machen musste. Thomas machte sie sicherlich keine Vorwürfe. Den Söhnen ihrer ältesten Schwester machte sie nie Vorwürfe, nicht mal in Gedanken. Das lag, glaube ich, daran, dass sie als missachtetes und offiziell für doof erklärtes Nesthäkchen zu viel Respekt vor ihrer schlauen Schwester (Frau Professor Doktor, nicht angeheiratet, selbst erarbeitet) und deren schlauen Söhnen hatte (ebenfalls Herr Doktor und Herr Professor). Ob sie sich auch selber Vorwürfe machte und sich wünschte, sie hätte Thomas nicht so schnell angerufen, wusste ich nicht. Da Oma sich vor anderen nie wirklich einen Fehler eingestand, war es schwer zu ergründen, ob sie sich im stillen Kämmerchen ihres Köpfchens wohl selber manchmal in den Hintern trat.

»Setz dich doch. Wir wollten gerade essen«, platzte es aus meinem Vater heraus, und ich hätte ihn am liebsten gleich mitplatzen sehen. Wenn es eines gab, was ich in diesem Moment nicht wollte, war es Menachem in meiner Nähe. Geh wieder, dachte ich mit allem Nachdruck. Du bist hier nicht willkommen. Als ich noch klein war und Menachem noch Ralf hieß, hatte er bei psychologischen Spielen wie Poker immer an Kamillentee gedacht, damit die anderen seine Gedanken nicht lesen konnten. Das hatte er mir mal erzählt, und manchmal sagte er es auch laut: »Kamillentee, Kamillentee, Kamillentee«. Nicht, weil er unbedingt an Telepathie glaubte, sondern weil, wenn man sich zu sehr über seine Karten freute oder ärgerte, der andere das an Gesicht und Körper erkennen konnte, meinte er. Ich dachte nicht an Kamillentee, außer vielleicht kochend heiß als Foltermethode.

(Die Foltermethode, die Ralf am gruseligsten fand, war es, das Haupthaar abzurasieren und eine Kamelhaut über den Kopf zu spannen, sodass die Haare ins Gehirn wachsen und man langsam wahnsinnig wird. Das hatte er mir mal erzählt, wobei ich mir jetzt gar nicht mehr sicher war, ob das überhaupt ginge, sicherlich würden die Haare von der Schädeldecke abgehalten werden. Und anstatt mit Wahnsinn hätte man lediglich mit eingewachsenen Haaren und ganz fiesen Pickeln zu kämpfen.)

Ich konnte die Flut der Bilder, die seine Anwesenheit in mir auslöste, kaum aushalten. Meine gesamte, verdammte Kindheit kotzte auf einmal auf mich herunter. Geh endlich.

Nimm deinen Tschulent, oder was auch immer du da für einen Judentrauerfraß hast, und verlass mein Haus, dachte ich. Ich werde nicht trauern und erst recht nicht mit dir. Niemand hat die Absicht, mit dir Schiwa zu sitzen.

»Setz dich«, sagte Papa und zeigte auf den ersten Stuhl auf der Fensterseite des Tisches.

»Ja, danke«, sagte Menachem, »ich habe Tschulent mitgebracht.«

Locutus von Borg hätte ihm erklären können, wie man glaubhafter einen echten Menschen verkörpert. Von Pinocchio ganz zu schweigen.

Am Ende saß ich Menachem gegenüber. Das war nicht beabsichtigt, hatte sich in meinen Berechnungen aber als die beste Lösung ergeben. Unabhängig von meiner eigenen Kindheitskacke war ich doch Mitte zwanzig und große Schwester eines – gerade in Anwesenheit seines Erzeugers und trotz der beachtlichen Körpergröße – sehr kleinen Bruders, den ich möglichst weit von Menachem entfernt sehen wollte. Also hatte ich Eli neben mich gesetzt, eine Diagonale von Ralf entfernt. Georg saß zwischen Ralf und Christoff, der in seiner Ecke fast verschwand und gleichzeitig durch seine ruhige Art einen leichten Valiumglanz durch die Küche verstrahlte, ohne den wir uns wahrscheinlich schon lange an die Gurgel gegangen wären. Oma saß am Tischende, welches zur Küchenzeile hinzeigte, damit sie jederzeit aufspringen und irgendwas mit dem Essen tun konnte. Zum Beispiel ein Küchenmesser in Menachems Richtung wetzen.

Hätte Verlegenheit Kalorien, wären wir nach diesem Essen alle fettleibig gewesen. So nahm ich nur die Kalorien unzähliger Quarkknöpfli in mich auf. Unzählige Quarkknöpfli, nicht nur, weil ich immer essen konnte, egal was war. Oder weil Quarkknöpfli – kleine Bällchen aus Quark, Mehl, Ei und Rosinen, die ich in brauner Butter, Zucker und Zimt ertränkte – mein Lieblingsessen waren. Sondern vor allem deswegen, weil ich deutlich machen wollte, dass ich Menachems Tschulent nicht deswegen nicht aß, weil ich keinen Hunger hatte, sondern weil ich ihn ablehnte. So wie ich seinen Macher ablehnte. Wobei, bei näherem Nachdenken wurde mir klar, dass Menachem den Tschulent sicherlich nicht gemacht hatte, sondern seine neue Frau, eine jüdisch-orthodoxe Exilperserin, die Menachem kurz nach der Trennung von Mama geheiratet hatte.

Oma schien, bewusst oder unbewusst, den gleichen Plan zu haben, und verdrückte auch ein Knöpfli nach dem anderen. Papa hatte bestimmt gar keinen Plan und aß die Knöpfli nur, weil sie gut schmeckten und weil Tschulent, selbst wenn er gut ist, aussieht, als hätte ihn schon mal jemand gegessen. Dieser war nicht gut. Ganz sicher nicht. Christoff aß gar nichts, weil er als Nichtjude, im Gegensatz zum Rest der Mischpoke, auf Ausnahmesituationen nicht mit zwangsartiger Futteraufnahme, sondern mit absoluter Futterverweigerung reagierte. Und so aß eigentlich nur Ralf von seinem komischen Erbsen-Fleisch-Erbrochenes-Eintopf (bei den Zutaten muss ich raten). Und, wie ich bald bemerkte, aß Eli auch Tschulent, wahrscheinlich, um nicht nachtragend zu wirken.

Was in Eli vorging, war für mich schwer zu erkennen. Ich konnte die Phasen, die Eli in Bezug auf seinen Vater durchlaufen hatte, nicht mehr zählen. Verteidigung, Liebe, Wut, Trauer, Schuld, Scham, Angst. Das war alles zu viel für mich. Eli war zu komplex. Komplexer als wir anderen und verletzlicher. Ja, mich hatte es tief getroffen, als Georg ging, aber die Wahrheit war, dass es mich irgendwie auch seicht getroffen hatte.

Meine Phasen konnte ich an einer Hand abzählen: grenzenlose, absolute Liebe, grenzenloser, absoluter Hass, leicht misstrauische, aber wohlwollende Duldung. Anders als Eli hatte es mich nicht fast zerrissen, als mein Vater gegangen war. Anders als Eli hatte ich meinen Kopf nicht immer und immer wieder gegen die Wand geschlagen, bis er blutete. Ich hatte mir nicht die Arme wundgekratzt und meine Vorschullehrerin nicht mit Bildern beunruhigt, auf denen mein Körper explodierte. Nur ein einziges Mal hatte ich kurz nach dem Verschwinden meines Vaters mit Selbstverletzung experimentiert, das aber dann doch gelassen, als ich feststellte, das physische Schmerzen wehtun.

Im Gegensatz zu Eli war ich immer schon eher viel Lärm um wenig. Wie Iglo-Spinat in der Mikrowelle konnte ich an der Oberfläche brodeln, während mein Kern tiefgefroren blieb. Eli aber war für mich eher wie ein Eintopf auf dem Herd, der kühl aussah, bis ganz plötzlich fette Blasen auftauchten und einem kochend heiß auf die Hand spritzten. Jetzt verhielt er sich ruhig und höflich, aber ich würde einen Teufel tun zu denken, dass Elis Ruhe auch nur im Geringsten vergleichbar mit meiner Ruhe war. In Wahrheit hatte ich keine Ahnung, was in meinem Bruder vorging. Oder warum er den Tschulent dieses Mannes aß.

»Eli, zeig doch Ralf den Zaubertrick von vorhin«, sagte Georg, der nichts sehnlicher wollte, als Vater und Kind irgendwie zu versöhnen. Was Papa sich wohl ausmalte? Bestimmt auch, dass jetzt, wo die terroristische Mutter weg war, Vater und Kind endlich Versöhnung feiern konnten.

»Nein Georg, der Junge soll doch nicht beim Essen zaubern«, sagte Patzi entnervt, und zum ersten Mal sah ich Eli sichtlich erleichtert darüber, dass Oma nichts mit seiner Zauberei anfangen konnte.

»Ich wusste, dass du eine magische Seele hast«, sagte Menachem, und Oma und ich verdrehten die Augen, wie zwei fünfzehnjährige Mädchen, deren Vater dem ersten echten Freund von »richtig cooler Musik« erzählt.

»Das glaub ich eher nicht so«, sagte Eli knapp, aber höflicher, als ich es gekonnt hätte.

»Wenn ich zaubere, sind das Zaubertricks. Das ist wie bei einem Trickbetrüger. Mit Magie und Seele hat das gar nichts zu tun«, erklärte er gönnerhaft.

»Du bist noch zu jung, das zu begreifen«, sagte Menachem ebenso herablassend.

Oma sah aus, als müsste sie brechen.

»Aha«, sagte Eli cool.

Er war gerade in der »Ich bin Teenager und habe Nietzsche entdeckt, es gibt keinen Gott, und ich weiß es besser«-Phase und konnte mit Menachems peinlicher Spiritualität wirklich nichts anfangen. Für einen Moment sah ich's in seinem Gesicht. Was er gerade für seinen Vater fühlte, war vor allem Fremdschämen. Fremdschämen verstehe ich. Das ist gut.

»Eli, erzähl doch Ralf mal, was du sonst so machst«, versuchte mein Vater nun von Neuem doch noch irgendwie ein Vater-Kind-Gespräch zwischen den beiden aufzubauen. Immer wenn er »Ralf« sagte, zuckte Menachem kurz zusammen. Ich nannte ihn natürlich auch Ralf und nicht etwa, wie er es wollte, Menachem. Der Unterschied war, dass ich es aus Absicht tat, während Georg einfach wirklich die Signale nicht sah. Wäre es nicht so unangenehm gewesen, hätte ich mich bepisst vor Lachen.

»Ja, Eli«, sagte Menachem, »was macht die Schule?«

Es war, als hätte er Sensibilitätsunterricht bei Georg genommen - wirklich, du willst deinen Teenagersohn, den du seit mindestens fünf Jahren nicht gesehen hast, nach der Schule fragen? Wirklich?

»Läuft«, sagte Eli seelenruhig, und ich wollte Teddybären auf die Bühne schmeißen und vor seiner James-Dean-Coolness in die Knie gehen.

»Also, jetzt lügst du aber«, sagte Oma, »in Mathe, das

läuft doch nicht. Und vier Punkte Abzug hast du auf die letzte Deutscharbeit bekommen. Und das auf der Realschule! Das ist schlimmer als Thao, und der ist Vietnamese und dumm, und du sagst doch immer, dass du so schlau bist.«

Elis und meine Hand erreichten gleichzeitig das jeweilige Gesicht. *Double-Face-Palm.* Synchrones Den-Kopf-in-den-Händen-Vergraben. Wo ist ein Erdschlund, wenn man ihn braucht? Selbst Georg verstand, dass das nicht ging und zischte kopfschüttelnd »Patzi!« über den Tisch.

»Was denn, man wird doch noch die Wahrheit sagen dürfen«, sagte Oma.

Christoff schwieg.

Endlich hatte auch Georg verstanden, dass er Eli nicht zur Guten-Sohn-Schau motivieren konnte. Also wechselte er die Smalltalk-Taktik.

»Hey Ralf«, begann er betont jovial.

(Menachem zuckte.)

»Warum hast du denn deine Frau nicht mitgebracht? Ich hätte sie gerne kennengelernt.«

»Sarah wollte nicht«, sagte Menachem, und ich dachte, dass ich unter dem Hut und hinter dem rotgrauen Vollbart eine Emotion, so was wie Verlegenheit, erkennen konnte.

»Aber wieso denn nicht? Wäre bestimmt schön gewesen«, sagte Papa, und im Namen der vererbten Intelligenz hoffte ich, dass nicht mal Georg das meinen konnte.

»Sarah wollte Eli nicht sehen, weil Eli vor Gericht gegen mich ausgesagt hatte und wir wegen Eli keine Kinder adoptieren durften«, sagte Menachem.

Ein Stück Quarkknöpfli fiel Papa aus dem Mund, so tief sank seine Kinnlade.

»Aber Ralf«, stammelte er erschrocken, »Eli hat doch nur zum Gutachter gesagt, er möchte lieber bei Mama bleiben. Du kannst ihm doch keine Schuld geben.«

Ja, Papa, dachte ich, nicht alle beschissenen Väter sind verkannte Märtyrer. Manche beschissenen Väter sind einfach nur beschissene Väter. Selbst Oma schien von so viel Dreistigkeit schockiert und sagte nichts. Christoff schwieg. Aus dem Augenwinkel sah ich, wie Eli die Tränen in die Augen schossen und schritt zur Tat.

»Ralf …«,

(Zucken)

»es ist Zeit zu gehen«, sagte ich und stand auf. Mein Versuch, Coolness zu wahren, wurde durch das laute Umfallen meines Stuhles nur leicht unterminiert.

»Aber lass ihn doch wenigstens aufessen«, sagte Oma, die seit dem Exil kein Essen verschwenden konnte.

»Oma, halt mal den Mund«, sagte ich.

»Ralf …«,

(Zucken)

»du bist hier nicht willkommen. Geh jetzt und nimm dein Erbrochenes mit.« Ich hob die Auflaufform hoch. Verwundert stand Menachem auf. Machte aber nicht den Eindruck, als würde er jetzt gehen. Ich ging einen Schritt auf ihn zu und baute mich zu voller Größe auf. Beeindruckende 1,67 Meter gegen einen 1,85-Meter-Mann mit Vollbart. Ich hielt ihm den Tschulent angeekelt entgegen. Er nahm ihn reflexartig.

»Und jetzt raus hier«, sagte ich.

Menachem blieb wie angewurzelt stehen. Ich packte ihn am schwarzen Mantelärmel und zog ihn hinter mir her zur Küchentür. Ich öffnete die Tür zum Innenhof und führte Menachem nach draußen.

»Tschüss Eli«, hörte ich ihn murmeln, »wir sehen uns auf der Beerdigung.«

»Ja«, sagt Eli emotionslos, und ich wusste wieder nicht, was in ihm vorging.

Draußen war es ein wenig kühler als in der überhitzten

Küche, und ich fasste mich wieder. Immer noch schien Menachem sich nicht von alleine bewegen zu wollen. Also zog ich ihn weiter durch den Innenhof, der einen engen Korridor mit dem Nachbarhaus bildete. Die Gitter, die über den Kellerfenstern den Boden bedeckten, schallten bei jedem Schritt laut blechern durch die Nacht, als würde man auf leeren Konservendosen stampfen. Menachem wollte die Mitteilung offensichtlich nicht verstehen. Am schwarzen Mantelärmel zog ich ihn bis zur großen Metalltür, die dieses Irrenhaus von der Frankfurter Nacht trennte.

Ich hatte es fast geschafft, da blieb Menachem auf einmal stehen. Ich hatte ihn bewegen können, als er willenlos war, aber in dem Moment, in dem er entschied, stehen zu bleiben, hätten ihn keine zehn Rabbiner vom Platz bekommen. Auf einmal war ich machtlos und ließ, nach zwei kurzen Zupfern, den Ärmel verzweifelt los. Doch er ergriff meinen Arm.

»Ich kann noch nicht gehen«, sagte er und guckte mir tief in die Augen. Hinter Menachems rotgrauem Bart und unter dem schwarzen Hut sah ich für einen kurzen Moment den sommersprossigen Ralf, den ich, als ich keinen Vater mehr hatte, jahrelang wie meinen Vater geliebt hatte. Ralf, der mich abends zu Bett gebracht hatte und mir von sokratischen Dialogen und der Poesie des Korans vorgeschwärmt hatte. Ralf, der mit mir Frank Sinatra gesungen und mir das Pokern beigebracht hatte. Ralf, der darauf bestand, dass ich tun sollte, was ich wollte und sagen durfte, was ich dachte. Aber ich schüttelte das Gefühl weg.

Das war nicht Ralf. Das war der Mann, dessen plötzliche Erleuchtung Ralf ausgelöscht hatte. Das war der Mann, der Mama in den Ruin und fast in den Wahnsinn getrieben hatte. Das war der Parasit, der sich im tolerantesten und liebevollsten Mann, den ich je kennengelernt hatte, eingenistet hatte und aus ihm einen autoritären, lieblosen Patriarchen gemacht hatte.

»Vergiss es, Ralf«, sagte ich und sah ihn zusammenfahren. »Ich weiß, dass du Schiwa sitzen musst, aber wir werden nicht Schiwa sitzen und erst recht nicht mit dir. Wenn wir trauern, dann wie eigenständige Menschen und nicht wie religiöse Fanatiker.«

»Aber ich bin doch nicht hier, um Schiwa zu sitzen«, sagte Ralf überrascht, »hast du denn alles vergessen? Man sitzt doch nicht Schiwa vor einer Beerdigung. Schiwa sitzt man doch in den sieben Tagen nach der Beerdigung. Und Katja sagt, der Körper wird frühestens morgen in Deutschland ankommen.«

Das hatte ich tatsächlich trotz der Jahre, in denen ich wegen Ralf, der gerade Menachem wurde, zum Religionsunterricht in die Synagoge musste, ganz vergessen.

»Ich bin hier, um Tschuwa zu machen«, sagte er nachdrücklich und ging einen halben Schritt auf mich zu, sodass nur noch die Auflaufform zwischen uns passte.

»Tschuwa?«, fragte ich. Es dauerte ein paar Sekunden, bis das alte Wissen, das ich so viele Jahre verdrängt hatte, wie Tschulent wieder in mir hochkam.

»Du willst Vergebung?«

»Umkehr«, verbesserte mich Menachem.

»Astrid ist tot«, sagte ich, »deine Chance auf Tschuwa ist für immer vorbei.«

»Ja«, sagte Menachem, und ich sah tiefe Trauer. Aber es war nicht die Trauer des Verlusts, sondern lediglich der orthodoxe Schmerz, eine Mizwa niemals mehr erfüllen zu können. »Jeder Buchstabe in diesem Buch ist wichtiger, als du es je sein kannst«, hatte er zu Mama gesagt, nachdem ihm in der Erleuchtung der Wert der Torah und der Unwert der Menschen klar geworden war.

»Deswegen muss ich mich mit Eli und mit dir versöhnen. Wir müssen einander vergeben.«

»Ist jetzt nicht dein Ernst«, sagte ich und musste fast kichern. »Das ist deine Vorstellung von Tschuwa. Du kommst hierher, nachdem du dich jahrelang höchstens mit aggressiven, unangebrachten E-Mails bei deinem Sohn gemeldet hast. Dann hast du die Dreistigkeit, Eli, der fünf war, als du deine beschissene Erleuchtung hattest, zu sagen, dass er daran schuld ist, dass ihr keine Kinder habt, und das soll Tschuwa sein? Deinem einzigen Sohn vorwerfen, er sei der Grund, warum du keine Ersatzkinder haben konntest, ist Tschuwa?«

Er guckte, als hätte ihn der Blitz getroffen. Gäbe es Gott, hätte ihn der Blitz auch tatsächlich erschlagen müssen.

Aber es gab nur mich. Also schlug ich zu: »Dabei weißt du ganz genau, dass der wahre Grund, warum du und Sarah keine Kinder haben könnt und warum ihr nicht mal adoptieren durftet, ist, dass Gott dich bestraft für das, was du uns angetan hast.«

Von all den Gründen, warum ich das Judentum (und, seien wir ehrlich, den ganzen anderen monotheistischen Mist) hasse, war die Vorstellung des strafenden Gottes, der seinen angeblich so geliebten Kindern bewusst Leid zufügt, das, was ich am meisten verachtete. Aber ich wusste genau, dass Menachem den ganzen Dreck genau so glaubte. Liberale Juden hätten mir jetzt was von Hiob und davon, dass die Torah lehrt, dass es falsch ist, weltliches Leid als göttliche Strafe zu sehen, erzählt. Aber Menachem war kein liberaler Jude. Menachem gehörte zu der Art Ultraorthodoxer, die Kinderlosigkeit immer nur als Ausdruck göttlichen Missfallens verstehen konnten. Ich mochte den ganzen Kram zwar nicht glauben, aber ich wusste, dass ich für Menachem die Wahrheit gesprochen hatte. Ich hatte doch nicht alles vergessen.

Als ich zum finalen Schlag ausholte, war mein Wissen zurück.

»Du wirst deine Tschuwa nie bekommen. Nicht von Astrid, die du fast in den Ruin getrieben hast. Nicht von Elijah, den du nicht lieben kannst, wenn er kein ›guter Jude‹ ist. Und von mir erst recht nicht. Ich werde dir nicht verzeihen, wie du Mama depressiv auf einem Schuldenberg zurückgelassen hast. Ich werde dir nicht verzeihen, wie du Eli erst durch Synagogen und dann durch Gerichtssäle gezerrt hast. Ich werde dir nicht verzeihen, wie du mir in die Augen geschaut hast und mit Verachtung sagtest, dass ich tun muss, was du befiehlst, weil du der Vater des Hauses bist und ich nur eine Tochter. Und vor allem werde ich dir niemals verzeihen, wie du damals in unserem ersten Familienurlaub, als Georg uns gerade verlassen hatte, bei strahlendem Sonnenschein auf einmal meine Hände in die deinen nahmst, sodass wir uns gegenüberstanden, so wie wir uns jetzt gegenüberstehen und mir geschworen hast, dass du mich niemals im Stich lassen würdest. Dass, egal was Georg getan hatte, es nun deine Aufgabe sei, mir zu beweisen, dass man sich auf Menschen wirklich verlassen könne. Du hast mir geschworen, dass du mich nie verlassen würdest. Du hast dich nicht an deinen Schwur gehalten. Aber ich werde mich an meinen Schwur halten. Ich schwöre, bei Israel und dem einen Gott, bei Elijahu seinem Propheten, bei König David und König Salomon, bei den zwölf Stämmen und bei der heiligen Torah, dass ich dir niemals vergeben werde und dass du niemals Tschuwa leisten können wirst.«

Menachem schwieg. Er ließ seine Arme sinken, sodass der Tschulent in einem dichten Schwall zu Boden stürzte, wo er in einer halbverdauten Pfütze zwischen unseren Schuhen liegen blieb. Menachem merkte es kaum; er guckte mich mit der Trauer des ganzen gottverfluchten

Volkes an. Ich hatte es geschafft, und es war genug. Aber mit den Bildern kamen all die Erinnerungen und sein Lieblingspsalm, poetisch und melodramatisch, stand in brennenden Lettern vor mir. Ich konnte nicht widerstehen. Ich guckte ihm tief in die Augen. »Wenn ich dir vergebe, verdorre meine Rechte, oh Jerusalem«, sagte ich, drehte mich um und ließ ihn in der Dunkelheit stehen. Allein mit seinem Gott.

*

Als ich wieder in die Küche kam, räumte Oma die Spülmaschine ein.

»So ein Arschloch«, sagte sie zur Begrüßung. »Ich hab Astrid das von Anfang an gesagt. Ein arrogantes Arschloch ist das. Und hast du den komischen Eintopf gesehen? Und wie er die Hühnerschenkel mit den Fingern rausgepickt hat? Georg hat's auch gesehen. Widerlich!« Oma schüttelte sich richtig vor Ekel.

»Jetzt ist er ja weg«, sagte ich.

Ich wollte nicht mit Oma reden. In einer anderen Welt hätte ich ihr erzählt, was ich zu Ralf gesagt hatte. Sie hätte sich mit mir gefreut. Ja, bei dem Gedanken, dass er jetzt litt, freute ich mich. Könnte man Mitleid in Flaschen abfüllen, hätte ich keinen Fingerhut voll bekommen. Aber ich konnte Oma nichts von meinem Triumph erzählen, weil sie ihren Mund nicht halten konnte. Sie hätte es Eli unter die Nase gerieben, oder vielleicht hätte sie mich ja mit ihrer Empathie überrascht und es nur Georg erzählt, und der hätte es dann ausgeplappert. Vielleicht, um Mitleid für Menachem zu erwecken, ohne auch nur zu begreifen, dass Eli es schwer genug hatte, ohne dass ihm Gott und die Welt weismachen wollten, was für ein armer Arsch sein Vater war. Also behielt ich meinen Triumph für mich.

»Wo sind die anderen?«, fragte ich Oma, die mittlerweile die Armaturen polierte.

»Eli guckt schon wieder fern. Ich hab ihm gesagt, er soll Hausaufgaben machen, aber er muss ja unbedingt fernsehen und zaubern. Immer dieses Zaubern. Aber wenigstens hab ich ihm gesagt, er soll nicht so laut machen.«

Tatsächlich hörte ich überraschenderweise fast nichts.

»Und Georg hat Christoff aufs Dach gezerrt.«

»Der Arme«, sagte ich. Das Gästezimmer im Obergeschoss hatte ein schräges Dachfenster, von dem aus man über eine Feuerleiter aufs Dach kam. Einer der großen Unterschiede zwischen Georg und Christoff war, dass Georg in seinem Herzen ein unverbesserlicher, risikobereiter Abenteurer war (was auch die Beziehung zu Mama erklärte) und Christoff ein vernünftiger Angsthase. Zu meiner großen Wildfangfreude war Georg in meinen ersten neun Lebensjahren mit mir auf jeden Baum geklettert und auf jedes Dach gestiegen. Christoff hatte ihn ein wenig zur Vernunft bringen können, aber in Extremsituationen war Georg eben Georg. Ich konnte Rauch riechen. Typisch, dachte ich. Georg hatte sofort die erstbeste Chance genutzt, um aufs Dach zu klettern und sich ’ne Kippe anzuzünden, und Christoff konnte vor lauter Mitleid nicht Nein sagen. Bestimmt hatte Christoff nicht das Herz gehabt, seinen Mann an das Nichtraucher-Versprechen zu erinnern, und Papa hatte nur auf eine Ausrede gewartet.

Noch bevor ich nach Eli gucken konnte, legte Oma das Handtuch zur Seite und drehte sich zu mir um.

»Ach, komm mal her«, sagte sie und streckte ihre Hände nach mir aus. Als ich vor ihr stand, reichte ihr Kopf gerade mal bis an meine Schulter. Mit der Hand strich ich ihr über die Wange. Meine kleine Oma blinzelte mit feuchten Augen zu mir auf.

»Was machen wir denn jetzt?«, fragte sie.

Ich nahm sie fest in den Arm, drückte ihren Kopf an meine Schulter und küsste sie auf die kurzgeschorenen Locken. Sie wirkte auf einmal fast harmlos.

»Hey Stinki«, begrüßte ich meinen Bruder.

»Haaai«, antwortete er.

»Machen Sie es so«, sagte Jean-Luc Picard.

»Kann ich den Fernseher kurz ausmachen?«, fragte ich.

»Yep«, sagte Eli und starrte weiter auf den Laptop, der vor ihm stand.

Er saß auf dem roten Ledermonstrum. Seine knochigen Knie waren, in dieser typischen Jungenpose, mindestens einen Meter voneinander entfernt. Er versuchte offensichtlich, die unmögliche Aufgabe zu meistern, das ganze Sofa mit seinem langen, dünnen Körper auszufüllen. Den Oberkörper lehnte er nach vorne, als wollte er in den Computer hineinkriechen, und stützte die Ellenbogen auf die Schenkel. Eli saß ganz starr, nur seine Hände ließen beständig Spielkarten von links nach rechts und wieder zurück fliegen. Ich setzte mich neben ihn und guckte ihm zu, wie er einen *Card Spring Flourish* übte (oder zumindest war das der Titel des dazugehörigen Videos).

»Warum sind meine Eltern eigentlich so scheiße?«, fragte er unvermittelt.

Okay, diese Stimmung also, dachte ich. Mit der Stimmung kann ich umgehen, da muss ich ihn nur ernst nehmen und mit ihm wie mit einem erwachsenen Menschen reden. Schwierig wird's, wenn er weint oder rumbrüllt. Aber mit analytischen Fragen komme ich bestens zurecht.

»Pech gehabt im Sperma-Lotto«, antwortete ich.

»Und Eizellen-Lotto«, korrigierte mich Eli.

Damit hatte ich nicht gerechnet. Ich war es gewohnt, dass Eli Mama anbetet und stets vor meiner Kritik in Schutz nahm. Jetzt wo sie tot war, hatte ich erst recht mit der üblichen Verklärung gerechnet. Pustekuchen.

»Warum musste sie auf einer Autobahn rumrennen? Wer macht so was?«, fragte Eli.

»Sie wollte uns nur entgegenkommen, Eli. Das ist doch nicht ihre Schuld«, log ich.

»Du lügst«, stellte Eli klar. »Du bist mindestens so wütend wie ich.«

»Hmmm, schon.«

»Das war doch wieder die gleiche Nummer wie nach meinem Auftritt in Limburg, oder?«

»Das hast du mitbekommen?«, fragte ich überrascht.

»Ihr habt rumgeschrien, und Mama hat brüllend laut Musik gespielt. Ich bin doch nicht doof«, sagte er und ließ versehentlich alle Karten auf den Boden fallen.

»Nee, doof nicht, nur unfähig«, sagte ich und half ihm die Karten aufzuheben.

»Aber ja, es war genau das Gleiche, nur schlimmer, und, ja, sie wusste, dass sie mich damit wahnsinnig macht, und dass ich es scheiße finde, genau weil es so gefährlich ist und weil jeder Mensch, der das Wort ›Wahrscheinlichkeit‹ versteht, sehen muss, dass nur weil man einen Autobahnspaziergang überlebt hat, das nicht bedeutet, dass man unsterblich ist, und ja, verdammt, ich bin wütend«, sagte ich und knallte eine Handvoll Karten ein bisschen zu heftig auf den Tisch.

»Und warum hat sie's gemacht?«, fragte Eli und guckte mich zum ersten Mal an. Sein ohnehin rötlich gesprosstes Gesicht war rot, und seine Augen waren glasig, weil er kopfüber Karten eingesammelt hatte, oder so.

»Ich glaube, sie hat es gemacht, weil sie wusste, dass es bescheuert ist. Weißt du, wie wenn sie genau wusste, dass sie sich jetzt danebenbenommen hatte und alle peinlich berührt waren, und jeder normale Mensch sich entschuldigt oder wenigstens den Mund gehalten hätte, und sie musste aber immer und immer weiter draufrumreiten. So, glaub ich, war das. Ich glaube, dass sie oft Sachen einfach schon deshalb machte, weil sie wusste, dass andere das ablehnen, und es war so eine Art Protest gegen die Ablehnung. So ein Ihr-denkt-ihr-wisst-es-besser-aber-ich-werd's-euch-allen-zeigen. Wie als sie Kai im Zug kennengelernt hat, und er war arbeitslos und übergewichtig und hatte ja auch diese komische Krankheit, und sie hat ihn nach drei Tagen bei uns einziehen lassen. So im Sinne von: Auf dem Papier klingt das total bescheuert und alle denken, ich schaff das nicht, aber ich bin was Besonderes, und ich krieg das hin! Nur dass sie es halt meistens nicht hingekriegt hat. Und dann lag Kai sechs Monate lang mit irgendeinem imaginären Bauchspeicheldrüsenkrebs auf der Couch, und wir mussten sein Sterbedrama ertragen, und dann ist er gegangen und hat das ganze Zeug mitgenommen, das Mama gekauft hatte, und ein Jahr später erfährt sie dann von Kais Mutter, dass er wohl doch nicht krank ist. Aber an erster Stelle musste sie das große Abenteuer leben. Als wäre es nur wert, etwas zu tun, wenn die Chance, dass es funktioniert, eins zu einer Million ist. Weil, wenn man etwas tut, was alle tun, oder etwas erreicht, was nicht unwahrscheinlich ist zu erreichen, dann ist man ja wie alle. Bescheuert ist auch eine Art von besonders.«

»An Kai kann ich mich fast nicht erinnern«, sagte Eli.

»Das war der Fette, weißt du nicht mehr?«, fragte ich. Eli war damals vielleicht zehn gewesen oder so.

»Ah, mit dem wir Skifahren waren?«

»Ja, der«, antwortete ich.

»Den hab ich gehasst. Der hat mir immer Süßigkeiten gegeben und Geschenke versprochen, damit ich die beiden in Ruhe lasse«, sagte Eli.

Ich guckte auf meine Füße. Das war ein lauter Urlaub gewesen mit dünnen Wänden. In meinem Kopf war Kai immer nur »Ich liebe dich, ich liebe dich, ich liebe dich«-Kai gewesen.

»Boah, der war so eklig, und der hat auch immer die Badezimmertür sperrangelweit aufgelassen, wenn er geduscht hat, obwohl er so fett war«, steigerte sich Eli in die Erinnerung und schüttelte sich.

»Stimmt, das hatte ich total vergessen, und der hatte einen so ekligen …«, ich unterbrach mich.

»Penis«, beendete Eli meinen Satz.

»Ja, der hatte so ganz komische Flecken.«

»Oh mein Gott, Kuh-Penis-Kai!«, schrie Eli und fing an zu lachen.

Ich lachte kurz mit, aber Eli lachte länger und rieb dabei die Hände vor dem Gesicht. Das hatte er schon als ganz kleines Kind getan, immer wenn er etwas lustig fand. Ich wollte ihn auf die Wange schmatzen, hielt mich aber zurück.

»Boah, ich hatte den total vergessen. In meinem Kopf war Lothar der Fette«, prustete Eli, als er sich fast gefangen hatte.

»Nee, Lothar war doch 'ne Grazie im Vergleich. Der hat andere Macken«, sagte ich.

»Was denn, was denn?«, fragte Eli.

»Nee, das sage ich dir jetzt nicht. Erst wenn du groß bist.«

»Thene, ich bin fast zwanzig Zentimeter größer als du. Sag schon«, drängelte er.

»O. k., bevor ich ihn das erste Mal getroffen habe, hat Mama mich angerufen, um mir vom Neuen zu erzählen.«

»Ja, und?«, drängte Eli.

»O. k., und Mama hat dann also von ihm erzählt, und

ich hab dann gefragt, ob er raucht. Und dann sie so: Klar raucht der. Der raucht, der trinkt! Und dann hat er aus dem Hintergrund gerufen ›Der fickt auch in den Arsch!‹. Und ich dachte so, na super, da haben sich zwei gefunden.«

»Nee, oder? Das hat der zur Tochter seiner neuen Freundin vor dem ersten Kennenlernen gesagt?«

»Ja, ohne Mist.«

»Krass.«

»Voll.«

»Der fickt auch in den Arsch!«

Auf einmal waren wir beide pubertierende Jungs und konnten uns vor Lachen kaum einkriegen. Ich kicherte noch, da hatte Eli eine Idee.

»Dann war das mit Lothar auch wieder so eine Eine-Million-zu-eins-Sache, oder? Also, sie lernt diesen Mann kennen, arbeitsloser, übergewichtiger Sanitärtechniker, der ihr noch beim ersten Date sagt, er ist verschuldet. Klar, das muss der Mann fürs Leben sein.«

»Ja. Dachte ich damals schon. Hoffnungsloser Fall. Genau Mamas Typ«, stimmte ich zu.

»Und dann auch noch seine Tochter«, sagte Eli.

»Ja, die kommt auch noch dazu. Und Mamas Mischung aus maßloser Hybris, also Selbstüberschätzung, und fehlgeleitetem Helfersyndrom. Sie muss gedacht haben: Der arme Mann, nur ich kann ihn retten. Nur ich allein.«

»Wenn du recht hast, muss das ja für Mama Gold gewesen sein. Ein kaputter Mann, dessen Tochter auch noch schizophren ist. Das war so offensichtlich daneben. Da war sogar ich dagegen. Und ich war nie dagegen. Ich war immer auf Mamas Seite, aber als sie dann, nicht mal 'nen Monat später, entschieden hat, dass Lothar und Jenny jetzt bei uns einziehen, da hab ich dagegengehalten.«

»Echt jetzt?«, fragte ich.

»Ja, klar. Die hat mich bei unserem ersten Treffen gefragt,

ob ich ein Vampir bin. Und sie meinte es ernst«, sagte Eli und fuhr sich theatralisch übers königlich blasse Gesicht, sodass die Sommersprossen funkelten.

»Witzig. Mama hat mir immer vorgeworfen, dass ich dagegen war. Als ich zu ihr sagte, dass ich nicht will, dass eine schizophrene Mittzwanzigjährige neben meinem kleinen Bruder einzieht, hat sie gesagt, du hättest nichts dagegen, weil du nur willst, dass sie glücklich ist.«

»Es gibt einen Unterschied zwischen ›seine Mutter glücklich sehen wollen‹ und ›sich im Schlaf von einer Vampirjägerin pfählen zu lassen‹.«

»Die nicht mal wie Buffy aussieht«, ergänzte ich.

»Hä?«, fragte Eli.

»Vergiss es, dafür bist du noch zu klein«, sagte ich und ergänzte auf seinen erbosten Blick »90er-Jahre Fernsehserie über heiße Vampirjägerin«.

»Nee, heiß war Jenny sicher nicht«, stimmte Eli zu und verstummte.

Ich lehnte mich zurück und versank in den roten Wohnzimmergarnituren wie ein Embryo im Muttermund. Es schien, als hätte ich meine schwesterliche Pflicht erfüllt. Eli hatte sich aufgeregt. Das war gut. Mein Hirn klammerte sich an das, was es über Trauer wusste. Für einen Aufsatz über William Empson (englischer Literaturkritiker des frühen zwanzigsten Jahrhunderts, Mehrdeutigkeitstheorie, Halsvollbart und Neigung zu japanischen Jünglingen) hatte ich mich mal mit Trauertheorie beschäftigt.

Eli war auf dem besten Weg durch Kübler-Rosses fünf Phasen der Trauer. Heute morgen hatte er verleugnet und wollte nicht wahrhaben, dass Mama wirklich tot war. Das war Phase eins. Jetzt war er wütend auf sie. Phase zwei. Als Nächstes sollte Verhandeln folgen. Aber wie man über einen Todesfall verhandeln sollte, war mir nicht klar. Bei Krankheiten machte das Sinn, da konnte man mit Ärzten verhandeln, ob es nicht doch eine Therapie gab. Aber er würde ja kaum anfangen, darüber zu verhandeln, dass sie nur ein bisschen tot war. Was danach kam, davor hatte ich Angst. Die vierte Phase der Trauer: Depression. Ich hatte keine Ahnung, was ich mit ihm anfangen sollte, wenn es so weit war. Vielleicht könnte ich das ja verhindern. Mit pubertärem Humor und ganz viel Fernsehen Phase vier überspringen und gleich bei Akzeptanz ankommen. Das muss doch gehen, dachte ich.

»Thene, kann ich dir eine Frage stellen?«, fragte Eli und guckte auf seine langfingrigen Zaubererhände.

»Das war schon eine Frage«, antwortete ich.

»O.k., noch eine?«, sagte er, und bevor ich den offensichtlichen Klugscheißerkommentar abliefern konnte, fuhr er fort.

»Glaubst du, das mit Menachem war auch so eine Eine-Million-zu-eins-Sache, die sie nur gemacht hat, weil es offensichtlich bescheuert ist?«

»Nein, Ralf hat sie geliebt. Ralf war toll und hat zu ihr gepasst«, verteidigte ich Elis Vater aus voller Überzeugung.

Eli konzentrierte sich sichtlich auf seine Hände. Mit dem Daumen der einen Hand kratzte er imaginären Dreck von der anderen. Dann sagte er leise: »Aber wer hat denn Sex mit seinem Cousin?«

»Ach nee, Eli, das ist nicht so ungewöhnlich, in vielen Kulturen ist das gang und gäbe«, sagte ich und verteidigte die einzige Beziehung meiner Mutter, von der ich wusste, dass sie zumindest für eine Zeit eine richtig gute gewesen war.

»Ja, in anderen Kulturen«, sagte Eli, und ich merkte, dass es nicht das erste Mal war, dass er darüber nachdachte. »Aber doch nicht in Deutschland. Glaubst du nicht, dass alle das total eklig fanden? Ich meine, meine Oma und mein Opa sind Geschwister! Stell dir mal vor, wie eklig das wäre, wenn ich ein Kind hätte und du ein Kind hättest und die dann miteinander ... und wir sind nur Halbgeschwister – also teilen wir genauso viel genetisches Material wie Mama und Ralf.«

Er hielt inne. Der Gedanke, dass seine Eltern genauso viel Genetik teilten wie er und ich, ekelte uns beide ziemlich.

»Vor ein Paar Wochen haben wir im Geschichtsunterricht über irgendeinen König geredet, der seine Cousine geheiratet hat. Alle waren total angeekelt. Ich hab mich so geschämt. Und dann haben die darüber geredet, dass so ein Kind ja dann nicht normal ist. Ich hab's nachgelesen: Die Wahrscheinlichkeit für genetische Krankheiten ist bei Kindern von Cousins ersten Grades doppelt so hoch. Jetzt wirke ich vielleicht ganz normal, aber wer weiß, was bei mir noch kommt. Und irgendwie bin ich halt ein Fehler, der aus dem Verlangen von Mama entstanden ist, eine Beziehung zu führen, die nicht normal ist.«

»Nein, die haben sich wirklich einfach geliebt«, sagte ich und glaubte mir selber auf einmal kein Wort mehr.

Ich hatte das nie so betrachtet, weil ich meinen kleinen Bruder so gar nicht sehen konnte. Aber jetzt, wo er es sagte, ergab es erschreckend viel Sinn. Und ich erinnerte mich, wie sich Ralf und Astrid beide unglaublich gut in ihrer fast-verbotenen Liebe gefallen hatten. Und an die Wortneuschöpfungen. Oma bezeichneten sie erst als Muttante – sowohl Mutter als auch Tante – und dann, nach Elis Geburt, als Großmuttante – Großmutter und Großtante – und fanden es wahnsinnig lustig. Gott sei Dank war Ralfs Vater damals schon lange tot. Wie widerwärtig es wohl für Oma und Ralfs Vater gewesen wäre, die eigenen Kinder miteinander rumknutschen zu sehen. Kein Wunder, dass Oma die Beziehung von Anfang an scheiße fand. Es war genau wie Eli sagte. Der unwiderstehliche Reiz des Verbotenen. Für die beiden waren Cousin und Cousine der nächstmögliche legale Partner für inzestuöse Grenzüberschreitung. Mir wurde flau im Magen.

»Fuck, Eli, du hast recht. Ich hab das nie gesehen, aber ich glaube, du hast recht. Aber du hast auch unrecht. Beides. Die beiden haben sich auch wirklich geliebt. Das ist wie im chrono-synklastischen Infundibulum.«

Eli guckte mich unverständig an.

»Hast du *Die Sirenen des Titan* immer noch nicht gelesen?«, fragte ich.

»Nee, Kurt Vonnegut ist nichts für mich«, sagte er.

Noch nicht, hoffte ich. Die Vorstellung, ohne Vonnegut durch diese absurde Welt gehen zu müssen, gruselte mich.

»O. k., also das chrono-synklastische Infundibulum ist ein Ort, an dem alle Wahrheitsansprüche gleichzeitig gelten. Vonnegut erklärt das ungefähr so: Viele Kinder denken, dass sie den besten Vater haben. In der normalen Welt kann das nicht funktionieren. Es kann nur einen besten Vater geben. Aber im chrono-synklastischen Infundibulum kann ein Kind den besten Vater haben, und ein anderes Kind kann einen anderen besten Vater haben, und beide sind gleichzeitig der beste. Problem gelöst. Und so ist das mit deinen Eltern. Nur dass sie nicht die besten sind, versteht sich. Also, sie sind gleichzeitig zwei Wahnsinnige, die sich gepaart haben, weil man so was nicht macht, und zwei Liebende, die sich gefunden haben, und aus ihrem Glück und ihrer Liebe bist du entstanden. Beides gleichzeitig.«

Eli guckte mich nachdenklich an, und ich dachte, ich hätte ihn überzeugt, so wie Kurt Vonnegut mich überzeugt hatte. Doch dann sagte er: »Ja, aber von der Liebe und dem Glück hab ich wenig, aber das Inzest-Ding trage ich mein Leben lang mit mir herum.«

Mist, dachte ich. Mein Versuch, genuine Empathiefähigkeit durch Literaturwissen zu ersetzen, war gescheitert.

Aber jetzt brauchte er anscheinend kein Wegtrösten, sondern dass ich sein Problem ernst nahm und akzeptierte.

»Abgefuckte Scheiße«, sagte ich und legte meine Hand auf seinen Arm.

Eli nickte. Ich wusste nicht, was ich tun sollte. In den meisten Fällen konnte ich ihn damit trösten, dass wir im selben Boot saßen. Ja, seine Mutter war meschugge, aber meine auch. Geschwister braucht man, weil geteiltes Leid halbes Leid ist.

Aber auch wenn man uns das kaum ansah - unsere Gesichter waren enorm ähnlich, obwohl Eli rot, ich leider nur straßenköterblond war - und ich das nie fühlte, waren wir eben nur halbe Geschwister und teilten nur ein meschuggenes Elternteil. Also bot ich ihm das Beste an, was ich anzubieten hatte.

»Ach Eli, so ist es halt. Du bist entstanden, weil man in Deutschland nicht mit seinem Cousin schläft. Trixie ist entstanden, weil Lothar 'ne schizophrene Tochter hat. Und ich bin entstanden, weil Georg Mama bei ihrem ersten Treffen in der Uni erzählt hat, dass er glaubt, er sei schwul. Normal ist das alles nicht, und aus mir ist ja trotzdem was geworden. Und wenn dich das nicht tröstet, denke immer daran, dass Joffrey Baratheon es bis auf den eisernen Thron der sieben Königreiche geschafft hat. Und seine Eltern sind Zwillinge.«

Eli lachte nicht.

Scheiße. Normalerweise funktionierte unsere unendliche geteilte Fernseh- und Popkulturliebe immer, um ihn über den Mist, der sich Realität schimpft, hinwegzutrösten. Und Humor ging bei Eli eigentlich auch immer. Fast immer.

Er nahm die Spielkarten vom Tisch und fing an, sie von der einen in die andere Hand fliegen zu lassen.

»Kannst du den Fernseher wieder anmachen?«, fragte er.

»Klar«, sagte ich.

MNOPQRSTUVWXYZ

Als ich aufwachte, lag Oma nackt im Garten. Georg hatte Oma daran gehindert, Eli und mich um acht Uhr morgens zum Frühstück zu wecken, wohl wissend, dass wir bis in den frühen Morgen ferngeschaut hatten, bevor wir auf der riesigen Couch eingeschlafen waren. Der Preis, den er dafür zahlen musste, war, dass er das Frühstück selber machen musste, während Oma sich sonnte. Nackt. Prinzipiell, zu jeder Zeit und überall.

Sie hatte das Körpergefühl einer Frau, die in der DDR sozialisiert worden war. Außerdem hatte sie fantastische Brüste. Mit Ende siebzig waren ihre Brüste fester, größer, höher und wohlgeformter, als es meine je gewesen waren. Manchmal fragte ich mich, ob es wohl daran lag, dass sie nie einen BH trug. Ich hatte mal gelesen, dass BH-Tragen in Wahrheit zu Hängebrüsten führt. Wenn ich die Brüste meiner Oma sah, machte BHs-Verbrennen noch mehr Sinn. Wobei sie das nie getan hatte. Ihr Körper war für sie weder politisch noch inhärent sexuell. Es war einfach ein Körper, der keinen BH trug, weil er es nicht bequem fand, und dessen Körperbehaarung nicht entfernt wurde, weil, um es mit Walter Ulbricht zu sagen: »Quo vadis – wem nützt es?«

Als ich an der Küchentür stand und Oma nackt und, für den Moment, unbeschwert in der Sonne liegen sah, war ich nicht nur auf ihre Brüste neidisch.

»Patzi, Frühstück ist fertig!«, rief Papa über den Hof.

Oma schreckte auf und sah für einen Moment ganz heiter aus. Sie zog sich ihren Baumwollschlüpfer an, wickelte sich in ein großes schwarzes Tuch mit buntem Fischmuster und watschelte schlaftrunken zur Küchentür.

»Wird ja auch Zeit, es ist schon halb elf. So spät isst man doch kein Frühstück. Da bereitet man vielleicht Mittag vor«, grummelte sie.

»Sei lieb, Patzi«, beschwichtigte Papa.

Es gab frische weiße Brötchen, Marmeladen, Nutella, Käse, Kochschinken und für jeden ein weich gekochtes Ei, außer für Oma, die Eier hasste, seitdem sie in den 70ern bei einer Eierdiät mal dreißig Stück an einem Tag gegessen hatte. So gutes Frühstück hatte es in diesem Haus noch nie gegeben. Mama hatte eigentlich immer nur gekocht, wenn Gäste kamen. Wenn wir unter uns waren, hieß es: jeder Mann oder Frau oder Kind für sich selbst. Zum Frühstück waren selten Gäste da. Wenn es dann doch mal Frühstück gab, dann immer nur trockene Dinkelvollkornbrötchen. (»Thene, kannst du mal schnell Brötchen holen? Ich mach so viel für dich ...«) Aber für Papa war Frühstück Familie und Wohlfühlen und Alles-ist-gut und deshalb besonders wichtig, wenn alles nicht gut war. Trotzdem haute er eher lustlos auf seinem Frühstücksei rum.

»Na Papa, fehlt der Eieröffner?«, machte ich mich über ihn lustig. Wenn man meinem Papa glaubte, dann war das kleine silberne Gerät, so eine Art runde Schere mit kleinen Zähnen, das wichtigste Küchengerät aller Zeiten. Und ohne Eieröffner war das Leben praktisch sinnlos.

»Ja«, sagte er erstaunlich kurz angebunden.

»Quatsch«, sagte Oma. »Du brauchst doch keinen Eieröffner. Gib her.«

Sie entriss ihm das Ei und fing an, es rabiat zu schälen, sodass das Eiweiß an der entfernten Schale kleben blieb und überall Krater in der weißen Vollglatze entstanden.

»Das war das Erste, das Astrid mir geschenkt hatte, als sie in den Westen rübergemacht hat. Vom Wuhlwörs in West-Berlin«, sagte er und guckte traurig auf das verstümmelte Ei.

Was er vergaß zu erwähnen, war, dass sie ihm vorher kein Wort der Warnung gegeben hatte, dass sie das Kind schnappen und verschwinden würde. Auf einmal waren Frau und Kind einfach weg, in einem Asylantenheim irgendwo im Westen, wie sich später rausstellen sollte. Zum Trost also einen Woolworth-Eieröffner. Es lebe der Kapitalismus.

Jetzt guckte auch Oma ganz bedröppelt. Vielleicht dachte sie darüber nach, was Astrid ihr geschenkt hatte, nachdem die Mauer gefallen war. Ich glaube, es war eine Opalkette. Oma liebte Opal, weil ihre Mutter eine Opalkette gehabt hatte, die natürlich nicht Oma, sondern die älteste Schwester geerbt hatte.

Mama hatte immer einen ausgeprägten Sinn für das Unrecht gehabt, welches Oma durch ihre Geschwister erfahren hatte. Den brauchte sie, um sich zu erklären, warum Oma nicht die Mama war, die sie gerne gehabt hätte. So wie sie von mir gerne gehabt hätte, dass ich alle ihre Fehler auf Oma schiebe. War aber nicht. Am Ende ist doch jeder seines eigenen Unglücks Schmied.

Aus Gerechtigkeitssinn schenkte Mama Oma von dem ersten Geld, das sie bei der Wende bekam, um den Neustart zu finanzieren, eine Opalkette. Also anstatt es für Essen oder eine Wohnung für sie und ihr Kleinkind (also mich) oder solche Nebensächlichkeiten aufzuheben. Es verwunderte mich immer, dass ausgerechnet meine Osteltern dachten, man könne alle Wunden durch Materielles schließen. Andererseits: Wenn jemand den Wert von Materiellem versteht, dann wohl Marx. Nichts von diesem Kant'schen ideellen Mist. »Marx hat Hegel vom Kopf auf die

Füße gestellt«, sagte Papa immer, ohne Hegel jemals gelesen zu haben. Aber gelernt ist gelernt, und wenn Papa in der Schule eines gelernt hatte, dann war es der wahre Wert von Marx, Lenin und Engels. Oder war es der Warenwert?

Es war komisch, wie alle so schwiegen. Schweigen war nichts, was ich von zu Hause gewohnt war. Reden, streiten, schreien, heulen, keifen, all das, ja. Aber jetzt hörte ich nichts, außer dem Knacksen von Elis Händen, wie sie unterm Tisch eine Münze durch die Finger wandern ließen. Endlich fasste Oma sich ein Herz.

»Als du noch geschlafen hast, hab ich schon mit Thaos Mutter gesprochen«, sagte sie. »Es ist unglaublich, der Junge hat schon wieder die ganze Nacht gearbeitet. Seine Lehrerin hat mir eine E-Mail geschrieben, dass er im Unterricht eingeschlafen ist. Kannst du dir das vorstellen?«

Ich sagte nichts. Ich war selber mehr als einmal im Unterricht eingeschlafen. Ich wollte aber das gute Bild, das sie, seit ich in Oxford studierte, von mir hatte, nicht zerstören.

»Auf jeden Fall hab ich ihr gesagt, dass das so nicht geht. Wenn der Junge nicht aufhört, nachts zu arbeiten, ruf ich das Jugendamt, und dann soll sie sehen, was sie ohne den Jungen anfängt und wer ihr dann nachts die Nudeln brät«, sagte Oma und guckte mich entschlossen an.

»Oma, meinst du wirklich, dass das eine gute Idee ist? Also, du musst doch mit ihr irgendwie ein funktionierendes Verhältnis haben, wenn du Thao helfen willst. Sonst denkt die sich eines Tages, ›warum lass ich mir eigentlich von der Alten in meine Erziehung reinpfuschen‹, und dann bist du ganz schnell draußen aus Thaos Leben, und dann ist niemandem geholfen.«

»Quatsch«, sagte Oma, »die brauchen mich, sonst kümmert sich ja niemand um den Jungen.«

Bevor Oma mir weiter den Wert guter deutscher Erziehung erklären konnte, klopfte es an der Tür. Beate war da. Ich hatte sie eingeladen, um mit ihr die Finanzen zu klären. Also, damit Christoff mit ihr die Finanzen klären konnte. Vernünftiger Umgang mit Geld gehört nicht unbedingt zu meinen Kernkompetenzen. Auch das hatte ich von Mama geerbt.

*

Eine knappe halbe Stunde. So lange dauerte es, bis Beate, die ich vorher nur ein einziges Mal getroffen hatte, aufgehört hatte zu weinen. Allerdings nicht bevor sie mir ihre Lebensgeschichte erzählt hatte. Sie hatte keine abgeschlossene Ausbildung. »Wegen der Kinder«, sagte sie. Ich fragte nicht nach. Sie hatte in einer großen Firma im Büro gearbeitet. Bis diese sie mit fünfzig entlassen hatte. Dann war sie arbeitslos mit vier Kindern. (»Weißt du, Thene, in dem Alter, da will dich keiner mehr.«) Jahrelang hatte sie von Hartz IV gelebt, bis sie eines Tages zufällig meine Mutter traf. Mama hatte für einen Blogpost über Kinder im Knast recherchiert. Beates Älteste war damals gerade aus der JVA Frankfurt entlassen worden. Also gab Mama der Mittfünfzigerin ohne Ausbildung und mit vorbestraften Kindern den Job, ihre Finanzen zu pflegen. (»Sie hat mich gerettet, dafür werde ich ihr immer dankbar sein. Deine Mutter war wirklich ein Engel.«) Wieder so eine Eine-Million-zu-eins-Sache, dachte ich und tröstete Beate, die einen Engel verloren hatte. Christoff schwieg. Doch irgendwann waren Beates Tränen getrocknet, meine Mutter in den Heiligenstand aufgenommen und die ewige Dankbarkeit ausreichend beschworen.

»O. k.«, sagte ich und setzte mein Business-Gesicht auf. »Wir haben das gestern Abend mal überschlagen: Insgesamt mit Grabplatz, Überführung des Leichnams, Blumen und all den Bestattungskosten plus Reise für Eli, Trixie und mich kommen wir so ungefähr auf fünfzehntausend Euro. So ähnlich war's zumindest bei Christoffs Vater. Das heißt, bevor wir uns um die Lebensversicherung kümmern und die Immobilien und die ganzen festen Anlagen, bräuchte ich fünfundzwanzigtausend, damit ich einfach die Beerdigung und das Tagesgeschäft regeln kann. Kannst du mir das Geld bitte von ihrem Konto auf meines überweisen, dann hab ich damit nicht so viel Stress.«

Schon bevor ich fertig war, fing Beate erneut an zu weinen. Es verlangte mir alles ab, nicht aggressiv zu werden. Dieses egoistische Rumgeheule konnte ich nicht ertragen.

»Beate? Geld überweisen?«, fragte ich leicht entnervt.

»Ja, aber deine liebe Mama hat momentan gar kein Geld auf dem Konto«, sagte sie und wollte mich schon wieder in den Arm nehmen.

»Auf welchem? Sie hat nie Geld auf dem IngDiba-Konto. Das ist immer leer. Du musst aufs FraSpa-Konto gehen«, erklärte ich. Mit Mamas Konten kannte ich mich aus. In meiner Teenagerwutphase hatte ich einen ganzen Freundeskreis nur mit ihren Kreditkarten ernährt. Wenn ich das richtige Konto anzapfte, war da so viel Geld drauf, dass sie es nicht merkte. Nahm ich die falsche Karte, ging sie in den Dispo und dann gab's Ärger. So hatte ich Mamas System schnell im Griff. So schwer war es aber auch nicht. Kein Wunder, dass Beate jahrelang keinen Job hatte, sie war offensichtlich unfähig.

»Nein, da ist ja auch nichts mehr«, sagte sie, und Sturzbäche ergossen sich über ihrem Gesicht.

»Quatsch, das kann doch nicht sein. Mama hat doch letztes Jahr diese Riesenkampagne für CW-Fotos gemacht. Und den Juwelier. Irgendwo muss das Geld ja sein. Dann müssen wir halt doch die Anlagen auflösen. Irgendwie muss ich doch an das verdammte Geld kommen.«

Beate hörte gar nicht mehr auf zu heulen. Ich hätte ihr ins verheulte Gesicht schlagen können. »Deine arme Mama« und »Die armen Kinder«, sagte sie immer und immer wieder.

»Beate, es reicht«, sagte ich und brannte vor Wut. Ich war nicht wirklich wütend auf Beate. Ich war wütend auf Mama, weil sie immer solche vollkommen inkompetenten Menschen einstellte. Es war kaum zu ertragen.

»Wie zur Hölle komme ich an Mamas Geld?«

»Deine liebe Mama hat kein Geld mehr«, sagte sie schließlich.

»Aber das kann nicht sein! Sie verdient mehr im Monat als mein Stipendium für das ganze Jahr! Wie soll sie kein Geld haben?«

»Ja, ich hab ihr auch immer gesagt, das ist nicht gut, was sie da macht«, sagte Beate. »Aber sie hat ja Lothar das Geld gegeben, als er die Cocktailbar eröffnet hat. Und als sie sich getrennt haben, hatte sie keinen Vertrag. Das waren ungefähr zweihunderttausend, und dann die Rechtsstreite mit der Agentur. Das war ja auch viel Geld. Und dann hat die Mama ja auch nicht sparsam gelebt.« Beate machte eine kreisende Handbewegung, und ich nahm zum ersten Mal den Büroraum wahr.

Mamas Büro war direkt neben dem Wohnhaus. Oder zumindest nannten wir die Dreizimmerwohnung immer »das Büro«. Wenn ich mich jetzt umschaute, schien Büro eher ein Euphemismus. Müllhalde wäre der bessere Ausdruck gewesen. Oder Haushaltsloch. Der Raum, in dem wir uns eine Ecke freigeschaufelt hatten, war mindestens fünfzig Quadratmeter groß. In der Mitte stand ein riesengroßes Bällchenbad. Aber anders als früher im Ikea-Kinder-Paradies konnte man hier die bunten Bällchen kaum noch sehen, weil auf ihnen Papiere, Klamotten und benutztes Geschirr balancierten. In einer Ecke stand ein alter Atari-Spielautomat. Irgendwie war Mama davon überzeugt, dass es cool wäre, einen Atari-Automaten und ein Bällchenbad zu besitzen, also hatte sie beides gekauft. Jetzt war der Automat kaputt und diente als Ablage für unzählige Kisten: Ebay, Brands4Friends, Monoqi, Amazon – alles, wo man sinnlos Geld ausgeben konnte. Eli war nicht der Einzige, der zaubern konnte: Mama verwandelte Geld in Müll. Wie viel Geld Mama wohl alleine in diesem Zimmer zu Abfall transformiert hatte, fragte ich mich. Auf einmal hatte ich Angst. Was, wenn da wirklich kein Geld mehr war? Quatsch, das konnte ja gar nicht sein.

»O. k., dann müssen wir halt was liquidieren. Wir verkaufen die Immobilien«, beschloss ich und fühlte mich wie ein Wolf von der Wall Street.

»Ach Thene«, sagte Beate mit dieser unerträglich mitleidigen mütterlichen Art, »die Wohnungen sind ja da im Osten. Die sind nichts wert. Die hat die Mama schon seit Jahren zu verkaufen versucht. Aber die will niemand, und die sind ja auch schon so heruntergekommen, weil die Mama ja auch keine Zeit hatte, sich darum zu kümmern.«

Mir wurde übel.

»O. k., dann musst du jetzt sofort die Lebensversicherung auflösen. Das ist doch 'ne Million, hat Mama gesagt«, flehte ich.

»Ja, das war viel Geld. Aber das musste die Mama bei der großen Werbekampagne kündigen, weil sie da ja auch den Streit mit den Kunden hatte«, sagte Beate und streichelte mir über die Hand. Ich zog sie ruckartig weg.

»Aber irgendwas muss doch noch da sein. Sie kann doch nicht alles kaputt gemacht haben. Sie muss doch was zurückgelegt haben«, sagte ich und fing selber fast an zu heulen.

»Also, im Schlafzimmer müssten noch ungefähr zehntausend Euro in einem Umschlag sein. Sie wollte ja ein neues Auto kaufen, und da hatte sie das Geld von Lothar. Ich glaube, aus der Bar. Also alles in bar«, sagte Beate nach etwas Nachdenken.

»Gott sei Dank«, sagte ich. »Aber das ist doch nicht alles, oder?«

Die dritte Phase der Trauer ist Verhandeln.

»Ja«, sagte Beate. Und dann: »Also sie schuldet dem Finanzamt auch noch sechzigtausend Euro Steuernachzahlung.«

Als ich an einen mehrspurigen Kreisverkehr kam, blieb ich stehen. Ich dachte, wenn ich nur lange genug liefe, würde ich auch in Frankfurt in die Natur kommen. Also echte Natur, nicht diese rechteckigen Parkinseln mit Rollrasen, Betonbrunnen und 1,3 Laubbäumen, die das städtische Einheitsgrau nur hervorzuheben scheinen. Stattdessen landete ich an der Hanauer Landstraße. Die zwar Landstraße heißt, aber ein vierspuriges, beschientes Stadtmonster ist.
Ich habe jahrelang in Frankfurt gewohnt, aber es war nie mein Zuhause geworden. Mein Herz gehörte Baden-Württemberg. Nicht Frankfurt oder Wiesbaden, wo ich aufgewachsen war. Nicht Berlin, wo mein Vater wohnte. Nicht einmal Oxford, wo ich den Großteil meiner Studentenzeit verbracht habe.

Nein, Zuhause war das schwäbische Land. Oder das badische. Ich hörte und verstand den Unterschied nicht und liebte diskriminierungslos und ein wenig naiv einfach beides, verriet es aber keinem. Außer Paul, der nahm es mit den Schwaben und den Badenern auch nicht so ernst. Solange feststand, dass er selbst nicht etwa Schwabe, sondern Hohenloher war. Den Unterschied begriff ich erst recht nicht. Auch die Erklärungsversuche von Pauls Papa brachten mich nicht wirklich weiter. Pauls Papa sagte das immer so: »Wo die Hasa Hosa haaßa un dia Hosa Housa haaßa, da bi i dahoom.« Trotz mangelnder Sprachkenntnisse, oder vielleicht deswegen, liebte ich die aufregende Exotik des Südens und mein Migrantendasein. In meinem Herzen wuchsen Spätzle und floss die Soß, und einmal im Monat war Kehrwoch. Aber vor allem schmiegten sich in mir saftig grüne Hügel an dichte Wälder. Und Berge bewachten liebevoll Kuh und Schaf und mich.

Im Berliner Flachland fühlte ich mich schutzlos ausgeliefert, und im Frankfurter Großstadtdschungel schienen mich dichtgedrängte Hochhausfassaden zermalmen zu wollen. Mama hatte sich darüber lustig gemacht, wie ich aufblühte, als ich ins kleine Heidelberg kam, wo ich doch eigentlich Großstädter sein sollte. Aber in großen Städten fühlte ich mich einfach überfordert, und jetzt wollte ich an ein menschenleeres Flussufer oder noch besser mitten in den Odenwald. Irgendwohin, wo ich meine Gedanken sortieren konnte. Aber ich war nicht mehr zu Hause. Ich setzte mich auf die Bordsteinkante und versuchte mir vorzustellen, die Autos wären Bäume (ungewöhnlich schnelle Bäume) und ich säße in Wirklichkeit auf meinem Klappstuhl mitten auf dem Schlechten Weg.

Innerhalb der letzten zweiundsiebzig Stunden hatte sich meine finanzielle Situation schlagartig von »pleite mit reicher Mutter« zu »plötzlich reich« entwickelt. Nur um dann in »plötzlich hochverschuldet mit enormen finanziellen Verantwortungen« umzuschlagen. Ein kleiner materialistischer Flecken in meinem Kopf hatte, noch bevor ich in Frankfurt ankam, meine Studiengebühren abgezahlt und Sommerurlaub gebucht – aber eben nur im Kopf. Mama hatte mir immer erzählt, was sie alles für uns zurückgelegt hatte. Ohne genau darüber nachzudenken, war ich intuitiv davon überzeugt gewesen, dass mein Erbe im hohen sechsstelligen Bereich liegen würde.

Ich war gleichzeitig schockiert und doch nicht wirklich

überrascht. Mama hatte mir schon so oft Versprechungen gemacht, um sie dann, ohne mit der Wimper zu zucken, zu brechen. Nur weil sie mir immer erzählte, was sie alles für uns zurücklegte, hieß das noch lange nicht, dass es tatsächlich irgendwelche Rücklagen gab. Der ständige Hinweis auf die massive Lebensversicherung war einfach nur ein weiterer Weg gewesen, mir zu zeigen, was sie doch für eine großartige Mutter war und was sie alles für ihre Kinder tat. Ob es die Lebensversicherung jetzt gab oder nicht, war da ganz nebensächlich, solange uns allen eines klar war: Mama ist die Beste.

Ich fragte mich, ob alles besser gewesen wäre, wenn Mama nicht die Beste hätte sein müssen. Sie hatte ja nicht generell das Bedürfnis, in allem die Beste zu sein. Eigentlich war sie stolz darauf, schlecht in der Haushaltsführung zu sein. Sie schaute immer auf die Mütter meiner Freunde herab, die ordentliche Wohnzimmer und gemachte Betten hatten. Ein Teil ihres enormen Egos kam daher, dass sie keine Hausfrau war und auf Sekundärtugenden - Ordnung, Pünktlichkeit, Disziplin - einen sprichwörtlichen Dreck gab. Mama war Punk, Anti-Establishment und natürlich ganz anders als die anderen. Sie konnte sich Schwächen eingestehen, aber eben nur in Dingen, die sie sowieso für total daneben hielt. Oder es war andersrum, und sie lehnte die Fähigkeiten und Eigenschaften ab, die sie sowieso nicht hatte.

Aber irgendwie hatte sich in ihrem Kopf festgesetzt, dass es wichtig war, eine gute Mutter zu sein. Folglich war sie die beste aller Mütter. Und jeder musste es wissen. Wie viel glücklicher hätte ich wohl sein können, wenn sie Mutterschaft zusammen mit Ordnung und Pünktlichkeit als bourgeoise Spießerscheiße abgelehnt hätte.

Papa war ordentlich und pünktlich und diszipliniert und in den Augen meiner Mutter unerträglich bourgeois.

(Homo hin oder her, es muss schließlich auch schwule Spießer geben, wer soll sich sonst die ganzen Barbra-Streisand-Filme angucken?) Bevor sie sich getrennt hatten, hatte Papa die Rolle der Mutter und Hausfrau perfekt ausgefüllt. Er hatte aufgeräumt und meine Hausaufgaben kontrolliert, mich zum Klarinettenunterricht gefahren und pünktlich wieder abgeholt. Vor allem hatte er mir das Gefühl gegeben, dass sich um mich zu kümmern das Größte war, was es in seinem Leben überhaupt nur geben könnte. Und nicht, dass ich halt auch noch da war.

Heute war ich in meinem Kern überzeugt, dass so wie Papa zu sein nicht besser war, als so wie Mama zu sein. Papas Idee, dass Reproduktion das Wichtigste im Leben sein sollte, ekelte mich an. Müsste ich mich entscheiden, mit wem ich befreundet sein sollte, würde ich kinderlos immer kindervernarrt vorziehen. Aber die Mütterlichkeit, die bei Freunden nervt, ist bei Müttern gar nicht mal so daneben.

In den letzten Jahren, umgeben vom feministischen Universitätsdiskurs, war mir klar geworden, dass Papa offensichtlich die bessere und begeistertere Mutter war. Und das war auch gut so.

Was nicht gut war, war, dass ich bei der Trennung bei Mama gelandet war. Papa war an der traditionellen Scheidungs-Vaterrolle zerbrochen, und Mama konnte mit ihrer traditionellen Mutterrolle nichts anfangen. Hätte man mich gefragt, bei wem ich lieber gelebt hätte, ich hätte mich ohne nur eine Sekunde darüber nachdenken zu müssen für Papa entschieden. Tatsächlich fragte mich Mama einmal direkt. Als ich mich blitzartig für Papa entschied, war sie so schockiert, dass das Thema nie wieder aufkam. Die Zeit von meinem zehnten bis zu meinem sechzehnten Lebensjahr war ein Trauerfleck, weil mein Vater nicht meine Mutter war und meine Mutter sich nicht eingestehen konnte, dass Mutterschaft sie nicht im Geringsten interessierte. Deswegen konnte sie bei der Trennung nicht sagen: »Hey, nimm du das Kind, ich hab Besseres zu tun als traditionelle Mutterschaft.« Und weil der deutsche Staat laut und beständig verkündete, dass das Kind nun Mal zur Mutter gehört. Auf einmal wurde mir klar: Wären im Samen-Lotto die Genitalien andersrum verteilt worden – hätte meine Mutter den Penis und mein Vater Vagina und Uterus erhalten –, hätte ich eine glückliche Kindheit gehabt. Stattdessen lebte ich in einem chrono-synklastischen Infundibulum, in dem mein Vater gleichzeitig die beste Mutter der Welt und das Monster, das mich im Stich gelassen hatte, war.

*

»Thene, kommst du mal kurz zu mir hoch?«, schrie Papa vom Dach, als ich den Innenhof betrat. Es war so gegen eins, und die Sonne stand im Zenit. Mein Kreislauf war über den Aufstieg zum aufgeheizten Dach nicht glücklich, aber ich war auch zu erschöpft, um zu diskutieren.

»Sofia, ich muss auflegen«, sagte er, als ich mich zu ihm auf den Feuerwehraustritt setzte.

»Thenusch«, sagte er mit Süßstoff in der Stimme, »ich muss dir was sagen, aber es wird dir nicht gefallen.«

»Was?«, bellte ich und guckte ihn grimmig an.

»Nicht wieder schlagen!« Er hielt sich das Handy vor die Augen, als versteckte er sich dahinter.

»Da jagt man einmal jemanden mit einem Schlauchbootpaddel über einen Campingplatz …«, sagte ich.

Papa grinste. Wir hatten dieses Ereignis in der letzten Dekade zu einem Witz hochstilisiert. Aber damals war es nicht witzig. Es war der erste Urlaub seit unserer privaten Wiedervereinigung gewesen, und er hatte in irgendeinem cholerischen Moment gesagt, dass er nicht wisse, ob er gerne mit mir zusammen war. Ein paar Stunden später wollte er gar nicht mehr glauben, dass er das wirklich gesagt hatte, und weinte bitterlich. Aber er hatte es gesagt, weil er an einer Raum-Zeit-Spaltung litt, bei der sein Mund seinem Hirn immer einige Minuten voraus war. In jedem Fall war bei mir eine Sicherung durchgebrannt, ich hatte das Schlauchbootpaddel gegriffen, das neben mir lag, und auf ihn eingeschlagen. Das Paddel war aus Plastik, also passierte nichts. Außerdem war ich damals ein fettes Kind und Georg ein drahtiger Erwachsener, und deshalb traf ich ihn eigentlich nicht. Aber ich hinterließ bleibenden Eindruck. Ich hatte gezeigt: Du kannst tun, was du willst, aber du kannst mir niemals das Gefühl geben, dass ich dir nicht wichtig bin. Du darfst niemals zeigen, dass du Besseres zu tun hast, als für mich da zu sein.

»Also, ich habe gerade mit Sofia geredet«, hob er an und zögerte kurz, »also, es fliegen die Fetzen: Revolution und der neue Chef will alles anders. Sie lösen die Redaktion auf und schließen sie mit den anderen Kulturredaktionen zusammen, und das wird einfach zu Lasten des *Akzente*-Altgolds gehen, und ich muss morgen im Büro sein.«

»Papa, das ist nicht dein Ernst! Die Mutter deines einzigen Kindes ist gerade gestorben und du machst …«, er unterbrach mich mitten im Satz.

»Thene, du verstehst das nicht. Du weißt nicht, wie das ist, richtig zu arbeiten. Aber ich muss da hin und mich in die Pilotfolge für die neue Sendung stürzen. Ich muss zeigen, dass ich unentbehrlich bin. Wenn ich da morgen nicht bin und meine Stellung verteidige, dann verliere ich meinen Job …« Jetzt war es an mir zu unterbrechen.

»Papa, du bist seit zwanzig Jahren festangestellt. Du kannst deinen Job gar nicht verlieren und …«

»… Ja«, unterbrach er mich, »aber wer weiß, wo die

mich hinstecken. Der neue Chef ist ein Junger von einem Musiksender. Der versteht nicht, wie *Akzente* funktioniert. Wir sind ein Dinosaurier! Ein Fossil! Und der will uns ins einundzwanzigste Jahrhundert bringen. Das kann aber nicht funktionieren, weil unsere Zuschauer auch Fossilien sind, die im einundzwanzigsten Jahrhundert genauso wenig zu suchen haben wie wir«, er musste kurz Luft holen, und ich ergriff die Chance.

»Papa, du hast bestimmt mit deiner Analyse recht, aber ich brauche dich jetzt. Ich brauch dich jetzt wirklich«, ich guckte ihn ernst an und versuchte mit jeder Pore meines Körpers zu signalisieren, dass jetzt der Moment war, in dem er für mich da sein musste. Ohne Wenn und Aber. Und wenn die Welt sonst untergeht. Nicht, weil ich jemanden brauchte, der mit mir die Beerdigung organisierte und sich um Eli kümmerte. Nicht mal, weil ich jemanden brauchte, der mir Beistand leistete. Sondern weil ich das Gefühl brauchte, einen Papa zu haben, auf den ich mich immer verlassen konnte, und nicht einen, der mich immer verlässt.

Aber er konnte es nicht verstehen, weil er zu sehr damit beschäftigt war, seinen Mund zu öffnen und zu schließen. Er war wie immer in sich und seinen Problemen gefangen. Genau wie damals, als er mich verließ. Weil er so im Schmerz versank, dass er nicht einen einzigen Gedanken daran verschwenden konnte, wie es mir wohl gehen würde, ohne ihn. Weil er so darauf bedacht war, sich selbst zu schützen, dass er darüber vergaß, dass ich auch Schutz brauchte.

»Ich versteh gar nicht, was das Problem ist. Guck mal, ich fahr einfach heute Nacht nach Berlin, und ihr könnt ja den Zug nehmen. Das ist sowieso besser als Autofahren, weil man sich da ja frei bewegen kann. Und wir sehen uns dann abends. Und wenn die Beerdigung einfach am

Wochenende ist, dann funktioniert das. Ist doch gar kein Problem.«

»Papa, hör auf. Du machst einen riesigen Fehler«, flehte ich ihn an, während mir das Wasser in die Augen schoss. Aber er plapperte einfach weiter. Hätte er mich nur gehört, er hätte es verstanden. Aber egal wie ich schrie, er hörte mich einfach nicht. Er war so sehr im Sog seiner eigenen Sorgen gefangen.

»Thene, ich weiß gar nicht, warum wir das diskutieren. Das ist doch ein super Kompromiss. Und Oma geht mit dir zum Bestatter. Das kann sie bestimmt eh besser als ich. Und ich habe ja auch gar keine Wahl. Irgendwann wirst du wissen, wie das ist, wenn man einen richtigen Job hat. Da kann man nicht einfach wegbleiben, wenn die Kacke am Dampfen ist. Ich muss da jetzt sein. Das ist sonst ganz schlecht. Auch für die anderen. Sofia moderiert *Akzente* seit fast dreißig Jahren. Wäre sie ein Mann, wäre sie längst Chef. Aber sie ist eine Frau und du sagst ja selber immer, dass Frauen ab vierzig im Keller versteckt werden. Wenn wir nicht zusammenhalten, dann nutzen die da oben sofort die Chance, sie abzusägen. Und du willst doch auch nicht, dass sie Sofia durch irgendein jüngeres Modell oder einen Mann ersetzen ...«

Er redete weiter, aber ich hörte es gar nicht mehr. Ich hatte »ist schon recht« gemurmelt und war die Feuerleiter runtergestiegen. Es hatte ja keinen Sinn. So war es halt im chrono-synklastischen Infundibulum. Er war der beste Papa der Welt. Solange er nichts Wichtigeres zu tun hatte.

Als ich die Wohnung betrat, hatte sich der Rest der Mischpoke schon in Mamas Schlafzimmer versammelt. Bis jetzt war die Schatzsuche nach dem mysteriösen Zehntausend-Euro-Umschlag erfolglos. Das lag auch daran, dass Oma sofort Mamas frühere Putzfrau Juliana angerufen hatte, in der Hoffnung, sie könnte bei der Suche helfen. Aber Juliana musste, anstatt zu suchen, erst mal ausgiebig weinen. Jetzt saß Juliana umringt von Taschentüchern im Bett und hielt Elis Hände, während sie ihm vorheulte, wie engelsgleich und einzigartig seine Mutter doch gewesen war. Hätte Eli mir nicht so leidgetan, hätte ich laut losgelacht. Er sah genau so aus, wie ich mich gefühlt hatte, als ich mir die gleiche Leier von Beate hatte anhören müssen. Es gibt kein Verhalten, das so verbreitet und so daneben ist wie Kindern zu erzählen, wie großartig deren Mutter ist. Als könnte man aus der Qualität einer Freundin darauf schließen, wie ihre Qualität als Mutter ist. Nur weil eine Frau gut kochen kann, heißt das noch lange nicht, dass sie auch schöne Füße hat.

Juliana konnte sich gar nicht mehr einkriegen vor Emotion.

»Es ist so traurig. So eine gute Frau. So ein lieber Mensch«, heulte sie. Als sie mich in der Tür stehen sah, sprang sie auf und umarmte mich so fest, dass mir die Luft wegblieb.

»Tjene«, sagte sie und schluchzte. Juliana kam aus der Ukraine und konnte meinen Namen ohne Schmierlaut nicht aussprechen.

»Jes tut mir so leid, Tjene«. Wieder Schluchzen. Über Julianas Schulter sah mich Eli an, und wir verdrehten gleichzeitig die Augen. Er schüttelte den Kopf und mimte die Worte »Oh mein Gott«, formte mit der Hand eine Pistole und tat so, als würde er Juliana von hinten erschießen. Ich musste mich zusammenreißen, nicht loszulachen. Irgendwann befreite ich mich von Juliana, und ich konnte sie überzeugen, uns bei der Schatzsuche zu helfen.

Das Schlafzimmer war weniger vollgestopft als das Büro oder die Küche. Aber es war voll genug. Abgesehen von Bett und wandfüllendem Einbauschrank gab es noch zwei weitere Kleiderschränke und eine Art Kommode. Die Kommode war aus einem Persien-Laden. Sie hatte bestimmt zweitausend Euro gekostet und hatte unendlich viele Schublädchen, Fächer, Spiegelchen und sonstige Verstecke. Oma stand an der Schrankwand. Nicht etwa, weil sie dachte, dass das Geld ausgerechnet da drin war, sondern weil es sie am wenigsten überforderte. Christoff hatte sich den Kleiderschrank mit den Anziehsachen von Trixie vorgenommen. Da war die Gefahr, auf etwas Intimes zu stoßen, am geringsten. Also blieb es an Eli, Juliana und mir, unter dem Bett, im Nachttisch und in der persischen Kommode zu suchen. Juliana wühlte unter dem Bett und heulte bei jedem Gegenstand, der sie irgendwie an Astrid erinnerte, laut los oder stimmte Hagiographien an. Eli und ich gingen systematisch Schublade nach Schublade durch. Mama hatte öfters Umschläge mit Barem rumliegen. Geld, das ihr Lothar gab als Rückzahlung für die Cocktailbar, von dessen Existenz das Finanzamt also nicht unbedingt wissen musste. Ich war immer gegen Mamas krumme Dinger gewesen. Ich hasste ihr dummes »Quatsch, da passiert schon nichts«.

»Da passiert schon nichts« hatte sie eine fünfstellige Steuernachzahlung und jetzt ihr Leben gekostet. Irgendwie hatte Mama mit dem Gefühl gelebt, dass sie zu besonders für Wahrscheinlichkeitsrechnung und Statistik sei. In ihrem Kopf konnten ihr hoch wahrscheinliche Ereignisse nichts anhaben. Wer laufend Gesetze bricht, wird irgendwann erwischt, und wer nachts auf der Autobahn spaziert, wird überfahren. Mit solchen Regeln der Wahrscheinlichkeit hatte Mama nichts zu tun. Ausgerechnet bei ihr mussten höchst unwahrscheinliche Ereignisse klappen. Und so dachte sie auch, dass eine Beziehung genau dann ein Leben lang hält, wenn sie mit an Sicherheit grenzender Wahrscheinlichkeit nicht funktionieren kann. Zumindest was ihre Fähigkeit anging, Wahrscheinlichkeit generell fehlzuinterpretieren, war Mama wirklich etwas ganz Besonderes gewesen.

»Jelijah, guck mal«, schrie Juliana auf einmal auf. »Weißt du noch, du warst so klein, als du hast gemacht das für Jastrid.«

Sie zeigte auf einen Schuhkarton, der mit roter Hochglanzfolie, Federn und Glitzer beklebt war. Eli und Juliana hatten den Karton für Astrid zum Geburtstag gebastelt. Da war Eli vielleicht sieben oder acht und hatte gerade mit großen Kinderaugen die Zauberei entdeckt. In den Karton hatte er neben Ingwerschokolade und Tee auch ein Paar Zaubergimmicks gesteckt - also Trickgegenstände, mit denen auch ein Laie ohne Wissen zaubern kann (gezinkte Spielkarten, magnetische Münzen, ein diskret verspiegelter Fingerring). Wie das Kinder so machen, hatte Eli das geschenkt, was er selber gerne haben wollte. Auf die Kiste hatten Juliana und er mit goldener Folie die Worte »Mamas Zauberkiste« geklebt.

Juliana setzte sich hin, um mit gebührendem Respekt das Kindheitsrelikt zu zelebrieren. Vielleicht dachte sie auch, dass eine Zauberkiste ein angemessener Ort sei, um Bargeld zu verstecken. Ich wusste, dass in Mamas Zauberkiste kein Bargeld war. Ich sagte aber nichts, weil ich Julianas Gesicht sehen wollte.

»Kuomm, kuomm, Jelijah, guck«, sagte sie mit tränenreicher Stimme. Eli drehte sich um und guckte Juliana verächtlich an. Sie öffnete die Box erwartungsvoll. Es dauerte bestimmt eine halbe Minute, bis die kleine russisch-orthodoxe Juliana aus der heilen Welt verstand, dass es sich bei dem, was da so hübsch in Pink und Lila funkelte, um Mamas Sammlung aus Vibratoren, Dildos und Analperlen handelte. Wie die untergehende Sonne übers Abendland glitt Erkenntnis über Julianas sich verdunkelndes Gesicht. Sie wollte die Box gerade verschämt schließen und so tun, als wäre nie was gewesen, da unterbrach ich sie.

»Ah, gut, ich wusste nicht, wo das hingehört«, sagte ich und kramte den pinken Vibrator hervor. Ich lehnte mich zu Juliana übers Bett und hielt ihn ihr so hin, dass die Spitze zu ihr zeigte wie eine Schwertklinge. Hinter mir hörte ich Georg, der gerade das Zimmer betreten hatte, ganz leise kichern. Auch Oma schien sich leicht zu schütteln, allerdings ohne eine Miene zu verziehen. Christoff schwieg.

Blitzschnell griff Juliana das Objekt des Anstoßes und warf es in die Kiste. Noch bevor sie sie verschließen konnte, ergriff Eli seine Chance, sich auch für die Lobeshymnen auf Mutter und die nassgeweinten Schultern zu rächen.

»Oh, Juliana, kannst du mal gucken, ich glaub, da sind Handschellen drin, die kann ich brauchen für einen Entfesselungstrick. Guckst du mal schnell.« Eli verzog keine Miene. Wie ein hochpubertärer Junge sich so zusammenreißen konnte, während Papa, Oma und ich uns krümmten vor Lachen, weiß ich nicht. Aber er blieb ganz cool. Ich war hin- und hergerissen zwischen unendlicher Bewunderung meines coolen Bruders und Mitleid mit der armen Juliana. Sie weinte zwar nicht mehr, schien aber vor Scham zu schmelzen. Gleichzeitig musste sie die Ehre der Muttergöttin verteidigen, indem sie so tat, als wäre nichts. Also blieb ihr nichts anderes übrig, als ihre Hand in die Schlangengrube zu stecken, den angreifenden Buttplug zu ignorieren und Eli die Handschellen zu präsentieren, als wäre es das Normalste auf der Welt.

»Danke dir«, sagte Eli.

Hätte ich nicht gewusst, wie sehr er Juliana, ihre weinerliche Art und ihre Vergötterung unserer Mutter hasste, hätte ich ihm nie angemerkt, dass er diesen Moment als einen persönlichen Triumph sah.

»Nimm mal den Schlüssel, Thene, und dann musst du mir die Handschellen hinterm Rücken anlegen.«

Atemlos und mich immer noch schüttelnd vor Lachen, tat ich wie mir geheißen. Ich zog die Handschellen so fest, dass nicht mal Trixies Finger zwischen das kalte Metall und Elis Handgelenk gepasst hätten.

»Eli, du armer Trottel«, sagte ich, als ich fertig war. »Da hast du dir ein Eigentor geschossen. Dass du da wieder rauskommst, ist so wahrscheinlich wie ein Sechser im Lotto. Das sind nicht die normalen Sex-Toy-Handschellen, die jeder Idiot öffnen kann, Eli. Die sind von Karsten. Das sind echte Polizei-Handschellen.«

Ich grinste und hielt den Schlüssel provokativ vor seine Augen. Ich war mir nicht ganz sicher, ob das wirklich Karstens Handschellen waren, aber ich hatte guten Grund zu der Annahme. Mama hatte mir bei einem unserer letzten Telefonate stolz erzählt, dass sie die Handschellen von ihrem »Fickfreund und Helfer« entwendet hatte. Außerdem war es auch egal, ob ich recht hatte oder nicht. Eli würde bei dem Schwester-Druck da jetzt sowieso nicht mehr rauskommen.

»Thene, jetzt lass den Jungen da raus. Wir müssen das Geld finden. Lass doch den Mist«, sagte Oma mürrisch.

Ich ignorierte sie, warf den Schlüssel genüsslich in die Höhe und fing ihn wieder auf.

»Die Wahrscheinlichkeit für einen Sechser im Lotto ist eins zu achtzehn Millionen«, sagte Eli und drehte sich um. Er schaute mir direkt in die Augen und grinste. Ich sah seine Schultern sich ein wenig auf und ab bewegen.

»Somit ist es genauso wahrscheinlich, im Lotto zu gewinnen, wie von einem Blitz getroffen zu werden«, fuhr er fort. Er bewegte sich kaum merklich und gar nicht panisch. Noch nicht, dachte ich.

»Und trotz der verschwindend geringen Wahrscheinlichkeit investieren Millionen Menschen jede Woche ihre Zeit und ihr Geld in den Erwerb von Lottotickets. Getrieben von der Hoffnung, sich von den Fesseln des Alltags zu lösen. Das ist das Unglaubliche an Menschen; sie kämpfen für ihre Freiheit, auch wenn es aussichtslos scheint.«

Mit diesen Worten erhob er sein Haupt, streckte die Arme zur Seite und spreizte die Finger. Seine Hände waren leer. Von Handschellen war nichts zu sehen. Wir guckten Eli an, als hätte uns der Blitz getroffen. Georg konnte als Erster wieder sprechen.

»Wie hast du das gemacht, Eli?«

»Ich habe die Fesseln gelöst«, antwortete er.

Ich konnte meinen Augen nicht glauben.

»Wo sind die Handschellen hin, Elijah?«, fragte Oma und war zum ersten Mal nicht spöttisch oder verächtlich gegenüber Elis Zauberei. Sie war einfach genauso überwältigt wie wir anderen auch.

»An einem besseren Ort«, sagte Eli.

»Aber wie?«, fragte ich mit der mir eigenen Eloquenz, als ich endlich wieder sprechen konnte.

Eli guckte mir direkt in die Augen, lächelte mild und sagte: »Magie.«

*

Wie wir die Realität wiedererlangten, kann ich nicht sagen. Aber einer nach dem andern rationalisierten wir, was wir gerade gesehen hatten. Oma schloss, dass er einen Zweitschlüssel im Ärmel gehabt haben musste. Wie ich auch, hatte sie gesehen, dass Eli ein kurzes T-Shirt trug. Aber wie es Menschen so tun, wollte sie sich lieber etwas einbilden, als zu akzeptieren, das wahr war, was nicht wahr sein konnte. Ich hatte seine nackten Unterarme und leeren Hände gesehen, als ich die Handschellen geschlossen hatte. Also redete ich mir ein, dass die Handschellen entweder selbst präparierte Gimmicks waren, die er in Mamas Box platziert hatte (wann?). Oder, dass er einen Öffnungsmechanismus in der Hosentasche oder auf, an oder in Mamas Kommode hatte (wo?). Oder, dass er seine Finger ausrenken konnte (wie?).

Wohin die Handschellen verschwunden waren, konnte ich nicht sagen. Aber Dinge verschwinden lassen, war ihm ein Leichtes. In seiner Hosentasche hatte er sie – entgegen Papas Behauptung – auf jeden Fall nicht versteckt. Ich hatte ihm absichtlich auf die Hose gestarrt, als er den Raum verließ, weil ich auch gleich an Hosentaschen dachte. Zwei große Metallschellen hätte ich unter einer sich bewegenden Jeanstasche entdeckt, auch wenn der spindeldürre Eli kaum Hintern in der Hose hatte. Also rätselten wir alle. Außer Juliana, die genau wusste, wie Eli das gemacht hatte. Es war ein Wunder. Gott hatte ihn erwählt. Offensichtlich.

Irgendwann endete die Fachsimpelei. Georg verließ mit Christoff und Oma das Zimmer, um mit ihnen die Details der Abreise zu besprechen. Juliana und ich blieben im

Schlafzimmer und durchsuchten Mamas Mobiliar. Die Suche wäre bestimmt schneller gegangen, hätte ich nicht Julianas Geplapper ausblenden müssen. Ohne erkennbare Auslöser oder Zusammenhänge erzählte Juliana: 1) wie hart es war, illegal in Deutschland zu sein, und wie dankbar sie war, dass Mama sie als Putzfrau eingestellt hatte; 2) von ihrer Liebe zu ihren Kindern und wie schlimm ihr Exmann war; 3) von Julianas Mutter, die gestorben war, als Juliana noch ein Kind war; 4) von ihrer Dankbarkeit, weil Astrid für Juliana gebürgt hatte, als Juliana versuchte, ihre Anwesenheit in Deutschland legal zu machen, und wie viel Geld Mama Juliana geliehen hatte, damit sie es hier schaffte; 5) dass meine Mutter eine Heilige war (Mamas Zauberkiste war wieder unterm Bett vergraben worden) und ein guter Samariter, der immer nur anderen helfen wollte.

Was Juliana nicht erwähnte, war, dass Juliana Mama das Geld nie zurückgegeben hatte. Mama hatte also auch deswegen ihre Kinder in einem Schuldenberg zurückgelassen, weil Juliana ihr die vielen zehntausend Euro nicht zurückgezahlt hatte und auch nie zurückzahlen würde. Aber man will ja nicht kleinlich sein.

Was Juliana auch nicht erwähnte, hatte ich fast vergessen oder vielleicht verdrängt. Aber es fiel mir schlagartig wieder auf (so wie einem eine Faust in der Magengrube schlagartig auffällt), als ich beim Auseinandernehmen der persischen Kommode eine kleine Schmuckschatulle aus rotem Plastik fand. Juliana, die immer noch mit dem Stauraum unterm Bett beschäftigt war, sah die Schatulle nicht, und ich steckte sie schnell ein. Nicht heimlich – sie gehörte ja irgendwie mir –, aber auch nicht so, dass sie es sehen konnte. Ich musste die Schatulle nicht öffnen, um zu wissen, dass in ihr auf einem kleinen weißen Synthetikkissen ein schmaler goldener Ring lag.

Der Ring war besetzt mit aneinandergereihten Glaskristallen und unglaublich hässlich. Er hatte neunundneunzig Euro im Schlussverkauf gekostet. Teuer genug, um einem Standesbeamten standzuhalten, billig genug, um Julianas Kasse nicht unnötig zu belasten. Ich hatte mich trotz des unglaublich kitschigen Designs für diesen Ring entschieden. Er trug im Laden den Namen »Honestly Ring«. Die Ironie, den hässlichsten Billig-Ehering der Welt mit »honestly«, also »ehrlich« oder »ernsthaft«, zu betiteln, sagte mir zu. In meinem Kopf sah ich eine arme Blondine, die von ihrem Freund einen Antrag mit diesem Ring bekommt, die Stirn in Falten wirft und »Ernsthaft?« sagt. Teenagerhaft hielt ich beißende Ironie für ein passendes Kriterium in der Auswahl meines Eherings.

Wie es damals zur Entscheidung gekommen war, dass ich, sobald ich volljährig war, heiraten müsse, wusste ich nicht so genau. Ich war ja nicht dabei gewesen. Auf jeden Fall kam Mama irgendwann abends völlig begeistert aus ihrem Büro, wo sie sich viele Stunden mit der hochschwangeren Juliana und ihrem Exehemann Vlad eingeschlossen hatte. Sie hatte endlich eine tolle Lösung für Vlads Einwanderungsproblem gefunden. Es war ganz einfach. Vlad müsste einfach eine deutsche Staatsbürgerin heiraten. Er war ja sowieso von Juliana geschieden. Vlad machte krumme Geschäfte mit Autos und half Osteuropäern, illegal nach Deutschland zu kommen. Deshalb hatte sich Juliana drei Jahre zuvor von ihm scheiden lassen, weil sie nicht länger mit einem Kleinkriminellen verheiratet sein wollte. Was sie aber natürlich nicht daran gehindert hatte, sich von ihm schwängern zu lassen. Da Vlad geschieden war, wäre es also gar kein Problem für ihn, einfach eine neue Frau zu heiraten. Eine Deutsche.

»Willste nicht, Thene?«, fragte Mama.

Ich wollte nicht.

»Du willst, dass ich Vlad heirate? Warum machst du's denn dann nicht selber?«, fragte ich.

»Nee, ich bin zehn Jahre älter als er, das glauben die Behörden nicht. 'ne Jüngere ist glaubhafter.«

Es schien riskant und illegal und gefährlich, und ich konnte Vlad nicht leiden und Juliana auch nicht so richtig. Aber irgendwie stand am Ende der Nacht die Entscheidung, dass ich ein paar Tage nach meinem achtzehnten Geburtstag heiraten würde.

»Aber das ist doch bestimmt gefährlich«, hatte ich es noch ein letztes Mal versucht.

»Quatsch«, hatte meine Mutter mit absoluter Sicherheit gesagt. »Was soll denn passieren? Darfst halt keinem erzählen, dass es nicht echt ist. Dann kann gar nichts schiefgehen. Ich hab das lang recherchiert, kennst mich ja. Recherchieren kann ich.«

Ja, recherchieren konnte sie, aber sich die Welt so malen, wie sie ihr gefällt, auch.

Mein mulmiges Gefühl blieb zwar im Kern bestehen, aber gleichzeitig war es auch aufregend. Ringe suchen, Kleider kaufen. Sogar der bürokratische Akt war berauschend. Ich schwebte auf einer Wolke aus Adrenalin und neuen Schuhen. Ich wünschte, ich könnte sagen, ich tat es, weil ich es für richtig hielt. Oder aus Mitleid. Oder weil ich ein Samariter war. Aber Juliana hatte recht, Mama war der Samariter. Ich tat es nur, weil ich im Adrenalin des Hochseilakts taumelte. Und weil ich die Bewunderung und die Dankbarkeit genoss. Ich glaube, meine Mutter liebte mich nie so sehr wie in den Monaten vor meiner Hochzeit. Nie zuvor hatte sie mich so angeschaut wie in dem Moment – und es sollte für immer dieser eine Moment bleiben –, als ich im weißen Polyesterkleid aus der Umkleidekabine des Outletcenters schritt.

Ich glaube wirklich, dass Mama überzeugt war, dass

nichts passieren könne. Sie war so besessen von dem Bedürfnis, ihrer armen Putzfrau Juliana zu helfen, die ganz mutterseelenallein und hochschwanger in Deutschland war und nur sie hatte. Und so erklärte Mama die erstbeste Lösung auch sofort zu einer guten. Wie ich taumelte auch sie in der Aufregung. Und so wie ich benebelt war von ihrer plötzlichen liebevollen Aufmerksamkeit, war auch Astrid benebelt von dem unglaublichen Gefühl der absoluten Dankbarkeit, die ihr Juliana entgegenbrachte.

Mamas Plan, egal was sie sich einredete, hatte einen fatalen Fehler. Er baute darauf, dass ich meine Klappe halten konnte. Es dauerte keine Schulstunde, bis ich allen meinen besten und verschwiegensten Freunden davon erzählt hatte.

Das wahre Problem trat aber erst einige Wochen vor meinem Geburtstag auf. Ich war für ein paar Tage zu meinem Vater nach Berlin gefahren. Wir waren gerade beim Abendbrot, da hatte er eine Idee. Ich solle doch bei seinem nächsten Magazinstück Kleindarstellerin sein. Papa verwendete mich öfter als Statist. Einmal musste ich einen ganzen Nachmittag im Hochsommer im dicken Samtanzug über Hügel laufen und dabei so tun, als würde ich Geige spielen. Wofür, weiß ich nicht mehr. Aber es war schrecklich heiß und meine Finger taten weh. Dieser Dreh sollte ganz anders werden. Ich sollte einfach nur so tun, als würde ich nachdenklich Bilder betrachten. Und das im Louvre. Ich würde also mit meinem Papa und meinem Statistinnengehalt ein paar Tage in Paris verbringen. Gar nicht mal so übel.

Auf einmal klingelte mein Telefon. Mama. Wir müssten dringend meine Reise in die Ukraine besprechen. Dass ich in die Ukraine reisen würde, war mir noch gar nicht klar gewesen. Aber Mama bestand darauf. Ich könne ja wohl keinen Mann heiraten, den ich nicht vorher getroffen haben konnte. Und da Vlad nicht legal nach Deutschland reisen durfte, musste ich ihn ja in der Ukraine kennengelernt haben. Und ich musste Flugtickets mit meinem Namen haben. Falls der Standesbeamte nachfragte. Und jede Menge romantische Erinnerungen an die Altstadt von Sewastopol und Strandspaziergänge auf der Krim. Oder so.

Natürlich musste alles bald passieren. Und zwar genau in der Woche, in der Papa mit mir nach Paris wollte. So standen sich also Papas Vorhaben, mich als Kleindarsteller zu verwenden, und Mamas Vorhaben, mich als Einreise-Ehefrau zu verwenden, gegenüber. Natürlich hätte ich einen bezahlten Urlaub in Paris einer Reise in die ukrainische Provinz vorgezogen. Aber mit Mama war wie immer nicht zu reden. Also gab ich klein bei und legte auf.

Als Georg begriff, dass aus Paris nichts werden würde, brach der übliche Redeschwall aus ihm raus. Er versuchte mit aller Macht, mich zu überzeugen, meine Mutter zu überzeugen – und so weiter. Er ereiferte sich, dass sie immer alles kaputt machen würde. Und dass sie nur deswegen mit mir in die Ukraine wollte, weil er mit mir nach Paris wollte. Der übliche Mist eben. Doch dann passierte etwas, womit ich nicht gerechnet hatte.

Christoff sprach. Nicht, dass er sonst nicht auch manchmal sprach – nicht oft, aber ich hatte mich definitiv schon mal mit ihm unterhalten –, aber nie ernst, nie nachdrücklich. Christoff sah seine Aufgabe in unserem Patchworkgeflecht darin, Vater und Tochter Raum zu geben. Das heißt, er war für mich da, wenn ich seine Unterstützung suchte. Und er hinderte Georg daran, sich durch seine Neigung, zu sprechen ohne vorher zu denken, permanent ins Aus zu schießen. Nie hatte Christoff seine Aufgabe in meiner Erziehung gesehen. Aber in diesem Moment griff er ein. Er guckte mich ganz ernst an und sagte: »Thene, du wirst keinen ukrainischen Kleinkriminellen heiraten.«

Georg verstummte. Da er ja mit Wutausbrüchen beschäftigt gewesen war, hatte er den Teil meiner Diskussion mit Mutter überhaupt nicht mitbekommen. Er dachte, es ging um Urlaub, nicht um Ehe. Von meinen Hochzeitsplänen hatte er keine Ahnung.

Ich fing an zu verhandeln. Ich erklärte Christoff, dass Mama sagte, es könne nichts passieren. Verdeutlichte, dass schon alles im Gange war und man nichts mehr tun konnte. Christoff nickte und schwieg. Georg saß kleinlaut und beschämt daneben.

Erst als ich ausgeredet hatte, sagte Christoff:

»Ich möchte, dass du deine Mutter jetzt anrufst und ihr sagst, dass ich morgen früh zur Polizei gehe. Wenn sie die Sache nicht sofort beendet, melde ich, dass sie ihre minderjährige Tochter dazu nötigt, einen illegalen und kriminellen Einwanderer zu heiraten.«

Ich tat wie mir geheißen, und von meiner Verlobung blieb nichts übrig außer der kleinen Schatulle, die jetzt meine Hosentasche ausbeulte. Ich verließ Mamas Schlafzimmer und setzte mich auf die Treppe zum Obergeschoss. Heimlich zog ich den Ring an. Er sollte das Einzige bleiben, was ich als Andenken an Mama behalten würde.

*

Die Fahrt nach Berlin verlief praktisch ereignislos. Nach langem Hin und Her hatte man entschieden, dass doch alle zusammen, aber noch am selben Abend fahren sollten, sodass Christoff und Georg am nächsten Morgen zur Arbeit gehen konnten. Ich hatte die Unterhaltung nur zum Teil miterlebt, aber Christoffs insistierendes: »Hase, du kannst doch das Kind jetzt nicht alleine lassen«, aus dem Nachbarzimmer gehört. Oma war zwar nicht begeistert (»man kann doch eine fast Achtzigjährige nicht die ganze Nacht ins Auto sperren«), aber die Alternativen hatten ihr auch nicht geschmeckt. Zugfahren wollte sie nicht wegen des ganzen Gepäcks. Georgs Alternativvorschlag, Christoff und er könnten ja den Zug nehmen und sie könnte uns dann am Folgetag mit dem Auto bringen, wurde auch zurückgewiesen. Gott sei Dank. Jetzt wo Mama tot war, hatte Oma gute Chancen auf den Titel »schlechteste Autofahrerin der Welt« – Bremsen hielt sie für eine lästige Angewohnheit von Menschen, die nicht wussten, was sie wollten, und Rot für eine überbewertete Modefarbe.

Ich hatte den Führerschein nie gemacht. Ich hatte zwar jahrelang immer mal wieder Unterricht genommen, aber mich im letzten Moment aufgrund meiner genetischen Prädisposition dagegen entschieden. Immer wieder endeten Fahrten mit Oma und Mama mit dem quasi Luther'schen Schwur, ich würde nie einen Führerschein machen, wenn ich nur diese eine Fahrt überlebte.

Als alle Möglichkeiten durchgekaut schienen, schlug Oma vor, ich solle doch meinen Freund beauftragen, uns zu fahren. Ich weiß nicht, wie dieser Kelch an mir vorüberzog, aber man entschied sich auch ohne mein Einschreiten dagegen. Sonst hätte ich vielleicht gestehen müssen, dass ich nicht wollte, dass er uns fuhr. Nicht wollte, dass er zu Mamas Beerdigung kam. Dass ich ihm noch nicht mal gesagt hatte, was geschehen war. Wir hatten seit meinem Abflug nach England, der mir jetzt schon wie vor einer Ewigkeit vorkam, nicht telefoniert. Nicht, weil ich nicht wusste, dass er unterstützend, liebevoll und generell genauso sein würde, wie ich ihn mir im Bilderbuch ausmalen und im Katalog bestellen würde, sondern weil ich ihn von dieser ganzen Familienkacke unbefleckt wissen wollte. Ein Teil meiner Seelenruhe hing daran, dass ich wusste: Wenn das hier alles vorbei wäre, würde ich nach Heidelberg zurückkehren und mit ihm in den Wald fahren. So als wäre nie etwas gewesen.

Das Paralleluniversum, welches ich mir in Heidelberg geschaffen hatte, musste unberührt bleiben. Das ging nur, wenn er in dem Glauben, ich wäre im Familienurlaub, von allem unbehelligt blieb. Wenn ich dann mal in Heidelberg wäre und wir mit Klappstühlen im Wald säßen, würde ich ihm alles erzählen. Aber dann wäre es nicht mehr gefährlich. Dann wäre es nur noch eine Geschichte, die ich teilte, weil sie so oder so ähnlich jemandem mal passiert war.

Nun saßen wir also zu fünft im Auto, Georg und Christoff vorne, Eli links und Oma rechts von mir. Oma war eingeschlafen und so in sich zusammengesackt, dass ihr Kopf an meiner Schulter lag und ihr dröhnend schnarchender Mund direkt an meinem Ohr ruhte. Eli wiederum drückte, zerrte und kniff leicht manisch meinen Arm und quietschte leise vor sich hin. Vor der Abfahrt hatte er mir unter kreischendem Gelächter erzählt, dass er in dem Moment, als er befreit und ohne Handschellen das Schlafzimmer verlassen und die Treppe zu seinem Zimmer erstiegen hatte, mit hysterischem Triumphgekicher zusammengebrochen war. Jetzt flüsterte er immer wieder »Ich bin so cool« in mein Ohr. Er war zwar mittlerweile alt genug, um Coolness zeitweilig vorzutäuschen, aber noch nicht reif genug, um danach nicht zu verraten, dass er seine Coolness nur vortäuschte. Jetzt war sein Bedürfnis, anzugeben und mir seinen Erfolg vor die Nase zu halten, zu groß, um zu schweigen. So wie er mich immer noch bei jeder Gelegenheit an die Kasuswette erinnerte, die er, nachdem er gerade mal sechs Monate Lateinunterricht hatte, gegen mich (*lepus senex*) gewonnen hatte.

Wie er den Trick aber geschafft hatte, erzählte er mir, trotz ausgefeilter Verhörtaktiken, nicht. Ich hatte fast das Gefühl, er war selber überrascht. Das Wichtigste war, er war der Coolste, und ich musste ihm zustimmen (was nicht schwerfiel) und vor allem über Oma lästern. Die durfte natürlich nicht wissen, wie sehr ihn sein Triumph freute, weil das den Erfolg schmälern würde. Aber nach einigen Stunden hatte Eli sich ausreichend beweihräuchert und schnarchte die zweite Geige an meinem anderen Ohr.

In Georgs Wohnung erwartete uns ein wütend blinkender Anrufbeantworter. Eine rote 10 drohte im Display. Zehn Anrufe: neun von Oma Liesel; einer von Opa. Danach weigerte sich das Band, sich den Scheiß weiter anzuhören. Oder es war voll. Ja, das Band. Mein Vater war noch nicht ganz im digitalen Zeitalter angekommen. Schon bevor er die erste Nachricht hörte, schaute er Christoff und mich bedeutungsschwanger an. Er seufzte leise mit einem Nicken in Richtung der Maschine: »Mama.«

Oma hatten wir mit Eli in ihrer Wohnung abgeliefert. Ich hatte ein schlechtes Gewissen und hätte ihn lieber bei mir als bei meiner ruppigen Großmutter gewusst, aber wir waren alle müde und ich hatte keine Lust, mit Oma zu diskutieren.

(»Quatsch, der Junge kommt zu mir ins Gästezimmer!«) Und ich glaube, Eli und ich spürten beide, dass wir sie nicht alleine lassen sollten.

Georg hatte sofort den Anrufbeantworter angeworfen und sich auf seine Couch geschmissen. Christoff hatte den üblichen Platz auf dem Sessel neben ihm eingenommen und hielt seine Hand, während ich mich auf den dicken Teppich zu ihren Füßen gesetzt hatte.

Gestern, 12 Uhr: »Hallo mein Junge, hier ist deine Mutti. Kannst du mich bitte anrufen. Es ist dringend. Biep.« Gestern, 12 Uhr 21: »Hallo mein Junge, hier ist deine Mutti.

Ich brauche bitte dringend deine Hilfe. Ich halte es mit deinem Vater nicht mehr aus. Ruf mich sofort an. Biep.« Gestern, 14 Uhr 30: »Hier ist deine Mami, Georg, du musst mich anrufen. Dein Vater macht alles kaputt. Er hat mir versprochen, er wäscht die Gardinen. Aber er hat es nicht gemacht, und dann hat er es gemacht, aber ohne Bleichmittel. Und jetzt sind sie grau. Er hat sie wieder aufgehängt, aber schief. Alles ist schief und grau. Du musst mir helfen. Biep.«

Gestern, 16 Uhr: »Junge, ruf mich an. Hier ist Mami. Er schreit mich den ganzen Tag an. Er ist ein Tyrann. Ich halte das nicht mehr aus. Er kontrolliert mich immer. Bei allem. Und dann sagt er: ›Du trinkst wieder‹, und du weißt genau, dass ich nicht mehr trinke. Du kennst mich, aber er kennt mich nicht. Ich hab dir … hoch und heilig hab ich dir versprochen, dass die Mutti nie wieder trinkt. Und ich lüge nicht. Aber er sagt, ich lüge. Opa leise im Hintergrund: ›Motte, jetzt leg auf und lass den Jungen in Ruhe.‹ Hörst du, wie er mit mir redet. Bitte ruf die Mutti an. Biep.«

Gestern, 20 Uhr 21: »(*Schluchzen.*) Junge, hier ist Mutti. (*Schluchzen.*) Du musst mir helfen. Ich kann nicht mehr. Ich halt es nicht mehr aus. Er quält mich. Die ganze Zeit. Er terrorisiert mich. Ich werde noch wahnsinnig, aber er hört nicht auf. Und ich bitte ihn aufzuhören, aber er hört nicht auf. (*Bitterliches Weinen.*) Biep.«

Gestern, 21 Uhr: »Du hast immer noch nicht angerufen. Du steckst mit ihm unter einer Decke. Ihr beobachtet mich. Ihr denkt, ich merke es nicht, aber ich weiß es genau. Ich hab die Augen gesehen, die ihr in die Gardinen genäht habt. Ihr wollt mich verrückt machen, aber ihr kriegt mich nicht. Ruf mich jetzt an. Biep.«

Gestern, 21 Uhr 05: »Hier ist Karl. Wir müssen über deine Mutter sprechen. Ruf mal an. Biep.«

Gestern, 22 Uhr: »(*Atmen. Weinen. Stille.*) Biep.«

Heute, 0 Uhr 34: »Hallo Georg, hier ist Liesel. Er hört einfach nicht auf zu reden. Ich soll diese Medikamente nehmen, aber ich mach das nicht. Er will mich vergewaltigen. Er will mich umbringen. Arschloch. Schwanz. Hurensohn. Biep.«

Heute, 4 Uhr 42: »Er redet und redet. Er hört gar nicht mehr auf. Das macht mich fertig. Er muss endlich aufhören zu reden. Er versteht nicht, dass auch mal genug ist. Man kann auch nicht immer andere Menschen zureden. Das hält ja niemand aus. Ich hab ihm jetzt mal von den tollen Medikamenten gegeben. Die findet er doch so toll. Jetzt schläft er. Soll er mal schlafen. Biep.«

Georg sprang auf und griff den Telefonhörer. Christoff und ich standen hinter ihm und lauschten gemeinsam dem Klingeln. Einmal, das war normal. Zweimal. Vielleicht war Opa auf dem Klo. Dreimal. Oder in der Waschküche. Viermal. Es waren ja beides alte Leute, da kann das auch mal dauern. Fünfmal. Vielleicht waren die beiden auch im Garten. Es klingelte ein sechstes Mal.

»Scheiße, Christoff«, sagte Georg. »Jetzt ist es doch passiert. Sie hat's gemacht. Ich dachte nicht, dass sie das kann. Was mach ich denn jetzt? Was mach ich denn jetzt mit ihr? Ohne Karl, das schafft sie nicht.«

Georg legte auf und setzte sich hin. Die Tränen schossen ihm in die Augen, und mir war auch ganz mulmig. Kurz fragte ich mich, ob Oma und Opa vielleicht tatsächlich einfach schliefen. Also ganz normal schliefen, nicht metaphorisch. Aber es war fast sechs und Opa war sein Leben lang Jäger. Der einzige Schlaf, den er um diese Uhrzeit schlafen könnte, wäre der metaphorische.

Auf einmal war ich traurig. Ich mochte Opa. Wir hatten keine sehr tiefe Beziehung. Er war eher schweigsam und zurückhaltend. Aber ich bewunderte ihn. So wie man eine deutsche Eiche bewundert. Er hatte sich vor fünfzig Jahren, als Oma Liesel noch aussah wie eine junge Julia Roberts mit toupiertem Kurzhaarschnitt, in sie verliebt. Opa Karl hatte sich entschieden, sein Leben mit ihr zu verbringen, und nichts würde ihn jemals von dieser Entscheidung abbringen. Bis dass der Tod euch scheidet. Oder Hannelore. Hannelore war die Frau, für die Oma Liesel sich von Opa Karl scheiden ließ. Hannelore, oder hieß sie Waltraut, irgendso ein komischer alter deutscher Name, war eine prollige Arbeiterbraut und hatte vier Kinder. Das war das Ende der glücklichen Kindheit meines Vaters. Er war gerade 13 Jahre und plötzlich nicht mehr der einzige Sohn des ersten Sekretärs der Parteikreisleitung, sondern eines von fünf Kindern einer Lesbe. Irgendwann fing Oma an, mit Hannelore Bier zu trinken. Wie man das halt so tut, wenn man Partnerin einer prolligen Lesbe ist. (So erzählte Papa die Geschichte immer, und ich behielt meine Kritik zu seiner latenten Frauenfeindlichkeit und elitären Überheblichkeit angesichts des echten Kindheitsschmerzes zurück.) Das Problem war aber, dass Hannelore, die ja prollige Arbeiterbraut war, den Alk vertragen konnte, ohne schlimm abhängig zu werden, und Liesel nicht. Irgendwann musste Papa täglich Bierkisten anschleppen. Hannelore wurde der Alk ihrer verquollenen und gar nicht mehr so hübschen Freundin zu viel, und sie stellte sie vor die Wahl: Bier oder ich. Oma entschied sich, wie sich Suchtkranke eben so entscheiden.

Opa wiederum verhielt sich, wie man sich verhält, wenn man eine pflichtbewusste deutsche Eiche ist und einem geliebten Menschen ein Versprechen gegeben hat. Und dieses verhängnisvolle Versprechen hieß nun einmal »in guten und in schlechten Zeiten«. Also nahm er sie zurück, heiratete sie ein zweites Mal und pflegte sie, als der

Alkoholismus zur bipolaren Störung wurde (oder sich vielleicht auch als solche entpuppte).

*

Auf einmal klingelte das Telefon.

»Mama«, schrie Papa ins Telefon.

»Hallo Georg, hier ist Karl«, hörte ich Opas Stimme durch das Telefon. Drei Steine fielen von drei Herzen.

»Vatter, du lebst. Ich hab mir echt Sorgen gemacht. Ist bei euch alles o. k.?«, fragte Papa.

»Ja, ich musste nur mit dem Notarzt reden. Ich hatte ja gehofft, dass sie Liesel jetzt doch in die Klinik mitnehmen, aber sie wollen nicht.«

»Vatter, sie hat versucht, dich umzubringen. Sie ist eine Gefahr für sich und andere. Sie müssen sie mitnehmen. Da haben sie rechtlich keine Wahl.«

»Ach Junge, sie hat doch nicht versucht mich umzubringen. Sie hat mir ja nur ein Paar Seroquel und von den Valium in den Kaffee getan. Sie wollte ja nur, dass ich schlafe. Aber jetzt bin ich ja schon wieder fit. Ich hab auch die Gardinen noch mal gewaschen. Und Liesel hat sich auch ein bisschen beruhigt.«

»Papa, ich ruf die Richterin an, sobald sie im Büro ist. Das geht so nicht. Die müssen Mami in die Klinik bringen.« Georg verabschiedete sich und legte auf.

Für eine Zeit schwiegen wir. Ich fühlte mich, als wäre ich dem Tod noch mal von der Schippe gesprungen. Dann sagte Papa: »Ich wusste, dass er nicht tot ist. Das macht sie nicht.«

»Also, ich war mir da nicht so sicher«, sagte ich ehrlich.

»Außerdem kann ja nicht gleich der nächste Schlag folgen. So was ist zu unwahrscheinlich.«

»Papa, so funktioniert Wahrscheinlichkeit nicht«, sagte ich.

»Nee, Thene«, sagte er, »wenn einem was Schlechtes passiert, folgt immer auch was Gutes.«

Christoff nickte, schweigend. Allerdings glaubte Christoff auch, dass das Gute, das folgte, auf einer flauschigen Wolke im Himmel passierte. Und dass er im Himmel landen würde, war sicher. Und dass Georg da wäre, auch. Immerhin hatte Christoff ja wohl nicht umsonst jahrelang im Kirchenchor gesungen. Allerdings war Georg Atheist, da machte so was wenig Sinn.

»Und welcher Gott deichselt es deiner Meinung nach, dass am Ende doch alles gut wird?«, fragte ich spöttisch.

»Keiner«, antwortete er, »aber es ist trotzdem so. Das wirst du schon noch sehen. Wenn du älter bist. So ist das einfach.«

»Ah, o.k., wenn das einfach so ist«, sagte ich und schmunzelte.

Es war halb drei nachmittags, als ich aufwachte. Die Sonne schien auf die rote Satinbettwäsche, die an meinem verschwitzten Körper klebte. Ich fragte mich, ob Papa Polyestersatin für ein der Nachtruhe angemessenes Material hielt, weil er schwul war oder weil er aus dem Osten kam oder einfach nur, weil er halt so war, ohne dass seine Geschmacksverirrung einer Schublade hätte zugeordnet werden können.

Die Wohnung war menschenleer. Christoff und Georg waren nach dem Oma-Liesel-Intermezzo und ohne Schlaf direkt zur Arbeit gegangen. Auch sonst schien mir Papas Wohnung im Vergleich zu Mamas Müllhalde sehr karg. In Wirklichkeit hatte Papa auch eine Menge Kram. Vor allem all die Bücher, die er von Verlagen aufgedrängt bekommen hatte, in der Hoffnung, es folge eine wohlgesinnte Rezension bei *Akzente.* (Oder irgendeine Rezension. Alle Presse ist gute Presse.) Die meisten anderen Kulturredakteure, deren Wohnungen ich bei Geburtstagen und Ruhestandspartys gesehen hatte, warfen die Bücher einfach weg. Manchmal nach dem Lesen, meistens ohne auch nur die dünne Plastikfolie zu öffnen und ohne auch nur ein einziges Wort gelesen zu haben. Papa hingegen behielt die meisten Bücher. Vielleicht in der Hoffnung, die Tausenden Titel doch noch zu lesen, aber wahrscheinlich eher als Überkompensation. Nach fast drei Jahrzehnten in der erfolgreichsten

Kultursendung im deutschen Fernsehen musste er immer noch beweisen, dass er nicht dummer Ossi und nicht Bauernsohn, sondern Kulturjournalist war (Jo-ur-nalist, wie Oma Liesel sagte). Guckt her, meine Bücher, ich bin schlau, schien seine Wohnung zu schreien. Und gleichzeitig auch: Ich bin Bauernsohn. Denn kein wahrer Intellektueller hält seine Wohnung so sauber und so akkurat ordentlich. Die Wohnung erschien mir nur leer, weil alles seinen Platz hatte und weil die Staubfänger und Nippessammlungen, die jede nicht von Büchern okkupierte Fläche bewohnten, wohlsortiert und frei von Staubkörnern waren.

Ich machte mir einen schlechten Kaffee und setzte mich auf den oberen der zwei Balkone. Als Möchtegernhipster trank ich normalerweise nichts, was nicht Fairtrade, biologisch-dynamisch und mit dem Siebträger mundgeblasen war, Papa hingegen hielt Jakobs Krönung für die Krone der Kaffeeschöpfung, nachdem ich ihn gerade noch von einer dieser widerwärtigen, müllmonströsen Kapselkaffeemaschinen abhalten konnte.

Ich schrieb eine E-Mail an meinen Doktorvater und informierte ihn, was passiert war, und dass ich eventuell nicht wie geplant in einem Monat nach Oxford zurückkehren, sondern noch ein bisschen bei meinem Bruder bleiben würde. Mein Betreuer rechnete nicht fest mit mir, und es wäre sicherlich kein Problem, wenn ich ihm erst in ein paar Wochen Bescheid geben würde. Aber ich wollte ihm schreiben und seine freundliche, rücksichtsvolle Antwort lesen, um sicherzugehen, dass Oxford noch stand. Ich glaube, einer der schönsten Momente meines noch frischen Erwachsenendaseins war, als ich begriff, dass es eine Welt außerhalb meiner Familie gab, in die ich mich jederzeit zurückziehen konnte. Für viele meiner Kommilitonen war Oxford der reine Stress. Für mich war es gelebter Eskapismus.

Ich schrieb noch ein paar weitere E-Mails ähnlichen Inhalts. An mein College in Oxford, wo ich Aufgaben in der Studierendenverwaltung hatte, und an meinen Stipendiatsrat. Dann loggte ich mich auf Mamas Facebook-Account ein und schrieb eine knappe Mitteilung, dass »unsere geliebte Mutter von uns gegangen« ist. Am Ende führt auch ein Leben als Punk nur zu einer verfloskelten Facebookmeldung. Im Tod werden wir alle zu den gleichen Klischees.

Kurzum, ich prokrastinierte. Und schob die Telefonate wegen des Friedhofszeugs immer weiter vor mir her, bis fast nichts mehr zu schieben war.

Das Telefon klingelte. Ich ging nicht ran. Es war wahrscheinlich eh nur Oma Liesel, die mir erzählen wollte, was Opa jetzt schon wieder gemacht hatte. So ein Gespräch mit einer alkoholisierten Manischen konnte viele Stunden dauern, und dafür hatte ich jetzt nicht die Energie. Nach dem fünften Klingeln hörte ich das Klicken des Anrufbeantworters. Mein Handy klingelte. Oma Liesel hatte meine Handynummer nicht, also stand ich auf und ging ran.

»Hallo, hier ist deine Großmutter«, sagte Oma Patzi bestimmt, »der Fahrer hat mich gerade angerufen, sie ist jetzt in Berlin. Was hast du denn mit dem Bestatter ausgemacht?«

»Ja«, sagte ich, »also ich bin gerade erst aufgewacht«, hob ich an, wurde aber von Oma unterbrochen.

»Warte kurz«, sagte Oma. Ich hörte, wie sie das Telefon auf den Tisch legte und ein Paar Schritte wegging. Ganz leise hörte ich ein Handy klingeln. »Nein, Thao, geh da jetzt nicht ran«, bellte Oma, »deine Mutter soll sich mal alleine mit dem Jugendamt rumschlagen. Ich hab ihr gesagt, wenn sie nicht aufhört, dich auszubeuten, dann melde ich es. Das kann sie ja nicht machen. Mach das Handy einfach lautlos, und dann soll Elijah dir bei den Englischhausaufgaben helfen.« Das Handyklingeln verstummte. »Eli, leg die Scheißkarten weg und hör auf zu spielen. Hilf Thao bei Englisch. Du sagst doch immer, dass du das so gut kannst.«

»So, ich bin wieder da«, sagte Oma. »Was ist nun mit dem Friedhof?«

»Oma«, sagte ich besorgt. »Du bist jetzt aber nicht wirklich zum Jugendamt gegangen?«

»Doch, natürlich. Ich hatte das ja angekündigt, und heute Mittag kam der Junge vollkommen übermüdet zu mir. Der konnte kaum die Augen offen halten. Wie soll der denn den Mittelschulabschluss so schaffen. Das geht doch nicht«, sagte sie vollkommen überzeugt.

»Aber Oma, meinst du nicht, dass das sehr riskant ist? Das Jugendamt wird nicht viel machen. Da steht dann Aussage gegen Aussage, und Thao ist ja auch schon ziemlich alt, also ich weiß nicht, wie sehr die Kinderarbeitsgesetze da greifen. Meinst du wirklich, es ist klug, sich mit Thaos Familie so anzulegen? Wer weiß, wie die reagieren, wenn sie jetzt 'ne billige Arbeitskraft verlieren. Ich seh einfach nicht, wie das Ganze ein gutes Ende nehmen soll. Und am Schluss verbietet Thaos Mutter noch, dass du Thao weiter in der Schule hilfst, und dann schafft er seinen Abschluss am Ende wirklich nicht.«

»Quatsch«, sagte Oma »die wissen ja, dass sie mich brauchen. Sonst wird aus dem Jungen nichts. Aber ich musste mal zeigen, dass ich es ernst meine und dass es so nicht geht.«

»Hmmm«, murmelte ich nachdenklich.

Ich wusste nicht genau, was ich sagen sollte. Jetzt war es ja auch zu spät, noch was zu ändern. Also beendete ich das Gespräch, ohne Oma eine Chance zu geben, noch mal nach dem Friedhof zu fragen.

Ich machte mir noch einen Kaffee. Der Opa einer guten Freundin war vor ein paar Monaten gestorben, und sie hatte mir von dem Planungsmarathon erzählt. Welche Blumen möchten Sie? Was für einen Sarg? Kirsche? Mahagoni? Was für Kleidung soll der Verstorbene tragen? Sogar danach, welche Unterwäsche der Verstorbene am liebsten getragen hat, wurde gefragt. In Mamas Fall feuerwehrrot, oder noch besser, unten ohne. Ich fragte mich, ob ich die Bestatter wohl davon überzeugen konnte, Mama nackt zu lassen. Das hätte ihr gefallen. Ich fragte mich, ob ich wohl, wenn ich nach Blumen und Sarg gefragt wurde, einfach »von allem nur das Billigste« sagen konnte.

Wir hatten den mysteriösen Umschlag nicht gefunden. Ich war fast froh drüber. Die zehntausend Euro (wenn es denn so viel war) hätten auch nicht viel geholfen. Aber sie hätten mich in ein Dilemma gestürzt, das ich gerne umgehen wollte. Da Mamas Schulden inzwischen im sechsstelligen Bereich lagen - Beate war nach unserem Gespräch die Akten durchgegangen und hatte weitere Schuldenlöcher gefunden -, war klar, dass ich das Erbe ausschlagen musste. Wie mir Christoff erklärt hatte, bedeutete das, dass ich zwar Mamas Schulden nicht begleichen musste, aber auch kein Anrecht auf ihren Besitz hatte. Ich durfte nehmen, was mir gehörte. Mehr aber nicht. Hätte ich den Umschlag gefunden, hätte er entweder dem Finanzamt gehört, oder ich hätte tun müssen, was Mama selbstverständlich getan hätte. Das Geld einfach einstecken. Muss ja niemand wissen. Kann ja nichts passieren. Ich hätte nicht nur mit der ständigen Angst leben müssen, erwischt zu werden, sondern auch damit, dass ich am Ende genauso war wie sie. Ohne den Umschlag musste ich auch keine Entscheidungen treffen. Außer der, dem Bestatter irgendwie mitzuteilen, dass ich jetzt doch von allem nur das Billigste wollte.

Papa und Oma hatten zwar beide gesagt, sie würden

was dazugeben und ich sollte mir keine Sorgen machen, aber Oma Patzi hatte all ihr Geld in Thao gesteckt. Papa wiederum hatte sein Geld in die Behandlung von Oma Liesel investiert. Also, nicht freiwillig, aber er musste gesetzlich für sie zahlen, sobald sie im Krankenhaus war, und das war sie oft. Außerdem schienen weder Oma Patzi noch Papa so recht zu begreifen, dass die Kosten, die da auf mich zukamen, nicht einfach mit der Beerdigung erledigt waren. Oder dass mein Studium und Elis Zukunft auch noch Geld kosten würden, wenn Mama unter der Erde lag.

Schon beim zweiten Klingeln ging bei Pietät Huber ein junger Mann ans Telefon, wahrscheinlich ein Azubi. Zumindest wirkte er recht nervös, als er mich postwendend an ein Mitglied der Gemeinde weitergab. Anscheinend kümmerte sich das Bestattungsunternehmen bei Juden nur um die Überführung des Leichnams. Alles andere übernahm die Gemeinde, die einen extra Raum im Bestattungsunternehmen gemietet hatte, um die religiösen Trauerriten durchzuführen. Ich war bis jetzt allen Beerdigungen immer aus dem Weg gegangen und hatte deswegen keine Ahnung, wie eine jüdische Beerdigung funktionierte. Auch in der Shul, also im jüdischen Religionsunterricht, hatte ich kaum etwas über Bestattung gelernt. Das Einzige, was ich noch wusste, war, dass Totendienst eine hoch angesehene Aufgabe war. Während andere Religionen auf Bestatter und Leichenwäscher hinabschauen, gilt es im Judentum als Mizwa, sich der Toten anzunehmen. Da das Judentum, im Gegenteil zu Christentum und Islam, kein festes Versprechen von Himmel oder himmlischer Belohnung hat, gilt die Pflege eines Toten als eine der wenigen wirklich selbstlosen Aufgaben. Der Tote wird einen für die Arbeit nicht entlohnen. Und auch von Gott ist in dieser Hinsicht nichts zu erwarten. Einem Toten erweist man einen Dienst nicht, weil man etwas dafür bekommt, sondern weil man nichts dafür bekommt.

Man kann etwas sein Leben lang wissen und trotzdem nicht verstehen. Was die Mizwa der Totenpflege bedeutet, begriff ich erst jetzt, wo ich mit Rewka verbunden war. Rewka war Mitglied der *Chewra Kadischa,* des heiligen Vereins der Totenpfleger, und für die Bestattung meiner Mutter verantwortlich.

Mit dem mir bekannten osteuropäisch-jüdischen Singsang erklärte mir Rewka, dass ich mich um nichts kümmern müsste. Ich musste keinen Sarg aussuchen, weil alle den gleichen dünnen, nagelfreien Sarg erhielten. Ich musste auch keine Kleidung wählen, da meine Mutter, wie jeder andere Jude überall auf der Welt, in einem weißen Totengewand beerdigt werden würde. Blumen musste ich auch keine kaufen, da es im Judentum unüblich war, Blumen aufs Grab zu legen. Eigentlich wusste ich, dass wir nur kleine Steine aufs Grab legten, aber ich hatte es vergessen. Jetzt, wo mir klar wurde, was mir das alles ersparte, fiel mir ein Stein vom Herzen.

»Du musst gar nichts machen. Tu nur, was dir und der Familie guttut«, sagte Rewka ruhig. »Um den Rest kümmern wir uns. Die Beerdigung ist morgen früh um elf. Seid einfach hier. Wer etwas Liebes über Astrid sagen möchte, soll das bitte tun. Es ist eine Mizwa, dem Verstorbenen kein Lob vorzuenthalten.«

Normalerweise hätte mir die Vorstellung, ich müsse eine Lobhudelei auf Mutter halten, den Zorn in die Stirn getrieben. Aber auf einmal schien mir die Mizwa nicht als erzwungene Unehrlichkeit, sondern als etwas, ich weiß nicht wie, etwas Gutes.

Rewka war nicht übertrieben mütterlich, oder trauervoll oder sonst irgendwie so, wie ich mir jemanden vorgestellt hätte, der in seiner Freizeit Leichen wäscht und Bestattungen organisiert. Es war, als kennte ich Rewka, mit der ich nie zuvor gesprochen hatte, schon ewig, und gleichzeitig war sie gar nicht zudringlich oder übergriffig, sondern auf eine Art unaufdringlich freundlich, wie ich es kaum kannte.

»Rewka«, hob ich an und wusste, ich konnte einfach direkt fragen, »was meinst du, wie viel mich die Beerdigung kosten wird? Ich dachte, Mama hätte Geld hinterlassen, aber es ist nichts da.«

»Mach dir keine Sorgen«, sang sie ins Telefon. »Die Gemeinde kümmert sich. Wir machen das immer so: Nach der Beerdigung werde ich dir zwei verschlossene Spardosen geben, aber du bekommst nur einen Schlüssel. In der Dose, für die du den Schlüssel bekommst, ist Geld. Die andere Dose ist leer und bleibt verschlossen, sodass man zwar Geld reintun, aber nicht rausnehmen und auch nicht reingucken kann. Du musst dann nur das Geld aus der offenen Spardose rausnehmen, so viel behalten wie du brauchst, und wenn es einen Rest gibt, den in die verschlossene Spardose stecken. Dann gibst du die Dosen zurück, und niemand weiß, ob du alles Geld, kein Geld oder nur einen Teil genommen hast. Menschen, die gerade Geld haben, tun etwas dazu. Menschen, die welches brauchen, nehmen es raus. Wir machen das so anonym, damit niemand das Gefühl hat, er müsse geben oder dürfe nicht nehmen. So können wir denen helfen, die das Geld brauchen, ohne sie zu demütigen, und können Hilfe annehmen, ohne Bewunderung zollen zu müssen.«

Rewka erklärte ganz routiniert, als hätte sie das System schon oft erklärt.

»Aber trägt sich das denn?«, fragte ich.

»Ja«, sagte sie, »und ich glaube, es rechnet sich nicht nur für die, die nehmen. Wer Geld nehmen muss, empfängt Trost, weil er von seiner Gemeinde freiwillige, bedingungslose Hilfe bekommt, und wer Geld gibt, empfängt

Trost, weil er weiß, dass er jemandem hilft, der auch trauert. Der das Gleiche durchmacht wie man selbst. Manchmal glaube ich, es hilft denen mehr, die geben. In der Trauer ist es tröstend, anderen zu helfen. Im Leben ist alles vereinzelt, aber im Tod sind wir alle gleich und in der Trauer alle miteinander verbunden.«

Nicht einmal der Zyniker in mir konnte sich gegen Rewka zur Wehr setzen, wie sie so ungeniert von einer mysteriösen Welt der Nächstenliebe und Verbundenheit erzählte. Gleich würde ich auflegen und wieder in meine Realität zurückkehren. Aber für den Moment war ich bei Rewka, und es war wirklich alles gut.

»Rewka«, hob ich an und konnte mich nicht stoppen, »glaubst du an Gott?«

Sie dachte kurz nach.

»Manchmal«, antwortete sie. »Und du?«

»Nein«, sagte ich ohne Zweifel.

»Kann ich verstehen«, sagte sie. Und dann: »Wir sehen uns morgen früh. Schalom.«

»Schalom«, sagte ich und meinte es.

RSTUVWXYZ

Als wir am Friedhof ankamen, begriff ich lange nicht, dass all die Menschen, die in fetten Trauben um den Haupteingang und vor der Trauerhalle standen, für Mama da waren. Ich hatte nicht damit gerechnet, dass außer uns und der *Chewra Kadischa* noch jemand kommen würde. Dann erkannte ich einzelne Gesichter in der Menge. Sarah, Beate, Joe, Juliana mit ihrer Tochter, den Mann, dem der Kiosk im Nachbarhaus gehörte, für dessen Erhalt Mama Unterschriften und Geld gesammelt hatte, den palästinensischen Flüchtling, den sie aufgenommen hatte, obwohl Oma Angst hatte, er würde uns alle im Schlaf erstechen, ein Mädchen, mit dem Mama zum Jugendamt gegangen war, als es von seiner Mutter verprügelt worden war. Ich erkannte viele, aber die meisten erkannte ich nicht. Einer nach dem anderen kam auf mich zu, als sie begriffen hatten, wer ich war, und erzählte mir, wie Mama ihnen geholfen hatte, als niemand sonst ihnen helfen wollte.

Viele hatten jahrelang keinen Kontakt mehr mit Mama gehabt, weil sie, nachdem sie einen unbezahlbaren Dienst geleistet hatte, sich nicht scheute, auch darauf hinzuweisen, dass es eine Schuld gab, die nie zu begleichen war. Und so gingen die meisten Mama lieber aus dem Weg, als jeden Tag auf ihre Schuld hingewiesen zu werden und in Dankbarkeit leben zu müssen. Aber jetzt, wo der Gläubiger tot war, konnten sie sich selbst ihrer Schuld bewusst werden und ihre Dankbarkeit aus freien Stücken zelebrieren. Ich wusste, dass ihre Tränen echt waren und dass sie es meinten, wenn sie Mama eine Heilige nannten.

Von überall her waren sie gekommen. Hatten alles stehen und liegen gelassen. Manche hatten von Oma oder Papa von Mamas Tod erfahren. Aber die meisten hatten meine Facebook-Nachricht gesehen. Ich hatte keine Einladungen verschickt, sondern lediglich geantwortet, als jemand fragte, wann denn die Beerdigung sei. Und trotz der kurzen Zeit und obwohl niemand es von ihnen erwartete, waren sie gekommen, um ihrer Dankbarkeit und ihrer Bewunderung unaufgefordert Ausdruck zu verleihen.

Von der Beerdigung bekam ich kaum etwas mit. Der Kantor sang, aber ich hörte nicht, was. Trixie, die Lothar hergebracht hatte und die nun auf Elis Schoß saß, quengelte, bis er anfing, ihr leise vorzuzaubern. Dann kamen Kaddisch und Psalme und Reden. Aber ich hörte nicht zu. Ich musste denken.

Bokonon lehrt uns, dass es falsch ist, nicht jeden genau gleich zu lieben. Seit vielen Jahren ging mir dieser Satz nicht mehr aus dem Kopf. Wie vieles Gute in meinem Leben kam er von Kurt Vonnegut. In *Katzenwiege* ist Bokonon Begründer einer fiktiven Religion, die von den Bewohnern einer Bananenrepublik geglaubt wird. Der Held des Buches (ein Ausländer) verliebt sich in die Tochter des Präsidenten. Als diese mit einem anderen intim ist, wird der Held eifersüchtig. Da sagt sie zu ihm: »Bokonon lehrt uns, dass es falsch ist, nicht jeden genau gleich zu lieben.«

Ich war immer auf ihrer Seite gewesen und dachte, wie schön die Welt sein könnte, wenn wir nur alle Menschen gleich liebten. Es gäbe keine Stammeskriege und keinen Nationalismus, keinen Hunger und keinen verschwenderischen Reichtum. Aber eigentlich konnte ich auch diesen

Satz erst jetzt wirklich verstehen, seit ich hier saß und die weinenden Menschen, die dichtgedrängt die Trauerhalle füllten und bis in den Flur standen, betrachtete. Endlich verstand ich, wie sich Vonneguts Held fühlen musste. Es ist unerträglich, genauso geliebt zu werden wie alle anderen, wenn man denkt, man hat ein Anrecht darauf, mehr geliebt zu werden als die anderen.

Und dann dachte ich an Jesus. Ich hatte für die Doktorarbeit einen Aufsatz von Kardinal John Henry Newman gelesen, in dem er fragte, ob es wirklich sein kann, dass Jesus einen Jünger mehr liebte als die anderen. Für Newman war es ein Trugschluss anzunehmen, wie viele es taten, dass Gottes Sohn jeden Menschen gleich stark lieben müsse. Jesus liebt zwar die Sünder so wie die Heiligen. Aber in Johannes, dem Jünger, den Jesus liebte, hatte Jesus einen persönlichen Freund. Diese Freundschaft nimmt den anderen Menschen allerdings nichts weg. Im Gegenteil, nur durch die Liebe zum Einzelnen, durch die Liebe zu Johannes, kann Jesus alle lieben. Für Newman war die Liebe, die alle gleichermaßen erfasst, gar keine Liebe.

Als Autor mochte ich Newman sehr, aber Vonnegut war der Autor, den ich liebte. Trotzdem war ich mir nicht sicher, wer nun recht hatte, Newman oder Vonnegut. Vielleicht auch beide, und ich war wieder mal im chrono-synklastischen Infundibulum.

Auf einmal war ich dran. Eli stupste mir in die Rippe. Papa hatte fertig gesprochen, und nun musste ich was sagen. Ich stand auf und ging die drei Stufen zum Pult. Ich hatte mir nicht überlegt, was ich sagen würde. Es war mir nicht so wichtig gewesen, und ich dachte, mir würden schon irgendwelche Lügenmärchen einfallen. Als ich entschieden hatte zu sprechen, war es in Wahrheit nicht für Mama, sondern für Rewka.

Nun stand ich an Mamas Sarg und guckte in die vielen aufrichtig tränenüberströmten Gesichter, die sich in nichts gleich waren, nicht in Alter, Geschlecht oder Hautfarbe, außer darin, dass Mama sie in ihr Leben aufgenommen hatte, als niemand anderes es getan hätte. Ich wusste, was das Lob war, das ich Mama nicht vorenthalten durfte. Ich schaute auf den Ring, der an meiner Hand funkelte, und begann meine Trauerrede:

»Ich kenne viele von euch nicht«, sagte ich, »und ich weiß nicht, woher ihr meine Mutter kanntet. Aber ich weiß, dass ihr hier seid, weil Astrid für euch da war, als ihr jemanden brauchtet. Und ich weiß, dass viele von euch, vielleicht alle, meine Mama geliebt haben. Das Unglaubliche an meiner Mutter war, dass sie euch alle auch geliebt hat. Jeden Einzelnen. Egal wer ihr seid oder was ihr getan habt. Sie hat jeden Einzelnen von euch so geliebt, als wäret ihr ihre eigenen Kinder gewesen.«

Als ich die freudig weinenden Gesichter sah, war ich froh, dass ich gesagt hatte, was ich gesagt hatte. Nicht für Mama und nicht für Rewka. Sondern für die armen Menschen, die eine Heilige verloren hatten. Es war wichtig, dass sie wussten, dass Astrid sie wirklich so geliebt hatte wie ihre Kinder. Auch wenn nur ihre Kinder wissen konnten, was das bedeutete.

*

Die Trauerreden waren gehalten und das Kaddisch gesagt. Wir waren kurz davor, uns zu erheben, um den Sarg zu Grabe zu tragen. Da erhob sich über das allgemeine Weinen eine Stimme. Zuerst verstand ich nicht. Dann sah ich, wie sie sich durch den dichtgedrängten Mittelgang kämpfte und sich auf den Sarg warf.

»Meine liebe Astrid, warum musstest du jetzt schon von

uns gehen? Du warst immer so gut zu allen. Du hast immer zu mir gehalten, wenn die anderen mich weggestoßen haben. Du bist die Einzige, die immer an mich geglaubt hat. Wie soll ich ohne dich weiterleben?«, heulte Oma Liesel ohrenbetäubend durch den Saal.

Georg sprang sofort panisch auf, um seine manische, besoffene Mutter vom Sarg zu zerren. Er blieb dann aber doch ein paar Schritte entfernt stehen, als er sah, dass niemand außer ihm Oma Liesels Ausbruch für unangebracht hielt und er eher als herzloses Schwein wirken würde, wenn er eine trauernde Alte vom Sarg zöge. Eine jüdische Beerdigung ist vielleicht der einzige Ort, an dem die übertrieben pathetische Emotionalität einer manischen Alkoholikerin nicht deplatziert wirkt.

Da sich die meisten Anwesenden nicht kannten, wusste auch kaum jemand, dass Oma Liesel ihre ehemalige Fast-Schwiegertochter immer nur verachtet hatte. Oder dass Oma Liesel praktisch die einzige Person auf der Welt war, für die Mama sich nie auch nur im Geringsten interessiert hatte. Weil - Ironie des Schicksals - Mama keinerlei Mitleid für Rabenmütter aufbringen konnte. Sie und Oma Liesel hatten sich stets gehasst oder ignoriert. Aber die wenigsten Anwesenden hatten Oma Liesel jemals gesehen, und so nahmen wohl einige an, sie wäre Mamas biologische Mutter, andere, sie müsse eine geliebte Schwiegermutter sein. Und so wusste auch niemand, wie groß die Lüge war, als Oma Liesel behauptete, dass sie Mama für immer so dankbar sein würde. Oder schluchzte, dass sie sie immer lieben und niemals vergessen würde. Und niemand verstand, dass all ihr zur Schau getragenes Unglück nur gespielt war. Und irgendwie war es ja auch echtes Unglück, nur eben das Unglück anderer Leute.

*

Es dauerte einige Minuten, bis Opa, der nicht die Energie von Manie und Alkoholismus besaß, sich zu Oma Liesel vorgekämpft hatte. Sie lag immer noch am Sarg und weinte bitterlich, als müsste sie Mutter und Tochter zugleich begraben.

»Komm, Motte, lass uns nach Hause gehen«, sagte er und wischte ihr die Tränen vom Gesicht.

STUVWXYZ

Auf der Rückfahrt vom Friedhof stellte mir Eli eine Frage, die mich schon viele Jahre lang bewegt hatte: »Warum sind eigentlich alle in unserer Familie bekloppt?«

Ich hatte ihm soeben die Krankheit von Oma Liesel, die er gerade zum ersten Mal gesehen hatte, erklärt, und da drängte sich die Frage auf.

»Vielleicht liegt's ja an dir«, schlug Georg vor, »vielleicht erscheinen dir nur alle bekloppt, weil du es so sehen willst?«

»So im Sinne von: ›Der Wahnsinn liegt immer im Auge des Betrachters‹?«, fragte Eli ernst, aber ohne beleidigt zu sein. »So wie wenn ein Patient einen Rorschach-Test sieht und denkt, da ist 'ne nackte Frau drauf, die genüsslich 'ne Zigarre raucht. Das sagt dann was über den Patienten aus und nicht über das Bild.«

»Was für ein Ding?«, fragte Georg.

»Ein Rorschach-Test«, wiederholte Eli, der das wahrscheinlich selber gerade erst in der Schule gelernt hatte. »Das ist ein psychotherapeutisches Diagnosewerkzeug.«

»Du musst das schon so erklären, dass es Georg auch verstehen kann«, unterbrach ich. »Papa, das ist das, wo man Tintenkleckse auf ein Papier macht und das faltet und wieder öffnet, sodass ein symmetrisches Bild entsteht. Und dann fragt die Psychotherapeutin, was man sieht. Und wenn der Patient auf jedem Bild immer nur nackte Männer sieht, weiß die Therapeutin, dass du schwul bist.«

»Ach, ja, das habe ich irgendwo schon mal gesehen. Aber so was hatten wir im Osten nicht.«

»Ich weiß, Papa, im Osten gab es keine Psyche, schon klar.«

»In jedem Fall«, schob Eli ein, der das Ganze nicht auf sich beruhen lassen wollte, »ist das, glaube ich, nicht nur mein Blick, oder, Thene? Findest du uns etwa normal?«

Ich schüttelte meinen Kopf. Und auch Georg und Christoff konnten kaum widersprechen.

»Ich meine, es kann nicht genetisch sein, weil deine Oma und wir anderen ja keine Gene teilen. Das macht doch keinen Sinn, dass die Bekloppten alle bei uns sind. Deine Oma und Lothars Tochter und Mama und Menachem und Patzi ist auch nicht normal. Wir sind alle irgendwie komisch. Wie kann das sein?«

»Hmmm«, sagte ich und dachte nach, »also ich glaube, es ist falsch zu denken, dass Bekloppte statistisch normal verteilt sein sollten. Also: wenn es sieben Milliarden Menschen gibt und, sagen wir, eine Milliarde davon ist meschugge, dann könnte man ja denken, die müssten regelmäßig auf Haushalte verteilt sein. Aber trotzdem haben Haushalte nicht 1,7 Bekloppte im Schnitt, sondern manche Gruppen bestehen fast nur aus Bekloppten und andere sind fast vollkommen normal und ausgeglichen. Und ich glaube, das liegt daran, dass menschliche Beziehungen ja nicht ausgelost werden, sondern sich Menschen mehr oder weniger willensfrei anfreunden oder miteinander Beziehungen eingehen, weil sie sich irgendwie voneinander angezogen fühlen. Und Normalos finden Bekloppte schnell zu anstrengend. Und Bekloppte haben keine Lust, den ganzen Tag normal zu spielen, nur damit die Normalos es mit ihnen aushalten.«

Von Elis Nicken angestachelt fuhr ich fort: »Man muss schon selber bekloppt sein, um es mit Bekloppten auszuhalten. Und so wird also auch nach Verrücktheitsgrad selektiert. Also Bekloppte pflanzen sich eher mit Bekloppten fort und haben dann wahrscheinlich auch bekloppte Kinder. So gibt es manche Familien, in denen keiner normal ist. Weil alle genetisch vorbelastet sind und auch noch von Bekloppten aufgezogen wurden. So wie wir. Die ganze Welt ist eine sich immer weiter öffnende Schere aus ganz normalen, glücklichen Durchschnittsmenschen auf der einen Seite und vollkommen bekloppten und dysfunktionalen auf der anderen.«

»Und gibt es kein Entkommen?«, fragte Eli der meine Erklärung vielleicht ein wenig zu ernst genommen hatte.

»Ach, ich weiß nicht. Wenn ich mit Paul im Odenwald bin, fühl ich mich ganz frei und normal und glücklich. Ich stehe morgens auf, fahre in den Wald, arbeite ein bisschen an der Dissertation, führe freundliche Unterhaltungen bei Kaffee und Kuchen und genieße den ganz normalen Spießeralltag. Aber immer, wenn ich denke, ich bin den Wahnsinn endlich los, passiert irgendwas und zieht mich wieder zurück. Und ich kann kaum dagegen ankämpfen.«

»Wie wenn bei Star Trek ein Raumschiff zu nah an ein schwarzes Loch fliegt. Die Gravitation ist so groß, dass es alles Licht und Leben in sich aufsaugt«, sagte Eli, und sein Vergleich schien mir erschreckend passend.

»Hmmm, ja und dann muss man alle Energie in den Antrieb stecken, um möglichst schnell vom schwarzen Loch wegzukommen. Aber das schwarze Loch saugt die Energie auf und es bleibt nichts mehr übrig für das Lebenserhaltungssystem. Und dann entkommt zwar das Schiff, aber ohne Wärme und Sauerstoff. Und am Ende sind alle tot.«

»Thene, die Folge hast du erfunden«, sagte Eli kritisch. »Bei Star Trek entkommen immer alle den schwarzen

Löchern, und es stirbt höchstens mal 'ne Nebenrolle in roter Uniform. Das schwarze Loch lässt man hinter sich und dringt weiter in Galaxien vor, die nie zuvor ein Mensch gesehen hat. Egal wie aussichtslos es zwischendurch wirkt, am Ende ist alles gut.«

»Ja, am Ende ist alles gut«, sagte ich.

Kurz dachte ich darüber nach, Eli den Unterscheid zwischen Fiktion und Wirklichkeit zu erklären. Aber er war auch so schon trübselig genug. Also wechselte ich die Taktik.

»Aber vielleicht ist es auch ganz anders. Vielleicht muss man dem schwarzen Loch nicht entkommen, sondern nur einen stabilen Orbit finden und es aus sicherer Distanz umkreisen.«

»Du meinst wie bei *Deep Space 9*, oder?«

Ich nickte.

»Aber da ist es ja kein schwarzes Loch, sondern ein Wurmloch, und das saugt nicht die Energie weg, sondern führt in einen anderen Quadranten voller fremder Welten.«

»Ja genau«, sagte ich, erleichtert, dass wir endlich eine weniger dunkle Metapher gefunden hatten. »Vielleicht sind die Bekloppten nur eine andere Welt. Und man kann sich in diese andere Welt hineinbewegen, sodass sie einen vollkommen erfasst, aber man kann sie auch wieder verlassen. Als Teil einer bekloppten Familie kann man sich dann entscheiden, ob man mitmeschugge sein will, oder sich eine kleine normale Parallelwelt baut und nur ab und zu eine Reise zu den Bekloppten wagt.«

»Hmmm«, sagte Eli immer noch ein wenig zu nachdenklich. »Aber du weißt schon, dass die Aliens von den fremden Welten immer versuchen, durchs Wurmloch zu kommen und alles zu unterwerfen?«

Das hatte ich kurz verdrängt, aber er hatte natürlich

recht. Die Schwierigkeit lag darin, die Welten auseinanderzuhalten.

»Ja, aber am Ende kann man die heile Welt beschützen. Man muss halt darauf achten, die Welten nicht zu vermischen. Also, die Leute aus der heilen Welt müssen in der heilen Welt bleiben und dürfen nicht zu viel Kontakt mit der anderen Welt haben.

Nimm Christoff zum Beispiel. Als der Georg kennengelernt hat, war er noch ganz normal. Aber mittlerweile steigt er andauernd mit Georg auf irgendwelche Dächer und muss sich mit Oma Liesels Wahnsinn rumschlagen. Wenn Georg nicht aufpasst, steckt sich Christoff eines Tages zwei Bleistifte in die Nase und jodelt die Marseillaise.«

Endlich lachte Eli, und auch Christoff und Georg mussten bei meiner Erklärung kurz losprusten.

Georg hatte sich, als wir anderen den Sarg begleiteten, zum Auto seiner Eltern rausgeschlichen. Als sie wegfuhren, hatte sich Oma Liesel schon wieder gefangen. Sie war nicht mehr todtraurig über die Liebe zur toten Schwiegertochter, sondern ging ganz in ihrer Liebe zum Saft des Lebens auf. Lediglich auf Opas Versuche, ihr das Bier wegzunehmen, reagierte sie aggressiv. Also schlug Georg vor, ihr wenigstens für die eineinhalbstündige Fahrt das eine Bier zu lassen und dann erst daheim den Entzug wieder zu versuchen. Opa willigte nach ein paar Diskussionsrunden ein. Er wusste ja, dass es kaum möglich wäre, gleichzeitig sicher zu fahren und Oma Liesel zu kontrollieren.

Und so saß Georg einigermaßen beruhigt im Auto. An den Alkoholismus und die Aggression hatte er sich in den letzten vier Dekaden gewöhnt. Aber er konnte seine Mutter immer noch nicht weinen sehen.

Auf ihren dringenden Wunsch hin lieferten wir Patzi bei ihrer Wohnung ab. Georg wollte unbedingt Sushi essen gehen – wie damals nach der geplatzten Hochzeit –, aber

Oma wollte nicht mitkommen. Sie müsse sich um Thao kümmern, seine Mutter wäre wütend, und er schreibe morgen eine Englischarbeit. Georg diskutierte kurz, der Junge könne doch auch einen Tag ohne sie aushalten, aber wir verstanden schnell, dass es nicht um »müssen«, sondern um »wollen« ging. Jetzt, wo ihre Tochter tot war, brauchte Oma das Gefühl, gebraucht zu werden. Jeder trauert auf seine eigene Art. Also lieferten wir sie bei ihrem Plattenbau in Mitte ab und fuhren weiter. Schnell stellten wir fest, dass der Japaner von damals bereits kurz nach der Wende pleitegegangen war. Chinesisch war die geographisch nächstliegende Alternative, und Papa mochte heiße Frühlingsrollen in Wahrheit sowieso viel lieber als kalten Fisch.

*

Erst am nächsten Morgen fing Georg an, sich wirklich Sorgen zu machen. Schon während des Quasi-Leichenschmauses beim Chinesen hatte er bei seinen Eltern angerufen, um zu fragen, ob alles in Ordnung war, erreichte aber niemanden. Die Fahrt schien länger zu dauern, aber das war auch nicht weiter überraschend. Georg war ja selber oft schon mit Oma gefahren, wenn sie manisch war.

Normalerweise verließ Oma Liesel ihr Haus praktisch nie. Sie saß Tag für Tag nur vor dem Fernseher und sah sich Schlagersendungen und Seifenopern an. Aber in der Manie war die ganze Welt ein Abenteuer. Jede Gasse musste erkundet und jede Wiese betrachtet werden. Es fiel Papa nicht schwer zuzugeben, dass er seine Mutter in Wahrheit manisch am liebsten mochte. Wild und unkontrollierbar war tausendmal besser denn als regungsloser Trauerkloß im Wohnzimmer.

Nach dem Essen waren Eli und Trixie im Wohnzimmer eingeschlafen. Wir waren alle fix und fertig und keiner von uns brachte es übers Herz, die Kinder zu wecken. Also hatte ich Patzi eine SMS geschrieben, dass wir morgen gegen zehn zu ihr kommen würden, und die Kinder schlafen gelassen. Georg hatte Christoff und mich noch kurz aufs Dach gezogen, um den Sonnenuntergang über den Dächern von Berlin zu beobachten. Als die Sonne endlich untergegangen war, waren wir alle froh, schlafen zu dürfen.

Mittlerweile war es fast neun Uhr morgens, wir hatten gefrühstückt und saßen zu dritt auf den Sonnenliegen, die Georg zwischen Geranientöpfen und Kunstrasen auf dem Dach festgenagelt hatte. Georg wollte eigentlich nur einen Kaffee trinken und eine letzte Zigarette rauchen, bevor er uns zu Patzi fuhr und für ein paar Stunden ins Büro ging. Opa hatte sich immer noch nicht gemeldet, um Entwarnung zu geben. Auch beim fünften Versuch war niemand ans Telefon gegangen.

»Hase, vielleicht schickst du die Polizei doch mal vorbei«, schlug Christoff vor, der seinen Ehemann nicht gerne besorgt sah.

Wir dachten alle nicht, dass wirklich was passiert war. Unsere Angst und Trauer und alle Adrenalinvorräte hatten wir restlos aufgebraucht. Trotzdem ließ sich Georg von Eli das Telefon aufs Dach reichen.

Eli war mit Trixie im Wohnzimmer geblieben, nachdem er entdeckt hatte, dass sie so lange aufhörte zu fragen, wo Mama sei, wie er sie mit Zaubertricks unterhielt. Sobald er auch nur für wenige Sekunden aufhörte, fing sie an zu weinen oder nach Mama zu verlangen.

Trixies Weinen löste eine Kettenreaktion aus. Eli, der bis jetzt Mamas Tod gut verkraftet hatte, kollabierte innerhalb von Sekunden. Er konnte es nicht ertragen, seine kleine Schwester leiden zu sehen. Er musste ihr helfen und zerbrach fast an der Verantwortung. Trixie war mir nach wie vor fast egal. Ich fühlte mich ihr nicht näher als allen anderen Kindern und fand vor allem ihr Geplärr nervig. Aber die Angst, Trauer und Überforderung in Elis Augen waren für mich unerträglich. Ich konnte Eli genauso wenig leiden sehen wie er Trixie.

Also war klar, Eli musste zaubern und durfte erst aufhören, wenn Trixie schlief. Vor allem wenn er Münzen, Karten oder Obst verschwinden ließ, quietschte Trixie vor Glück. Vielleicht, weil das ständige Verschwinden und Wiederauftauchen, welches Eli aufführte, die Grenzen zwischen hier und fort verschwimmen ließ. Vielleicht dachte Trixie, wenn sie nur lang genug wartete, würde Eli irgendwann auch Mama hinter ihrem Ohr hervorholen oder aus einer aufgeschnittenen Zitrone ziehen. Aber vielleicht war sie auch einfach so begeistert – und ich, der ewige Akademiker, tastete ihr Verhalten nach versteckten Bedeutungen ab, wo gar keine waren.

Nach einem weiteren erfolglosen Versuch, seinen Vater zu erreichen, entschied Georg sich, tatsächlich die Polizei zu rufen. Es war nicht das erste Mal, dass die Polizei bei Oma und Opa nach dem Rechten schauen musste. Georg hatte vor allem gezögert, weil es ihm peinlich war, schon wieder jemanden zu schicken. In dem Landkreis an der polnischen Grenze, wo Oma und Opa wohnten, kannte jeder jeden. Tatsächlich hatte Papa mit Volker, einem der beiden Polizisten, die nun zu Opa und Oma fuhren, die Schulbank gedrückt. Volker hatte Georg damals aufgrund seiner Wessi-Tante und den damit verbundenen Levi's Jeans sehr bewundert, und Georg hasste es, sich ausgerechnet vor Volker bloßzustellen.

Wir mussten nicht lange warten, bis das Telefon klingelte.

»Georg«, hörte ich den Polizisten durchs Telefon, »hör zu. Also das Auto steht in der Einfahrt. Ich habe jetzt mehrmals geklingelt, und uns macht niemand auf. Mein Kollege geht gerade ums Haus und guckt, ob man durch die Fenster was sieht. Ansonsten bräuchten wir wieder deine Genehmigung, um reinzugehen ... Bleib kurz dran.«

Niemand sagte was, alle Blicke waren nach unten gerichtet, während wir angespannt versuchten zu hören, was auf der anderen Seite des Telefonats passierte. Ich glaube, ich hörte Volker einen Notarzt anfordern, aber ich war mir nicht sicher. Volker musste das Handy in seine Hosentasche gesteckt haben, und man konnte außer raschelnder Bewegung nur vereinzelte Sprachfragmente hören. Es dauerte eine halbe Ewigkeit, bis Volker das Telefonat wiederaufnahm.

»Georg«, sagte Volker, »bist du noch da?«

»Ja, was ist da los?«, fragte Papa angespannt.

»Hör zu. Wir mussten jetzt doch die Wohnung betreten, weil wir Grund zur Annahme hatten, dass sich in der Wohnung Personen befinden, die infolge von Hilflosigkeit in Gefahr von Leib und Leben sind.«

Als ich merkte, dass Volker zu Polizeideutsch gewechselt war, wusste ich, dass diesmal wirklich was passiert war.

»Volker, hör auf«, sagte Papa mit einer Mischung aus Angst und Ärger. »Sag mir, was los ist.«

»Ja Georg, also es ist noch kein Arzt hier, der das bestätigen kann. Aber, es tut mir sehr leid, deine Eltern sind tot. Mein Beileid.«

»Beide?«, fragte Georg und schien selber überrascht, dass das die erste Frage war, die ihm über die Lippen kam.

»Ich denke schon«, sagte Volker vorsichtig, aber ohne erkennbaren Zweifel.

Ich hätte erwartet, dass Papa anfangen würde zu heulen, aber in seinem Gesicht schien sich Erleichterung breitzumachen. In dem Moment begriff ich, dass seine Angst nie gewesen war, dass seine Eltern sterben könnten, sondern dass einer von den beiden am Leben blieb. Nun hatte der Tod zwei Fliegen mit einer Klappe erwischt. Und auch mir war klar, dass es so am besten war. Oma wäre ohne Opa vollkommen durchgedreht, und Opa wäre ohne Oma eingegangen. Auch wenn sie einander zu Lebzeiten kaum ertragen hatten: Ohneeinander hätten sie es gar nicht ertragen. Man muss den heiraten, mit dem man's aushält, dachte ich.

»Und wie?«, fragte Papa, nachdem wir genug geschwiegen hatten.

»Das müssen wir noch klären. Jetzt kommt erst mal der Notarzt, und dann schaltet sich die Staatsanwaltschaft ein«, antwortete Volker, ohne sich auf irgendetwas festlegen zu wollen.

»Und was denkst du persönlich?«, fragte Papa.

Volker überlegte eine Weile und sagte dann: »Also ganz inoffiziell würde ich annehmen, wenn ich mir die Leichen und den Tatort so ansehe, dass dein Vater erschlagen wurde, wahrscheinlich mit einer Sektflasche. Rotkäppchen. Ich nehme an, deine Mutter ist dann später an einer Alkoholvergiftung gestorben. Aber wie gesagt, das ist nur meine spontane Überlegung. Vielleicht war es ganz anders. Da müssen wir jetzt auf den toxikologischen Befund warten und die Ergebnisse der Obduktion.«

»O. k.«, sagte Papa und stand auf. »Ich fahr jetzt los und bin dann in ein bisschen über einer Stunde da.«

»Georg, das brauchst du nicht. Bis du hier bist, sind die Überreste abtransportiert. Wir werden uns dann später bei dir melden. Aber für den Moment kannst du hier wirklich nichts machen. Bleib lieber zu Hause und beruhige dich, bevor du jetzt überhastet in ein Auto springst und am Ende dir auch noch was passiert.«

»Aber ich muss sie doch sehen. Ich muss doch sehen, was passiert ist«, sagte Papa.

»Georg, ich darf dich hier nicht reinlassen. Wir können auch nicht so lange warten. Heute ist nicht viel los. Das geht jetzt flott.«

»Dann schick mir wenigstens ein Foto von ihnen«, sagte Georg entschieden.

»Georg, das kann ich nicht machen. Das willst du auch nicht sehen. Glaub mir einfach«, sagte Volker und wurde merklich leiser. Ich stand auf und lehnte mich an Georg, um mithören zu können.

»Komm schon. Ich hab mich jetzt so viele Jahre gekümmert. Ich muss das sehen.«

»O. k., ich schick dir 'ne Mail. Aber behalt's für dich.«

*

»Ich muss zum Computer«, war das Erste, was Georg sagte, nachdem er aufgelegt hatte.

»Hase, jetzt warte noch. Setz dich noch mal hin«, sagte Christoff und hielt seinen Mann, neben den er sich schützend gestellt hatte, bei der Hand.

»Nein, Christoff, ich muss meine Mails checken«, sagte Georg und kletterte die schmale Holzleiter, die vom Dach zum Balkon führte, zügig hinab. Christoff und ich folgten langsamer. Wir wollten Papa zwar nicht allein lassen, aber wir waren beide etwas wacklig auf den Beinen und die Leiter zum Dach schien daher besonders instabil. Immer wieder dachte ich, das kann nicht sein. Und dann, genau so ist es. Ich war gleichzeitig schockiert und nicht überrascht. Jetzt erschien es mir, als wäre es immer nur eine Frage der Zeit gewesen, bis Oma genug von den Versuchen ihres Mannes hatte, sie vom Alkohol fernzuhalten. Oder bis Omas Körper genug vom Alkohol hatte. Aber dass die Zeit ausgerechnet jetzt abgelaufen war, schockierte mich doch.

Erst als Georg das Bild geöffnet hatte, fiel mir auf, dass ich noch nie einen toten Menschen gesehen hatte. Oma und Opa sahen nicht aus, als würden sie schlafen. Sie sahen aus, als wären sie weggegangen und hätten ihre Körper versehentlich dagelassen.

Georg war der Erste, der sprach.

»Ja, stimmt, was Volker sagt.«

Es wirkte eindeutig. Sie lagen nebeneinander an Esstisch und Stühle gelehnt. Opas Kopf hing in einem merkwürdigen Winkel, als wäre sein Hals kaputt. Ein dunkler Fleck zierte seinen Hemdkragen. Omas Kopf war auf ihre Brust gesunken. Überall waren leere Flaschen. Rotkäppchen. Rosenthaler Kadarka. Wodka. Georg wollte das Bild gerade wieder schließen, da fiel Christoff etwas auf.

»Guck mal, Hase«, sagte er und zeigte aufs Bild, »es sieht aus, als hielte sie seine Hand.«

TUVWXYZ

»Wusstest du, dass der Zufallsmodus beim iPod nicht wirklich zufällig ist?«, fragte mich Eli im Auto, während er einen Schuh verschwinden ließ.

»Verschwinden! Verschwinden!«, gluckste Trixie vergnügt. Das Wort hatte es ihr sichtlich angetan. Es war überraschend komplex, wenn man bedenkt, dass sie bis zu diesem Moment nur einfache Worte wie »Mama«, »Habn« und »Nein« sagen konnte (wollte?).

»Nein, wusste ich nicht. Wieso nicht?«, fragte ich brav zurück.

»Weil das menschliche Gehirn Zufall nicht als Zufall akzeptiert«, antwortete Eli und zog eine Tulpe aus Trixies Nase. »Am Anfang wurde der Shuffle-Mode wirklich zufällig generiert. Aber die Kunden haben sich furchtbar aufgeregt, wenn das gleiche Lied dreimal hintereinander kam. Weil Menschen nicht verstehen, dass, wenn sie 100 Lieder auf ihrem iPod haben und eines davon ist *I Got You Babe,* dann die Chance, dass *I Got You Babe* gespielt wird, bei jedem Mal genau 1 zu 100 ist. Also dass, wenn viermal hintereinander *I Got You Babe* gespielt wurde, die Wahrscheinlichkeit, dass beim nächsten Mal *I Got You Babe* gespielt wird, immer noch 1 zu 100 ist. Also hat Apple den Shuffle-Mode weniger zufällig gemacht, damit er zufälliger wirkt.«

»Aber das kann doch nicht sein«, sagte Georg. »Die

Wahrscheinlichkeit, dass ich zweimal eine Sechs hintereinander würfle, ist doch nicht 1 zu 6.«

»Nein, natürlich nicht«, sagte Eli und guckte mich mit hochgezogenen Augenbrauen an, als wolle er sagen: »Siehst du, noch jemand, der Wahrscheinlichkeit nicht begreift.«

Stattdessen sagte er: »Aber die Wahrscheinlichkeit, dass du erst eine Sechs und dann nochmal eine Sechs würfelst, ist genauso hoch wie die Wahrscheinlichkeit jeder anderen spezifischen Kombination. Also 6, dann 6, dann 6 ist genauso wahrscheinlich wie 6, dann 1, dann 4, und trotzdem sind Menschen verblüfft, wenn sie dreimal die 6 würfeln, aber nicht, wenn sie 6, 1, 4 würfeln. Obwohl beides genau gleich wahrscheinlich ist. Weil sie eben nur eines als Muster erkennen und das andere als Zufall abschreiben. Dabei ist es nur in einer von Apple generierten Welt so, dass nicht permanent aus Zufall Muster entstehen, die für uns wirken, als könnten sie kein Zufall sein.«

»Kurzum, Menschen sind doof«, fasste mein Vater zusammen, dem das alles zu abstrakt war.

»Das sowieso«, antwortete Eli und spuckte einen Schmetterling aus, der zu Trixies großem Vergnügen auf ihrer ausgestreckten Hand landete, bevor er sich in Luft auflöste.

»Aber es ist noch was anderes«, fuhr Eli fort, getrieben vom pubertären Verlangen, keinen Gedanken einfach für sich wirken zu lassen. Er musste sicherstellen, dass auch der letzte Idiot begreift, wie tief und geradezu genial der soeben geäußerte Gedanke war. »Es ist auch, dass es unvorstellbar erscheint, dass erst meine Mama stirbt und dann deine. (»Verschwinden! Verschwinden!«, quietschte Trixie, als sich eine soeben aufgetauchte Salatgurke plötzlich entmaterialisierte.) Aber es ist nicht unwahrscheinlicher, dass erst meine Mama stirbt und dann deine Eltern, als dass erst meine Mama stirbt und dann ein Turmfalke vor deinen Augen in deine Geranien kackt.«

»Eli, das würde nur stimmen, wenn es genauso wahrscheinlich ist, dass jemand stirbt, wie dass einem ein Turmfalke in die Geranien kackt«, warf ich ein. »Außerdem ziehst du das Ganze falsch auf, weil du Todesfälle für separate Ereignisse hältst, wie Würfe eines Würfels. Oder wie bei einer Münze, die nicht weiß, dass du schon dreimal Zahl geworfen hast. Todesfälle funktionieren aber anders, weil Menschen, anders als Würfel und Münzen, ein Bewusstsein haben. Der Tag, an dem man mit größter Wahrscheinlichkeit stirbt, ist der eigene Geburtstag. Danach folgen Neujahr und andere Feiertage, an denen man aufgeregt ist, vielleicht trinkt und sich sonst irgendwie anders verhält als sonst. Ich hab da mal was zu gelesen. Oder nee, ich hab ’ne Radiosendung beim Deutschlandfunk dazu gehört. Auf jeden Fall macht es Sinn, dass die Sterbewahrscheinlichkeit höher ist, wenn man sich anders verhält als sonst. Und wenn das stimmt, ist es wahrscheinlicher, nach einem Todesfall in der Familie zu sterben, weil sich alle auf einmal anders verhalten.«

»Der Tod tritt immer im Rudel auf«, stimmte Eli zu und reichte mir ein Glas Champagner, welches ich dankend ablehnte (es war noch nicht mal Mittag), worauf es wieder im Nichts verschwand, was Trixie mit einem Beherzten »Verschwinden! Verschwinden!« honorierte.

»Thene, ich glaub, du hast recht!«, rief Georg schockiert, »Wenn die Beerdigung nicht gestern gewesen wäre, wären die beiden nie so viel mit dem Auto gefahren und Mami hätte sich auch nicht so aufgeregt. Und, ehrlich gesagt, wenn die Beerdigung nicht gewesen wäre, hätte ich mich auch mehr darum gekümmert, die Richterin zu erreichen und Mami zwangseinweisen zu lassen. Wahrscheinlich wären sie wirklich noch am Leben, wenn Astrid nicht gestorben wäre.«

Eli und ich nickten. Christoff schwieg. Als wolle er sagen: Ihr könnt noch so viel über Zufall und Wahrscheinlichkeit reden, am Ende fügt doch alles der liebe Gott.

»Wir bringen euch hoch«, sagte Georg, als wir bei Omas Plattenbau angekommen waren. Die Sonne schien mit voller Kraft. Nur im Westen drohten dunkle Gewitterwolken. Genau wie Papa wohnte Oma im Dachgeschoss, verspürte aber nie das Bedürfnis, da auch hochzuklettern. Da der Fahrstuhl eines DDR-Plattenbaus Typ WBS70 nur im dritten, sechsten und neunten Stock hielt, das Haus aber zehn Stockwerke hatte, war der Weg zu ihr auch so anstrengend genug. Vor allem mit einem kleinen Gör, das bezaubert werden wollte, und nicht etwa Treppen steigen.

Oben angekommen klingelte Papa beherzt an der Tür.

Nichts passierte.

»Patzi, mach auf und lass die Kinder rein, ich muss ins Büro«, schrie er durch die Tür.

Zuerst hatten Christoff und ich ihn für verrückt erklärt, als er beschloss, trotz toter Eltern ins Büro zu gehen. In Wahrheit hatte er auch keinen vernünftigen Grund. Auch wenn er vorgab, dass *Akzente* und das Abendland untergehen, der Sender sich auflösen und wir alle verhungern würden, wenn er nicht ausgerechnet heute seinen Dienst anträte.

Erst hatte ich gebettelt, er möge doch einfach den Tag mit uns verbringen. Aber dann merkte ich, dass es mal wieder nicht darum ging, dass er musste, sondern dass er wollte. Er hatte beschlossen, dass es der ganz normale Bürowahnsinn war, der ihn am besten vom Familienwahnsinn ablenkte. Als jemand, der einen Tag, nachdem die eigene Mutter vom Auto überfahren wurde, im Sheldonian Theatre seinen Mastertitel entgegennahm, musste ich das akzeptieren; aber nicht ohne zu jammern.

»Patzi, jetzt mach schon«, rief Georg. Es war nicht ungewöhnlich, dass Oma einen warten ließ. Weil sie gerade im Bad war oder telefonierte oder sich auf ihrem Balkon sonnte. Vor allem, da wir uns selbst verspätet hatten. Berechtigterweise, aber das wusste sie noch nicht. Georg wollte ihr lieber persönlich erzählen, was passiert war, da er uns ja sowieso herfahren musste.

»Patzi!«, jammerte Georg.

»Suchst du das?«, fragte Eli, zog einen Schlüssel aus seinem Bauchnabel und schloss die Tür auf.

»Verschwinden!«, gluckste Trixie, und Eli tat, wie ihm geheißen.

»Patzi?«, rief Georg und erhielt keine Antwort.

Ich klopfte an die Badezimmertür und öffnete sie, als niemand antwortete. Das Bad war verlassen, wie auch Omas Schlafzimmer und Gästezimmer. Auch in der Küche und im angeschlossenen Wohnzimmer war niemand. Die Wohnung war leer.

»Und nu?«, fragte Georg.

»Ich weiß auch nicht«, sagte ich.

»Hase, komm mal her«, sagte Christoff. Wir gingen auf Christoff zu, der am Couchtisch stand, von wo aus er den gesamten Balkon überblicken konnte.

Nicht mal für eine Sekunde dachte auch nur einer von uns, dass die splitternackte Frau, die da wohlig lächelnd ihren wohlgeformten Busen der gleißenden Vormittagssonne präsentierte, einfach nur ein Nickerchen machte.

»Ach nö, nicht auch noch Patzi«, sagte Georg und dann: »Das war die Vietnam-Mafia.«

*

Ich war heilfroh, dass Georg seine Vietnamesen-Theorie nicht mit der Polizei teilte. Zum einen, weil ich sie unglaublich rassistisch und vorurteilsbelastet fand. (»Aber Thene, das ist doch nicht rassistisch. Ich sag ja nicht, dass alle Vietnamesen in der Mafia sind, sondern nur, dass es organisiertes Verbrechen auch *Made in Vietnam* gibt, so wie es überall Kriminalität gibt. Und Oma hat doch immer erzählt, dass Thaos Familie bestimmt krumme Sachen macht.«)

Zum anderen, weil uns die Polizei nie so schnell hätte gehen lassen, wenn sie vermutet hätte, dass es sich nicht um den natürlichen (nackten) Tod einer Endsiebzigerin und Krebsüberlebenden, sondern um das Werk des organisierten Verbrechens handelte. Zu guter Letzt, weil ich insgeheim befürchtete, dass er recht hatte.

Ich glaube, keiner von uns war groß an irgendeiner abstrakten Vorstellung von Gerechtigkeit interessiert. Im Grunde wussten wir, dass es Oma nicht hätte besser treffen können. Irgendwann muss jeder sterben, und wenn die Vietnamesen ihr wirklich beim genüsslichen Sonnenbad unbemerkt Gift gespritzt hatten – so Georgs Hypothese, nachdem er einen kleinen roten Punkt hinter ihrem faltigen Ohr entdeckt zu haben meinte –, dann wäre sie die Letzte gewesen, die etwas dagegen einzuwenden gehabt hätte. Außerdem wussten wir auch, dass, egal wie sehr sie Thaos Mutter hasste, Patzi um Gottes willen nicht gewollt hätte, dass sie am Ende im Gefängnis landet und so Thaos Mittelschulabschluss gefährdete. Auch wenn Patzis Art vielleicht etwas kolonialherrschaftlich war, musste man doch honorieren, dass sie fast ein ganzes Jahrzehnt lang tagein, tagaus dafür gekämpft hatte, dass »der Junge« die Schule schafft.

Niemand wusste so genau, warum. Es hatte als ehrenamtliches Projekt angefangen, aber irgendwie wollte es nicht enden. Irgendwann entschied Oma, dass sie dem Jungen, den sie als »dumm und faul« bezeichnete, bei den Hausaufgaben helfen wollte, für ihn regelmäßig seine Lieblingsessen kochen und seine Mutter dazu prügeln wollte, ihre Aufgabe einigermaßen vernünftig zu erledigen. Und irgendwie entschied Thao, dass das, was er von Oma bekam, es wert war, sich ab und an als »dumm und faul« bezeichnen zu lassen. Irgendwie war die Wahlverwandtschaft mit Thao wohl die beste Beziehung ihres Lebens.

*

Auf der ganzen Fahrt zurück zu Papas Wohnung nahm niemand das Wort »Wahrscheinlichkeit« auch nur in den Mund. Wir sprachen vom Wetter (am Horizont blitzte es, aber bei uns war alles sonnig). Von meiner Doktorarbeit. Eli redete über *Flourishes, Gimmicks* und *Underhand-Passes,* und wir taten so, als ob wir seiner Zauberfachsimpelei folgen konnten, weil das besser war als nachzufragen, um dann die Erklärung auch nicht verstehen zu können. Papa las die Updates vor, die ihm die Chefsekretärin per SMS schickte. In der Redaktion wussten sie zwar von Mamas Beerdigung und waren deswegen nicht weiter überrascht, als Papa nicht auftauchte, die weiteren Geschehnisse hatte Georg aber noch nicht mitgeteilt. Die Anzahl von Arbeitstagen, an denen »Todesfall in der Familie« eine glaubhafte Entschuldigung ist, ist stark begrenzt – ob es nun wahr ist oder nicht.

»Georg, du willst da jetzt nicht ernsthaft hoch«, stellte ich irritiert fest, als Papa mit einer Tasse schlechtem Kaffee in der Hand und einem Päckchen Kippen in der Hosentasche schnurstracks Richtung Balkon ging.

»Wieso denn nicht?«, fragte er so überrascht, dass ich mich fragte, ob wir gerade denselben Vormittag erlebt hatten. Christoff guckte auch ganz schockiert.

»Ich weiß nicht, vielleicht, weil in den letzten vier Tagen ebenso viele Verwandte gestorben sind?«, sagte ich.

»Eben. Du hast doch selber gesagt, dass Menschen deswegen in Ausnahmesituationen sterben, weil sie sich anders verhalten als normal. Also sollte ich mich so verhalten wie immer. Und ich gehe immer zum Denken aufs Dach«, sagte er mit einer Selbstverständlichkeit, als hätte er mir gerade erklärt, dass Wasser bei Raumtemperatur flüssig ist.

»Ach Papa, wir wissen doch beide, wie das jetzt endet: Du steigst auf die Leiter, der Kaffee schwappt aufs Holz, du rutschst auf der glitschigen Leitersprosse aus und stürzt sieben Stockwerke in den Tod. Kannst du damit nicht wenigstens bis morgen warten?«, fragte ich.

»Nee«, sagte Papa, »ich bin vorsichtig.«

»Nein, Papa, wirklich«, flehte ich, »bitte, lass mich jetzt nicht im Stich.«

»Mach ich nicht«, sagte er mit vollkommener Überzeugung.

Und bevor ich auch nur ein weiteres Widerwort einlegen konnte, war Georg die Treppe beherzt hochgehüpft, ohne sich auch nur einen Splitter einzufangen.

»Komm, Christoff«, sagte er und streckte seine Hand fordernd aus.

»Ach Hase, nein, ich will nicht«, bettelte Christoff.

»Jetzt stell dich nicht so an, Christoff. Komm schon, die Geranien blühen so schön.«

In jeder anderen Situation wäre Christoff standhaft geblieben. Aber er hatte offensichtlich Mitleid mit seinem Mann, der gerade seine Jugendliebe beerdigt hatte, nur um dann die Mama, den Vater und die beste Freundin – so hatte Papa Patzi immer genannt – zu verlieren. Also fasste sich Christoff erst ein Herz und dann beide Leiterholme und setzte vorsichtig einen Fuß auf die unterste Sprosse. Georg lächelte und nickte ermutigend. Langsam, unerträglich langsam, arbeitete er sich zur zweiten Stufe hoch, dann zur dritten, schließlich, nach einer gefühlten Ewigkeit, setzte er erst den linken und dann den rechten Fuß auf die vierte Stufe. In dieser Geschwindigkeit konnte einem gar nichts passieren.

Und es wäre auch nichts passiert, wenn eine verwirrte Honigbiene nicht Christoffs quälend langsamen Aufstieg genutzt hätte, um sich in sein rechtes Ohr zu verirren. Christoff zuckte erschreckt den Kopf zurück und schnellte die Hand zum Ohr, was wiederum die Biene erschreckte, die sofort zustach. Christoff schrie erst vor Schmerz und dann kurz vor Angst. Im letzten Moment schaffte er es durch heftiges Armrudern, das Gleichgewicht wiederzuerlangen. Wäre nicht ausgerechnet die vierte Stufe, auf der Christoff jetzt schon recht lange stand und seine rhythmische Bienengymnastik vollzog, morsch gewesen, wäre alles noch mal gut gegangen. Mit einem lauten Krachen zerbrach die Stufe.

»Hase!«, rief Christoff, als er das Gleichgewicht endgültig verlor.

»Christoff, nein!«, schrie Georg und ergriff die Hand seines Ehemanns im verzweifelten Versuch, ihn doch noch aufs Dach zu ziehen. Die Erdanziehung arbeitete gegen Georg und anstatt Christoff aufs Dach, flog Georg in großem Bogen vom Dach. Wie wenn beim Paarlauf ein Eiskunstläufer stolpert und den anderen mit zu Boden reißt, zog nun Georgs Gewicht Christoffs Körper endgültig von der Leiter, und beide stürzten gemeinsam auf den sieben Stockwerke entfernten Beton. Ich ging zum Balkongeländer und lehnte mich vorsichtig nach vorn. Von hier oben sah die annähernde Symmetrie ihrer immer noch an der Hand verbundenen Körper aus wie die blutroten Tintenklekse eines makabren Rorschach-Tests.

*

»Eli, nimm Trixie, wir gehen«, sagte ich zu meinem Bruder, der im mittlerweile recht leeren Wohnzimmer erschöpft seine Schwester unterhielt.

»Verschwinden! Verschwinden!«, rief Trixie und klatschte vergnügt in die kleinen Hände.

»Wo sind Georg und Christoff?«, fragte Eli.

»Tot«, sagte ich.

»Ah, o.k.«, antwortete Eli nüchtern und folgte mir aus der Wohnung.

WXYZ

Die Fahrt nach Frankfurt dauerte keine fünf Stunden. Autofahren macht Spaß, wenn man keinen Führerschein zu verlieren hat. Nur die Dauerbeschallung durch Trixie nervte ein bisschen. Aber solange sie (und somit Eli) gut gelaunt war, war ich soweit einverstanden.

»Komischer Zufall«, sagte Eli kurz vor Leipzig.

»Hmmm, ja schon. Aber auch die unwahrscheinlichste Aneinanderreihung von Ereignissen muss irgendwann mal eintreffen. Selbst ›eins zu einer Trilliarde‹ ist immer noch nicht ›niemals‹«, sagte ich.

»Ja, ja, ich weiß, unendlich viele Affen mit unendlich vielen Schreibmaschinen müssen irgendwann aus Zufall das Gesamtwerk Shakespeares schreiben, aber ...«, sagte Eli und verstummte.

»Aber ...«, stimmte ich zu.

*

Bei Erfurt konnte ich Trixies ständiges »Verschwinden! Verschwinden!« nicht mehr aushalten und schaltete das Radio an. Nachrichten. Das Übliche: Umweltkatastrophen, Israel (immer Israel), Finanzkrise, Terrorismus. Und dann irgendwas von einem bis jetzt nicht identifizierten Mann, der in der Nähe des Kasseler Bahnhofs vom Blitz getroffen worden war. Ich horchte auf.

»Der Mann wird auf Anfang fünfzig geschätzt. Er trug einen schwarzen Mantel, Hut und einen rotgrauen Vollbart. Die Polizei geht davon aus, dass es sich um einen Mitbürger jüdischen Glaubens handelt. In Deutschland sterben jährlich zwischen drei bis sieben Menschen an den Folgen eines Blitzeinschlags. Damit ist die Wahrscheinlichkeit, an einem Blitzeinschlag zu sterben, ungefähr so hoch wie ein Hauptgewinn im Lotto.«

Ich machte das Radio aus. Trixie war inzwischen verstummt und gönnte Eli endlich eine Verschnaufpause.

»Menachem«, sagte Eli ruhig.

»Menachem«, stimmte ich zu.

*

Noch so ein komischer Zufall, dachte ich. Ich konnte nicht leugnen, dass mich die bisherigen Interpretationsmodelle nicht mehr überzeugten. Dass lag bestimmt daran, dass auch mein Hirn nicht ganz in der Lage war, die Implikationen einer wirklich vom Zufall gesteuerten Welt zu begreifen. Aber auch die anderen Interpretationsversuche, die mein verzweifeltes Hirn – krankhaft auf der Suche nach einer sinnvollen Erklärung – abtastete, überzeugten mich nicht.

Für eine Zeit hatte ich mit dem Gedanken gespielt, dass vielleicht doch alles von einem alttestamentarischen Rachegott gelenkt war. Vielleicht waren die Familienmitglieder, die um mich herum wie Fliegen starben, einfach nur Opfer göttlicher Strafe. Aber wieso hatte es dann den orthodoxen Menachem erwischt? Und auch die christliche Lightversion vom Kuschelgott zum Liebhaben traf das alles nicht. Denn jeder Gott, der auch nur einen halben Herzmuskel hat, hätte seine schützende Hand um den guten Christoff gelegt.

Ich kam nicht drum herum, in dem plötzlichen Massensterben in meinem Genpool ein Muster zu erkennen. Aber eben ein chaotisches. Es schien fast, als wären es am Ende doch der cholerische Poseidon und Pallas Athene, die unser Floß über die Fluten leiteten oder zum Kentern brachten. Vielleicht lag ich ja mit meinem Eurozentrismus auch völlig daneben, und es war in Wahrheit Shiva, der Zerstörer, der meine Verwandten einen nach dem anderen den erhaltenden Kräften Vishnus entriss. Nein, meine Verwandten hatten doch alle in diesem Leben genug verzapft, um keine Strafen aus dem letzten Leben zu benötigen. Dann doch eher Zufall.

XYZ

Schon von Weitem flimmerte Frankfurt in der heißen Nachmittagssonne. Die Luft stank nach Zivilisation, und ich wollte nur noch in den Wald. Auf der Rückbank schnarchte Eli melodisch vor sich hin. Es war kurz vor Feierabend, und die Straßen waren noch leer. Ich kämpfte mich durch das Einbahnstraßengewimmel, bis ich endlich vor dem Haus meiner Mutter anhielt. Es sah eigentlich alles aus wie immer. Der Kioskbesitzer von nebenan lächelte mich freundlich an und hob die Hand zum Gruß. Ich winkte zurück und drehte mich zu Eli.

»Aufwachen«, sagte ich leise, »wir sind da.«

»Hmmm«, murmelte Eli schlaftrunken. Ich legte meine Hand sanft auf die Hand meines Bruder, der sich auf der leeren Rückbank langgemacht hatte.

»Wo ist Trixie?«, frage ich überrascht.

»Verschwunden«, antwortete Eli.

*

Wenn es nach mir gegangen wäre, hätten wir die Polizei nicht rufen müssen. Aber der nette Kioskbesitzer von nebenan bestand darauf, nachdem er von Elis großem Entmaterialisierungszauber erfahren hatte. Wie immer konnte Eli seinen Mund nicht halten.

Wahrscheinlich erfreute ihn das Publikum auch eher,

und Eli war dem Kioskbesitzer ganz dankbar, als gleich sechs Polizisten in drei Streifenwagen ankamen. Zuerst wollten sie Elis Behauptung, er habe seine Schwester verschwinden lassen, nicht recht glauben.

»Wo ist sie denn?«, fragte eine adrette Polizistin mit blondem Pferdeschwanz.

»Verschwunden«, antwortete Eli seelenruhig.

»Wie verschwunden?«, fragte die Polizistin ungläubig.

»Na, so verschwunden«, antwortete Eli und zeigte auf das Pistolenhalfter der Polizistin, das plötzlich leer war. Auf einmal zogen die anderen ihre Waffen, aber Eli nahm's gelassen. Auch als einer der Polizisten, ein dickerer, der aussah wie aus einem amerikanischen Film, Eli Handschellen anlegte, blieb er ganz cool.

»Überprüfen Sie bitte noch mal, dass sie auch wirklich fest sitzen«, instruierte er den sichtlich irritierten Cop, der aber tat, wie ihm geheißen.

Das Letzte, was ich im Rückspiegel sah, als ich davonfuhr, war, wie Eli die Polizisten ruhig anlächelte und die leeren Hände triumphierend zu beiden Seiten von sich streckte. Bevor ich um die Ecke bog, zwinkerte er mir noch einmal zu. Ich wusste, dass ich mir keine Sorgen mehr um ihn machen musste.

YZ

Die Abendsonne schmiegte sich behutsam an den Odenwald. Da, wo die Gabelung der beiden Forstwege am breitesten war, hielt ich an. Ich stieg aus und atmete tief ein. Die Luft roch frisch und angenehm harzig. Ich war endlich angekommen.

Ich hatte genau den Zeitpunkt des Sommerabends erwischt, an dem die Grillen schon zirpen, aber die Sonne noch die letzten tanzenden Mücken und Motten in sattem Gold erstrahlen lässt. Mit jedem Schritt, den ich ging, spürte ich meine Atmung ruhiger werden. Es war, als könnte ich die Abendruhe einatmen. Bei jedem Ausatmen schienen Frankfurter Feinstaub und Berliner Luft aus mir herauszuströmen. Ich spürte, wie mein Herz aufhörte zu rasen. Erst jetzt, als es sich verlangsamte, bemerkte ich, in welchem martialischen Rhythmus es mich vorangetrieben hatte.

Vor mir erstreckte sich der Wald: Das dunkle Grün der Fichten, das Blaugraugrün der Tannen und die unendlichen Schattierungen der kraftvollen Laubbäume.

Freudig folgte ich dem Schlechten Weg.

Ich ging weiter, als ich je gegangen war, bis ich zu einer kleinen Lichtung kam. Hier hielt ich inne. Gemächlich legte ich mich ins saftige Gras. Unter mir war es weich wie ein dicker Teppich und kühlte angenehm meinen überhitzten Körper. Die letzten Bienen brummten auf ihrem

Heimweg in den Feierabend. Ich schloss die Augen und versuchte in dem geschäftigen Treiben, das ich überall um mich herum vernahm, einzelne Tiere zu erkennen. Ein tirilierender Buchfink. Das Zirpen und Summen unzähliger Insekten. Leises Rascheln im Gebüsch wie von einem kleinen Nagetier. Das Rätschen eines Eichelhähers.

Dann lernte ich die Geräuschkulisse nur noch als akustisches Ereignis zu genießen. Ein dichter Klangteppich, der mich umfasste. Ich atmete ein und aus und spürte, wie jeder Muskel meines Körpers die Anspannung lockerte. Nie zuvor war ich so entspannt gewesen. Mit jedem Atmen schlug mein Herz noch langsamer. Es war, als lernte ich erst jetzt, was Ruhe wirklich bedeutete. Als hätte ich noch nie zuvor wirklich meine Ruhe gehabt. Ich atmete ein, und als ich ausatmete, war alle Anspannung für immer verschwunden. Langsamer und langsamer schlug mein Herz. Ich konnte es kaum noch spüren. Dann konnte ich es gar nicht mehr spüren.

Dann war ich tot.

Z

Und als ich so ein bisschen tot gewesen war, hörte ich auf einmal Geräusche. Erst dachte ich, es seien die Grillen, die Wespen, Vögel und Ameisen, die anfingen, sich an meinen Überresten zu laben.

Dann erkannte ich im Geräuschgewirr einzelne Stimmen.

»Quatsch.«

»Verschwinden! Verschwinden!«

»Yep.«

»Siehst du, Hase, es ist genau, wie ich gesagt hatte.«

»Die anderen hattest du aber nie erwähnt.«

»Verarsch mich nicht, Thene. Komm jetzt.«

Kurz fragte ich mich, ob dies nun Himmel oder Hölle war. Dann verstand ich.

Es war meine Familie.

DANK

Mit sechzehn war klar, dass ich Marie Wronker danken müsste. Und zehn Jahre später liest sie immer noch alles, was mir auf die Tasten hüpft. Danke, Marie! Du bist die beste Leserin, Freundin und Muse, die man sich wünschen kann.

Die Idee für dieses Buch entstand im Gespräch mit meinem Vater. Er war auch der erste Leser. Ohne zu übertreiben: Papa, ohne dich gäbe es dieses Buch nicht. Und hätte ich auf dich gehört, auch nicht (»Kind, konzentrier dich jetzt erst mal aufs Studium!«). Für alles: Danke, Papa.

Beim Ernst-Ludwig-Ehrlich Studienwerk – und besonders Eva, Dmitrij und Jo – bedanke ich mich für die herzliche Unterstützung. My deepest gratitude goes to all the amazing people at Somerville College, Oxford, and to the most understanding, kind, and supportive supervisor in this and every other possible world, Prof. Seamus Perry.

Des Weiteren bedanke ich mich herzlich für das Lesen und Kommentieren bei: Constanze, Martin C., Carlo Horz, Jenny Leetsch und Andrea Stiebritz. Und natürlich bei Wolfgang Hörner und Esther Kormann.

Zuletzt bedanke ich mich bei Evelyn Pauls, die mich in den letzten Wochen mit Knoblauchdrohungen und Hundegebell über die Ziellinie geprügelt hat. Ich kann hier jetzt kein dir angemessenes Emoji einfügen, aber wenn, wäre es das, wo das Hasenviech das andere abknutscht. You know what I mean.

So, und wirklich zuallerletzt (but not least) bedanke ich mich bei dem, den sie Kiwi nennt, fürs Lesen, Schreiben und Rechtschreiben, fürs Wandern, Fernsehen, Singen, Aufstehen, Schlafengehen, Quietschen, Kochen, Essen, Blumengießen, Pirouettendrehen und Naseküssen. Und für 29 andere Sachen.

Korfu und die Ionischen Inseln

Konrad Dittrich

MERIAN-TopTen

Höhepunkte, die Sie unbedingt sehen

1 Shipwreck Bay auf Zák…
Traumhafte Bucht mit de… vermutlich meistfotografi… Schiffswrack der Welt (→ S. 25, 94).

2 Esplanade in Korfu
Die Esplanade könnte man den schönsten Festsaal Griechenlands unter freiem Himmel nennen (→ S. 34).

3 Blick von Kanóni auf Korfu
Tief unter sich sieht man die dunkle Mäuseinsel und das weiße Kirchlein der Muttergottes (→ S. 34).

4 Sisis Achilleion auf Korfu
Kaiserin Elisabeths berühmtes Ferienschloss zählt zu den Attraktionen auf Korfu (→ S. 39).

5 Zákynthos im Abendlicht
Der Ort Zákynthos liegt wie ein Amphitheater rund um den Hafen und ist von der Burg aus luftiger Höhe gut zu überblicken (→ S. 51).

…rati
…ne Saal hat eine …kustik, dass man Kon- … aufführen kann (→ S. 65).

Bucht von Mírtos auf Kephaloniá
Ein Hauch von Karibik: türkisfarbenes Wasser und feiner Sand-/Kieselstrand – einer der schönsten der Inselgruppe (→ S. 68).

8 Spartochóri auf Meganíssi
Wie von einem sonnigen Balkon blickt man von Spartochóri übers Meer (→ S. 75).

9 Hafen von Kióni auf Ithaka
Griechenlandkenner lieben den Miniaturhafen von Kióni, wo man noch immer Romantik pur findet (→ S. 80).

10 Insel Páxos
Die kleinste der Ionischen Inseln ist eine Oase der Ruhe (→ S. 85).

MERIAN-Tipps ⇢
finden Sie auf Seite 128

Inhalt

4 **Korfu und die Ionischen Inseln stellen sich vor**
Interessantes rund um Ihr Reiseziel

10 **Gewusst wo ...**
Die besten Tipps und Adressen der Inseln

12 **Übernachten**
Inselferien im Hotel oder Privatzimmer
14 **Essen und Trinken**
Mit Leib und Seele genießen
18 **Einkaufen**
Lederwaren, Keramik und Küchengeräte aus Olivenholz
20 **Feste und Events**
Feiern mit den Urlaubsgästen
22 **Sport und Strände**
Traumstrände und Wassersportangebote
26 **Familientipps – Hits für Kids**
In Griechenland sind Kinder Könige

28 **Unterwegs auf Korfu und den Ionischen Inseln**
Kompakte Beschreibungen aller wichtigen Orte und Sehenswürdigkeiten mit vielen Freizeit- und Kulturtipps

30 **Korfu**
Lebhafte Badeorte und ruhige Dörfer
50 **Zákynthos**
Die »Blume des Ostens«
60 **Kephaloniá**
Tropfsteinhöhlen, tiefe Seen und schwarze Tannen
70 **Lefkáda**
Schöne Strände und imposante Kreidefelsen
78 **Ithaka**
Heimat des Odysseus
82 **MERIAN-Spezial**
Yachting im Ionischen Meer
84 **Páxos**
Einklang von Mensch und Natur

MERIAN-TopTen
Höhepunkte rund um Korfu, die Sie unbedingt sehen sollten
← S. 1

MERIAN-Tipps
Tipps und Empfehlungen für Kenner und Individualisten
S. 128 →

Erläuterung der Symbole

Für Familien mit Kindern besonders geeignet

Diese Unterkünfte haben behindertengerechte Zimmer

CREDIT *Alle Kreditkarten werden akzeptiert*

Keine Kreditkarten werden akzeptiert

Preise für ein Doppelzimmer mit Frühstück in der Hauptsaison Mai bis September:

●●●● 130–250 €	●● 80–150 €
●●● 90–180 €	● 40–70 €

Preise für ein Menü (ohne Getränke):

●●●● ab 30 €	●● bis 16 €
●●● bis 20 €	● bis 10 €

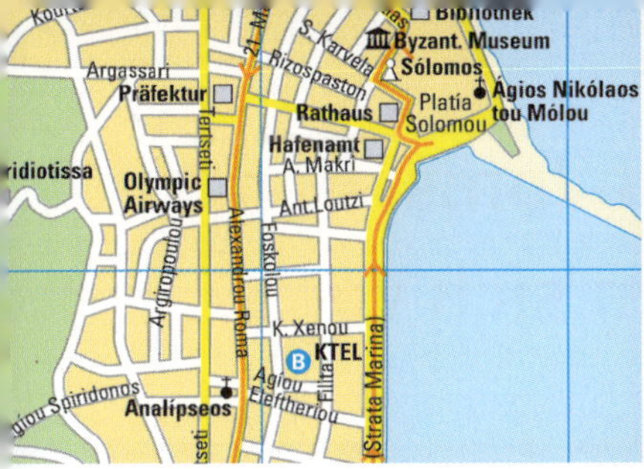

88 **Routen und Touren**
Die schönsten Ausflüge und Wanderungen

90 **Korfus Norden**
Herrliche Badebuchten und endlose Olivenhaine
91 **Korfus Westküste**
Raue Klippen, bizarre Felsen und reizvolle Buchten
92 **Kephaloniás Süden**
Hier lockt der höchste Gipfel der Inselgruppe
93 **Kephaloniás Norden**
Bilderbuchdörfer und Naturwunder säumen den Weg
94 **Inselrundfahrt auf Zákynthos**
Die Blume der Levante ist von sanfter Schönheit
95 **Rund um Lefkáda**
Weiße Felsen und gelbe Strände vor tiefblauem Meer
96 **Rundfahrt auf Ithaka**
In der Heimat des mythischen Helden Odysseus

98 **Wissenswertes über Korfu und die Ionischen Inseln**
Praktische Hinweise und Hintergrundinformationen

100 **Geschichte**
Jahreszahlen und Fakten im Überblick
102 **Sprachführer**
Nie wieder sprachlos
106 **Essdolmetscher**
Die wichtigsten kulinarischen Begriffe
108 **Korfu von A–Z**
Nützliche Adressen und Reiseservice

115 Kartenatlas
122 Kartenregister
124 Orts- und Sachregister
127 Impressum

Karten und Pläne

Die Ionischen Inseln ... *Umschlagkarte vorne*
Korfu-Stadt .... *Umschlagkarte hinten*
Zákynthos-Stadt ...... *Umschlagkarte hinten*
Argostóli *63*
Páxos und Antípaxos *87*
Kartenatlas *115–120*

Die Buchstaben-Zahlen-Kombinationen im Text verweisen auf die Planquadrate der Karten, z. B.
⇢ S. 118, B 8 Kartenatlas
⇢ S. 87, b 1 Detailkarte innen
⇢ Umschlagkarte hinten, d 1

Mit Straßenkarte

1. GEPRÜFTER REISEFÜHRER
MERIAN *live!*

Schnelle Orientierung	*Klarer Aufbau. Übersichtliche Seiten, Verzeichnisse und Karten*
Kompakte Informationen	*Alles über Ziele und Umgebung in Kürze, viele nützliche Tipps*
Aktuelle Inhalte	*Angaben werden laufend kontrolliert und aktualisiert*

Extra MERIAN **Quiz**
⇢ S. 49

Korfu und die Ionischen Inseln stellen sich vor

Einer der schönsten Strände Griechenlands: Eine imposante Felskulisse erhebt sich über dem feinsandigen Strand von Porto Katsíki (→ S. 77) im Südwesten von Lefkáda.

Reich beschenkt von der Natur sind Griechenlands westliche Vorposten. Weite Sandstrände, Berge, Tropfsteinhöhlen und malerische Dörfer – ein Urlaubsparadies wie aus dem Bilderbuch.

Griechenland von seiner grünsten Seite

Nicht nackt und felsig wie die meisten Inseln in der Ägäis, sondern in üppigem Grün präsentieren sich die Ionischen Inseln. Es regnet hier nämlich häufiger als auf dem Festland oder im südlichen Mittelmeer. Charakteristische Bäume sind Olive, Zypresse, Mittelmeerpinie. Dazwischen wachsen Steineiche und Johannesbrotbaum. Stachelige, undurchdringliche Macchia bedeckt die Höhen.

Der Name der Inselgruppe hat nichts mit den Ioniern zu tun, die im 2. Jahrtausend v. Chr. auf dem Balkan lebten und von dort aus Kolonien gründeten. Die Inseln verdanken ihren Namen vielmehr dem Ionischen Meer zwischen der Westküste Griechenlands und dem Osten Unteritaliens.

Woher der Name Ionisches Meer stammt, ist unklar. Er hänge mit dem alten Wort »io« für »dunkel, veilchenfarbig« zusammen, sagen einige und verweisen auf Homer, der das »veilchenfarbige Meer« besang. Kreuzworträtselfreunde kennen Io als Geliebte des Zeus. Hera, Gattin des Göttervaters, kam hinter die Liebelei und verwandelte die junge Io in eine Kuh, die an westlichen Gestaden weidete, die deshalb Ionisch genannt wurden.

Die Griechen nennen die Inseln **Eptánisa**, was »Sieben Inseln« bedeutet. In Wirklichkeit sind es mehr, weil etliche kleine Eilande, von denen einige sogar bewohnt sind, dazugehören. Diese kleinen aber werden nicht gezählt, und eine der »klassischen Sieben«, Kíthira oder Kythera, gehört verwaltungstechnisch nicht mehr dazu, weil sie weitab zwischen dem Festland und Kreta liegt. Die sieben Inseln kämpften zu Beginn des 19. Jahrhunderts gemeinsam für die Freiheit und erlangten sie mit europäischer Hilfe als »Republik der Vereinigten Sieben Inseln«. Von Nord nach Süd waren es **Korfu, Páxos, Lefkáda (Léfkas), Kephaloniá, Ithaka, Zákynthos** und **Kíthira.** Die ersten sechs bilden heute die vier Präfekturen Kérkira (Korfu), Kephaloniá, Lefkáda und Zákynthos.

Urlauber aus dem Norden haben zuerst **Korfu** entdeckt. Ganze Küstenabschnitte sind im Sommer fest in britischer, skandinavischer oder deutscher Hand. Man hat hier die Qual der Wahl: Flache Sandstrände im Norden und Osten sind besonders für Familien mit Kindern geeignet. Im Westen schmiegen sich zwischen felsige Küstenabschnitte landschaftlich reizvolle Strände. Der Süden gehört den jungen Briten. Insbesondere bei Kávos wird die Nacht zum Tage gemacht.

Urlaubsort seit altersher: die Insel Korfu

Tiefe Spuren haben Kultur und Geschichte auf Korfu hinterlassen. Könige und Kaiser kamen zu Besuch, seit der Antike schon, als Nero und Tiberius hier Station machten. In jüngerer Zeit hat nicht nur die griechische Königsfamilie immer wieder ihren Urlaub auf Korfu verbracht. Auch Kaiserin Elisabeth von Österreich, die berühmte Sisi, ließ sich auf Korfu eine Sommerresidenz errichten. Ihr Nachbesitzer war Deutschlands letzter Kaiser, Wilhelm II. Auf Korfu hängt man aber nicht an der Vergangenheit. Immer wieder lassen sich die Tourismusmanager Neues einfallen. Ein Beispiel ist das »Aqualand«, ein Wasservergnügungspark bei Agios Ioánnis, ein Paradies nicht nur für Kinder.

Korfu wurde im Gegensatz zu anderen Inseln auch während der Blütezeit des Osmanischen Reiches nicht von den Türken eingenommen. Mehrere Belagerungen wurden dank der Hilfe der Republik Venedig abgewehrt. Einmal griff sogar ein deutscher General in venezianischen Diensten ein.

Im grünen, bäuerlichen Hinterland der Insel Korfu gibt es verstreut gelegene, beschauliche Dörfer zu entdecken. Mittelpunkte sind die Kirche oder das Kafeníon.

In anderen Fällen half der Inselpatron, der hl. Spiridon. Davon sind die Insulaner bis heute überzeugt und nennen ihre Söhne gern nach ihm. Spiros, die Abkürzung von Spiridon, ist der am häufigsten vorkommende Männername auf Korfu.

Venedig war von 1386 bis 1797 Schutzmacht Korfus und anderer Ionischer Inseln. In Korfu-Stadt zeugen die großen Festungen noch heute von dieser Zeit. 1797 bereitete Napoleon der Republik Venedig das Ende. Auch Korfu wurde französisch, wovon die berühmteste Häuserzeile, das **Liston**

Venedig herrschte 400 Jahre

an der **Esplanade**, dem schönsten Platz Griechenlands, zeugt. Dann kamen die Engländer und hinterließen ihre Spuren, vom Königsschloss bis zum Straßennetz, von der Wasserversorgung bis zum Ausbau der Häfen. Vielleicht ist das der Grund, warum auf Korfu die Briten noch immer den größten Besucheranteil stellen. Fast täglich landen in der Saison die Jets aus London, Manchester oder Birmingham. Der Flughafen liegt so dicht an der Stadt, dass man unwillkürlich den Kopf einzieht, wenn die Ferienflieger starten und landen. Natürlich sind auf dem Airport in der Lagune auch deutsche Charterer zu Hause.

Auch die Inseln Zákynthos und Kephaloniá werden per Charter angeflogen. **Zákynthos** mutet bis heute besonders italienisch an; auch dies ein Überbleibsel aus venezianischen Tagen. Zante nannten die Italiener die Insel und gaben ihr den Namen »Blume des Ostens«. Prachtvoll muss sie einst gewesen sein, die Inselhauptstadt Zákynthos. Bilder im Museum zeugen davon. Doch nicht etwa der Bauboom der Neuzeit machte der alten Pracht ein Ende, sondern ein schweres Erdbeben im Sommer 1953.

Rund um die nach Osten geöffnete Hafenbucht ist ein neuer Ort entstanden, der nun wieder seinen Charme entfaltet und zum Bummel zwischen den beiden Hauptplätzen, der Platía Dionysíou im Süden und der Platía Solomoú im Norden, einlädt. Auch auf Zákynthos kann man herrliche Urlaubstage verbringen, die weißen Felsen im Norden bewundern oder vorsichtig der Meeresschildkröte Caretta-Caretta im Süden nachspüren. Hier, in der Bucht von Laganás, sind kilometerweite herrliche Sandstrände zu finden.

Die schönsten Naturwunder jedoch findet der Besucher auf **Kephaloniá**. Kephaloniá weist nicht nur die höchsten Berge der Ionischen Inseln auf, sondern hat auch sonst einige Besonderheiten zu bieten: Unterwassermühlen, bei denen das Wasser im Inneren der Erde verschwindet, um am anderen Ende der Insel in einer höheren Lage wieder herauszutreten. Allerdings hat dieses Phänomen bei besagtem Erdbeben einen Teil seiner Wunderwirkung verloren; ebenso die so genannten »Wandernden Steine« bei Mantzavináta, die jetzt fest im Meer stehen und sich nicht mehr bewegen. Dafür gibt es an den Hängen des höchsten Berges, des 1628 Meter hohen **Énos**, noch immer die dunklen Kephaloniá-Tannen, die nur hier zu finden sind. Den Briten als Inselverwaltern soll es gelungen sein, einige Exemplare auszuführen.

Lefkáda: Insel oder nicht?

Mit lieblicher, abwechslungsreicher Natur begrüßt **Lefkáda** seine Besucher. Ob Lefkáda überhaupt eine Insel ist oder »nur« eine Halbinsel, darüber kann man streiten. Fest steht, dass die Insel an ihrem nördlichen Ende einst mit dem gegenüberliegenden Festland verbunden war. Aber schon die alten Korinther und nach ihnen die Römer stachen die Landenge durch, weil es sich im Schutz des Festlandes sicherer segeln ließ. Immer wieder wird der Graben neu ausgehoben. Die Bewohner finden das Inseldasein eben schöner als die Idee, Fortsatz des Festlandes zu sein ... Lefkáda hat keinen eigenen Flugplatz. Allerdings braucht der Bus von der Hauptstadt nur eine knappe halbe Stunde bis zum Airport von **Aktion/Préveza**.

Die zweitkleinste Insel der Gruppe, die mit den wenigsten Touristen und deshalb noch immer ein Geheimtipp, ist stolz auf ihre große Vergangenheit. Dem griechischen Dichter Homer zufolge hatte hier einer der

Der schöne Gérakas-Strand (→ S. 58) auf Zákynthos liegt im Schildkröten-Schutzgebiet. Als Tierliebhaber sollte man besser auf einen der Nachbarstrände ausweichen.

Helden von Troja, der listenreiche Odysseus, seine Hauptburg. Heinrich Schliemann, der erfolgreiche deutsche (Hobby-)Archäologe, glaubte daran – obwohl er die Burg vergeblich suchte. Sein Kollege Wilhelm Dörpfeld widersprach heftig und suchte auf Lefkáda. Auf **Ithaka** wird jedoch bis heute weitergegraben; die Archäologen zeigen ihre Fundstücke in einem kleinen Museum in Stavrós. Jeder Inselplan weist Orte aus, die aus Homers »Odyssee« bekannt sind, die Nymphengrotte etwa oder die Quelle der Arethusa.

Auf Ithaka sind in jüngster Zeit sehr gute Hotel- und Apartmentanlagen entstanden, zum Beispiel oberhalb der Bucht des Hafen- und Hauptortes **Vathí**. Da die Anreise etwas umständlich ist, hält sich der Touristenstrom in Grenzen, was den Reiz eines Urlaubs auf dieser Insel freilich keineswegs schmälert.

Postkartenidyll: der Strand bei Mírtos (→ S. 68) auf der Insel Kephaloniá.

Páxos, die kleinste der Ionischen Inseln, wird inzwischen sogar von Fähren aus Italien angelaufen. Ein neuer Anleger beim Hauptort **Gáios** macht es möglich. Trotzdem ist auch diese Insel nach wie vor etwas für Individualisten. Wer absolute Einsamkeit sucht, kann sich von Páxos aus zur kleinen Schwesterinsel **Antípaxos** übersetzen lassen, um hier eine Weile mit der Natur und einigen wenigen freundlichen Weinbauern und ihren Familien zu leben.

Urlaub in ursprünglicher Natur

Die erwähnten sechs Eilande bilden vier der 51 Präfekturen Griechenlands. Historisch gesehen gehört auch **Kíthira** (**Kythera**) zu der Inselgruppe. Sie liegt südlich der Peloponnes, zwischen dem Festland und Kreta, und ist von den übrigen Ionischen Inseln aus nicht zu erreichen. Man muss entweder ein kleines Flugzeug von Athen aus nehmen oder die Fähre im Süden. Tragflächenboote aus Monemvásia oder Neápolis auf der Peloponnes laufen den nördlichen Hafen Agía Pelagía an, während die Fähre von Gythion nach Kreta in Kapsáli im Süden Kíthiras anlegt. Auf der kleinen, nur 285 Quadratkilometer großen Insel muss man sich auf eigene Faust eine Unterkunft suchen, was außerhalb der Hauptsaison kein Problem ist.

Welche Insel man auch wählt – alle verleiten zur »Inselmania«, der Sucht, Inseln »sammeln« zu wollen. Aber dies ist eine der wenigen Krankheiten, von der die Betroffenen nicht geheilt werden wollen. Sollten Sie sich bei Ihrem Besuch auf den Ionischen Inseln »infizieren«, dürfen Sie sicher sein, dass die Inselbewohner Sie überall freundlich aufnehmen und willkommen heißen werden.

Gewusst wo...

Entlang der prächtigen Arkaden-Häuser der Esplanade von Korfu-Stadt (→ S. 31) lässt es sich gut flanieren. Schattige Straßencafés bieten kurzweilige Entspannung.

... man mit dem schönsten Blick aufs Meer übernachtet, die frische griechische Küche genießen kann und seinen Traumstrand findet, an dem Wassersportler aktiv sein und Kinder spielen können.

Übernachten

Inselferien erfreuen sich steigender Beliebtheit. Auf allen Inseln gibt es Hotels und Privatzimmer.

Der terrassenförmige Hotelkomplex Ermónes Beach (→ S. 42) an der Westküste Korfus verwöhnt seine Gäste mit einer fantastischen Aussicht aufs Meer.

Die meisten Urlauber kommen als Pauschaltouristen. Wer auf eigene Faust reist, sollte wissen, dass griechische Hotels und Privatzimmer nicht nach Sternen, sondern nach Kategorien eingeteilt sind: Kategorie L (wie Luxus) entspricht in etwa fünf Sternen, Kategorie A = 4 Sterne, Kategorie B = 3 Sterne, Kategoria C (Gamma) = 2 Sterne, Kategorie D = 1 Stern. Das war bisher die Regel. Aufgrund der vielen Gäste, die zu den Olympischen Spielen 2004 angereist waren, ist man dabei, das System auf Sterne umzustellen. Der Empfehlung haben sich Hotels der gehobenen Klasse angeschlossen. Immer häufiger findet man an der Hoteltür z. B. vier Sterne statt des Begriffs »Kategorie A«.

Grundsätzlich gilt der Preis für das Zimmer, nicht pro Person, wobei überwiegend Doppelzimmer angeboten werden. Für ein Kind kann ein zusätzliches Bett aufgestellt werden. Wer nur eine Nacht bleibt, zahlt meist einen Aufschlag, wer eine Woche oder länger bleibt, kann Ermäßigung aushandeln. Das Frühstück ist üblicherweise nicht im Preis enthalten, im Hotel aber gegen Aufpreis zu haben. Als Sicherheit wird der Pass einbehalten. Die Zimmer sind normalerweise zweckmäßig ausgestattet und nur für den Sommer gedacht, daher meist ohne Heizung. **Behindertengerecht** wurde bisher kaum gebaut. Neue teure Hotelanlagen haben größere Fahrstühle. Damit hat es sich oft aber auch. **Hunde** sind in aller Regel nicht willkommen. Sie lebten, wie auch Katzen, bis vor kurzem wild und wurden vor Hotels oder Restaurants verjagt. Wer einen Vierbeiner mitnehmen will, sollte unbedingt vorher fragen.

Zimmerreservierungen nehmen die örtlichen Reisebüros auch für andere Inseln vor. Wer sichergehen will, sollte diesen Weg wählen. In der Vor- und Nachsaison bereitet es jedoch keine Schwierigkeiten, ohne Reservierung etwas Passendes zu finden. Anders in den Monaten Juli und August, wenn auch die Griechen Ferien machen. Bei Schwierigkeiten hilft die Touristenpolizei, in kleineren Orten der örtliche Polizeiposten.

Das Frühstück ist in besseren Hotels in der Regel im Preis inbegriffen. Bei der Frage nach dem Zimmerpreis wird am Empfang »Breakfast included« hinzugefügt. Sonst ist es kein Problem, im Ort ein Frühstück zu finden. Bitte keine Frühstückswunder erwarten. Ein »Continental Breakfast«, für das deutsche Hotels früher bekannt waren, bestand auch nur aus einfachen Dingen. In Griechenland sind es heute Säfte, Croissant, Brötchen, Marmelade, etwas Wurst oder Käse, hart gekochte Eier und einfacher Kuchen. Wer Campingurlaub machen möchte, erhält ausführliche Informationen bei der Hellenic Camping Association, Odós Solomoú 102, 10673 Athen; Tel./Fax 2 10/3 62 15 60.

Familienbetrieb Hotel

Empfehlenswerte Hotels und andere Unterkünfte finden Sie bei den einzelnen Orten im Kapitel »Unterwegs auf Korfu«.

MERIAN-Tipp

1 Hotel Nostos auf Ithaka

Besonders ruhige Ferien kann man bei einer freundlichen Familie auf Ithaka verleben: In fantastischer Landschaft, mit Bergen im Hintergrund und nur 200 Meter vom zauberhaften kleinen Hafen von Fríkes entfernt, betreibt Andreas Anagnostatos sein kleines Hotel mit Restaurant und Bar. Seine Frau kocht, er kümmert sich um den Einkauf, holt die Gäste ab; die Kinder helfen beim Servieren.

Hotel Nostos, Fríkes/Ithaka;
Tel. 2 67 40/3 11 00, Fax 3 17 16;
30 Zimmer ●● → S. 118, C 7

Essen und Trinken

Mit Leib und Seele genießen: Am Meer schmecken Gíros und Tsatsíki viel besser als zu Hause.

Auf der Esplanade von Korfu-Stadt (→ S. 34) reiht sich ein Kafeníon und eine Taverne an die andere. Bis weit nach Mitternacht werden Getränke und kleine Speisen serviert.

Essgewohnheiten im Süden unterscheiden sich von denen bei uns erheblich. Die Hauptmahlzeit wird am Abend eingenommen, für unsere Verhältnisse bis »kurz vor Mitternacht«. Griechen kommen spät ins Lokal, essen langsam, bestellen immer wieder etwas hinzu. Auch Getränke werden nach und nach bestellt. Oft sieht man drei Personen mit einer Flasche Bier und drei Gläsern. Es bleibt natürlich nicht bei einer Flasche – aber das nächste Bier wird wieder kalt serviert, das ist der Vorteil. Genauso bestellt nicht jeder am Tisch einen Salat. Gerichte gehören in die Mitte, jeder bedient sich.

Morgens trinkt der Grieche einen kleinen Kaffee, isst vielleicht ein Stück Zwieback. Er ist noch vom Abend gesättigt. Dem ersten Kaffee folgen im Laufe des Vormittags weitere. Das griechische Hotelfrühstück war früher dementsprechend spärlich. Inzwischen bieten viele Häuser ein ausgiebiges Frühstück, und der Tag kann mit einem großen Buffet beginnen. Wer ein Zimmer ohne Frühstück hat, findet überall Möglichkeiten, satt zu werden, von »Continental« bis »Full English Breakfast«. Morgens vor 8 Uhr etwas essen zu wollen kann in Touristenorten schwierig sein. Da man im Süden spät ins Bett geht, beginnt das Leben entsprechend später.

Auch am Mittag wird nur eine Kleinigkeit gegessen. Vom »Griechen« in Deutschland kennt man den Bauernsalat, in seinem Herkunftsland oft »Greek Salad« genannt: Tomaten, Gurken, Paprika, Zwiebeln, Oliven und Schafskäse, mit einer Marinade übergossen. Man kann auch einen Tomatensalat genießen, weil die Tomaten hier noch nach Tomaten schmecken. Gemüsegerichte sind leicht verdaulich. Kurzgebratenes wird »tis oras« genannt und meint alles, was gegrillt werden kann. Mittagessen bekommt man ab 12 Uhr und dann bis in den Nachmittag. Giros in Fladen (Giros-Pitta) gibt es an Imbissständen.

Erst am Abend setzt man sich, um ausführlich zu speisen. Das mag ungesund sein, doch in der Hitze des südländischen Sommers kommt tagsüber einfach kein rechter Appetit auf. Das Abendessen beginnt also in Griechenland nicht vor 22 Uhr. Die Wirte wissen inzwischen, dass das den Urlaubern zu spät ist. Man blamiert sich deshalb nicht mehr, wenn man ab 19 Uhr ein Lokal ansteuert oder Speisekarten studiert. Die Restaurants haben ohnehin keine festen Öffnungszeiten. Sie warten in der Saison täglich bis weit nach Mitternacht auf Gäste. Schließlich muss in wenigen Monaten das Geld fürs ganze Jahr verdient werden.

Die Hauptmahlzeit ist das Abendessen

Wenn man in einer Taverne Platz nimmt, wird der Tisch mit einem Papiertuch neu gedeckt. Dann bringt der Kellner – in vielen Fällen helfen Kinder des Wirts, die während der Sommermonate schulfrei haben – unaufgefordert einen Korb mit Brot. Früher stellte man ebenso selbstverständlich Wasser dazu, denn Brot und Wasser gehören zu jedem griechischen Essen. Für das Brot steht später ein kleiner Betrag, ein bis zwei Euro, auf der Rechnung. Wasser muss mittlerweile extra bestellt werden. Es wird in großen oder kleinen Plastikflaschen auf den Tisch gestellt. In ländlichen Gegenden kommt es unter Umständen noch aus dem Dorfbrunnen.

Alles, was bei Tisch geordert wird, geht in eine Rechnung ein. Wer zusammen isst, gehört zusammen. Getrennt bezahlen war bis vor einigen Jahren völlig unbekannt, wird inzwischen bezeichnenderweise »die deutsche Art« genannt. Griechen streiten sich sogar darum, wer für die Gruppe zahlen darf. Ein Trinkgeld sollte nicht fehlen. Falls die Kinder geholfen haben, ist es ihr Taschengeld.

Bei der abendlichen Hauptmahlzeit isst man Fleisch- oder Fischgerichte, dazu auch vieles aus Feld und Garten. Fischgerichte sind allerdings mittlerweile recht teuer, weil die Fänge klein geworden sind. Große Restaurants lassen Fisch bereits gefroren aus Nordeuropa einfliegen. Bei Fisch ist in der Speisekarte oft der Kilopreis angegeben. Der Wirt wiegt das Stück Fisch am Tisch ab, um zu zeigen, wie der Preis zustande kommt.

Abends gehört die Umgebung zum Essgenuss dazu. Restaurants liegen an schönen Stränden, am Wasser oder zumindest mit Meeresblick. Wer es billiger haben will, geht in die »zweite oder dritte Reihe«, also in eine der Parallelstraßen zum Strand.

Die Speisekarten vieler Restaurants enthalten Gerichte, die auch bei uns zu finden sind, von der Pizza bis zum Schnitzel. Im Urlaub sollte man natürlich nicht nur bekannte Speisen bestellen. In vielen Tavernen kann man in die Küche gehen und nachsehen, was in den großen Töpfen und Tiegeln bruzzelt. Die Gerichte werden tagsüber vorbereitet und dann warm gehalten, lauwarm serviert. Das schockiert vor allem die englischen Gäste, die es gewohnt sind, von angewärmten Tellern heiße Speisen zu essen. Bei Tagestemperaturen zwischen 30 und 40 Grad ist das in Griechenland jedoch schlichtweg nicht üblich.

Oft hört man bei der Bestellung die Antwort »finished«, also: nicht mehr vorhanden. Das hängt mit griechischer Organisation zusammen. Auf der Speisekarte, die übrigens erst geführt wird, seit Fremde sie verlangen, steht alles, was man eventuell hat, aber nicht jeden Tag kocht. Eine Tavernenbesitzerin antwortet auf den Wunsch nach der Karte vielleicht: »No card, only speak« – und sie will dem Gast damit sagen: Eine Speisekarte habe ich nicht, aber ich erzähle euch, was ich heute gekocht habe. Auf solche Tipps kann man sich verlassen.

Ein Blick in den Kochtopf

Warum soll man Gerichte verlangen, deren Zutaten der örtliche Markt nicht bietet? Eingeführte Lebensmittel sind teuer. Interessanter, oft auch gesünder ist es, das zu essen, was in der Saison vor Ort produziert wird. Fragen Sie die Wirtin nach Spezialitäten der Region, nach Hausgemachtem (»spitiká fajitá«), und Sie werden gut bedient. Für Griechen, die sich nicht täglich den Besuch einer Gaststätte leisten, ist bei solchen Gelegenheiten Fleisch das A und O. Das rührt her aus Zeiten, wo es Fleisch nur zu Ostern oder bei einer Hochzeit gab. Wer heute ausgeht, will zeigen, dass er sich dies leisten kann. Für Urlauber sind die Gerichte, die aus viel Gemüse gezaubert werden, etwas Neues, und manche Hausfrau hat gute Tipps für zu Hause mitgenommen, die nicht im Kochbuch stehen.

Es gibt gehobene Restaurants und einfache Tavernen. Doch man kann eigentlich sicher sein, wo Griechen essen, ist die Qualität fast ausnahmslos gut. Griechen achten übrigens, wenn sie gemeinsam essen, nicht auf den Cent. Im Gegenteil: Sie wollen zeigen, was sie sich leisten können. Für die »eilige Jugend« haben sich inzwischen allerdings auch internationale Fast-Food-Ketten niedergelassen. Aber das ist für den echten Griechen kein Essen – und also kein Leben. Hunde mit ins Restaurant zu nehmen ist nicht gestattet; es sei denn auf der Straße unterm Tisch.

In einer traditionellen Ouzeri gibt es nicht nur Ouzo, den bekannten Anisschnaps, der sowohl pur als auch verdünnt mit Wasser oder Eis getrunken wird, sondern dazu auch allerlei Kleinigkeiten, von denen man schon satt werden kann. Diese Art griechischer Gastlichkeit ist zwar in Touristenorten kaum noch zu finden. Aber da, wo Griechen in der Mehrzahl sind, gehört die Ouzeri dazu wie das Kafeníon. Doch auch wer anderswo einen Ouzo bestellt, bekommt in aller Regel nicht nur das Getränk, sondern ein paar Häppchen dazu, zumindest ein Tellerchen mit Nüssen.

Das hat einen tiefen Grund: Alkoholische Getränke wurden im Altertum ausschließlich zur Mahlzeit gereicht; seinerzeit übrigens nie unverdünnt. Die Erdnüsse deuten die Mahlzeit immerhin noch an – so dass die Götter, falls sie gerade zuschauen, nicht zürnen. Vielfach wird auch der erste Tropfen Wein auf die Erde geschüttet, als Dank an Dionysos, den Gott, der Reben wachsen lässt.

Zur Mahlzeit kann man eine Flasche Wein trinken. Regionale Weine gibt es in guter Qualität. Man kann auch nach Wein vom Fass fragen. Dieser Wein ist nicht nur billiger, er enthält auch weniger Chemie. Allerdings kann der Weiße vom Fass lauwarm sein. Das wäre bei uns unmöglich, gehört in der Hitze und Stimmung des griechischen Sommers jedoch einfach dazu. Den meisten Gästen schmeckt hier sogar Retsina, den manche als »Wein mit Terpentingeschmack« bezeichnen. Terpentin enthält der Retsina sicher nicht, dafür aber Baumharz, das ihm früher als Konservierungsmittel beigegeben wurde.

Wein oder Bier?

Wein ist bei vielen Griechen inzwischen vom Bier verdrängt worden, das meist in Halbliterflaschen serviert wird. Bier vom Fass setzt sich langsam durch. Meistens handelt es sich um Lizenzabfüllungen bekannter Sorten, vom Löwenbräu bis Tuborg. Bis Mitte der Achtzigerjahre des 20. Jh. gab es das griechische »Fix«, das inzwischen vom Markt verschwunden ist. Hinter seinem Namen verbirgt sich eine interessante Geschichte: Als Griechenland nach der Türkenherrschaft 1830 die Unabhängigkeit erlangte, bekamen die Hellenen einen Bayernprinzen zum König. Otto, der Sohn König Ludwig I., brachte seinen Braumeister mit, der auf den Namen Fuchs hörte. Da die Griechen unser »u« als »i« sprechen und den Namen des Brauers auf sein Produkt übertrugen, hieß das Bier eben »Fix« ... Seit kurzem gibt es wieder griechische Biere: Das »Mythos« oder »Alpha« sollten Sie ruhig probieren.

Bitte bedenken Sie, dass man in Griechenland nicht in eine Taverne geht, nur um »eine gute Flasche Wein« zu trinken. Wein wird zur Mahlzeit gereicht. Natürlich bekommt man im Kafeníon auch »Wein pur«. Vor ein paar Jahren hörte ich einen Tavernenbesitzer antworten: »Wir sind keine Kneipe. Wir sind eine Taverne!« Die deutschen Gäste bekamen ihre Flasche Wein nicht.

Empfehlenswerte Restaurants und andere Lokale finden Sie bei den einzelnen Orten im Kapitel »Unterwegs auf Korfu«.

Eines der zahlreichen Straßenrestaurants in Korfu-Stadt (→ S. 31).

Einkaufen

Das Angebot reicht von Lederwaren bis Keramik. Typisch sind Küchengeräte aus Olivenholz.

Eingelegte Oliven werden in Griechenland als Beilage zum Ouzo oder im Bauernsalat gegessen: Marktstand mit Oliven unterhalb der Neuen Festung (→ S. 36) in Korfu-Stadt.

Überall, wo Urlauber flanieren, reihen sich die Souvenirläden. Doch auch in anderen Gegenden kann man auf die Suche gehen, falls man mehr finden will als die üblichen Mitbringsel, wie T-Shirts mit bunten Aufdrucken von der jeweiligen Insel, Kunsthandwerkliches aus Holz oder Keramik, Modeschmuck oder Erinnerungsbildbände. Oft lohnt es sich, die unscheinbar aussehenden Geschäfte zu durchstöbern, in denen griechische Hausfrauen einkaufen. Sie haben keine vornehmen Auslagen, horten aber in Regalen Stoffe, Taschen oder handgearbeitete Stiefel und Schuhe.

Eine griechische Einrichtung besonderer Art ist der Kiosk an der Straßenecke, von den Griechen »períptero« genannt. Er ist bis spät in die Nacht geöffnet und hat alles, was man im Alltag braucht oder als Gast vergessen haben könnte: Zigaretten, Zeitungen, Schnürsenkel, Erfrischungen, Süßigkeiten, Seife, Rasierklingen, Papiertaschentücher, sogar einzelne Aspirin-Tabletten.

Am Períptero gibt es auch eine besonders typische Kleinigkeit, das »kombolói«. Es ist eine Schnur mit Perlen aus unterschiedlichem Material, die die Männer langsam durch die Finger gleiten lassen oder ums Handgelenk wirbeln.

Ikonen – echt oder nicht?

Ikonen

Sie gelten als typisches Andenken an einen Griechenlandurlaub. Dazu muss man wissen: Alte Ikonen, die in einer Kirche gestanden haben, werden niemals verkauft. Doch man kann durchaus schöne echte Ikonen kaufen. Das alte Handwerk wird noch gepflegt. In diesem Sinne sind die Heiligenbilder authentisch, auch wenn sie neu sind.

Beim Kauf von handgemalten Ikonen muss man sich jedoch unbedingt eine Bescheinigung über den rechtmäßigen Erwerb ausstellen lassen. Da die Ausfuhr antiker Ikonen verboten ist, bekommt man sonst Schwierigkeiten mit dem Zoll. Anders verhält es sich natürlich mit kleinen Souvenir-Ikonen, die als Drucke überall zu haben sind.

Keramik und Holz

Das Angebot keramischer Artikel ist immens; Töpfereien gibt es in Griechenland in großer Zahl. Oft ist der Besuch der Werkstatt und eines Schauraumes möglich. In keiner griechischen Wohnung fehlen bunte Keramikteller an der Wand, mit folkloristischen Motiven wie Blumen, Vögeln oder typischen Mustern. Auf Korfu sieht man oft Gegenstände aus Olivenholz. Sofern sie handgeschnitzt sind, haben sie ihren Preis, da Olivenholz besonders hart und seine Bearbeitung mühsam und zeitaufwendig ist. Aber dafür halten die Geräte aus Olivenholz ewig.

Lederwaren und Handarbeiten

Taschen, Schuhe, Sandalen, Gürtel und Ähnliches gibt es in großer Auswahl; sie werden noch in Handarbeit hergestellt. In manchem Laden kann man sich die Stiefel anmessen und innerhalb weniger Tage anfertigen lassen.

Lebensmittel

Typische Spirituosen wie Ouzo oder Raki sind wesentlich billiger als zu Hause. Einige Spezialitäten sind jedoch nur an Ort und Stelle zu haben: Das Olivenöl von Páxos wird als eines der besten Griechenlands geschätzt. Eine Besonderheit sind die kleinen roten Korinthen aus Kephaloniá und Gewürzkräuter von Lefkáda. Sehr beliebt ist auch »pastéli«, ein knuspriger Honig-Sesam-Riegel. Auf allen Inseln wird ausgezeichneter Honig produziert.

Empfehlenswerte Geschäfte und Märkte finden Sie bei den jeweiligen Orten im Kapitel »Unterwegs auf Korfu«.

Feste und Events

Griechen feiern gern und oft, und auch die Urlaubsgäste sind herzlich eingeladen.

Festlich gekleidete Einheimische begehen den Ionischen Nationalfeiertag in Korfu-Stadt. Am 21. Mai 1864 waren die Ionischen Inseln nach rund 50 Jahren britischer Verwaltung wieder mit Griechenland vereinigt worden.

Feste sind auf griechischen Inseln vor allem Heiligenfeste. Viermal im Jahr wird auf Korfu der Inselpatron, der hl. Spiridon, mit seinem Sarg in großer Prozession durch die Straßen der Hauptstadt getragen. Sein Leichnam ruht sonst in der Kirche Agios Spiridon in der Altstadt. Auf Kephaloniá ehrt die Bevölkerung den hl. Gerasimos, auf Zákynthos den hl. Dionysios in ähnlicher Weise.

Jedes Dorf hat seinen Schutzpatron, dessen Gedenktag mit einem Panijíri, einem religiösen Volksfest, begangen wird. Fremde sind dann, insbesondere in ländlichen Gebieten, mit eingeladen.

Januar

Fest des hl. Arsenios
19. Januar, Lefkími/Korfu

April/Mai

Fest des hl. Spirídon mit Umzügen am Palmsonntag und Ostersamstag
Umzug am Palmsonntag und Ostersamstag. Am Ostersamstag nach dem Kirchgang gegen 11 Uhr werden alte Tontöpfe, Krüge und Teller von Balkonen auf die Straße geworfen. Der Lärm soll die Toten aufwecken.
Korfu-Stadt/Korfu

Kirchweih im Kloster Phaneroméni
30. Mai, Lefkáda-Stadt/Lefkáda

Juni

Fest des hl. Gáios
29. Juni, Gáios/Páxos

Fest der zwölf Apostel
30. Juni, Frikes/Ithaka

Juli

Fest der hl. Kiriakí
7. Juli, Agía Kiriakí und Nidri/Lefkáda

Fest des hl. Prokopios
8. Juli, Lefkími/Korfu

Fest der hl. Ephimia
11. Juli, Ephimia/Kephaloniá

Fest der hl. Marina
17. Juli, Exogi/Ithaka

Theaterfestival
Mit Teilnehmern vom griechischen Festland und aus anderen europäischen Ländern
2. Julihälfte, Argostóli/Kephaloniá

Fest des hl. Panteleimonas
27. Juli, Acharávi/Korfu

Valaoritis-Festival zu Ehren des Dichters
im Juli, Nidri/Lefkáda

Kulturfestival
Ende Juli/Anfang Aug., Vathí/Ithaka, Programmauskunft: Gemeindeverwaltung, Tel. 2 67 40/3 27 95

Fest des hl. Aimilianos
18. Juli, Antipaxos

August/September

Fest des hl. Sotiris
5./6. Aug., Stavrós/Ithaka

Fest des hl. Spiridon
Prozession durch die Stadt
11. Aug., Korfu-Stadt/Korfu

Marienfest
15. Aug., Arginia, Markopoúlo/Kephaloniá

Fest des Inselheiligen Gerásimos
16. Aug., Ephimia/Kephaloniá

Fest des Inselpatrons Dionysios
Mit Feuerwerk
24. Aug., Zákynthos-Stadt/Zákynthos

Internationales Folklore-Festival Lefkáda
Tanzgruppen aus vielen Ländern kommen seit 1962 auf die Insel. Fest des Friedens und der Brüderlichkeit.
Letzte volle Augustwoche, von Sonntag bis Sonntag, in Lefkáda-Stadt. Auskunft unter Tel. 2 64 50/2 66 35, Fax 2 67 15; www.lefkasculturalcenter.gr

Sport und Strände

Sandige Traumstrände und abwechslungsreiche Wassersportangebote gibt es auf allen Inseln.

Strandidylle: Eine der beiden Badebuchten des malerischen Urlaubsortes Paleokastrítsa (→ S. 46) auf Korfu. Fischerboote fahren von hier zu kleineren Stränden.

Natürlich fahren die meisten Urlauber wegen Sonne, Sand und Wasser ans Mittelmeer. Mal weißer, feinkörniger Traumstrand, mal bunte, grobe Kiesel – auf jeder Insel gibt es Möglichkeiten zum (Sonnen-)Baden.

Doch in erster Linie sind die Inseln Paradiese für Wassersportler. An den meisten Stränden kann man Tretboote mieten, auf fliegenden Bananen über die Wellen düsen, segeln, Wasserski fahren oder mit bunten Fallschirmen durch die Luft schweben. Surf- und Tauchschulen bieten überall ihre Dienste an.

Wandern ist eine Sportmöglichkeit, die zwar nicht von den Griechen erfunden wurde, jedoch zunehmend Verbreitung findet. Auf mehreren Inseln gibt es inzwischen Broschüren oder Bücher mit Wandertouren, oft von Zugereisten geschrieben.

Tennisplätze gehören fast überall zum Standardangebot, und vielerorts haben sich Reitschulen etabliert. Die britische Tradition manifestiert sich im Golf- und im Cricketspiel. Letzteres wird mittwochs und sonntags in Korfu-Stadt zelebriert, und zwar auf dem Rasen der Esplanade.

Golf

Einen 18-Loch-Golfplatz findet man auf Korfu im Ropa-Tal in der Nähe von Ermónes. Er wurde vom Schweizer Architekten Donald Harradine angelegt. Auskunft:

Corfu Golf Club → S. 117, D 2
Ropa Valley, Postfach 71, GR 49100 Korfu; Tel. 266 10/9 42 20, Fax 9 42 21; www.corfugolfclub.com

Go-Kart

Korfu → S. 116, C 1
Sidári, Nähe Hauptstraße; Tel. 2 66 30/9 51 32

Kephaloniá → S. 120, B 9
Go-Kart-Bahn bei Lássi, am nördlichen Ortsausgang.
Tel. 2 67 10/2 49 13

Radwandern

Korfu
The Bike Shop → S. 117, D 2
Radtouren, in Kleingruppen.
Dassiá/Korfu; Tel. 2 66 10/4 58 22, Fax 2 66 10/9 75 97

Reiten

Korfu
The Rider's Club → S. 117, D 2
Ano Korakiána bei Dassiá; Tel./Fax 2 66 10/9 40 53

Zákynthos → S. 121, D 11
Ippokós Omilos, Tsiliví; Tel. 2 69 50/2 88 25

Tauchen

Korfu
Odyssey Divers → S. 117, D 3
Tauchclub in Vátos.
Tel./Fax 2 66 10/9 40 53

Tennis

Korfu → Umschlagkarte hinten, c 3
Corfu Tennis Club
Odós Romanou 4; Tel. 2 66 10/3 70 21

Wandern

Achten Sie bei allen Touren auf festes Schuhwerk, Sonnenschutz, lange Hosen und ausreichend Wasser!

Korfu
Ausgearbeitete Touren finden Sie in »Corfu Walks« von Hilary Whitton Paipeti (zwei Bände); im örtlichen Buchhandel, pro Band ca. 8 € (nur in englischer Sprache).

Ithaka
»Wanderwege in Ithaka«, Faltblatt in Deutsch, kostenlos bei den örtlichen Informationsstellen (→ S. 80).

Kephaloniá
»The Way to Go« heißt eine englischsprachige Heftreihe mit Wanderungen, im Buchhandel 3,50 € pro Heft. »Wanderwege in Kephaloniá», ein Faltblatt in deutscher Sprache, gibt es kostenlos beim EOT (→ S. 64).

Strände

Korfu

Acharávi 👪 ---> S. 117, D 1
Kilometerlanger Sand- und Kieselstrand in der Bucht von Róda, seicht ins Meer gehend.

Benítzes ---> S. 117, D 3
Schmaler Strand im touristischen Zentrum an der Südostküste, viele Sportmöglichkeiten.

Dassiá ---> S. 117, D 2
Der Sand-/Kieselstrand ist schmal, aber lang und bietet ein großes Freizeitangebot.

Diapontische Inseln ---> S. 116, A/B 1/2
Die Inseln nördlich von Korfu – Erikoússa, Mathráki und Othóni – haben schöne Strände; insbesondere im Süden von Erikoússa badet man in reizvoller Umgebung.

Ermónes ---> S. 116, C 3
Beliebter Sand-/Kieselstrand im Westen, viele Wassersportmöglichkeiten.

Glifáda ---> S. 117, D 3
Sandstrand in schöner Bucht im Westen, Golfplatz 5 km entfernt.

Ipsos ---> S. 117, D 2
Lange Bucht mit Kiesel- und Sandstränden.

Kassiópi ---> S. 117, D 1
Kleine Strände in Badebuchten mit Ruhemöglichkeiten auf angelegten Terrassen am Hang.

Kávos ---> S. 117, F 4
Langer, schmaler Strand im Süden, touristisch voll erschlossen und stets viel Betrieb, überwiegend in der Hand junger Engländer.

Mirtiótissa ---> S. 117, D 3
Landschaftlich besonders schöner Strand am felsigen Westufer. Hier finden FKK-Anhänger ihr Refugium.

Paleokastrítsa ---> S. 116, C 2
Zwei Sandstrände befinden sich direkt im Ort, Boote fahren zu weiteren Stränden in versteckten und verträumten Felsbuchten.

Róda 👪 ---> S. 117, D 1
Buntes Strandleben im Norden, Wassersportzentrum.

Sidári ---> S. 116, C 1
Flacher Strand, im Westen bizarre Sandsteingebilde.

Vitaládes 👪 ---> S. 117, D 3
Dieser Sandstrand ist ein absolutes Paradies für Kinder, seichtes Wasser und feiner Sand.

Ithaka

Gidáki, Filiatró ---> S. 119, D 8
Sand-/Kieselstrände, Boote verkehren ab Vathí.

Loutsá 👪 ---> S. 119, D 8
Sandstrand in Nähe des Hauptortes Vathí, zu Fuß erreichbar.

Kephaloniá

Lássi 👪 ---> S. 120, B 9
Moderner Urlaubsort mit den Stränden Platís und Makrís Gialós.

Lixoúri ---> S. 120, B 9
Strände bei Lépada, Megas Lákos und Xi, Letzterer mit rotem Sand.

Mírtos ---> S. 118, B 8
Spektakulärster Strand der Insel, prachtvolles Farbenspiel im Wasser; ebenfalls beliebt ist die Nachbarbucht Agía Kiriakí.

Skála ---> S. 121, D 10
Weite Sandstrände mit verschiedenen Wassersportmöglichkeiten.

Lefkáda

Egrimni ---> S. 118, C 6
Langer Sandstrand im Südwesten der Insel, das letzte Wegstück muss zu Fuß bewältigt werden.

Káthisma → S. 118, C 5
Weiter Sandstrand nahe dem aufstrebenden Urlaubsort Ágios Nikítas an der Westküste, gut erreichbar.

Nídri → S. 119, D 6
Weite Sand-/Kieselstrände vor dem bekannten Urlaubsort.

Porto Katsíki → S. 118, C 6
Idyllische Sandbucht im Süden, per Boot ab Vassilikí zu erreichen, Anfahrt mit dem Auto beschwerlich.

Páxos → S. 87, b 2
Einen kleinen Badestrand gibt es bei Gáios. Boote fahren zu den Kieselstränden von Antípaxos.

Zákynthos
→ Umschlagkarte hinten, b 1
Der EOT-Strand in der Hauptstadt, nördlich der Hafenbucht, ist ein Sandstreifen mit Aufsicht.

Argássi → S. 121, D 12
Beliebter Sandstrand ebenfalls in Hauptstadtnähe (südlich).

Gérakas → S. 121, D 12
Schöne weite Sandbucht. Vorsicht: Schildkrötenbrutplatz!

Laganás → S. 121, D 12
Kilometerweiter Sandstrand im Süden, touristisch voll erschlossen. Bitte nicht die Gelege der Meeresschildkröten zerstören.

Shipwreck Bay → S. 120, B 11
Wer an einer Schiffsrundfahrt, beispielsweise vom Hafen an der Westküste ausgehend, teilnimmt, macht in der Regel einen Stopp in der spektakulärsten Bucht von Zákynthos. 1
In den feinen Sand hat sich das Wrack eines Frachters eingegraben, der einst in einer Sturmnacht hier angetrieben wurde. Die Bucht ist von hoch aufragenden schneeweißen Felsen umgeben – ein berühmtes Fotomotiv. Man kann herrlich baden an diesem feinsandigen Strand, der vom Land aus nicht zugänglich ist. Boote verkehren auch vom kleinen Hafen Vromi aus. Erfrischungen werden auf den Booten verkauft, nicht am Strand.

Vasilikós → S. 121, D 12
Landzunge im Süden mit den Stränden Porto Zoro (Sandbucht), Banana Beach (Sandbucht, viel Betrieb), Porto Roma (einsam, schmal). Von der Inselhauptstadt verkehrt ein Linienbus bis zur letzten Bucht.

Die meisten Küsten rund um die Ionischen Inseln bieten auch perfekte Surfgewässer.

Familientipps – Hits für Kids

Wie kleine Könige: Die Jüngsten werden in Griechenland nach Strich und Faden verwöhnt.

Der schönste Spielplatz ist am Wasser: An den wellenarmen Badebuchten macht das Plantschen Spaß. Vorsicht: Die Sonne meint es oft zu gut.

Topfgucken ist erlaubt

Eine Grundsatzfrage muss man vorab zu Hause klären: Sind die Kleinen groß genug, um den Sommer im heißen Süden wirklich zu genießen? Babys und Kleinkinder leiden vor allem im Juli und August oft furchtbar unter der Hitze. Mittags ist es draußen und drinnen zu heiß. Auch abends wird es den Eltern kaum gelingen, die Kleinen zwischen 19 und 20 Uhr ins Bett zu bringen, um dann ausgehen zu können. Das klappt nicht, weil es noch hell, zu warm und zu laut ist.

Griechische Kinder spielen abends lange draußen. Zunächst löst das bei Urlaubern häufig Kopfschütteln aus, weil die Kleinen selbst im Dunkeln noch auf öffentlichen Plätzen spielen, mit dem Roller oder Fahrrad umhersausen. Aber die Temperaturen sind nun angenehm, und den nötigen Schlaf holen sich die Buben und Mädchen zu anderen Zeiten.

Spielplätze wie bei uns mit Klettergeräten, Schaukeln oder Sandkisten gibt es kaum. Der schönste Aufenthaltsort ist ohnehin der Strand. Auf fast allen Inseln sind flache Sandstrände zu finden, die Gefahren also gering. Seeigel, in die man treten könnte, gibt es nur auf felsigem Untergrund. Allerdings empfehlen sich trotzdem Badeschuhe, da der Sand glühend heiß wird und manchmal durch Scherben verunreinigt ist. Wegen der grellen Sonne sollten Kinder unbedingt eine Kopfbedeckung tragen. Ein leichtes Hemd ist ebenfalls zu empfehlen, um Verbrennungen zu verhindern. Sonnencreme allein reicht in den ersten Tagen nicht aus!

Neben dem Baden und dem Sammeln von Muscheln finden die meisten Kinder auch **Bootstouren** aufregend. Es gibt Glasbodenboote, die es ermöglichen, die Unterwasserwelt zu bewundern. Inselrundfahrten werden von Badestopps unterbrochen. In großen Höhlen, durch die das Schiff tuckert, fühlen Kinder sich an Abenteuergeschichten erinnert.

Im Restaurant gibt es kaum spezielle Angebote für den Nachwuchs. Allerdings stellt der Wirt jedem einen Teller hin, und die Kleinen können sich von zwei oder drei Hauptgerichten, die mitten auf dem Tisch stehen, bedienen – eine Art der Verpflegung, die Kindern in aller Regel sehr zusagt. Spaß macht es auch, in traditionell geführten Tavernen in der Küche in die großen Töpfe gucken und beim Aussuchen helfen zu können.

Wer pauschal auf die Ionischen Inseln reist, kann schon im Katalog eine Unterkunft mit Kinderbett aussuchen. Individualreisenden mit Kindern stellt der Vermieter auf Wunsch ein Zusatzbett oder eine Liege ins Doppelzimmer.

Ideal für den Familienurlaub sind Apartments, weil man mehr Platz hat und nicht an feste Essenszeiten gebunden ist. Einige große Hotels auf Korfu bieten Babysitter und Kinderprogramme, die Eltern entlasten.

MERIAN-Tipp

2 Aqualand

Aqualand ist ein Wasservergnügungspark auf Korfu für Groß und Klein. Tagestouren werden von allen Touristenorten angeboten. Für Kinder ist die Anlage mit ihren Rutschen und Rampen, mit ruhigen und wirbeligen Pools, normalen und »verrückten« Flüssen ein Paradies. Aqualand liegt im Inselinneren, an der Straße von Korfu-Stadt nach Glifáda, im Ort Ágios Ioánnis. Linienbusse aus Korfu-Stadt. Auskunft unter Tel. 2 66 10/ 5 29 63; www.aqualand-corfu.com

→ S. 117, D 3

Eine ähnliche Einrichtung gibt es in Acharávi, Hydropolis, Tel. 2 66 30/ 6 47 00 → S. 117, D 1

Unterwegs auf Korfu und den Ionischen Inseln

Die abendlichen Lichter schaffen rund um das idyllische Hafenbecken von Zákynthos (→ S. 51) eine stimmungsvolle Atmosphäre. Hier ist bis Mitternacht Betrieb.

Verträumte Fischerdörfer und abgelegene Bergorte, lebhafte Strände und einsame Buchten, antike Kulturstätten und spektakuläre Natur machen den Reiz der Ionischen Inseln aus.

Korfu

Lebhafte Badeorte, ruhige Dörfer im Hinterland und eine Hauptstadt mit einzigartigem Flair.

Ein Ensemble stiller Schönheit bietet sich dem Besucher beim Blick vom Aussichtspunkt Kanóni auf die Lagune von Korfu mit dem Kloster der Panagía Vlachérna und der so genannten Mäuseinsel im Hintergrund.

Korfu hat schon in vorgeschichtlicher Zeit berühmte Besucher empfangen. Dazu zählte auch Odysseus, dessen Trick mit dem hölzernen Pferd den Griechen vor Troja zum Sieg verholfen hatte. Homer schildert seine späteren Abenteuer: Die Königstochter Nausikaa fand den gestrandeten Irrfahrer an Korfus Ufern. Ihr Vater Alkinoos, König der Phäaken, rüstete ihm ein Schiff aus, das ihn zu seiner Heimatinsel Ithaka zurückgeleitete. Meeresgott Poseidon, ein ausgemachter Feind Odysseus, war darüber so empört, dass er das heimkehrende Phäakenschiff in einen Steinblock verwandelte, den heute mehrere Orte auf Korfu für sich beanspruchen: Paléopolis in der Nähe der Hauptstadt, Paleokastrítsa im Westen und Kassiópi im Norden.

Die erste Siedlung errichteten im Jahre 734 v. Chr. die Korinther in der Nähe der heutigen Hauptstadt. Später benutzten die Römer die Insel als Station auf dem Weg zu ihren östlichen Provinzen. Mehrere Kaiser haben Korfu besucht: Nero, Tiberius, Hadrian. Die Venezianer setzten sich nach den Kreuzzügen auf Korfu fest, bauten die Insel während ihrer Herrschaft vom Ende des 14. bis zum Ende des 18. Jh. zu einem Bollwerk gegen die Türken aus. Bei der letzten Belagerung der Türken im Jahre 1716 mischte sogar ein deutscher General mit: Matthias von der Schulenburg verteidigte die Insel im Auftrag Venedigs erfolgreich. Sein Denkmal steht auf der Esplanade der Hauptstadt.

Seit 1864 gehört Korfu zum griechischen Staat, war während der Monarchie Urlaubsinsel der griechischen Königsfamilie, die hier Kaiserin Elisabeth von Österreich und später Kaiser Wilhelm II. begrüßte, die ebenfalls zur Erholung kamen.

Schon beim Anflug auf die Insel, die rund 120 000 Einwohner zählt, zeigt sich Korfu als Sinfonie in Grün. Den Grundton gibt das silbrige Graugrün der Olivenhaine an; dazwischen ragen schwarzgrüne Zypressen auf, wiegt der Wind hellgrünes Weinlaub. Kahl überragt der höchste Berg, der **Pantokrátor**, den Norden. Wer hinauffahren will, sollte einen Jeep mieten. In 906 m Höhe werden Erfrischungen serviert.

Viele Olivenhaine stammen aus venezianischer Zeit. Die Republik zahlte für jede neue Pflanzung in barer Münze – mehr als vier Millionen Bäume sind das Resultat. Olivenöl und andere landwirtschaftliche Produkte bildeten jahrhundertelang das Rückgrat der Wirtschaft. In neuerer Zeit hat sich der Tourismus an die erste Stelle geschoben. Die Insel mit ihren Stränden und der herrlichen Landschaft bietet beste Voraussetzungen für einen abwechslungsreichen Urlaub: Sanft abfallende Sand- und Kieselstrände weisen der Norden und Osten auf, auch die Buchten der felsigen Westküste wurden zu attraktiven Urlaubszielen. Mehr als 100 Dörfer laden zu Ausflügen ins Inselinnere ein: Bergdörfer wie **Troumbettas** im Norden oder **Lefkimi** im Süden, Hangorte wie **Sinarádes** und **Pélekas** im Westen oder **Paleokastrítsa** an der felsigen Westküste.

Korfu-Stadt ⇢ S. 117, D 2/3

45 000 Einwohner

Stadtplan → Umschlagkarte hinten

Etwa in der Mitte der sichelförmigen Insel liegt, mit Blick nach Osten, Korfu-Stadt, dem griechischen Festland gegenüber. Fast stündlich legen in der Saison die Fährschiffe aus Igoumenítsa im neuen Hafen an. Der alte Hafen, der sich nach Süden anschließt, bietet Anlegemöglichkeiten und Liegeplätze für Ausflugsboote und Yachten.

Die Venezianer legten den Grundstein für dieses einzigartige Städtchen. Ein bisschen Paris bauten die Franzosen dazu, und die Engländer motzten es schließlich mit ihrem bombastischen Kolonialstil auf. Die

Insel selbst stiftete das Grün für die britischen Parkanlagen. Da blieben den Griechen nur noch die Kirchen.

Das Herz von Korfu-Stadt bildet das **Cambiello-Viertel** aus venezianischer Zeit. Zwar sind die Wohnviertel längst über dieses Zentrum hinausgewachsen. Aber auch die Korfioten gehen zum Bummeln gern auf die Esplanade und durchstreifen die von vier- und fünfstöckigen Häusern gesäumten Gassen.

An vielen Häusern hat die Zeit ihre Spuren hinterlassen. Da der Platz zwischen den Stadtmauern begrenzt war, stehen die Gebäude dicht an dicht. Platz für Hinterhöfe ist nicht vorhanden, so dass die Wäsche an Leinen zwischen den Häusern flattert wie in mancher süditalienischen Stadt.

Jeder Besucher, der sich mithilfe eines Stadtplans zu einer bestimmten Gasse aufmacht, wird das Vorhaben bald aufgeben. Auf den Plänen sind nur wenige Straßen namentlich bezeichnet, zudem ist das Gewirr so unübersichtlich, dass man sich – mit oder ohne Plan – garantiert verläuft. Das ist freilich kein Beinbruch. Nach irgendeiner Kreuzung hat man plötzlich wieder Meerblick – und dadurch Orientierung. Gerade beim ziellosen Umherstreifen entdeckt man manches kleine Café, das, hätte es eine »richtige« Adresse, weitaus schwieriger zu finden wäre.

Zwei prachtvolle Plätze laden zum Ausruhen ein. Das eine ist die berühmte **Esplanade**, die man einmal umrunden sollte, vorbei an Denkmälern und Gebäuden, die Geschichte atmen. Wenn man nur lange genug wartet, sagen die Einheimischen, trifft man jeden Korfioten früher oder später hier in einem der Straßencafés. Der andere Platz liegt, blumengeschmückt, versteckter und etwas landeinwärts, zwischen Rathaus und dem einstigen Palast des katholischen Bischofs, in dem sich heute die Hauptstelle der griechischen Nationalbank befindet.

MERIAN-Tipp

3 Korfu aus der Vogelperspektive

Eines der traditionsreichsten Hotels, das Cavalieri an der unteren Esplanade, hat über seinen fünf Gäste-Etagen eine Dachterrasse eingerichtet. Ab 18 Uhr kann man den eindrucksvollen Blick über Altstadt, Esplanade und Garitsa-Bucht genießen. Der Dachgarten des venezianischen Palazzo ist für jedermann geöffnet, es gibt Getränke und kleine Speisen.

Odós Kapodístriou 4; Tel. 2 66 10/3 90 41, Fax 3 92 83; www.cavalieri-hotel.com ●●● CREDIT

⇢ Umschlagkarte hinten, d 1

Hotels/andere Unterkünfte

Corfu Holiday Palace

⇢ Umschlagkarte hinten, südl. d 3

Das ehemalige Hilton befindet sich in einem großen Park im Vorort Kanóni, in Flughafennähe. Restaurants, Bars, Fitnesscenter, Tennisplätze, Pool im Park und Hallenbad, Kasino.

Tel. 2 66 10/3 65 40, Fax 3 65 51; www.corfuholidaypalace.gr; 274 Zimmer ●●●● CREDIT ♿

Corfu Palace

⇢ Umschlagkarte hinten, südl. d 3

Erstes Haus am Platze. Hallenbad, beheizter Außenpool, Sportmöglichkeiten, Restaurants, Bar mit Livemusik.

Leofóros Dimokratías 2 (am Anfang der Garítsa-Bucht); Tel. 2 66 10/3 94 85, Fax 3 17 49; www.corfupalace.com; 106 Zimmer ●●●● CREDIT ♿

Cavalieri

⇢ Umschlagkarte hinten, d 3

Nobeladresse, untergebracht in einem venezianischen Palast. Umgeben von alten Möbeln kann man nachts von vergangenen Zeiten träumen und tagsüber den Blick aufs Meer genießen (→ MERIAN-Tipp, S. 32).

Odós Kapodístriou 4 (Esplanade);
Tel. 2 66 10/3 90 41, Fax 3 92 83;
E-Mail: info@cavalieri-hotel.com;
50 Zimmer ●●● CREDIT

Arion
⇢ Umschlagkarte hinten, südl. c 3
Etwas abseits am Park »Mon Repos« gelegen, renovierte ältere Gebäude, 200 m zum Stadtbad.
Odós E. Theotoki 5 (Anemomylos);
Tel. 2 66 10/3 79 50, Fax 3 89 04;
www.filoxenia.gr; 105 Zimmer ●● CREDIT

Arkadion
⇢ Umschlagkarte hinten, d 2
Direkt an der Flaniermeile; ein solide geführtes Haus.
Odós Vlasopoulou 2 (Ecke Kapodístriou);
Tel. 2 66 10/3 76 70, Fax 4 50 87;
www.arcadionhotel.com; 50 Zimmer
●● CREDIT

Astron ⇢ Umschlagkarte hinten, c 1
Zentral am alten Hafen, gepflegt.
Odós Donzelot 15; Tel. 2 66 10/3 95 05,
Fax 3 37 08; E-Mail: hotel_astron@hol.gr;
30 Zimmer ●● VISA

Atlantis
⇢ Umschlagkarte hinten, a 1
Günstig am Fährhafen gelegen, mit Restaurant und Bar.
Odós Xen. Stratigou 48; Tel. 2 66 10/
3 55 60, Fax 4 64 80; E-Mail: atlanker@
mail.otenet.gr; 61 Zimmer ●● CREDIT

Bella Venezia
⇢ Umschlagkarte hinten, c 3
Gepflegtes Hotel, zentral in einer venezianischen Villa gelegen.
Odós Zambeli 4; Tel. 2 66 10/4 65 00,
Fax 2 07 08; www.bellavenziahotel.com;
30 Zimmer ●● CREDIT

Spaziergang

Beginn des einstündigen Altstadtbummels ist beim Schloss, dort geht es links durchs Georgs-Tor. Links am Haus Kapodiístriou 120 ist »Etería Kérkyras, 1836« zu lesen: die Lese-Gesellschaft, die alle Literatur über

Der kuppelbekrönte Campanile gehört zur Kirche des hl. Spirídon (→ S. 34), dem wichtigsten Gotteshaus der Insel.

die Insel sammelt. Rechts, hinter dem Schloss, befindet sich die Büste von Petros Braila-Armenis, Dichter und Politiker, dessen Grundstück bei Gastoúri Kaiserin Sisi zum Achilleion umbauen ließ. Links, im zweiten Haus vor der Ecke, wurde 1776 Ioannis Kapodistrias geboren, der erste Ministerpräsident des befreiten Griechenland. Rechts blickt man auf die **Alte Festung**, unten am Wasser der Faliraki-Komplex, das Ionische Kulturzentrum mit Gastronomie.

Weiter geht es links um die Ecke in die Arseniou-Straße. Jenseits des Wassers erkennt man die Insel Vidós. In der kleinen Grünanlage steht eine Büste von D. Sólomos, dem Dichter der griechischen Nationalhymne. An Restaurants vorbei gelangt man zum **Byzantinischen Museum** in der Kirche der Panagía Antivouniótissa. Geradeaus liegt der alte Hafen, oberhalb davon die **Neue Festung**. Vorbei am Hotel Astron folgt das Gerichtshaus mit ionischen Säulen im Obergeschoss. Der Weg führt links auf den kleinen Platz zu (neben Donzelot Nr. 27) und weiter die Stufen zur **Mitropolis** hinauf, der Hauptkirche (Panagía Spiliótissa). Rechts im Haus Nr. 11 lebte Lord Guilford, der 1823 die Ionische Akademie gründete.

Nun geht es nach links in die Straße Agía Theodora hinein, dann nach rechts in die enge Odós Philhellinon mit vielen kleinen Geschäften. Am Ende der Straße stößt man auf das älteste Geschäft der Stadt, das Olivenholzartikel verkauft. Hier muss man rechts in die Philarmonikis einbiegen. Bei der nächsten Querstraße teilt ein einzelnes Haus die schmalen Wege gegenüber. Man wählt die linke Gasse (Odós Michalis Theotóki) und geht geradeaus. An der nächsten Querstraße (Eugeni Voulgaréos) stößt man auf die Rückseite des Rathauses, weiter geradeaus folgt der **Rathausplatz**. In der Fassade des Rathauses erkennt man die Symbole der Inseln. Stufen führen zu Cafés unter Bougainvilleen; links die römisch-katholische Kathedrale. An ihr geht man entlang und die Guilford-Straße hinauf. An der Ecke der dritten Querstraße biegt man nach links in die Eparchou ein. Die »hohle Gasse«, in der über den Köpfen die Wäsche flattert, führt zur **Esplanade**, wo man sich nach links wendet.

Vorbei am Hotel Arkadion und weiter entlang der Kapodistrias-Straße wendet man sich am Ende der Cafés nach links in die Straße des hl. Spiridon. Der Turm mit roter Haube weist den Weg zur Kirche des Inselpatrons. Wenn man die Kirche quer durchschreitet, steht man auf der Platía Iróon Kipriakoú Agónas mit zwei weiteren Kirchen. Im Haus Nr. 4 (Ionische Bank) befindet sich das **Papiergeld-Museum**. Die Kirche linker Hand ist der Muttergottes Phaneroménis, die andere Johannes dem Täufer geweiht. Nun biegt man links zwischen den beiden Gotteshäusern in die Nikifóros Theotóki ein und geht geradewegs auf die Esplanade zu.

SEHENSWERTES

Esplanade

⇢ Umschlagkarte hinten, d 2

Die Esplanade ist der schönste Festsaal Griechenlands unter freiem Himmel: Elegante Cafés und Restaurants, Bauten aus der venezianischen Epoche und der Franzosenzeit, der **Königspalast** (→ S. 35) und die **Alte Festung** (→ MERIAN-Tipp, S. 35) bilden ein einzigartiges Ensemble. Auf dem Rasen des Platzes wird Cricket oder Fußball gespielt.

2

Kanóni ⇢ S. 117, D 3

Das Postkartenpanorama von Kanóni auf die Lagune von Korfu gehört zu den meistfotografierten Motiven der Insel. Die Mäuseinsel im Hintergrund, das Kloster der Panagía Vlachérna, die Sicht hinüber auf die Berge zum Sisi-Schloss – all das zusammen verbindet sich zu einem Ensemble stiller Schönheit.

3

Kirche Jason und Sosipater

⇢ Umschlagkarte hinten, südl. d 3

Im Vorort Anemómylos, am südlichen Ausgang der Garítsa-Bucht, liegt die baugeschichtlich interessanteste Kirche der Insel, nach den Missionaren Jason und Sosipater benannt. Der Bau dürfte um das Jahr 1000 entstanden sein, errichtet unter Verwendung antiker Steine. Das Gotteshaus gehört zum Typ byzantinischer Kreuzkuppelkirchen und beherbergt Ikonen des kretischen Malers Emanuel Tzanes.

Zweite Parallele zur Uferstraße

Kirche des hl. Spirídon

⇢ Umschlagkarte hinten, d 1

Die Kirche, von zwei Seiten zu betreten und ständig von Gläubigen besucht, beeindruckt durch wertvolle

Deckengemälde, die »Ouraniá«. Das Gotteshaus wurde Ende des 16. Jh. errichtet. Vorn rechts, in einer separaten Kapelle, steht der mit Edelsteinen geschmückte Sarg des hl. Spirídon, dessen Leichnam nicht verwest ist. Meist ist der Deckel geschlossen. Gläubigen wird er geöffnet, damit sie den Glassarg küssen können.

Spirídon war zu Beginn des 4. Jh. Hirte auf Zypern. Als seine Frau jung starb, ging er ins Kloster, wurde schließlich Bischof. Nach seinem Tod wuchsen Rosen aus dem Grab, woraufhin sein unverwester Leichnam ausgegraben wurde. Als die Türken Zypern bedrohten, wurde Spirídon zunächst nach Konstantinopel, von dort im 15. Jh. zusammen mit der hl. Theodora nach Korfu gebracht. Mehrfach, so sagen die Gläubigen, habe Spirídon der Bevölkerung geholfen, bei der Belagerung 1716 den Verteidigern Mut gemacht. Viermal jährlich wird Korfus wichtigster Heiliger in einer großen Prozession durch die Straßen getragen (→ Feste und Events, S. 21).

Königspalast

⋯> Umschlagkarte hinten, d 1

Der Königspalast bildet den Nordriegel der Esplanade und wurde zwischen 1818 und 1823 nach Plänen von George Whitmore als Residenz der britischen Lord-Hochkommissare errichtet.

Damals vertrat Thomas Maitland Großbritannien; er war zuvor Gouverneur von Malta. Maitland ließ als Baumaterial hellen maltesischen Sandstein nach Korfu schaffen. Die Fassade des Schlosses wurde von einem Schiff gekrönt, dem Symbol der Insel Korfu. Heute sieht man nur noch den Bug; darunter sind die Symbole der übrigen Inseln angebracht.

Vor dem Schloss erhebt sich das Standbild des zweiten Lord-Hochkommissars, Frederick Adam. Er hat die Wasserversorgung der Insel geplant, worauf der Teich hinweist.

MERIAN-Tipp

4 Alte Festung

In der stattlichen Burg kann man die Zeiten Venedigs, der Briten und der Septinsularen Republik an verschiedenen Bauwerken studieren. Erste Befestigungsanlagen stammen von den Byzantinern (8. Jh.). Venedig baute die Festung aus: Bastionen, der tiefe Graben, das Westtor. Man überquert die Kontrafossa, betritt den ersten Hof. Die Kaserne, auf die man zugeht, ist in britischer Zeit entstanden, ebenso die St. Georg-Kirche im Innenhof. In den Torgebäuden werden Ausstellungen byzantinischer Kunst gezeigt.

Tgl. 8–20 Uhr; Eintritt 4 €, Studenten und ab 65 Jahre 2 € (Verbundkarte 8 €, ermäßigt 4 €, für Alte Festung, Archäolog., Byzantin. und Asiat. Museum); Museum: 8.30–15 Uhr

⋯> Umschlagkarte hinten, e 2

Das Schloss beherbergt im Erdgeschoss den großen Saal. Eine breite Treppe führt ins Obergeschoss zu den Staatsräumen: der Rotunda, die als Ballsaal diente, zum Thron- und zum Bankettsaal. Im Schloss ist das **Museum für Asiatische Kunst** (→ S. 37) untergebracht, ebenso die **Städtische Galerie (Pinakothek)** (→ S. 37).

Menekrates-Grab

⋯> Umschlagkarte hinten, südl. d 3

In der Nähe der alten Stadt, Paleópolis, wurden ein antiker Friedhof mit einigen Grabstätten gefunden, darunter das um 600 v. Chr. errichtete Grabmal des Befehlshabers Menekrates. Von der Uferpromenade, der Dimokratias-Straße, biegt man beim Obelisken, der für Lord-Hochkommissar Sir Henry Ward errichtet wurde (1849–1855), rechts in die Menekratous-Straße ein. Links neben der Polizeistation erkennt man das Runddach des Grabes. In der Nähe wurde

In der Neuen Festung, einem wuchtigen Relikt aus venezianischen Zeiten im Norden der Stadt, ist heute eine Marineschule untergebracht.

auch einer der Schätze des Archäologischen Museums entdeckt, ein Kalkstein-Löwe von gut 1 m Länge.

Mitropolis-Kirche

····> Umschlagkarte hinten, c 1

Die Hauptkirche Korfus liegt versteckt an einem kleinen Platz oberhalb des alten Hafens, von dem an der Ecke Donzelot/Zavitsianou Stufen hinaufführen. Der offizielle Name der Bischofskirche, die in heutiger Gestalt 1577 geweiht wurde, lautet Panagía Spiliótissa. In ihrem Innern befinden sich wertvolle Ikonen der Ionischen Schule (Michael Damaskinos, Emanuel Bounialis, Panajotis Paramythiotis). Prachtstück ist eine Muttergottes-Ikone des 15. Jh., von beiden Seiten bemalt. In der Kirche ruhen auch die Reliquien der Kaiserin Theodora, die im Bildersturm eine gemäßigte Position einnahm und der Orthodoxie die Ikonen rettete.

Mon Repos

····> Umschlagkarte hinten, südl. d 3

Das Schlösschen Mon Repos, 3 km vom Stadtzentrum oberhalb der Garitsa-Bucht gelegen, wurde 1824 als Sommersitz für den britischen Lord-Hochkommissar Frederick Adam errichtet. Nach der Vereinigung der Inseln mit Griechenland diente das Haus der griechischen Königsfamilie als Feriendomizil. Nach Abschaffung der Monarchie 1974 begann ein Streit um das Eigentum; Mon Repos verfiel. Inzwischen ist das Schloss als Museum wieder hergestellt. Gezeigt werden Funde der Umgebung. Im Park hat Dörpfeld Reste eines Artemis-Tempels gefunden.

Park tgl. 8–19 Uhr; Eintritt frei; Museum tgl. außer Mo 8.30–15 Uhr; Eintritt 3 €, ermäßigt 2 €

Neue Festung

····> Umschlagkarte hinten, b 1/2

Die Neue Festung, von Venedig ab 1570 angelegt, war lange Zeit gesperrt, da einige Gebäude von der Marine genutzt werden. Das imposante Bollwerk ist heute wieder zugänglich. Der Weg zur höchsten Spitze führt über Metallstufen. Oben genießt man einen herrlichen Rundblick über den alten Hafen und die Altstadt, die Insel und bis hinüber zum Festland. Die Briten ließen weite Teile der Neuen Festung schleifen.

Tgl. 9–21 Uhr; Eintritt 2 €

Rathausplatz

⇢ Umschlagkarte hinten, c 2

Der stimmungsvolle Rathausplatz mit Terrassen und Cafés ist nicht so von Menschenmassen belagert wie die Esplanade. An der Ostseite erhebt sich die katholische Bischofskirche von 1665. Den oberen Abschluss des Platzes bildet der ehemalige Palast des katholischen Bischofs, heute die Filiale der Nationalbank.

Das Rathaus aus dem 17. Jh. war ursprünglich Gesellschaftshaus des Adels, die »Loggia Nobili«. An seiner Südseite ist die Büste des venezianischen Admirals Francesco Morosini (1619–1694) zu sehen. Die Halle wurde 1720 in ein Theater verwandelt. Als Korfu um 1900 ein Opernhaus erhielt, wurde die Loggia zum Rathaus.

Museen

Archäologisches Museum

⇢ Umschlagkarte hinten, c 3

Funde aus Korfus »klassischer« Vergangenheit. Zu den Prunkstücken gehören Reliefs aus dem Artemis-Tempel (590–580 v. Chr.), darunter die 3 m hohe Figur der Gorgo, eine Furcht erregende Frauengestalt, die mit Schlangen gegürtet ist und Schlangen im Haar trägt. Ihre Kinder Pegasos und Chrysaor, von Raubtieren flankiert, stehen neben ihr. An den Giebelenden des einstigen Tempeldreiecks sind Darstellungen einer Gigantenschlacht zu sehen.

Odós Vraila 1; tgl. außer Mo 8.30–15 Uhr; Eintritt 3 €, ab 65 Jahre 2 €, EU-Studenten frei

Byzantinisches Museum

⇢ Umschlagkarte hinten, d 1

In der alten Kirche Panagía Antivouniótissa sind Ikonen berühmter Maler ausgestellt, dazu Abendmahlsgerät. Darunter befindet sich die für westliche Christen fremde dreieckige Lanze, mit der ein Stück aus dem Brotlaib geschnitten, zerkrümelt und mit Wein vermischt den Gläubigen auf einem Löffel gereicht wird.

Odós Arseníou; tgl. außer Mo 8.30–15 Uhr; Eintritt 2 €, Studenten und über 65 Jahre 1 €

Museum für Asiatische Kunst

⇢ Umschlagkarte hinten, d 1

Das für Griechenland einmalige Museum beherbergt Sammlungen aus dem Besitz mehrerer Diplomaten mit rund 10 000 Objekten aus China, Japan und Indien: Wandschirme, Tapeten, Malerei, Drucke, Holzschnitzereien, Figuren, Masken, Bronzen.

Im Königsschloss an der Esplanade; tgl. außer Mo 8.30–15 Uhr; Eintritt 3 €, ermäßigt 2 €

Papiergeld-Museum

⇢ Umschlagkarte hinten, c 2

Zu den ältesten Exponaten zählen handgeschriebene Schuldverschreibungen aus Korfu. Erste Banknoten, Inflationsgeld, Geldscheine aus aller Welt, die Herstellung von Banknoten, Informationen über Versuche, Geld fälschungssicher zu machen – hier erfährt man viel Interessantes zum Thema »Mammon«.

Neben Ágios Spirídon, in der Hauptstelle der Ionischen Bank; Mi–So unterschiedl. Öffnung, Kernzeit 9–14 Uhr; Eintritt frei

Städtische Galerie (Pinakothek)

⇢ Umschlagkarte hinten, d 1

Die Galerie präsentiert Malerei des 18. bis 20. Jh., häufig Themen des Freiheitskampfes. Dass die Jahrhunderte davor nicht vertreten sind, liegt an der türkischen Herrschaft: Griechische Schulen waren geschlossen, Kunstausübung unmöglich.

Im Ostflügel des Königsschlosses; tgl. außer Mo 9.30–13 und 18–21 Uhr; Eintritt 2 €, Studenten 1 €

Essen und Trinken

Faliráki

⇢ Umschlagkarte hinten, d 1

Erlesene Küche, direkt am Wasser, unterhalb des Schlosses, in einem restaurierten Gebäudekomplex.

●●● CREDIT

MERIAN-Tipp

5 In Ruhe lesen oder träumen

In Korfu-Stadt die Seele baumeln lassen – das ist rechts neben dem Königsschloss, im kleinen Park der Pinakothek, möglich. Der Blick schweift übers Meer zum alten Hafen. Getränke gibt es im Kunst-Café, in dem Wechselausstellungen zu sehen sind. ⇢ Umschlagkarte hinten, d 1

Chrisi ⇢ Umschlagkarte hinten, d 2
Dieses Lokal besuchen auch die Einheimischen gern. Serviert werden landestypische Gerichte von guter Qualität, und die Preise stimmen.
Ecke Odós Michalis Theotóki/ Sebastianoú ●●

Pizza Pete
⇢ Umschlagkarte hinten, d 1
Hier gibt es Tische mit herrlichem Blick über die Bucht.
Arseníou 19 ●●

Taverne Yiannis
⇢ Umschlagkarte hinten, südl. c 3
Hier werden den Gästen gute, traditionell zubereitete Speisen serviert. Die Taverne hat nur abends geöffnet.
Seitengasse bei der Abzweigung nach Kanóni an der Garitsa-Bucht (Odos Jásonas und Sosipater) ●●

Café Yali
⇢ Umschlagkarte hinten, c 1
Ouzeri und Taverne am alten Fähranleger. Hier gibt es sehr gute Vorspeisen, und preiswert außerdem.
Patr. Athinagora 6

Einkaufen

Antonis Fokas
⇢ Umschlagkarte hinten, d 2
Hier findet man schönes Kunsthandwerk in vielerlei Form, darunter auch Ikonen und Schmuck.
Odós Spirídon 43/45

Wochenmarkt
⇢ Umschlagkarte hinten, b 1
Im Graben der Neuen Festung in der Neustadt: Obst, Gemüse, Fisch, Oliven, Haushaltswaren, Wäsche.
Tgl. außer So 8–14 Uhr

Service

Auskunft

Griechische Zentrale für Fremdenverkehr (EOT)
⇢ Umschlagkarte hinten, c 3
Im Vorort Alikés, an der Nationalstraße nach Paleokastrítsa; Tel. 2 66 10/3 75 20, Fax 3 02 98; E-Mail: eotcorfu@otenet.gr. Im Sommer Infostelle neben dem Rathaus, Odós Dimitríou Kolla 3

Medizinische Versorgung

Hellenic Medical Care
⇢ Umschlagkarte hinten, westl. a 1
Inselweit vertreten, Notdienst 24 Std. Zentrale Adresse in Korfu-Stadt:
Odós Ethnikís Antistáseos 18; Tel. 2 66 10/4 82 00

Dr. Yannopapas
⇢ Umschlagkarte hinten, c 3
Odós Mantzarou 1 (Korfu-Stadt); Tel. 2 66 10/4 93 50

Notruf

Medizinischer Notruf Tel. 8 82 23
Krankenhaus Tel. 2 66 10/8 82 00
Touristenpolizei Tel. 2 66 10/3 02 65

Verkehrsverbindungen

Blaue Stadtbusse (bedienen auch Badeorte der Ostküste), Abfahrt der meisten Linien am oder Nähe Sanrókko-Platz (b 3), hier auch Auskunft und Tickets (Tel. 2 66 10/3 21 58).

Grüne Überlandbusse, Abfahrt KTEL, an der Neuen Festung (b 1), Tel. 2 66 10/3 06 27.

Täglich **Flüge** nach Athen, mehrmals wöchentlich nach Thessaloniki (Olympic Airways Tel. 2 66 10/3 86 94; südlich b 3).

Täglich **Autofähren** nach Igouménítsa, Patras, Italien; im Sommer Verbindungen mit Nachbarinseln (Hafenbehörde Tel. 2 66 10/3 26 55).

Ziele in der Umgebung

Acharávi

S. 117, D 1

480 Einwohner

Der kleine Badeort Acharávi an der Bucht von Róda beeindruckt durch seinen kilometerlangen seichten Sand- und Kieselstrand, der für Kinder ideal ist. Der Blick reicht bis zu den Felsen bei Sidári im Westen und zum Kap vor Kassiópi im Osten.

56 km von Korfu-Stadt

Hotels/andere Unterkünfte

Acharávi Beach

300 m vom Zentrum, unmittelbar am Strand. Haupthaus und Bungalows. Mit Pool, Kinderspielplatz, Tennisplatz, Restaurant, Bars.

Tel. 2 66 30/6 31 02, Fax 6 34 61;
E-Mail: achbeach@otenet.gr;
78 Zimmer ●● CREDIT

Ionian Princess

Clubhotel mit Apartments, Restaurant, Pool, Bars, Kinderspielplatz. Nah beim Strand.

Tel. 2 66 30/6 31 10, Fax 6 31 11;
www.ioianprincess.gr;
114 Zimmer ●● CREDIT

Service

Hydropolis

Ein neuer Wasser-Vergnügungspark hat in Acharávi eröffnet. Spiel, Sport und Spaß für die ganze Familie. Selbst ans Baby ist gedacht. Dazu viel Kulinarisches.

Tel. 2 66 30/6 47 00; tgl. 10.30–18.30 Uhr

Verkehrverbindungen

Pendelbusverkehr mehrmals täglich zwischen Korfu-Stadt und Roda mit Stopp in Acharávi.

Achilleion

S. 117, D 3

Außerhalb von Korfu-Stadt, beim Dorf **Gastoúri**, liegt das Achilleion, das Schlösschen von Kaiserin Elisabeth von Österreich. Es wird als Gedächtnisstätte noch heute liebevoll gepflegt. Sisi erwarb das Grundstück des Dichters und Politikers Braila-Armenis und ließ ihr »Feenhaus« 1890/91 in neupompejanischem Stil erbauen. Sie benannte den Bau nach Achill, ihrem Lieblingshelden aus der Mythologie. Ein sterbender Achill, eine Marmorfigur des Berliner Bildhauers Ernst Herter, ziert

Ein »Zuckerbäckerschloss« mit märchenhaftem Garten ist Sisis Achilleion, das die österreichische Kaiserin nach dem unglückseligen Helden von Troja benannte.

noch heute ein Rondell im herrlichen Park. Gemälde im Treppenhaus und im Saal, der als Kasino diente, erinnern an den Trojanischen Krieg. Nach Sisis Ermordung kaufte Wilhelm II. 1907 das Anwesen und ließ es umgestalten. Den »sterbenden Achill« ließ der deutsche Kaiser am Aussichtsplatz durch eine Kolossalstatue aus Bronze, den »sieghaften Achill«, ersetzen. Wenn das Haus überfüllt ist, bleibt der beschauliche Park.
10 km von Korfu-Stadt
Tel. 2 66 10/5 62 10; tgl. 8–19 Uhr; Eintritt 6 €

Ágios Górdis

⇢ S. 117, D 4

Eine flach ins Meer auslaufende Sandbucht, grüne Berge im Hintergrund – das Touristenzentrum Ágios Górdis hat landschaftlich viel zu bieten.
16 km von Korfu-Stadt

Hotels/andere Unterkünfte

Ágios Górdis
Elegantes Hotel mit Tennisplatz und Pool. Haupthaus und Bungalows.
Tel. 2 66 10/5 33 20, Fax 5 31 57; 209 Zimmer ●●● CREDIT

Die Arbeit in der Landwirtschaft wird bis heute mit einfachsten Mitteln bestritten: Bäuerin mit Esel im Süden Korfus.

Pension Chrysses Folies
Nicht unmittelbar am Wasser gelegen, aber sauber und preiswert.
Tel. 2 66 10/5 31 06; 20 Zimmer ●

Alikés

⇢ S. 117, D 2

2000 Einwohner

Bei Alikés, an der Mündung des Pótamos, beginnt das Urlaubsgebiet der Nordostküste. Von hier genießt man einen schönen Blick über die weite Bucht und zur Stadt. Im Osten ist die Insel **Vidós** zu erkennen, auf der die Franzosen um 1800 ein Fort errichteten, das die Briten beim Abzug zerstörten. Die kleinere Insel nordöstlich, **Lazarétto**, war Quarantänestation und Gefängnis. Nach dem Erdbeben 1953 wurden die zerstörten Gebäude nicht mehr aufgebaut.
4 km von Korfu-Stadt

Hotels/andere Unterkünfte

Louis Kérkyra Golf Hotel
Gut ausgestattetes Traditionshaus mit vielfältigen Annehmlichkeiten.
Tel. 2 66 10/2 03 24, Fax 2 40 80; www.louishotels.com; 240 Zimmer ●●● CREDIT ♿

Sunset
Direkt am Wasser gelegen. Jedes Zimmer verfügt über einen Balkon.
Tel. 2 66 10/4 12 03, Fax 4 13 25; 60 Zimmer ●●

Aqualand

⇢ S. 117, D 3

→ MERIAN-Tipp, S. 27

Barbáti

⇢ S. 117, D 2

Kleiner, schön gelegener Hangort. Von den meisten Hotels muss man zwar etwa 500 m zum Kieselstrand laufen, dafür ist es hier aber deutlich ruhiger als in den Hochburgen.
18 km von Korfu-Stadt

Hotels/andere Unterkünfte

Pantokrator

Hübsches Haus mit Panoramablick; Pool, Restaurant und Bars.

Tel. 2 66 30/9 10 05, Fax 9 10 04; www.corfubarbati.com; 100 Zimmer ●● CREDIT

Benítzes

→ S. 117, D 3

1400 Einwohner

Der Ort ist das Zentrum des Sommerurlaubs am südöstlichen Küstenabschnitt. Der Strand ist schmal, aber vielfältig gegliedert, Wassersportmöglichkeiten gibt es zuhauf. In der Ortsmitte mit einer kleinen Parkanlage weist das Schild »Roman Baths« den Weg zu einem kleinen Grabungsgelände mit Resten einer römischen Villa.

12 km von Korfu-Stadt

Hotels/andere Unterkünfte

San Stefano

Bestens ausgestattete Anlage am Hang, Haupthaus und 30 Bungalows, Busservice zum Strand, mehrere Schwimmbäder, Tennis, Tischtennis.

Tel. 2 66 10/7 11 17, Fax 7 11 24; E-Mail: sanstefano@hol.gr; 180 Zimmer ●●● CREDIT ♿

Museen

Shell Museum

Kleines Meeres-Museum mit Sammlungen von Muscheln, Fossilien, Korallen und anderem Seegetier.

An der Hauptstraße; Tel. 2 66 10/7 22 27; tgl. 10–19 Uhr; Eintritt 3 €

Service

Busverkehr

Stündlich Verbindung mit Korfu-Stadt.

Chlomós

→ S. 117, E 4

500 Einwohner

Eines der schönsten ursprünglichen Bergdörfer im Süden: Hier findet man noch typisch griechisches Alltagsleben ohne Tourismus. Von der Kirche des hl. Georg sieht man Richtung Lefkími-Strand die alten Salinen.

32 km von Korfu-Stadt

Dassiá

→ S. 117, D 2

200 Einwohner

Der Kiesel-/Sandstrand ist recht schmal, aber dafür lang, das Angebot an Sport- und Freizeitaktivitäten groß. Auf einer kleinen Landzunge am Nordende des Strandes befindet sich der erste auf Korfu gegründete Club Mediterranée. Bunte Fallschirme segeln über der Bucht durch die Lüfte, Wasserskiläufer und Surfer vergnügen sich im Wasser.

11 km von Korfu-Stadt

Hotels/andere Unterkünfte

Corfu Chandris und **Dassiá Chandris**

Zwei Nobelherbergen direkt am Wasser; jeweils unter demselben Management in Nachbarkomplexen und mit Pool, Restaurants, Tennisplätzen sowie Tagungsräumen.

Tel. 2 66 10/9 71 00, Fax 9 34 58; www.chandris.gr; 301 bzw. 251 Zimmer ●●● CREDIT ♿

Diapontische Inseln

→ S. 116, A/B 1

Erikoússa, Mathráki und **Othóni** nordwestlich von Korfu – das sind die Diapontischen Inseln, auf denen nur einige hundert Menschen leben. Mit Ausflugsbooten von den Küstenorten im Norden erreichbar, gibt es hier gute Tauch- und Fischreviere und vor allem herrlich leere Strände. Privatzimmer bieten einfache Unterkunft. **Erikoússa** hat sogar ein Hotel (Erikoússa, Tel. 2 66 30/7 15 55, 20 Zimmer ●●); es liegt an der weiten Hafenbucht, an der auch etliche Tavernen auf Gäste warten. Der einzige Inselort Porto liegt im Süden der Insel. Ein

Fußweg führt über die Insel zum ruhigen Nordstrand Pragíni.

Mathráki, die kleinste der Diapontischen Inseln, hat zwei Dörfer, Ano und Kato Mathráki, und ist nur 5 km von Korfu entfernt. Schöne Strände breiten sich malerisch zwischen Klippen und Riffs aus.

Othóni ist der westlichste Zipfel Griechenlands – die Insel der Nymphe Kalypso, die den irrfahrenden Odysseus sieben Jahre lang an sich gefesselt haben soll. Ihre Grotte ist per Boot erreichbar. Am Hafen reihen sich einige gute Fischtavernen. Boote legen in Ammos an, einer Bucht mit schönem Strand.

Ermónes

→ S. 116, C 3

Die schöne Bucht liegt im Westen der Insel; der Sand-/Kieselstrand schmiegt sich ins grüne hügelige Land. Sportmöglichkeiten gibt es viele – vom Surfen bis zum Tretbootfahren, und knapp 2 km entfernt im Ropa-Tal gibt es einen 18-Loch-Golfplatz. Hinter dem Kap in südlicher Richtung, zwischen Ermónes und Glifáda, schließt sich der Traumstrand von Mirtiótissa an (→ S. 45).

16 km von Korfu-Stadt

Hotels/andere Unterkünfte

Ermónes Beach

Das komfortable Haus bietet Tischtennis, Tennis und einen Shuttle-Bus zum Golfplatz. Es können auch Bungalows gemietet werden.

Tel. 2 66 10/9 42 41, 9 42 48;
E-Mail: ermones@sunmarotel.com;
272 Zimmer ●●● CREDIT

Glifáda

→ S. 117, D 3

Glifáda mit seinem schönen Sandstrand liegt an einer der besten Buchten Korfus. Viele Wassersportmöglichkeiten sorgen für Unterhaltung.

15 km von Korfu-Stadt

Gouviá

→ S. 117, D 2

1400 Einwohner

In Gouviá ist der Urlauber-König: Ein langer schmaler Strand lädt tagsüber zum Baden ein, der stimmungsvolle Hafen mit seinen Tavernen ist abendlicher Treffpunkt. In Nordrichtung warten außerdem interessante Zeugnisse venezianischer Vergangenheit: Schiffshäuser, in denen einst die Galeeren überwinterten. Sogar Casanova hat das Leben in Gouviá, das er Govino nannte, beschrieben.

Nach Norden schließt sich der Villenvorort **Koméno** an. Hier führt ein Steg zur Kirche Ipapánti auf einem Inselchen, das zwar nicht so bekannt ist wie die Mäuseinsel bei Kanóni, aber vor allem in der Abendsonne schön anzusehen ist.

Bei Gouviá zweigt eine ausgeschilderte Straße nach Danilia bzw. **Danilia Village** ab. Die korfiotische Familie Bouas hat hier Mitte der Sechzigerjahre ein Musterdorf errichtet: Häuser im alten Stil, enge Gassen mit Kunsthandwerk und Kunst. Den Urlaubern war die Anreise wohl zu mühsam. Das Dorf ist zwischenzeitlich geschlossen worden.

8 km von Korfu-Stadt

Hotels/andere Unterkünfte

Grecotel Corfu Imperial

Auf der Spitze des Villenvororts gelegen, ausgestattet mit allem Urlaubsluxus: diverse Sporteinrichtungen, Fitnessclub, Pool, Restaurants.

Gouviá-Koméno; Tel. 2 66 10/9 14 81,
Fax 9 18 81; www.grecotel.gr;
308 Zimmer ●●●● CREDIT

Louis Corcyra Beach

Großzügig ausgestattetes Terrassenhaus am Wasser, Sportmöglichkeiten inklusive Reitklub, Kinderbetreuung, Pool, Restaurants.

Tel. 2 66 10/9 01 96, Fax 9 15 91;
www.louishotels.com;
252 Zimmer ●●● CREDIT

Galaxias
Von dem kleinen, sauber eingerichteten Haus im Grünen geht man nur zwei Minuten zum Meer. Pool, Tennisplatz, Basketballfeld.
Tel. 2 66 10/9 12 23, Fax 9 02 64; 35 Zimmer ●

Ípsos

⟶ S. 117, D 2

1750 Einwohner

Der Ferienort breitet sich an einer weit geschwungenen, langen Bucht mit Kiesel-/Sandstrand aus und bietet grünes Hinterland mit Blick auf den Pantokrator. Alle touristischen Einrichtungen sind vorhanden, einschließlich Wassersportmöglichkeiten und Gokart-Bahn.
14 km von Korfu-Stadt

Hotels/andere Unterkünfte

Sunrise
Familienfreundliches Apartment-Hotel direkt am Strand. Swimmingpool. Auch Selbstversorgung möglich.
Tel. 2 66 10/9 34 14, Fax 9 79 94; www.sunrise-corfu.com; 36 Zimmer
●● CREDIT

Jason
Knapp 500 m vom Meer, mit Swimmingpool. Freundliche Atmosphäre.
Tel. 2 66 10/9 35 83, Fax 9 30 46; www.gtp.gr/Jason-Hotel; 70 Zimmer
● CREDIT

Mega
Direkt am Strand; Zimmer mit Meeres- oder Bergblick. Restaurant.
Tel. 2 66 10/9 32 08, Fax 9 35 66; 60 Zimmer ●

Kalámi

⟶ S. 117, D 2

Hier, in einem der Häuser im traditionellen Stil, lebte der englische Schriftsteller Lawrence Durrell vor dem Krieg. In seinem »White House« befindet sich heute eine Taverne. In der Bucht mit Sandstrand herrscht noch Gemütlichkeit vor, ebenso in den Nachbarorten **Kouloúra**, einem Fischerdorf mit kleinem Bootshafen, und **Ágios Stéfanos**, wo das albanische Festland auf 2 km nahe kommt.
30 km von Korfu-Stadt

Kassiópi

⟶ S. 117, D 1

900 Einwohner

Kassiópi war in der Römerzeit eine bedeutende Stadt mit zwei Häfen, die sich links und rechts des Festungshügels befanden. Im Jahr 67 n. Chr.,

Kassiópi ist ein sympathischer Ferienort an einer hübschen Kesselbucht. Von hier aus scheint die albanische Küste zum Greifen nahe.

so ist es überliefert, tanzte Kaiser Nero auf dem Weg nach Olympia vor dem Zeus-Altar, welcher sich einst an der Stelle der heutigen Marienkirche (Ende 16. Jh.) befand. Die Venezianer zerstörten eine Burg aus dem 13. Jh., von der heute noch einige Mauern zu sehen sind.

Der Tourismus hat den Charme des alten Hafens nicht zerstört. Zu Füßen des Burghügels gibt es hübsche kleine Badebuchten.

36 km von Korfu-Stadt

Hotels/andere Unterkünfte

Oasis

Einfaches, sauberes Hotel im belebten Zentrum.

Tel. 2 66 30/8 12 10, Fax 8 10 67; 13 Zimmer ● ▭

Essen und Trinken

Jackson

Frischer Fisch, Grillspezialitäten, Salate und Erfrischungen – nicht nur beim Warten auf den Bus.

Am Hauptplatz; Tel. 2 66 30/8 13 07 ●● ▭

Das Kloster von Paleokastrítsa (→ S. 46) ist ein byzantinisches Juwel – ein »Muss« nicht nur für Kunstfreunde.

Janis

Restaurant und Weinbar mit hübscher Terrasse zur Badebucht. Internationale Küche.

80 m vom Hauptplatz Richtung Roda; Tel. 2 66 30/8 10 82 ●● ▭

Three Brothers

Landestypische Küche, freundliche Bedienung.

Am alten Hafen; Tel. 2 66 30/8 12 11 ●● ▭

Service

Auskunft

Im freundlichen englisch-griechischen **Reisebüro Cosmic** werden Zimmer und Häuser vermittelt, Mietfahrzeuge besorgt und Ausflüge organisiert.

An der Straße zum Hafen; Tel. 2 66 30/8 16 24, Fax 8 16 86

Kávos

→ S. 117, F 4

700 Einwohner

»Jung-England« trifft sich an der Südspitze Korfus: Bars, Kneipen, Fast-Food-Restaurants und kleine Hotels dominieren den Ort völlig, dessen großer Strand mit Sportangeboten lockt. Unverbautes Land sieht man beim Spaziergang zum Kap, wenn man vom Ende der Dorfstraße weiter Richtung Süden spaziert. Beim **Kap Asprókavos** hat man den gesamten Norden der Insel Páxos vor Augen. Nahebei das Kloster der **Panagía Arkoudílla**.

47 km von Korfu-Stadt

Hotels/andere Unterkünfte

Kávos

Einfaches Haus an der Hauptstraße, mit Pool und Bar.

Tel. 2 66 20/2 21 07; 20 Zimmer ● ▭

Wer ruhiger wohnen will als im lebhaften Ortszentrum, sollte sich in **Ágios Pétros** umschauen. Am besten wendet man sich an Enalion Tours.

49080 Ágios Pétros/Lefkími; Tel. 2 66 20/2 44 16, Fax 2 42 52

Kontokáli

S. 117, D 2

1200 Einwohner

In dem kleinen Ort am Rande der Bucht von Gouvion hielt der Tourismus schon früh Einzug. Parallel zur Hauptstraße führt die stillere Dorfstraße am Wasser entlang.

7 km von Korfu-Stadt

HOTELS/ANDERE UNTERKÜNFTE

Kontokáli Bay

Bestens ausgestattet, jede Menge Sport und Unterhaltung. Mit Bars und gutem Restaurant.

Tel. 2 66 10/9 90 00, Fax 9 19 01; www.kontokalibay.com; 243 Zimmer ●●●● CREDIT

Rozina

Einfaches, sauberes Haus mit Pool und Bar. Tavernen in der Nähe.

Tel. 2 66 10/9 18 10, Fax 9 07 44; 38 Zimmer ●

Mirtiótissa

S. 116, C 3

Für viele der schönste Strand an der Westküste. Da er schlechter erreichbar ist als Glifáda und Kontojálos, geht es hier noch recht beschaulich zu. Nacktbaden, sonst in Griechenland verpönt oder gar polizeilich verfolgt, ist schon seit vielen Jahren üblich. Richtung Norden erkennt man das **Kloster der Panagía Mirtiótissa**, der Muttergottes von den Myrthen, das der Bucht den Namen gab.

16 km von Korfu-Stadt

Moraitika

S. 117, D 3

500 Einwohner

In dem netten, weitläufigen Ferienort mit seinen großen Hotelanlagen geht es recht touristisch zu. Im alten Ort wurden Reste einer römischen Villa ausgegraben, zu finden gegenüber der BP-Tankstelle. Vom beliebten

MERIAN-Tipp

6 Der schönste »Balkon« von Korfu: Bella Vista

Ein reizvoller Ausflug von Paleokastrítsa führt ins nahe Hangdorf Lákones. Der Panoramablick bei Bella Vista ist schlichtweg fantastisch. Über Makrádes und Kríni, die letzte Viertelstunde zu Fuß, gelangt man schließlich zur Burgruine Angelókastro. Die Burg, im 12. Jh. errichtet, diente einst als Zufluchtsstätte bei Überfällen. Zu Beginn des 13. Jh. gehörte sie Michael Angelos, dem Herrscher von Epirus, daher der Name. Der herrliche Blick, den man von hier genießt, gehört zu den unvergesslichen Korfu-Urlaubserlebnissen. S. 116, C 2

Messongí-Strand trennt die Urlaubsgäste ein Fluss; man kann sich mit einem Boot übersetzen lassen.

20 km von Korfu-Stadt

HOTELS/ANDERE UNTERKÜNFTE

Miramare Beach

Nobelresidenz am Meeresufer.

Tel. 2 66 10/7 52 24, Fax 7 53 05; www.miramarecorfu.com; 150 Zimmer ●●●● ♿ CREDIT

Delfinia Hotels

Zwei gediegene Hotels unter einem Management. Beide liegen am Strand, haben Tennisplatz und Pool.

Tel. 2 66 10/7 63 20, Fax 7 54 50; www.delfiniahotels.gr; 37 bzw. 45 Zimmer ●● ♿ CREDIT

Nissáki

S. 117, D 2

Das ehemalige Fischerdorf Nissáki bietet alles: Olivenhaine und einen schönen Blick zum höchsten Inselberg, gemütliche Tavernen am Kieselstrand und kristallklares Wasser vor einer reizvollen großen Sandbucht.

26 km von Korfu-Stadt

Hotels/andere Unterkünfte

Nissáki Beach
Gut geführtes Haus am Meer. Sportler können zwischen Billard, Tischtennis, Tennis, Volleyball und Minigolf wählen. Für Kinder gibt es einen Spielplatz und einen eigenen Pool.
Tel. 2 66 30/9 12 32, Fax 2 20 79; www.nissakibeach.gr; 239 Zimmer ●●● CREDIT

Paleokastrítsa → S. 116, C 2

200 Einwohner

Der malerische Urlaubsort an einer Felsenbucht bietet gute Möglichkeiten zum Baden und für Wassersportler; Boote fahren auch zu einigen benachbarten Stränden. Oberhalb des Ortes liegt ein bewohntes Mönchskloster, dessen Kirche der »Entschlafung der Gottesmutter« geweiht ist. Im **Klostermuseum** ist Volkskunst und Religiöses ausgestellt (tgl. 9–13 und 15–19 Uhr, Eintritt frei).
25 km von Korfu-Stadt

Hotels/andere Unterkünfte

Akrotiri Beach
Auf der Landzunge über der Bucht gelegen mit hübschem Ausblick; Pool mit Kinderabteilung.
Tel. 2 66 30/4 12 37, Fax 4 12 77; www.akrotiri-beach.com; 127 Zimmer ●●● CREDIT

Paleokastrítsa
Freundliches Haus mit Panoramablick.
Tel. 2 66 30/2 21 17, Fax 5 22 34; 163 Zimmer ●● CREDIT

Pantokrátor → S. 117, D 2

Mit 906 m der höchste Berg Korfus, genießt man vom Gipfel einen unvergleichlichen Blick – bei klarer Sicht bis Italien. Auf mehreren Wegen gelangt der Autofahrer auf den Berg: Der einfachste führt entlang der Küstenstraße bis Pirgí, dort abbiegen nach Spartílas, weiter über Sgourádes und Strinílas nach Petália; von hier nimmt man den Weg zum Kloster Pantokrátor, das 1347 erbaut wurde und heute leer steht. Man kann fast bis hinauf zur Spitze fahren.

Ein anderer Weg führt von der Nordküste hinauf, von Acharávi über Ágios Martínos, Trimódi und Láfkio nach Petália. Für PKW ist das letzte Stück der Straße schwierig zu befahren; der Jeep schafft es leichter. Der Inselrundblick ist unvergleichlich.

Den höchsten Berg der Insel kann man auch in Gesellschaft erklimmen. »Mountain Safari« nennt sich das aufregend-romantische Programm. Mit dem Kleinbus geht es zum Sonnenuntergang bis fast auf den kahlen Gipfel des Pantokrátor, anschließend wird im Dorf am Hang ein gutes Abendessen serviert. Rückkehr ist gegen 23 Uhr. Der Preis für die Bustour beträgt 20 €, Essen kann für 10 € pro Person bestellt werden. Auskunft im Reisebüro Cosmic, Kassiópi; Tel. 2 66 30/8 16 24.
50 km von Korfu-Stadt auf der Küstenstraße, ca. 40 km übers Land (beschwerlicher)

Pélekas → S. 117, D 3

520 Einwohner

Das Bergdorf Pélekas ist mit deutscher Geschichte verbunden. Bis heute zeigt man den Besuchern stolz »Kaisers Thron«, die Stelle, zu der sich Kaiser Wilhelm II. hinkutschieren ließ, um den Sonnenuntergang zu genießen.

Pélekas und die vorgelagerten Strände an der Westküste sind Treffpunkt ausgeflippter Weltenbummler. Die Dörfler nehmen es gelassen. Bademöglichkeiten gibt es am Strand von Kontojálos (2 km entfernt) oder in Glifáda (4 km). Zu beiden Stränden verkehrt ab Pélekas mehrmals täglich ein kostenloser Pendelbus. Im Ort werden Zimmer vermietet. Sehr

empfehlenswert sind etwa Pension und Restaurant Thomas (Tel. 2 66 10/ 9 44 91). Bis Pélekas verkehren Busse ab Korfu-Stadt (blaue Linie 11).
13 km von Korfu-Stadt

Frini
Schlichtes Haus bei der Kaiser-Brücke, freundliche Atmosphäre.
Tel. 2 66 10/3 68 77, Fax 4 05 10; www.hotelfrini.gr; 20 Zimmer ● CREDIT

Pérama → S. 117, D 3

650 Einwohner

In Pérama beginnt das Badeleben südlich der Hauptstadt. Von der Westseite des Ortes genießt man einen ähnlich spektakulären Blick auf die Bucht und die Mäuseinsel wie von Kanóni; dazu sieht man die Flugzeuge einschweben, wenn sie von See kommend landen. Auch der deutsche Kaiser ging einst bei Pérama an Land, woran »Kaiser's Bridge« erinnert, die für die Yacht »Hohenzollern« errichtet wurde.
6 km von Korfu-Stadt

Hotels/andere Unterkünfte

Oasis
Hotelzimmer und Bungalows mit Privatstrand und Swimmingpool. Herrlicher Blick von den Balkonen aus.
Tel. 2 66 10/3 81 90, Fax 2 54 35; www.corfuoasis.com; 72 Zimmer ●● CREDIT

Perivóli → S. 117, E 4

1400 Einwohner

Bekannt ist das Dorf im Süden wegen eines wunderschönen Sandstrandes in der Nähe, Santa Barbára. Doch auch Perivóli selbst, unberührt vom touristischen Trubel, lohnt den Besuch.
35 km von Korfu-Stadt

Pirgí → S. 117, D 2

Die Strände von Pirgí und Ípsos gehen nahtlos ineinander über. Badegäste werden hier mit allem versorgt, was in die Kategorie Spiel, Sport, Spaß und Erholung gehört. Restaurants, Geschäfte und Bars umrahmen den Strandboulevard. An dem schmalen Strandstreifen wird der Platz allerdings manchmal etwas eng. Beliebt ist der Ort vor allem auch beim jungen britischen Publikum.

Bizarr geformte Klippen, in die sich tief der »Canal d' Amour« einschneidet – die Sandsteinküste bei Sidári (→ S. 48) auf Korfu ist äußerst reizvoll.

Wer sich für Bergdörfer und Kirchen interessiert, sollte Ágios Márkos besuchen: Alte Kafenía, enge Gassen lassen den Badebetrieb unten am Meer vergessen. Im Ort liegen zwei berühmte Kirchen: oberhalb der Dorfstraße die Kirche Pantokrátoras mit Wandmalereien des 16. Jh., unterhalb die des hl. Merkoúrios, eines der ältesten Gotteshäuser Korfus, um 1075 begonnen, mit Fresken aus dem 11. Jh.

16 km von Korfu-Stadt

Hotels/andere Unterkünfte

Marilena

An der Bergseite im Grünen gelegen, jeweils etwa 500 m vom Meer und vom Zentrum entfernt, dafür mit Panoramablick und Pool.

Tel. 2 66 10/9 39 81, Fax 9 38 89; 83 Zimmer ●● CREDIT

Róda

→ S. 117, D 1

280 Einwohner

Das Touristenzentrum mit weitem Sandstrand ufert immer mehr aus. Parallel zur Hauptstraße mit ihren vielen Geschäften ist, immer am Wasser entlang, mittlerweile eine weitere Promenade mit Bars, Restaurants und Läden entstanden. Am Strand befindet sich ein Wassersportzentrum. Wegen der ausgezeichneten Windverhältnisse ist diese Ecke der Nordküste das Paradies für Windsurfer.

57 km auf der Küstenstraße von Korfu-Stadt, 37 km über Land von Korfu-Stadt

Hotels/andere Unterkünfte

Coral

Der Familienbetrieb liegt direkt am Strand. Entspannte Atmosphäre.

**Tel. 2 66 30/ 6 34 90, Fax 6 30 56
40 Zimmer ●● CREDIT**

Afroditi

Schlichte Unterkunft am Meer mit angeschlossenem Restaurant und Bar.

Tel. 2 66 30/6 31 03, Fax 6 31 25; 37 Zimmer ●

Roda Inn

Einfacher Familienbetrieb direkt am Strand mit Restaurant und Bar.

Tel. 2 66 30/6 33 58; 19 Zimmer ●

Service

Auskünfte

Zimmer- und Autovermittlung, Geldwechseln und Ausflüge im Büro **V. A. Travel**

Tel./Fax 2 66 30/6 34 97

Sidári

→ S. 116, C 1

270 Einwohner

Im Sommer voll in touristischer Hand: Die Hauptstraße wird auf 2 km Länge von Geschäften, Bars, Pensionen und Restaurants gesäumt. Am Ende der Straße schließt sich der Urlaubsort **Perouládes** an. Hier geht es auch zum berühmten »Canal d'Amour«, einer engen Stelle, die Verliebte durchschwimmen sollen. Der Kanal ist zwar mittlerweile eingestürzt, die Tradition wird jedoch weitergeführt. Westlich des Dorfes gibt es bizarr geformte Sandsteingebilde; das Wasser hat tiefe Einschnitte und Canyons gegraben.

Im Ort kommen auch jüngste Urlauber auf ihre Kosten: Eine riesige Wasserrutsche und eine »Autoschule« mit akkubetriebenen Vierrädern warten auf kleine Besucher. Als Tipp für Disco-Freunde wird der Faros-Club gehandelt, der an seinem Leuchtturm auf dem Dach zu erkennen ist.

36 km von Korfu-Stadt

Hotels/andere Unterkünfte

Mimosa

Einfaches Haus unter englischer Leitung am Weg zum Strand.

Tel. 2 66 30/9 53 63, Fax 9 53 61; 35 Zimmer ●

Service

Die Reiseagentur **Alkinoos Travel** organisiert Ausflüge, Reitpferde, Leihwagen und Unterkünfte.

Tel. 2 66 30/9 55 50

MERIAN Quiz

Ironisch auf ionischer Insel gereimt

Don Juan und Faust: können Mannsbilder unterschiedlicher sein als der spanische Verführer und der deutsche Gründler? Doch in ihrer maßlosen Art ähneln sie sich, zwei Archetypen, x-fach bearbeitet. Was das mit Korfu & Co zu tun hat?

Nun, des Gesuchten Don-Juan-Variante gilt als ironisches Meisterwerk, teils entstanden auf einem ionischen Eiland, als das Archipel englisch war. Nicht bloß ein Schwerenöter ist der Held hier, der Autor, ein Brite, verwob viele Vorlagen: Sein eigenes rastloses Leben brachte er ein sowie Motive aus 1001 Nacht, aus Casanovas abenteuerlicher Vita und der des Odysseus, König der Nachbarinsel Ithaka.

Der Gesuchte hinkte, was seine Eitelkeit erst recht anstachelte. Überliefert ist die spitze Replik, als eine Lady mit Silberblick ihn fragte, wie es seiner Lordschaft gehe: »Wie Sie sehen!« – Mit Oskar Wilde, drei Generationen später, hätte er sich blendend verstanden. Obwohl er es ja eher mit den Frauen hatte: Mit einer verheirateten Italienerin brannte er mal durch.

Zuvor verbrachten er und ein englisches Paar einen verregneten Sommer am Genfer See. (Die Frau in diesem Trio schuf daraufhin *Frankenstein*.) Rege Briefwechsel führte er mit Goethe. Der lobte den Don Juan als »eigensten Gesang« des Gesuchten (den er als *Euphorion* in Faust II hievte). Der Don Juan blieb Fragment, was aber gut zur Romantik passte, die damals grassierte – wie die Malaria, an der er mit 36 im geliebten Griechenland starb.

Felix Woerther

Um wen, was oder welchen Ort geht es hier?

Wenn Sie die Lösung wissen, besuchen Sie uns doch im Internet unter **www.merian.de/quiz**. Unter den richtigen Einsendern verlosen wir Monat für Monat attraktive Preise. Viel Glück!

Zákynthos

»Blume des Ostens« – trotz aller Zerstörungen erblühte die Insel Zákynthos immer wieder.

Unübersehbar venezianisch: Das griechische Hafenstädtchen Zákynthos machte italienische Geschichte und erstand nach dem Erdbeben von 1953 neu.

Zákynthos, südlichste der Ionischen Inseln, ist mit 406 qkm die drittgrößte. Die Venezianer nannten sie Zante und reimten »Zante, fior' di Levante«, Blume des Ostens. Ihren griechischen Namen hat sie von Zakynthos, dem Sohn des trojanischen Königs Dardanos. Dieser landete um 1500 v. Chr. auf der Insel. Homer, der die Insel als Teil des Königreichs von Odysseus erwähnt, nennt sie waldreich, Plinius fruchtbar. Die Wälder haben Weinbergen und Olivenhainen Platz gemacht. Fruchtbar ist das 40 km lange und 20 km breite Zákynthos vor allem im Osten; der Westen ist mit dem **Vrachíonas** als höchster Erhebung (758 m) kahl und gebirgig .

Charakteristisch für die Insel mit ihren 40 000 Einwohnern sind die Kalkklippen im Norden und Westen, die senkrecht ins Meer stürzen. Die Natur hat am Fuße der Felsen Buchten geschaffen, von denen viele nur per Boot erreichbar sind. Die bekannteste Bucht ist »To Navagó«, was »Schiffbruch« bedeutet – in der **Shipwreck Bay** liegt das Wrack eines Schmugglerschiffes. 1983, so erzählt man, habe der Zoll die Zigarettenschmuggler verfolgt. Die »Panagiotis« lief auf Grund, die Schmuggler versuchten schwimmend zu fliehen. Die See spülte das Wrack an Land.

Sanfte, weit geschwungene Badebuchten gibt es im Osten und Süden; hier lebt auch die große Wasserschildkröte Caretta-Caretta. Die Tiere kommen seit Jahrtausenden im Sommer an Land, um im weichen Sand ihre Eier abzulegen. Doch sie finden immer weniger Platz, weil sich an »ihren« Stränden mittlerweile Touristen aufhalten. Zwei Monate nach der Eiablage schlüpfen die Jungen, die in einem Wettlauf mit ihren Feinden nachts den Weg zum Wasser wagen. Sie richten sich dabei nach der Reflektion des Sternen- und Mondlichts auf dem Meer. Dutzende von erleuchteten Lokalen an der Küste irritieren sie, so dass von Jahr zu Jahr immer weniger Tiere überleben und die Caretta-Caretta inzwischen vom Aussterben bedroht ist. Naturschützer haben bereits Prügel bezogen, weil sie den touristischen Betrieb stören ...

Zákynthos wurde immer wieder von Erdbeben heimgesucht. Das Beben von 1953 war das verheerendste. Die Hauptstadt mit dem unvergleichlich venezianischen Flair wurde vernichtet. Beim Wiederaufbau der Arkadenhäuser am Hafen hat man den alten Stil zumindest nachempfunden.

Zákynthos gilt als Insel der Dichter und Musiker. Als griechischer Nationaldichter wird Dionysios Sólomos (1798–1857) verehrt. Er verfasste auf Zákynthos als Teil eines großen Freiheitsepos die Nationalhymne. Sólomos benutzte für seine Werke die Sprache des Volkes anstelle der offiziellen Hochsprache. Dass dies zu Beginn des 19. Jh. revolutionär war, mag man daran erkennen, dass die Volkssprache erst 150 Jahre später eingeführt wurde, als Rundfunk und Fernsehen Debatten aus dem Parlament übertrugen und das Volk seine eigenen Abgeordneten nicht verstand.

Zákynthos-Stadt

⇢ S. 121, D 11

13 000 Einwohner

Stadtplan → Umschlagkarte hinten

Auch wenn die alte Stadt vom Erdbeben vernichtet wurde, entfaltet das neue Zákynthos wieder seinen Zauber. Wie ein Amphitheater schmiegt sich der Ort am Hang um den Hafen. An den Molen zu beiden Seiten machen die Fähren vom Festland und den Nachbarinseln fest. Bis zu zehn Verbindungen täglich gibt es im Sommer zum Hafen Killíni auf der Peloponnes. Das herrliche Panorama betrachtet man am besten am Abend vom Strani-Hügel bei **Bóchali** herab. Dort gibt es auch einige Lokale, in denen man den Königsblick »mit Leib und Seele« genießen kann. 5

Hotels/andere Unterkünfte

Diana

····› Umschlagkarte hinten, b 2

Ruhiges Haus im Herzen der Stadt.

Agíou Markou/Ecke Mitropoleos; Tel. 2 69 50/2 85 47, Fax 4 50 47; www.dianahotels.gr; 48 Zimmer ●●● CREDIT

Strada Marina

····› Umschlagkarte hinten, b 4

Traditionshaus am Hafen mit schönem Blick auf das Meer

Lombardou 14; Tel. 2 69 50/4 27 61, Fax 2 87 33; www.stradamarina.gr; 112 Zimmer ●●● CREDIT

Phoenix

····› Umschlagkarte hinten, b 3

Gemütliches Haus in zentraler Lage am Solomos-Platz. Guter Standard.

Tel. 2 69 50/4 24 19, Fax 4 50 83; www.zantephoenix.gr; 36 Zimmer ●● CREDIT

Spaziergang

Startpunkt des Erkundungsgangs ist die südliche Mole bei der Kirche des Inselpatrons, des hl. Dionysios; das Gotteshaus ist am venezianischen Campanile zu erkennen. Vorbei am Dionysios-Platz geht es zunächst am Wasser entlang, wo sich ein Laden an den anderen reiht. Bei der Nordmole trifft man auf das kulturelle Zentrum der Stadt, die Platía Solomoú. Am Meer erhebt sich die wieder aufgebaute Kirche **Ágios Nikólaos tou Mólou**. Rechter Hand wird der Platz vom Kulturzentrum begrenzt, zum Berg hin vom **Byzantinischen Museum**. In der Verlängerung der Platía landeinwärts kommt man zum Markusplatz mit zahlreichen Cafés und Restaurants. Vor dem Spaziergänger liegt das **Sólomos-Museum**, rechts daneben die kleine katholische Kirche.

Der Weg führt parallel zum Ufer durch die Hauptgeschäftsstraße. Sie trägt verschiedene Namen, zunächst heißt sie Straße des 21. Mai. Das lang gestreckte repräsentative Gebäude rechts, zwei Straßenecken weiter, ist die Präfektur. Geradeaus kommt man zum Turm der Himmelfahrtskirche (**Analípseos**). Auch beim kleinen Platz (Platía Agíi Saránda) mit dem Kiosk in der Mitte geht man geradeaus, bis die Straße sich gabelt: Rechts zeigt ein Schild zum Flughafen, während man links bleibt und gleich wieder links in die Odós Ioánnis Logothétou einbiegt, um nach etwa 80 m rechts auf die Odós Lisgára zu treffen, die direkt zu einer schönen, versteckt liegenden Kirche führt, der **Phaneroménis**. Man geht bis zum frei stehenden Turm und wendet sich nach links Richtung Meer. Von hier führen alle Straßen zurück zum Dionysios-Platz.

Dauer: ca. 45 Minuten

Da die wenigsten Urlaubsgäste Neugriechisch beherrschen, tragen Hinweisschilder die lateinische Übersetzung: Straßenschilder in Zákynthos-Stadt.

Sehenswertes

Ágios Dionysíos

····› Umschlagkarte hinten, b 6

Das hinter dem Campanile gelegene Kloster stammt aus dem 17. Jh., die Kirche von 1925. Sie überstand die Erdbebenkatastrophe von 1953 und ist innen über und über mit Fresken bemalt. Rechts neben der Ikonostase befinden sich im Silbersarg die Gebeine des hl. Dionysíos. Der Sarg wird geöffnet, wenn Gläubige dem Wundertäter ihre Anliegen vortragen wollen.

Dionysíos, 1547 auf Zákynthos geboren, wurde Bischof von Ägina, verzichtete jedoch später auf das hohe Amt und kehrte als Mönch in seine Heimat zurück. Nachdem er 1624 auf den Strophaden, kleinen Nebeninseln, bestattet worden war, wurde sein nicht verwester Leichnam im Jahr 1716 nach Zákynthos geholt.

Zweimal jährlich wird der Inselheilige durch den Ort getragen: am 17. Dezember, seinem Todestag, und am 24. August, dem Tag der Rückkehr von den Strophaden.

Ágios Geórgios

⟶ Umschlagkarte hinten, a 1

Wer auf historischen Pfaden wandeln will, kann der kleinen Georgskirche einen Besuch abstatten. Hier legten zu Beginn des 19. Jh. die »Freunde« den Schwur zum Befreiungskampf ab. Man geht auf der Odós Filikon Richtung Bóchali, biegt hinter dem Freilichttheater links in die Agíou Georgíou Filikón ein, wo nach gut 100 m rechts das Kirchlein liegt.

Ágios Nikólaos tou Mólou

⟶ Umschlagkarte hinten, b 3

Die 1560 von Fischern gestiftete kleine Kirche am Sólomos-Platz stand einst im Wasser; das dazwischen liegende Land wurde jedoch im Laufe der Jahrhunderte mit dem Schutt von Erdbeben aufgefüllt. Das schöne kleine Gotteshaus besitzt eine geschnitzte Ikonostase, Decken- und Wandgemälde. Gezeigt wird auch ein Priestergewand, das Dionysíos als Priester dieser Kirche getragen hat.

Tgl. 19–22 Uhr

Alte Festung

⟶ Umschlagkarte hinten, westl. a 1

Den spektakulärsten Blick über die Stadt genießt man von der Festung im Vorort Bóchali. Obwohl nur 3 km entfernt, sollte man für den sehr steilen Aufstieg ein Taxi nehmen. Von der alten Anlage, an der Venezianer und Briten bauten, die hier Garnisonen und Arsenale unterhielten, sind noch Gebäudereste erhalten.

Tgl. außer Mo 8–20 Uhr; Eintritt 2 €

MERIAN-Tipp

7 Herodots Pechquellen

Schon Herodot beschrieb die Pechquellen von Zákynthos. Eine Quelle ist nach wie vor »in Betrieb« – sie ist im Südosten der Insel beim kleinen Hafen Límni Kerioú zu finden. Kurz bevor die Fahrstraße auf die Hafenpromenade stößt, weist links ein Schild zu »Herodot's Springs«. Man geht ein kurzes Stück und steht an der mit einem Steinkranz gesäumten Quelle. Wer die Probe aufs Exempel machen möchte, kann mit einem Stock im schwarzen Grund stochern – und hat sogleich Pech am Stecken.

⟶ S. 121, D 11

Britischer Friedhof

⟶ Umschlagkarte hinten, nördl. a 1

Den Friedhof findet man, wenn man die Stadt nordwärts verlässt, vom Sólomos-Platz Richtung EOT-Strandbad. Hinter dem Strand dient die rote Kuppel der Kirche Agía Triáda als Orientierungshilfe. Bei der Kirche muss man links in die Botsári-Straße einbiegen (Wegweiser »British Cemetery»), leicht rechts in die Odós Korái, die sich gabelt, weiterhin links halten. Hinter Torbögen erinnern Grabmonumente und Marmorplatten an verdiente Briten.

Panagía Phaneroménis

⟶ Umschlagkarte hinten, b 6

Die der Panagía (Muttergottes) Phaneroménis geweihte Kirche liegt etwas versteckt hinter dem Dionysíos-Platz landeinwärts. Das Gebäude aus dem 15. Jh. samt frei stehendem

Glockenturm wurde nach dem Erdbeben wieder in Stand gesetzt. Sehenswert ist an der Fassade die Architekturgliederung der Nordwand mit Medaillons, Tor- und Fensterrahmungen.

Strani-Hügel

→ Umschlagkarte hinten, westl. a 1

In Bóchali, wo es links hinauf zur Festung geht, zweigt schräg gegenüber der Weg zum Strani-Hügel ab, dem Lieblingsplatz des griechischen Nationaldichters Dionysíos Sólomos. Direkt an der Straße befindet sich der Eingang zum Ehrenhain. An der höchsten Stelle des Strani-Hügels steht sein Denkmal. Hier entstand die Nationalhymne, aus der am Fuß des Sockels zitiert wird: »Chaire, o chaire, Eleftheria«, (»Sei gegrüßt, oh Freiheit»).

Museen

Byzantinisches Museum

→ Umschlagkarte hinten, b 3

Kunst und Kultur der Insel auf zwei Etagen. Die Entwicklung der Ionischen Malschule ist zu verfolgen, aus zerstörten Dorfkirchen stammen Ikonen und Priestergewänder.

Platía Sólomou; Tel. 2 69 50/4 27 14; tgl. außer Mo 8.30–15 Uhr; Eintritt 3 €

Marine-Museum

→ Umschlagkarte hinten, westl. a 1

Das Marine-Museum der Ionischen Inseln, 1997 eröffnet, liegt am Wege nach Bóchali, knapp 2 km außerhalb der Stadt. Auf Zeichnungen wird die Entwicklung der Schifffahrt von der Antike an dargestellt. Die berühmtesten Kriegs- und Handelsschiffe sind zu sehen, dazu nautische Geräte und Uniformen. Auch der Freiheitskampf und die Auswanderungen per Schiff werden erläutert.

Tel. 2 69 50/2 82 49; tgl. 9–14 und 18–21.30 Uhr; Eintritt 3 €

Sólomos-Museum

→ Umschlagkarte hinten, a/b 2

Im Museum des Nationaldichters Sólomos wird nicht nur an ihn, sondern auch an andere Größen des Geistes erinnert. Ausgestellt sind Manuskripte und Erinnerungsstücke. Im Erdgeschoss ist der Dichter in einem Marmorsarkophag beigesetzt.

Platía Agíou Markou; Tel. 2 69 50/4 89 82; tgl. 9–14 Uhr; Eintritt 3 €

Essen und Trinken

Alles, was Kinder und Eilige mögen – Giros, Pommes, Salate –, und auch Wein vom Fass gibt es in zwei einfachen »Grillhouses« an der Ecke 21. Mai/Rizospaston.

→ Umschlagkarte hinten, a 3

Molas → Umschlagkarte hinten, b 5

Gemütliche Taverne. Griechische Küche mit Hafenblick.

Odós Konst. Lombardou ●●

Venetsiana

→ Umschlagkarte hinten, b 2

Nettes Lokal, das seinen Gästen internationale Küche serviert.

Platía Agíou Márkou; Tel. 2 69 50/2 37 22 ●●

O Zochios

→ Umschlagkarte hinten, b 3

Kleine Familientaverne mit täglich wechselndem Angebot.

Platía Metropolítou Alexíou ●

Am Abend

Aladdin/Alivizos

→ Umschlagkarte hinten, nördl. a 1

Livemusik, oft mit Kantades der Gegend. Gute Stimmung.

Odós Kolliva (nördl. Ortsausgang nach Krionéri)

Service

Anreise

Täglich Flugverbindung mit Athen; Fährschiffe nach Killíni/Peloponnes, im Sommer auch nach Kephaloniá. Busverbindung besteht mehrmals wöchentlich nach Thessaloníki und mehrmals täglich nach Pátras und Athen (Informationen unter www.zanteweb.gr).

Einfallendes Sonnenlicht lässt das Meer in der Kyanoún-Höhle (→ S. 57) auf Zákynthos in den verschiedensten Blautönen schillern – eine blaue Grotte wie auf Capri.

Auskunft
Touristenpolizei
⇢ Umschlagkarte hinten, b 4
Konst. Lombárdou 62; Tel. 2 69 50/2 44 83
Im Sommer gibt es einen Auskunftspavillon am Hafen.

Busverkehr
⇢ Umschlagkarte hinten, b 4
Busbahnhof der KTEL in der Odós Filíta/Ecke Agíou Eleftheríou, Tel. 2 69 50/4 26 56. Busverbindungen auf der Insel nach Alikés, Argássi, Kalamáki, Laganás, Límni Kerioú, Skinariá/Ágios Nikólaos, Tsiliví, Vasilikós. Inselrundfahrten mehrmals pro Woche.

Fahrzeugverleih
Auto Moto Sakis
⇢ Umschlagkarte hinten, b 3
Dessila 4 (gegenüber der Eurobank); Tel. 2 69 50/2 39 28

Hafenbehörde
⇢ Umschlagkarte hinten, b 3
Tel. 2 69 50/2 81 18

Reisebüros
An der Hafenpromenade
Cavo Grosso, Tel. 2 69 50/4 83 08
Spring Tours, Tel. 2 69 50/4 80 04

Ziele in der Umgebung

Alikés
⇢ S. 120, C 11

50 Einwohner

Schöner Urlaubsort, vor allem für Familien, mit weiter Bucht. Am breiten Sandstrand geht es flach ins Wasser, für Sportler wurden Stege gebaut. Im Dorf, das durch seine Gärten bezaubert, gibt es Kinderspielplätze, einen »Kiddies Carpark« und Minigolf.
18 km von Zákynthos-Stadt

HOTELS/ANDERE UNTERKÜNFTE

Asteria
Einfach ausgestattetes Haus, am Wasser gelegen. Von einigen Zimmern schöner Blick aufs Meer.
Tel. 2 69 50/8 30 82, Fax 8 35 72; 30 Zimmer ●●

Montreal
Gut geführtes Haus in Wassernähe.
Tel. 2 69 50/83241, Fax 8 33 42; E-Mail: info@montreal.gr; 30 Zimmer ●● CREDIT

SERVICE

Rent a Car
Tel. 2 69 50/8 36 16

Argássi

→ S. 121, D 12

430 Einwohner

Argássi, an der Ostküste der Skópos-Halbinsel gelegen, ist ein beliebter Touristenort, im Sommer recht lebhaft und laut. Der Strand ist allerdings nicht breit, bietet gerade Platz für Liegen und Sonnenschirme.

Wer vom 492 m hohen Berg Skópos die fantastische Aussicht genießen will, muss einige Mühe auf sich nehmen – Taxifahrer weigern sich, bis zum Gipfel zu fahren. Die letzten 1000 m muss man laufen. Oben erwartet den Wanderer außer der weiß getünchten Kapelle der Panagía Skopiótissa und verfallenen Klostermauern nur Einsamkeit und wilde Natur.
4 km von Zákynthos-Stadt

Hotels/andere Unterkünfte

Argassi Beach
Einfaches Haus am Wasser, sauber.
Tel. 2 69 50/2 85 54, Fax 4 54 91;
E-Mail: karakatsanisvet@hotmail.com;
33 Zimmer ●● CREDIT

Chrysi Akti
Am Strand, mit großer Terrasse.
Tel. 2 69 50/2 86 79, Fax 2 86 99;
84 Zimmer ●●

Die kleine Insel Ágios Sóstis vor der Bucht von Laganás hat sich bei einem Erdbeben vom Festland gelöst.

Mimoza
Haupthaus und Bungalows im Grünen, Meerseite. Eigener Tennisclub.
Tel. 2 69 50/4 25 88, Fax 4 28 44;
E-Mail: mimosabeach@acn.gr;
Tennisclub Tel. 2 69 50/2 25 88;
67 Zimmer ●● CREDIT

Paradise Beach
Gepflegt, mit Pool, am Wasser.
Tel. 2 69 50/2 36 20, Fax 2 86 99;
50 Zimmer ●●

The Windmill Complex
Großzügige, freundliche Hotel- und Apartmentanlage mit Pool.
Tel. 2 69 50/2 82 30, Fax 2 28 30 ●●

Essen und Trinken

Granada
Hübsche Taverne mit großer Terrasse an der Hauptstraße.
●●

Venetsiana
In diesem Terrassenrestaurant am Hang sind oft typische Insel-Kantades zu hören, die live gespielt werden. Noch eine Besonderheit: Hier gibt es Kinderteller, sonst in Griechenland eher die Ausnahme.
Landseite der Hauptstraße ●●

Service

Ausflüge
Pelargos Tours
Tel. 2 69 50/2 24 08

Fahrzeugverleih
Olympics
Tel. 2 69 50/2 77 64
Faros
Tel. 2 69 50/2 36 65

Für Kinder
Fun Castle
Spielstadt am Ortsausgang Richtung Hauptstadt (links abbiegen, 250 m; Wegweiser). Jede Menge Unterhaltung für Groß und Klein, einschließlich Pizzeria, Pool, Luna-Park.
Tel. 2 69 50/2 78 65

Ein Spielplatz mit Trampolin und »Jumping Jack« befindet sich im Ort an der Hauptstraße, ebenfalls der Minigolfplatz »Loopy Lemon« (Kinderermäßigung).

Kerí

→ S. 120, C 12

580 Einwohner

Weit im Süden von Zákynthos liegt die Halbinsel Kerí. Berühmt ist der kleine Ferienort **Límni Kerioú** aufgrund seiner seit der Antike bekannten Pechquellen (→ MERIAN-Tipp, S. 53), von denen noch eine in Betrieb ist. In Límni Kerioú findet man Unterkunft und Tavernen, auch gute Bademöglichkeiten. Boote werden vermietet, Ausflüge zu vorgelagerten Inseln organisiert (»Kerí Cave Tours«). Am Dorfplatz des alten Ortes Kerí herrscht noch viel ursprüngliche Atmosphäre.

23 km von Zákynthos-Stadt

Hotels/andere Unterkünfte

Caterina Studios
Nördlicher Ortsrand; Tel. 2 69 50/2 89 28, Fax 2 89 21; 10 einfache Studios ●●

Pigí Irodótou
Ruhige Pension vor der Pechquelle.
Tel. 2 69 50/4 87 92; 20 Zimmer ●●

Kyanoún-Höhle (Blaue Grotte)

→ S. 120, C 10

Am Nordzipfel der Insel kann man ein »blaues Wunder« erleben. In der Kyanoún-Höhle, südöstlich des Skinári-Kaps, bilden bizarre Felsen hier natürliche Bogengänge, durch die man per Boot in die Höhle eintritt. Die Wände sind wie ein Kaleidoskop – Meer und Licht formen immer neue Reflex-Bilder. Auch auf der Fahrt zur Blauen Grotte kommt man an schönen Felsentoren vorbei.

Ausflugsboote von Ágios Nikólaos, Alikés
42 km von Zákynthos-Stadt

Laganás

→ S. 121, D 12

250 Einwohner

Laganás mit seinem kilometerweiten Sandstrand, der sich bis Kalamáki zieht, ist die Touristenhochburg im Süden. Hier tobt das Leben ...

Hotels und Pensionen findet man in großer Zahl. Vor der Bucht liegen die Inseln **Marathonísi** und **Peloúzon,** eigentlich den Schildkröten vorbehalten, woran sich freilich nicht jeder sonnenhungrige Urlauber hält. Ein Ausflugsagent am Strand verspricht gar: »No turtle, money back«.

Die Bucht wird im Westen durch die kleine Insel **Ágios Sóstis** begrenzt, zu der ein Steg führt.

8 km von Zákynthos-Stadt

Hotels/andere Unterkünfte

Zante Park
Apartmenthotel mit moderner Ausstattung und entspannter Atmosphäre.
Tel. 2 69 50/5 23 10, Fax 5 19 49; www.zanteparkhotels.gr; 96 Zimmer ●●● CREDIT

Louis Zante Beach
Große, moderne Bettenburg, direkt am Strand mit schönem Meerblick. Von viel Grün umgeben.
Tel. 2 69 50/5 11 30, Fax 5 11 35; www.louishotels.com; 274 Zimmer ●● CREDIT

Panorama
Nette Unterkunft, 300 m vom Zentrum, ruhig gelegen, mit Pool.
Tel. 2 69 50/5 11 44; 15 Zimmer ●

Etwas vom Strand und der Hauptstraße entfernt findet man einige ruhig gelegene, preiswerte Pensionen, alle Richtung Lithakiá:

Tony's Studios, Tel. 2 69 50/5 21 80
Studios Pavlos Buzikis
Tel. 2 69 70/5 15 20
Studios Ilias, Tel. 2 69 50/28 14
Pension Tasoula, Tel. 2 69 50/5 15 60
Studios Pigí, Tel. 2 69 50/5 16 97

Essen und Trinken

El Greco
Taverne am Ortsrand mit typisch griechischer Küche. Von der Uferpromenade letzte Straße im Westen, hügelaufwärts, Wegweiser folgen.
Tel. 2 69 50/5 25 63 ●●

Sarakína
Restaurant mit Musik (Kantades) und griechischem Tanz. Im Ortsteil Sarakína; Pendelservice.
Tel. 2 69 50/5 16 06 ●●

Service

Ausflüge
Pelargos Tours; **Tel. 2 69 50/5 20 17**

Fahrzeugverleih
Laganás Circuit Rentals
Tel. 2 69 50/5 16 87
Royal Rent a car
Tel. 2 69 50/5 13 37

Plános/Tsiliví

500 Einwohner S. 121, D 11

Vom Sandstrand der weiten Bucht geht es seicht ins Wasser. Hier finden servicegewohnte Urlauber Duschen und WCs am Strand; Wassersportmöglichkeiten gibt es genügend. Im Hintergrund breiten sich kilometerweit fruchtbare Ebenen aus. Die Bucht wird im Süden von Klippen begrenzt, im Norden vom wuchtigen venezianischen Turm.
7 km von Zákynthos-Stadt

Hotels/andere Unterkünfte

Filoxenia Hotel
Elegantes Hotel mit Pool, fünf Minuten zum Strand, kinderfreundlich.
Tel. 2 69 50/2 40 76, Fax 2 46 15; www.dianahotels.gr; 100 Studios ●●● CREDIT

Anetis
Hotel mit Taverne, dicht am Strand.
Tel. 2 69 50/4 45 90, Fax 2 87 58; 12 Zimmer ●●

Phoenix Beach
Gepflegtes Haus direkt am Wasser, mit Pool und Snackbar.
Tel. 2 69 50/2 24 83, Fax 2 24 87; E-Mail: bonikos@internet.gr; 30 Zimmer ●● CREDIT

Service

Ausflüge
Pelargos Tours, **Tel. 2 69 50/2 31 84**

Fahrzeugverleih
Alexandra, **Tel. 2 69 50/2 39 42**
Blue Bird Rentals, **Tel. 2 69 50/2 73 61**
Bikes Rentals, **Tel. 2 69 50/2 74 47**

Vasilikós

S. 121, D 12

200 Einwohner

Das Schild »Basilikós« (sprich: Vasilikós) steht schon am Ortsausgang von Argássi. Zu der Großgemeinde gehören reizvolle kleine Strände: An der Ostküste der Landzunge sind es **Porto Zoro** (idyllische Sandbucht), **Banana Beach** (betriebsam), **Ágios Nikólaos** (Wassersport) und **Porto Roma** (ruhig, abgelegen). Bis Porto Roma (Asphaltstraße) fahren die »Basilikós»-Busse. Von der vorletzten Haltestelle sind es ein paar hundert Meter zur Westküste von **Gérakas**, einer wunderschönen weiten Bucht, wo aus Rücksicht auf die Meeresschildkröten Caretta-Caretta versucht wird, den Touristenstrom zu begrenzen. Vorsicht: Auf keinen Fall auf markierte Gelege treten!
17 km von Zákynthos-Stadt

Volímes

S. 120, B 11

600 Einwohner

Kleines Dorf im Norden der Insel, berühmt für seine Handarbeiten. Bunte Teppiche und Decken sind tagsüber am Straßenrand zum Kauf ausgebreitet. Es gibt nur einfache Privatzimmer, kein Hotel.
32 km von Zákynthos-Stadt

Kephaloniá

Riesige Tropfsteinhöhlen, unendlich tiefe Seen und schwarze Tannen, die nur hier wachsen.

In Sámi (→ S. 69), dem wichtigsten Hafen von Kephaloniá, legen die Fährschiffe aus Italien, Ithaka und Pátras an. Homers »Ithaka« liegt in Sichtweite des Anlegers.

Die 781 qkm große Insel Kephaloniá, die größte der Ionischen Inseln, ist gebirgig. Herausragender Gipfel ist der **Énos** (1628 m), zugleich der höchste Berg der Inselgruppe. An seinen Hängen wachsen die dunklen Kephaloniá-Tannen (lat. abies cephalonensis). Allerdings haben Rodungen und Waldbrände den Bestand gelichtet. Die Errichtung eines Naturparks soll helfen, die Bäume zu erhalten. Jahrhundertelang war diese Baumart nur hier zu finden. Die Briten haben Anfang des 19. Jh. einige Exemplare ausgeführt, so dass die dunkle Tanne jetzt auch anderswo wächst. Kephaloniá ist auch wild zerklüftet. Der tiefste Einschnitt, der **Golf von Argostóli**, erhielt seinen Namen von der Hauptstadt.

Die große, nicht überlaufene Insel bietet dem Reisenden viele Ausflugs-, Wander- und Erholungsmöglichkeiten. Die Bevölkerung lebt von der Landwirtschaft, dem Fischfang und zunehmend auch vom Tourismus.

An den Felsküsten gibt es zahlreiche Höhlen; in einigen leben Exemplare der vom Aussterben bedrohten Mönchsrobbe Monachus Monachus. Höhlen gibt es auch im Landesinneren: Die berühmteste ist die **Tropfsteinhöhle von Drongaráti** bei Sámi. Wenige Kilometer entfernt liegt als weitere Attraktion der **Melissáni-See**, ebenfalls in einer Höhle. Die Decke ist eingestürzt. Hier tritt das Wasser wieder aus, das 16 km entfernt, bei Argostóli, in der Erde verschwindet. Das Erstaunliche dabei: Um von Argostóli nach Melissáni zu kommen, muss das Wasser bergauf fließen! Des Rätsels Lösung: Der Kalkstein ist wasserdurchlässig. Regenwasser dringt ein, erhöht den Druck in den engen »Röhren« – mit dem Ergebnis, dass das Wasser geringe Höhenunterschiede überwinden kann.

Das große Beben von 1953, das die Insel bis zu 30 cm anhob, hat die örtlichen Naturphänomene verändert. Die Unterwassermühlen bei Argostóli arbeiten nicht mehr. Auch die berühmten beweglichen Steine, die Kounópetra, die vor **Mantzavináta** im Süden der Halbinsel Palíki im Wasser stehen, sind seither wie angewurzelt.

Kephaloniá mit heute rund 40 000 Einwohnern erhielt ihren Namen vom mythischen König Kephalos, der wegen seines triebhaften Lebenswandels hierher verbannt wurde. Seine vier Söhne wurden Stadtgründer: Same, Krane, Pale und Pronoi. Die Standorte sind lokalisiert, Reste von Mauern ausgegraben.

Argostóli

⇢ S. 120, B 9

8000 Einwohner

Stadtplan → S. 63

Argostóli ist Hauptstadt, aber nicht bedeutendster Hafen der Insel. Sámi und Póros an der Ostküste haben ihr den Rang abgelaufen. 1757 von den Venezianern zur Inselmetropole erklärt, ist Argostóli Nachfolgerin von Kástro, 10 km südlich auf dem Bergkegel gelegen. Rund um den Berg mit der Burg **Ágios Geórgios** hat sich ein neues Dorf entwickelt.

Argostóli wurde 1953 fast völlig zerstört. Dem Beben mit der Stärke 7 auf der Richterskala fielen rund 70 Prozent der Gebäude auf der Insel zum Opfer, in der Hauptstadt sogar 90 Prozent. Längst ist sie wieder aufgebaut, modern und zweckmäßig.

Die Odós Lithóstrotou, parallel zur Uferpromenade, ist heute Fußgänger- und Einkaufszone. Hier liegen Post, Banken, einige Kirchen, darunter die katholische Nikolauskirche. Die offiziellen Gebäude – Rathaus, Präfektur, Museum, Theater – findet man in der Nähe des Hauptplatzes, der Platía Valianoú.

Eine Pendelfähre verbindet Argostóli mit der Ortschaft Lixoúri, im Sommer alle 30 Minuten, sonst stündlich. Die Fahrt dauert 25 Minuten, der Weg mit dem Auto um die Bucht länger. Etwa 2 km von der

Hauptstadt entfernt, an der Westseite der Landzunge, ist bei Lássi ein modernes Urlaubszentrum entstanden, zu dem zwei schöne Strände gehören, **Makrís Gialós** und **Platís Gialós**.

Hotels/andere Unterkünfte

Ionian Plaza ⟶ S. 63, a 1
Neoklassizistisches Haus mit eigenem Restaurant und exzellentem Service. Zimmer mit allen Annehmlichkeiten.
Am Hauptplatz; Tel. 2 67 10/2 55 81, Fax 2 55 85; www.ionianplaza.gr; 42 Zimmer ●● CREDIT

Mirabel ⟶ S. 63, a 1
Jedes Zimmer verfügt über einen Balkon; der Garten kann von allen Gästen benutzt werden.
Am Hauptplatz; Tel. 2 67 10/2 53 81, Fax 2 53 84; www.mirabel.gr; 33 Zimmer ●● CREDIT

Mouíkis ⟶ S. 63, b 2
Ruhig in einer Nebenstraße gelegen. Freundliche Atmosphäre.
Odós Vironos 3; Tel. 2 67 10/2 34 56, Fax 2 45 28; www.mouikis.com; 36 Zimmer ●● CREDIT

Olga ⟶ S. 63, b 2
Modernes Haus an der Uferpromenade, mit Blick auf den Hafen. Alle Sehenswürdigkeiten, Tavernen, Cafés und Läden sind zu Fuß zu erreichen.
Odós Antoni Tritzi 121; Tel. 2 67 10/ 2 49 81, Fax 2 49 85; www.olgahotel.gr; 43 Zimmer ●● CREDIT

Tourist ⟶ S. 63, b 2
Preiswerte Unterkunft mit Blick zum Hafen, zentral gelegen.
Odós Antoni Tritzi 109; Tel./Fax 2 67 10/2 55 10; E-Mail: htourist@hol.gr; 21 Zimmer ● CREDIT

Spaziergänge

Meeresmühle und Leuchtturm ⟶ S. 63, nördl. a 1
Zu den berühmten Meeresmühlen, den **Katavóthres,** führt der Weg 2 km nordwärts, direkt am Wasser entlang. Eine der Wassermühlen wurde wieder aufgestellt. Den Besuchern wird gezeigt, wo das Meerwasser verschwindet, das im Melissáni-See wieder austritt (→ S. 68).

Das Phänomen der Mühlen von Kephaloniá wurde 1835 entdeckt. Normalerweise fließt das Wasser vom Land ins Meer – hier war es umgekehrt: Die Fluten drückten, wider alle Naturgesetze, mit solcher Kraft ins Inland, dass sie Mühlen betreiben konnten. Später diente das in die Tiefe stürzende Wasser zur Stromerzeugung. Seit der Hebung der Insel beim letzten Erdbeben fließt nur noch wenig Wasser in die Spalten; das Mühlrad ist lediglich Erinnerung. Dafür gelang österreichischen Geologen 1959 durch Farbbeigaben der Beweis, dass das hier im Boden verschwindende Wasser in der Melissáni-Höhle (→ S. 68) wieder austritt. Für seinen unterirdischen Weg von West nach Ost braucht es zwei Wochen.

Blickt man von hier Richtung Westen, sieht man den Leuchtturm am Kap Agíi Theodóri. Das Bauwerk, das 1820 errichtet wurde, sieht mit seinen Säulen wie ein Rundtempel aus. Vom Leuchtturm südlich erkennt man den touristisch erschlossenen Ortsteil Lássi. Zwischen Mühlrad und Turm liegt der Campingplatz, daneben die Clubs Capitol und Notes, wo im Sommer mit Musik Gäste angelockt werden.

Brücke und Obelisk ⟶ S. 63, c 2/3
Am südlichen Ortsausgang schneidet eine 900 m lange Brücke das Ende der Bucht ab; sie führt von Argostóli nach Drapáno und wurde in der ersten Hälfte des 19. Jh. von dem in englischen Diensten stehenden Schweizer Ingenieur Charles de Bosset entworfen. Die Pyramide in der Mitte hat man zu Bossets Ehren aufgestellt, der zwischen 1810 und 1814 Gouverneur der Briten auf Kephaloniá war. Am Ende der Brücke, der Stadt gegenüber, liegt das alte Kraftwerk, südlich

davon sind Mauerreste gefunden worden. Ein Fußweg führt in 90 Minuten um die Lagune herum.

Museen

Archäologisches Museum → S. 63, b 2

Fundstücke aus der bewegten Inselgeschichte vor der großen Zeitwende: grobes Werkzeug für große Steinzeitler-Hände; feiner Schmuck für die Ewigkeit aus mykenischen Gräbern; kunstvolles Steinchen-»Parkett« aus römischen Villen.

Ecke Odós Valianoú/Rokou Vergóti; Tel. 2 67 10/2 83 00; tgl. außer Mo 8.30–15 Uhr; Eintritt 3 €

Volkskunde- und Geschichtsmuseum → S. 63, a 2

Das Privatmuseum im Erdgeschoss der Korgialénios-Bibliothek dokumentiert das Inselleben seit dem vorigen Jahrhundert: Trachten, Sitten und Gebräuche, Feste, die Zeit der Briten und der Kriege, Erdbebenkatastrophe 1953 und Wiederaufbau. Interessant sind auch die alten Handarbeiten und Haushaltsgegenstände.

Odós Ilia Zervoú; Tel. 2 67 10/2 88 35; tgl. außer So 9–14 Uhr; Eintritt 3 €

Essen und Trinken

Café Averto → S. 63, nördl. b 2

Nicht nur Getränke, auch Speisen werden serviert, das Café liegt abseits vom Hafentrubel im Grünen.

700 m nördlich der Stadtgrenze, am Weg zur Wassermühle (Sea Mill) ●●

Captain's Table → S. 63, b 2

Traditionelle griechische Küche. Die Stühle stehen dem Wasser gegenüber.

Odós Antoni Tritzi 143 ●●

Der Leuchtturm von Argostóli (→ S. 62) sieht wie ein klassizistischer Tempel aus.

Patsoúras → S. 63, b 2
In dieser einfachen Taverne kann man sich die Gerichte noch selbst am Tresen aussuchen.
Beim Fähranleger ●●

Kafeníon Elios → S. 63, b 2
Preiswertestes Lokal der Stadt: Getränke und kleine Gerichte.
Odós Antoni Tritzi 62 ●

Kalafatis → S. 63, b 2
Beliebtes Lokal am Hafen. Griechische Küche zu günstigen Preisen. Man sitzt ganz nah am Meer.
Odós Antoni Trítzi 49 ●

Service

Ausflüge

Ainos Tours → S. 63, a 2
Unterkunft, Ausflüge, Autos.
Leofóros Vergóti 14; Tel. 2 67 10/2 23 33, Fax 2 46 08; www.ainostravel.gr

Cefalonia Holidays → S. 63, b 1
Unterkunft, Autoverleih, Ausflüge.
Odós 21. Mai (direkt hinter der Polizei); Tel. 2 67 10/2 32 81, Fax 2 80 10; www.cefaloniaholidays.gr

Auskunft

Griechische Fremdenverkehrszentrale (EOT) → S. 63, b 1
Odós Metaxá, neben dem Anleger der Lixoúri-Fähre an der nördlichen Hafenmole; Tel. 2 67 10/2 22 48, Fax 2 44 66; Mo–Fr 7.30–14.30 und 17–22 Uhr

Busverkehr → S. 63, b 2
Busstation der KTEL am Südende der Uferstraße, in der Nähe der Brücke. Busse nach Fiskárdo, Póros, Lássi (fahren am Wasser ab, nicht von den Bussteigen), Skála, Katélios, Sámi, Ágios Gerásimos, Kourkoumeláta, Athen; Querverbindungen Skála–Póros und Katélios–Póros.

KTEL organisiert auch Ausflugstouren: Kephaloniá-Rundfahrt, Inselfahrt nach Ithaka mit Rundtour, Inselrundfahrten auf Zákynthos und Lefkáda sowie ins antike Olympia (Tel. 2 67 10/2 22 81, Fax 2 33 64).

Hafenpolizei → S. 63, b 1
Odós Metaxá; Tel. 2 67 10/2 22 02

Touristenpolizei
Tel. 2 67 10/2 28 15

Leihwagen
Sunbird → S. 63, b 2
Odós Antoni Tritzi 139;
Tel. 2 67 10/2 37 23, Fax 2 54 84
Eurocar → S. 63, a 1
Am Hauptplatz; Tel. 2 67 10/2 27 70,
Fax 2 45 52

Ziele in der Umgebung

Ágios Geórgios

→ S. 120, B 9

Südlich von Argostóli liegt die alte Hauptstadt **Kástro**, von der nur die eindrucksvolle Burganlage Ágios Geórgios erhalten ist. 1262 wurde mit dem Bau begonnen, Venedig verstärkte ihn zu Beginn des 16. Jh. Der mächtige Mauerring, dessen Umfang etwa 600 m beträgt, dokumentiert die Wehrhaftigkeit des Kastells. Von den Zinnen kann man hinüberschauen zum Énos-Massiv, Richtung Flughafen, nach Lássi und Argostóli.
10 km von Argostóli;
Di–Sa 8–19, So 8–15 Uhr; Eintritt frei

Ágios Gerásimos

→ S. 120, B 9

Das Kloster des Schutzpatrons der Insel wurde beim Erdbeben 1953 bis auf den Glockenturm zerstört. Die meisten Gebäude wurden wieder aufgebaut; die Ausmalungen im Innern dauern an, da das Geld fehlt.

Gerásimos lebte im 16. Jh. auf dem Berg Athos. Er ging nach Jerusalem, kam über Kreta und Zákynthos nach Kephaloniá. Dort zog er sich in eine Höhle zurück, die man in Lássi besichtigen kann. Für eine Ikone der Muttergottes baute er um 1570 eine Kirche; daraus entstand das Kloster.

In der Nähe des Klosters ist eine Weinkellerei zu besichtigen, die die Trauben aus der Ernte von 280 Bauern verarbeitet.
12 km von Argostóli

Ássos

→ S. 118, B 8

Der Ort liegt nahe der Straße Argostóli–Fiskárdo, nördlich der Mírtos-Bucht am Fuß einer mächtigen Burg. Die kurvenreiche Strecke, 4 km bergabwärts, ist gut ausgebaut. Die Häuser des überaus malerischen Dorfes gruppieren sich um den Hafen.

Reizvoll ist ein Ausflug zur Burg: Den Berg bis hinauf zum Burgtor zu erklimmen bedeutet jedoch weitere 2 km über staubige Schotterwege, die Taxifahrer nicht gern fahren. Die Gebäude in der Burg sind verfallen, der Blick dafür fantastisch.
35 km von Argostóli

Hotels/andere Unterkünfte

Apartments Linardos
Modern eingerichtete Studios.
Am Ortseingang;
Tel./Fax 2 67 40/5 15 63 ●●

Essen und Trinken

Nirides
Gute griechische Küche; die Wirtsleute vermitteln Zimmer und Apartments.
Am Hafen; Tel. 2 67 40/5 14 67 ●●

Platanos
Einfache, aber schmackhafte griechische Hausmannskost.
Am Dorfplatz; Tel. 2 67 40/5 13 81 ●●

Drongaráti

→ S. 120, C 9

Die berühmte Tropfsteinhöhle, 4 km von Sámi entfernt, ist seit 1963 für Besucher zugänglich. 167 Stufen führen hinunter. Der Weg ist feucht, aber auf geriffeltem Beton nicht rutschig. Die 1000 qm große Höhle hat eine derart gute Akustik, dass sie für musikalische Darbietungen genutzt wird. Im unterirdischen Konzertsaal hat Míkis Theodorákis musiziert, auch die Callas hatte einen Auftritt. Nach dem Betreten der Höhle, die eine gleichbleibende Temperatur von

6

18 Grad hat, blickt man links von der »Königsloge« aus in den Konzertsaal (30 x 34 m). Selbst wenn 1000 Gäste dicht gedrängt für Stunden hier stehen, wird der Sauerstoff nicht knapp; offenbar ist die Drongaráti mit anderen, noch unerforschten Höhlen verbunden. In der Mitte ist der Raum frei, weil der Boden aus Schlamm besteht und sich so keine Stalagmiten bilden können. Beim Parkplatz, hinter dem Ausgang rechts oben, lag einst das alte Same (Ruinenreste).

Nur wenige Kilometer entfernt lohnt der See von **Melissáni** den Besuch (→ S. 68). Auch er war einst eine Tropfsteinhöhle. Als deren Decke einbrach, füllte sich die Höhle mit Wasser.
24 km von Argostóli;
tgl. 8–20 Uhr; Eintritt 3,50 €

Fiskárdo

→ S. 118, C 7

180 Einwohner

Der kleine Ort im Norden muss 1953 einen besonderen Schutzengel gehabt haben: Beim gewaltigen Erdbeben blieben fast alle Häuser stehen. In traditioneller, farbenfroher zweistöckiger Bauweise reihen sie sich um den pittoresken Hafen. An den Ausläufern der Bucht sind kleine Hotels entstanden. Ausflugsboote verbinden Fiskárdo mit den übrigen Häfen der Insel, dazu mit Fríkes auf Ithaka sowie Nidri und Vassilikí auf Lefkáda. Mit Booten oder Zweirädern erreicht man die Badebuchten der Umgebung, die dem Ortsstrand vorzuziehen sind.
50 km von Argostóli

Hotels/andere Unterkünfte

Anthis Dreams
Apartments mit Blick übers Meer, 300 m vom Zentrum.
Südliches Hafenrund;
Tel. 2 67 40/4 13 17, Fax 4 13 18 ●●

Kiki
Apartments in mehreren schönen Häusern an der Hafenumfassung.
Tel. 2 67 40/4 12 08, Fax 4 12 78 ●●

Nicolas
Pension über der nördlichen Hafenseite, ruhige Lage, schöne Aussicht, mit Restaurant.
Tel./Fax 2 67 40/4 13 07; E-Mail: donados@otenet.gr; 10 Zimmer ●● CREDIT

Essen und Trinken

Tselentis
Die Taverne ist in einem traditionellen Haus von 1893 untergebracht.
Am Dorfplatz; Tel. 2 67 40/41 32 44 ●●

Mit dem Lagunendörfchen Ássos (→ S. 65) schufen sich die Venezianer einst ein Stück zweite Heimat. Heute schmücken die Griechen ihren malerischen Hafenort mit Pastellfarben und Blumen. Fischerboote tuckern abends hinaus aufs Meer.

Vasso's (früher Faros)
Eine schöne Lage, Tische auf der Promenade und gute Küche bietet diese Taverne am Yachthafen.
Tel. 2 67 40/2 38 00 ●●

SERVICE

Auskunft

Reisebüro Nautilus
Reisebüro und Schiffsagentur; vermittelt Unterkunft, Ausflüge und Schiffsreisen.
Nördl. Hafenende; Tel. 2 67 40/4 14 40

Lássi

S. 120, B 9

220 Einwohner

Der moderne Urlaubsort in der Nähe der Hauptstadt wartet mit einigen Hotels, meist aber kleineren Pensionen, Apartmenthäusern und Bungalows auf. Zahlreiche Tavernen und Bars prägen das Bild. Lássi ist mit dem Stadtbus von Argostóli erreichbar.

Die Strände **Platís** und **Makrís Gialós** sind zum Baden gut geeignet. Platís ist der südliche Strand, Makrís der breitere nördliche mit zahlreichen Angeboten für Wasserski, Jet-Ski und Drachensegeln.

Im Ort weist ein Schild vom Wasser weg zur **Höhle des hl. Gerásimos,** des Schutzpatrons der Insel, der im Jahr 1622 heilig gesprochen wurde. Die nach ihm benannte Straße Spilaíon Agíou Gerásimou führt in 700 m dorthin. Vor der Höhle steht eine kleine Kirche; in ihrem Inneren führen vorne rechts ein paar Stufen zur Höhle, in der Gerásimos lebte, bevor er Klostergründer wurde.
4 km von Argostóli

HOTELS/ANDERE UNTERKÜNFTE

White Rocks
Große Hotelanlage in gepflegtem Park, zu beiden Seiten der Straße, dicht beim Strand Platís Gialós.
Tel. 2 67 10/2 83 32, Fax 2 87 55;
E-Mail: whiterocks@otenet.gr;
102 Zimmer, 60 Bungalows ●●● CREDIT

Einfallsreichster »Architekt« der Insel war die Natur. Dank der guten Akustik der Tropfsteinhöhle Drongaráti hat Kephaloniá ein einmaliges »Musiktheater«.

ESSEN UND TRINKEN

Makrís Jalós
Die einladende Taverne tischt frischen Fisch und traditionelle Küche auf. Parkplatz am Strand.
An der Hauptstraße;
Tel. 2 67 10/2 34 94 ●●

Nefeli
Gute griechische Küche, gepflegte Atmosphäre.
An der Hauptstraße;
Tel. 2 67 10/2 52 03 ●●

Sirtaki
Hier wird traditionelle griechische Küche serviert.
An der Hauptstraße;
Tel. 2 67 10/2 38 52 ●

AM ABEND

Snoopy
Beliebte Bar und Diskothek, in der die Nacht zum Tag wird.
An der Hauptstraße; Tel. 2 67 10/9 22 92

Lixoúri

→ S. 120, B 9

3500 Einwohner

Lixoúri, zweitgrößter Ort der Insel, wurde 1953 total zerstört und relativ schmucklos wieder aufgebaut. An der Hafenstraße haben sich viele Restaurants angesiedelt. Die Uferpromenade wird gegenüber dem Fähranleger vom großen Hauptplatz unterbrochen. Hier findet man viele Cafés mit Stühlen unter Schatten spendenden Bäumen und Planen, einen Zeitungskiosk und den Taxistand.

In der klassizistischen Villa Jakovátos ist die **Volkskundesammlung** untergebracht (Mo–Sa vormittags). Aus Lixoúri stammt der Archäologe Spiridon Marinatos, international bekannt durch Grabungen auf der Kykladeninsel Santorin. Nach Süden schließen sich Strände an: **Lépeda** ist zu Fuß zu erreichen, **Mégas Lákos** und **Xi** mit seinem roten Sandstrand per Bus, Fahrrad oder Moped.

30 km nach Argostóli, die Autofähre braucht 25 Min.

SERVICE

Hafenpolizei

Tel. 2 67 10/9 12 05

Polizei

Tel. 2 67 10/9 12 07

Melissáni-See

→ S. 118, C 8

In der Höhle bei Agía Ephímia, nördlich von Sámi kommt das Salzwasser, das sich bei den Meermühlen von Argostóli (→ S. 62) so unerklärlicherweise ins Land drängt, wieder zum Vorschein.

Der Höhlensee von Melissáni ist seit 1963 zugänglich. Die Decke der Höhle stürzte bereits vor 5000 Jahren ein. Das Tageslicht lässt das Wasser je nach Tiefe in verschiedenen Farben aufleuchten. Zum See gelangen die Besucher durch einen Stollen, dann besteigt man kleine Boote und wird umhergefahren. Die Nebenhöhle hat noch Tropfsteingebilde. Gezeigt wird auch die Stelle, wo das bei Argostóli in der Erde verschwundene Wasser wieder austritt.

26 km von Argostóli;
tgl. 8–20 Uhr; Eintritt 5 €

Mírtos

→ S. 118, B 8

Nicht nur der helle Sand und das kristallklare Wasser machen den Reiz der Bucht von Mírtos aus, sondern auch das ständig wechselnde Farbenspiel über unterschiedlich tiefen Stellen, das man bei der Wanderung zur Festung von Ássos (→ S. 65) nach jeder Wegbiegung in anderer Schattierung erlebt, von Hellgrün bis Tintenblau. Die Bucht von Mírtos liegt an der Straße nach Norden, 25 km von Fiskárdo entfernt. Hoch aufragende Felsen grenzen den gut 1 km langen Strand ein, der sich zwischen dem Kap Agía Kiriakí im Süden und dem Kap Asprokávos im Norden erstreckt. Von der Straße führt ein 4 km langer Weg hinunter, zuerst asphaltiert, dann naturbelassen. 7

26 km von Argostóli

Póros

→ S. 121, D 9

780 Einwohner

Der beliebte Ferienort wartet mit Hafen, schönen Stränden und reizvollem bergigen, dicht bewaldeten Hinterland auf, das nördlich mit dem Atros auf 895 m ansteigt. In Póros kommen die Fähren von Killíni auf der Peloponnes an. Die Strände bei Skála, Kamínia und Káto Kateliós sind per Boot, Bus oder Leihfahrzeug erreichbar. 3 km nördlich, in Küstennähe, erhebt sich das **Kloster Átrou** in 800 m Höhe: Von hier oben genießt man einen herrlichen Blick nach Ithaka – und unvergessliche Sonnenaufgänge.

40 km von Argostóli

Hotels/andere Unterkünfte

Poros Bay
Neues Haus am Hang, schön eingerichtet, Zimmer mit Meeresblick.
Tel. 2 67 40/7 25 94, Fax 7 25 95; 20 Zimmer ●●

Essen und Trinken

Sunset
Traditionelle Familientaverne. Inhaber Nikos Kampitzi verspricht: »bester Blick und Großvaters Wein«.
400 m vom Zentrum; Tel. 2 67 40/7 25 26 ●●

Sámi

→ S. 120, C 9

950 Einwohner

Der wichtigste Hafen der Insel dient als Anleger für Fähren aus Italien, Ithaka und Pátras. Nach dem Erdbeben in der Ebene wurde Sámi, eine der vier antiken Städte, vor grünem, hügeligem Hinterland neu aufgebaut. Im Vergleich zu Argostóli und Lixoúri nimmt es sich jedoch recht bescheiden aus. Lediglich die Uferstraße wirkt lebhaft, mit einigen kleineren Hotels und zahlreichen Tavernen. Reste der Akropolis findet man auf dem Hügel 3 km östlich des heutigen Ortes (Wegweiser »Kástro«).

Lohnend ist ein Ausflug zum Strand von **Antisámi** jenseits der Halbinsel Dichalía, 3 km südöstlich. Rechts, 500 m vom Weg zum Strand entfernt, liegt das **Kloster Agrilion**. In der Nähe von Sámi befinden sich außerdem die Tropfsteinhöhle **Drongaráti** (→ S. 65) und der **Melissáni-See** touristische »Musts« (→ S. 68).
24 km von Argostóli

Hotels/andere Unterkünfte

Perikles
Große Anlage, 10 Gehminuten vom Strand entfernt in ruhiger Lage. Auch Apartments. Tennisplätze und Pool.
Tel. 2 67 40/2 27 80, Fax 2 27 87; www.gtp.gr/PericlesHotel; 82 Zimmer ●● CREDIT

Sami Beach
2 km nördlich des Ortes bei Karavómilos am Kiesstrand; mit Pool.
Tel. 2 67 40/2 28 24, Fax 2 28 46; E-Mail: samibeach@otenet.gr; 49 Zimmer ●

Skála

→ S. 121, D 10

470 Einwohner

Skála ist ein freundlicher kleiner Badeort an der Südspitze von Kephaloniá. Neue Hotels und Apartmenthäuser und großzügige öffentliche Plätze bestimmen das Dorfbild. Hinweisschilder zur »Roman Villa« vom Anfang des 3. Jh. führen zur einzigen Sehenswürdigkeit. Die Villa wurde 1957 entdeckt (tgl. 9–15 Uhr).
33 km von Argostóli

Hotels/andere Unterkünfte

Star Light Hotel
500 m landeinwärts in ruhiger Lage.
Tel. 2 67 10/8 34 36, Fax 8 34 35; www.gtp.gr/StarlightHotel; 18 Zimmer ●● CREDIT

Essen und Trinken

The Pines/Pines Too
Zwei traditionelle Restaurants, am Busplatz und am Wasser daneben; ordentliche griechische Küche.
●●

Die Bucht von Mírtos gilt als eine der schönsten der Ionischen Inselgruppe.

Lefkáda

Lagune und »Liebesklippen« – die »weiße« Insel bietet schöne Strände und imposante Kreidefelsen.

Lefkáda ist die einzige der Ionischen Inseln, die zeitweise unter türkischer Herrschaft stand, bis sie 1648 schließlich von Venedig übernommen wurde: Blick auf den Hafen von Lefkada-Stadt. Der Ort ist nur durch einen Kanal vom Festland getrennt.

Lefkáda oder Léfkas war ursprünglich keine Insel, sondern hing mit seiner Nordspitze am griechischen Festland, wurde aber schon im 7. Jh. v. Chr. durch einen Kanal davon getrennt. Die Korinther, die um 640 v. Chr. erste Kolonien gründeten, konnten auf diese Weise im Schutz der Insel am Festland entlangsegeln. Bis heute wird die Wasserstraße auf etwa 5 m Tiefe gehalten, muss immer wieder ausgebaggert werden. Eine Brücke stellt die Verbindung zur Insel her. Natürlich könnte man den Kanal zuschütten und eine feste Straße bauen. Die meisten der 21 000 Bewohner Lefkádas wollen jedoch Insulaner bleiben. Umfragen haben dies bestätigt.

Landschaftlich hat Lefkáda viel zu bieten: Im gebirgigen Inselinneren haben sich die Dörfer weitgehend erhalten, an den Küsten gibt es schöne Strände. Im Norden läuft die Insel flach aus, in der Lagune wird Fischzucht betrieben. Auch im Osten ist die Insel flach, ohne an Reiz zu verlieren. Vor der Ostküste haben sich einige Reiche wie der einstige Tankerkönig Aristoteles Onassis Privatinseln zugelegt. **Nídri**, der Onassis-Insel gegenüber, ist Lefkádas beliebtester Urlaubsort.

Lefkáda-Stadt ⟶ S. 119, D 5

6500 Einwohner

Die Hauptstadt liegt am Nordost-Ende der Insel, dort, wo sie sich ans Festland anschmiegt. Von seichten Lagunen umgeben, ist das Städtchen als lebendige Metropole sehr reizvoll. Der antike Ort lag 2 km südlich. Zur Sicherung der neuen Stadt wurde am Übergang zum Festland die mächtige Burg Santa Maura, griechisch **Agía Mávra**, gebaut, in der der venezianische Statthalter residierte.

Lefkáda-Stadt macht auf den Besucher – im Gegensatz zu den Hauptorten der großen Nachbarinseln – einen ausgesprochen verträumten Eindruck. Enge, verwinkelte Gassen führen ins Zentrum. Die breiteste Straße (Odós Ioánnou Méla) ist Fußgängerzone. Der Hauptplatz, die Platía Agíou Spiridóna, hat einige moderne Cafés. An kleinen Plätzen stehen für das Land ganz untypische Kirchen: keine griechischen Kuppelkirchen, sondern kleine Gebäude mit Langhaus und separatem Glockenturm. Bademöglichkeiten in der Nähe der Hauptstadt bietet die Bucht **Ágios Ioánnis** jenseits der Lagune.

Hotels/andere Unterkünfte

Ionion Star

Erstes Haus am Platze, bestens ausgestattet und mit allen Annehmlichkeiten. Pool und Poolbar.

Am Ortseingang; Tel. 2 64 50/2 47 62, Fax 2 51 29; E-Mail: info@ionionstar.gr; 64 Zimmer ●●● CREDIT ♿

Nirikos

Am Eingang zur Fußgängerzone gelegen. Alle Zimmer mit Dusche, Balkon und Aircondition.

Am Hauptplatz; Tel. 2 64 50/2 41 32, Fax 2 37 56; E-Mail: nirikos@otenet.gr; 40 Zimmer ●● CREDIT

Santa Maura

Einfache, saubere Pension, untergebracht in einem Altstadthaus.

Odós Vlanti 2; Tel. 2 64 50/2 13 08, Fax 2 62 53; 19 Zimmer ●

Sehenswertes

Ágias Mínas

Ein gutes Beispiel für den »ionischen Barock«; die Deckengemälde stammen von Nikólaos Doxáras, einem bedeutenden Vertreter der »Ionischen Schule«.

Ecke Odós Méla/Valaorítis

Ágios Nikólaos

Dieses Gotteshaus besitzt eine schöne geschnitzte Ikonostase. Die Decke zieren Ölgemälde.

In der Parallelstraße zur Fußgängerzone

Pantokrátoras
Privatkirche im Besitz der Familie Valaorítis; im Hof das Grab des Dichters Aristotéles Valaorítis.
In der Fußgängerzone

Museen

Archäologisches Museum
Ausgestellt sind Funde von der Insel, Keramik, Stelen, Waffen, Schmuck und Fotos von Dörpfelds Grabungen rund um die Ortschaft Nídri.
Kulturzentrum, Odos Sikelianou; tgl. außer Mo 8.30–15 Uhr; Eintritt 3 €

Byzantinisches Museum
Nachbyzantinische Ikonen der sieben Ionischen Inseln, frühe Buchdrucke, naive Kirchenkunst.
In der öffentlichen Bibliothek, Odós Lochagoú Rontojanníou 9; Mo–Fr 10–12 Uhr; Eintritt frei

Charamoglios-Bibliothek
Die Literatursammlung über Lefkáda besitzt 25 000 Schriften und war ursprünglich eine Privatsammlung; im Erdgeschoss Kunstausstellungen.
Odós Skiadarési 20 (Seitenstraße der Fußgängerzone); Mo–Fr vormittags, Ausstellungen abends (keine regelmäßigen Zeiten); Eintritt frei

Folklore-Museum
Sitten und Gebräuche der Insel und die Lebensumstände ihrer Bewohner werden hier dokumentiert.
Odós Stefanitzi 2, Nähe Hauptstraße; tgl. 10–14 und 20–22 Uhr; Eintritt 2 €

Phonographisches Museum
Hier werden alte Grammophone, Schallplatten etc. ausgestellt.
Nahe der Fußgängerzone; tgl. 9–13 und 18–21 Uhr; Eintritt frei

Essen und Trinken

Casbah
Café, Ouzeri, Kneipe. Kleine Gerichte als Zwischenmahlzeit.
Am Hauptplatz ●●

Karaboulias
Gemütliches Lokal direkt am Hafen mit guter ländlicher Küche.
Am Fischereihafen ●●

To Pharos/Lighthouse
Gutes Essen, schöner kleiner Garten, freundliche Wirtsleute beraten Sie.
Odós Philharmonikís 15, parallel zur Fußgängerzone ●●

Romantica
Das Gartenlokal serviert griechische Küche und dazu Musik von der Insel.
Odós Mitropoleos 13 ●●

Einkaufen

Wochenmarkt
Das Angebot besteht aus Gemüse, Früchten, Wein, Schnaps, Haushaltswaren, Souvenirs und Kleinkram.
Im Stadtzentrum, bei der Kirche Ágios Mínas; tgl. außer So 7–13 Uhr

Am Abend

Il Posto
Beliebter Treff für Jung und Alt, Gäste und Einheimische.
Ecke Dörpfeld/Sikelianou

Service

Auskunft
Auf Lefkáda gibt es kein Büro der EOT. Auskünfte erhält man bei:
Vlachos Tours, Odós Mitropóleos 12; Tel. 2 64 50/2 20 37, Fax 2 50 37

Boote
Boote vermietet die Firma Sport Boat Charter, Nikos Thermos, in Nikiána (zwischen Lefkáda und Nídri).
Tel. 2 64 50/9 24 31, Fax 9 26 72

Busverkehr
Busbahnhof am Bootshafen
Tel. 2 64 50/2 23 64
Verbindungen nach Athen, Aktion (mit Stopp am Flughafen Aktion/Préveza), Préveza (Anschlussbus nach Igoumenítsa/Korfu), Nídri, Vassilikí (auch Vassilikí-Nídri), Agios Nikítas, Kariá, Thessaloniki, Patras.

Hafenamt
Tel. 2 64 50/2 21 76

Touristenpolizei
Tel. 2 64 50/2 93 79

Ziele in der Umgebung

Ágios Nikítas S. 118, C 5

120 Einwohner

Das idyllische Fischerdorf liegt an der Nordwestküste; die Badebucht wird links und rechts von Bergen begrenzt. An der Straße zum Wasser gibt es ein großes Gastronomieangebot – Ágios Nikítas ist touristisch groß im Kommen. Außer an den Wochenenden ist der Ort dennoch beschaulich. Weitere Strände: **Káthisma** (südlich) und **Pefkoúlia** (nördlich).

14 km nach Lefkada-Stadt

Hotels/andere Unterkünfte

Ágios Nikítas
Das Hotel besteht aus drei kleineren Gebäuden im traditionellen Stil, 150 m bis zum Meer. Gut ausgestattete Zimmer und Apartments.
Tel. 2 64 50/9 74 60, Fax 9 74 62; E-Mail: info@agiosnikitas.com; 36 Zimmer ●● CREDIT

Odyssea
Günstig zum Strand gelegen, saubere Zimmer. Es gibt auch hübsche Apartments mit Meerblick.
Tel. 2 64 50/9 73 51, Fax 9 74 21; www.odyssey-hotel.gr; 31 Zimmer ●● CREDIT

Spiti Lagadi
Einfaches ansprechendes Haus in Strandnähe, freundliche Besitzer.
Tel. 2 64 50/9 74 53; 20 Zimmer ●●

Nefeli
Einfaches, älteres Haus, 200 m vom Meer entfernt. Familiäre Atmosphäre.
Tel. 2 64 50/9 74 00, Fax 9 74 02; 16 Zimmer ●

Hoch über der Lagune erhebt sich die venezianische Festung Agía Mávra (→ S. 71), erbaut zu Zeiten der Frankenherrschaft um 1300 von Giovanni Orsini.

Essen und Trinken

Portoni
Hier arbeitet der Koch am Herd noch ganz traditionell.
Am Strand ●●

Egrimni S. 118, C 6

→ S. 24, 77

Kap Doukáto S. 118, C 6

Die weißen Kreidefelsen an der Südspitze von Lefkás haben der Insel den Namen gegeben (lefkos = weiß). An ihrem westlichen Ausläufer, dem Kap Doukáto, soll sich der Sage nach die Dichterin Sappho aus Liebeskummer in den Tod gestürzt haben.

Sappho wurde um 600 v. Chr. geboren und kam von der nordägäischen Insel Lesbos (Mytilíni), sie war von Beruf Erzieherin junger Frauen. Sie hatte sich in einen gewissen Phaon verliebt, der ihre Leidenschaft nicht erwiderte. Sappho suchte sich der Sage nach für ihren Freitod die höchste Klippe im ganzen Land.

Idyllisches Bergdorf im Inselinneren: Kariá liegt am Fuß des Zentralgebirges.

Der Archäologe Dörpfeld entdeckte in der Nähe der Klippen Reste eines Apollo-Tempels. Auch die Priester des Apoll sollen hier gelegentlich ins Meer gesprungen sein: Katapontismos nannten die Alten den Mutsprung, bei dem sich findige Köpfe lebendes Großgeflügel unter den Leib geschnallt haben sollen. Am bequemsten ist es, das Kap vom Ausflugsboot aus zu betrachten.
50 km von Lefkada-Stadt

Kariá

→ S. 118, C 5

980 Einwohner

Gemütlich sitzt man in diesem Bergdorf im Schatten riesiger Bäume, trinkt Kaffee, beobachtet die Frauen, die vor ihrer Haustür Handarbeiten anfertigen. Die Tradition der Inseldörfer erlebt jährlich am 11. August Auferstehung: In der »lefkadischen Hochzeit« werden Brautwerbung, Zeremonien und ein Dorffest vorgeführt.
15 km von Lefkada-Stadt

Hotels/andere Unterkünfte

Kariá Village
Kleines Hotel mit Swimmingpool.
Tel. 2 64 50/4 10 30, Fax 2 10/6 43 01 19; 22 Zimmer ● CREDIT

Museen

Volkskundemuseum
Das kleine Museum befindet sich am Ortseingang. Die private Sammlung zeigt das Leben auf der Insel vom 19. Jh. bis zum Zweiten Weltkrieg. Zu den Exponaten gehören alte Trachten, Webstühle und Handarbeiten.
Tgl. 8–20 Uhr; Eintritt 2 €

Káthisma

→ S. 118, C 5

→ Sport und Strände, S. 25

Kloster Phaneroménis

→ S. 118, C 5

Das Kloster ist ein beliebtes Ausflugsziel in der Nähe der Hauptstadt; schon wegen der herrlichen Aussicht auf die Stadt, den Inselnorden mit Lagune und die Brücke zum Festland. Es wurde Mitte des 17. Jh. gegründet, ist zweimal abgebrannt. Die heutigen Gebäude stammen vom Ende des 19. Jh., auch Kirche und Ikonenwand sind jüngeren Datums. In einer Kapelle rechts vorn befindet sich die besonders verehrte Ikone der Gottesmutter Phaneroménis. Der neu errichtete Zellentrakt wartet auf Mönche.

Die Umgebung des Klosters wurde Mitte des letzten Jahrhunderts aufgeforstet, so dass man heute unter Kiefern ausruhen kann. Das Kloster ist mit dem Bus nach Ágios Nikítas oder per Taxi erreichbar. Der Rückweg bergab ist gut zu Fuß zu schaffen.

4 km von Lefkáda-Stadt;
tgl. 8–14 und 16–18 Uhr; Eintritt frei

Meganíssi

S. 119, D 6

Meganíssi ist die größte Insel vor der Küste von Nídri. Täglich verkehren Autofähren zu den Häfen **Spiliá** und **Vathí**. Oberhalb von Spiliá liegt das größte Dorf der Insel, **Spartochóri**. Die Serpentinen der Straße sind für Fußgänger durch Treppen abgekürzt. Auch zu Vathí gehört ein Dorf, **Katoméri**, allerdings 1 km entfernt. In beiden Dörfern werden Zimmer vermietet. Wer es beschaulich mag, ist hier gut aufgehoben.

Im südlich auslaufenden »Stachel« der Insel Meganíssi sind Höhlen zu finden, in die die Ausflugsboote hineinfahren. Einige von ihnen, zum Beispiel Papaníkoli, dienten im Zweiten Weltkrieg als U-Boot-Versteck. Einen schönen Eindruck erhält man beim Bootsausflug rund um Meganíssi ab Nídri. Die Boote fahren in die Höhlen, stoppen zum Lunch in Spiliá und zum Baden in Skorpiós.

20 km von Lefkáda-Stadt;
ca. 1,5 Std. mit der Fähre

Hotels/andere Unterkünfte

Meganíssi
Kleines Haus mit einfachen Zimmern.
Katoméri; Tel. 2 64 50/5 16 39,
Fax 5 16 39; 12 Zimmer ●

Nídri

S. 119, D 6

700 Einwohner

Der bekannteste Urlaubsort Lefkádas lockt mit Hotels und Pensionen an der Hauptstraße, die parallel zum Wasser verläuft. Die Uferpromenade ist von Tavernen, Cafés und Bars gesäumt. Am Kai legen die Dampfer zu Rundfahrten, Badetrips oder Beachparties ab. Nídris Badestellen liegen am nördlichen Ortsausgang, alle Wassersportmöglichkeiten sind vorhanden. Der einst ruhige Ort ist zum Zentrum des Tourismus geworden, beliebt bei Briten, gefolgt von Deutschen und Skandinaviern.

Der Bucht sind mehrere Inseln vorgelagert. Nídri direkt gegenüber liegt **Madoúri** mit der klassizistischen Villa, in der Aristotéles Valaorítis, Inselpoet und -politiker (1824–1879), seine Gedichte schrieb. Der Eigentümer des Hauses, ein Amerikaner, kommt im Sommer als Urlauber.

Hinter Madoúri liegt **Skorpiós**, die Insel des Reeders Onassis. 40 Angestellte arbeiten noch immer für die Familie, als Wachpersonal oder Gärtner. Auf Skorpiós sind Aristóteles Onassis, seine Tochter Christina und sein Sohn Aléxandros bestattet. An einem Ministrand dürfen Ausflugsboote die Gäste für ein kurzes Bad ausladen – ansonsten heißt es »Betreten verboten!«.

Der deutsche Archäologe Wilhelm Dörpfeld hat viele Jahre in Nídri gelebt und unermüdlich versucht, seine These zu beweisen, dass Lefkáda, nicht Ithaka, die Heimat des Odysseus war.

MERIAN-Tipp

8 Apartments von Theocharis

Schöne Apartments in der Káthisma-Bucht von Lefkáda vermieten die Brüder Theocharis, 18 Studios mit Meeresblick stehen zur Verfügung. Tagsüber herrscht lebhafter Badebetrieb in der Bucht, ab 18 Uhr wunderbare Ruhe. Wer abends die Diskothek braucht, ist fehl am Platze.

Tel. 2 64 50/9 70 50, Fax 9 73 35;
www.kathisma.com S. 118, C 5

Einige allerdings unbedeutende Funde zeugen noch von seiner emsigen Tätigkeit (→ Königsgräber, S. 76). Dörpfeld (1853–1940) besaß ein Haus an der Nordspitze der Nídri gegenüberliegenden Halbinsel Geni. Bei der Kirche Agía Kiriakí ist der Wissenschaftler begraben.
18 km von Lefkada-Stadt

Hotels/andere Unterkünfte

Porto Galini
Diese Hotelanlage mit gut ausgestatteten, großen Apartments findet man an der Straße zur Hauptstadt. Der Architekt hat den Komplex terrassenförmig direkt am Meer erbaut.
Nikiána (bei Nídri);
Tel. 2 64 50/9 24 31, Fax 9 26 72;
52 Apartments ●●● CREDIT

Nidri Beach (= Nidri Akti)
Direkt am Wasser liegen zwei einfache Häuser mit sauberen Zimmern und einer Strandbar.
Tel. 2 64 50/9 24 00, Fax 9 21 51;
E-Mail: nydrionbeach@acn.gr;
39 Zimmer ●● CREDIT

Sehenswertes

Königsgräber
Dörpfelds »Königsgräber« entpuppen sich bei näherer Betrachtung als Grundriss mehrerer Rundgräber aus der frühen Bronzezeit (2000 v. Chr.); sie liegen 500 m vom südlichen Ortsausgang entfernt, zu beiden Seiten einer Brücke. Anhaltspunkte für seine großspurige Behauptung hatte Dörpfeld nicht – er fand nicht einmal die winzigste Krone ...

Das Areal ist eingezäunt, die Gräber sind in einem traurigen Zustand.

Spaziergang

Nídris Wasserfälle sind leicht zu finden und lohnen den einstündigen Spaziergang unbedingt – es sei denn, es ist Hochsommer, denn dann sind sie weitgehend ausgetrocknet. Kurz vor dem nördlichen Ortsausgang muss man links nach Rachi einbiegen, von dort auf Schilder »Waterfalls« oder »Kataráktes« achten. Wem es zum Laufen zu heiß ist, der kommt auch mit dem Wagen ziemlich weit. Das letzte Wegstück ist allerdings nur zu Fuß zu bewältigen.

Essen und Trinken

Olive Tree
Familientradition und heimische Küche. Hausgemachtes Speiseeis.
400 m südlich vom Ort ●●

Restaurantmeile
Am Wasser, parallel zur Hauptstraße, reiht sich ein Lokal ans andere, von Nord nach Süd hier eine empfehlenswerte Auswahl: **Flisvos** (seit 1973 mit lefkadischer und griechischer Kost im Geschäft), **Palm Tree**, **Panorama**, **El Greco**, **Apollo-Grill** (traditionelle griechische Küche).

Am Abend

Sail Inn
Tanzbar mit Flair direkt am Meer.

Status
Tanz- und Cocktailbar, häufig Livemusik. Gute Stimmung.
An der Hauptstraße

Service

Hafenpolizei
Tel. 2 64 50/9 52 09

Polizei
An der Hauptstraße; Tel. 2 64 50/9 52 07

Reisebüros
Die Travel-Agenturen in der Hauptstraße organisieren Unterkunft, Ausflüge, Geldwechsel, Leihwagen.

Póros

→ S. 119, D 6

250 Einwohner

An Póros fahren die meisten Urlauber vorbei, gleich hinunter zum Wasser, denn dort, beim Hafen des Ortes, kann man baden, essen und wohnen. Wer

als Ausflügler hier vor Anker geht, sollte den Spaziergang ins Bergdorf mit seiner schönen Kirche nicht scheuen.
27 km von Lefkada-Stadt

Porto Katsíki

→ S. 118, C 6

Einer der schönsten Strände der Insel, eine idyllisch gelegene Bucht vor weißen Felsen, kleinen Kaps und Felsbrocken im Meer. Porto Katsíki ist allerdings schwierig zu erreichen: Man muss zunächst an der Westküste Richtung Süden fahren, von Chortáta nach Komilió und Atháni, weiter die Richtung zum Kap einschlagen, schließlich bei der Abzweigung »Porto Katsíki« die Straße verlassen, dem Wasser zu. Leichter erreichbar ist die Bucht per Boot ab Vassilikí.
42 km von Lefkada-Stadt

Vassilikí

→ S. 118, C 6

370 Einwohner

Das Hafenstädtchen ist ein beliebter Urlaubsort geworden; nicht zu zählen sind die Stühle rund um den Bootshafen. Mit dem nach Westen angrenzenden Ort **Pónti** ist Vassilikí inzwischen fast zusammengewachsen. Dazwischen liegt ein schattiger Zeltplatz. Im Órmos Vassilikís herrschen besonders günstige Windverhältnisse für Surfer, weshalb die Bucht mit den vielen bunten Segeln auf dem Wasser wie mit Schmetterlingsflügeln bedeckt scheint. Boote fahren um das Kap Doukáto zu den Stränden **Egrimni** und **Porto Katsíki** sowie nach **Agiofili.**
38 km von Lefkada-Stadt

Hotels/andere Unterkünfte

Apollo
Einfaches Hotel am Hügel. Saubere Zimmer, familiär geführt.
Tel. 2 64 50/3 11 22, Fax 3 11 42; E-Mail: apollo@otenet.gr; 34 Zimmer ●● CREDIT

Odeon
Modern und geschmackvoll ausgestattetes Hotel, direkt am Strand.
Tel. 2 64 50/3 19 18, Fax 3 19 19; 17 Zimmer ●● CREDIT

Vassiliki Bay
Gut geführtes einfaches Haus in Familienbetrieb, in Strandnähe und am bunten, belebten Hafen mit vielen Tavernen gelegen.
Tel. 2 64 50/3 10 77, Fax 2 35 67; E-Mail: mikylefk@otenet.gr; 24 Zimmer ●●

Pinien- und Eukalyptushaine sowie ruhige Buchten und sanftes Meer – Nídri (→ S. 75) ist ein attraktives Urlaubsparadies, das besonders bei britischen Gästen beliebt ist.

Ithaka

Die zweitkleinste der Ionischen Inseln ist berühmt als Heimat des homerischen Helden Odysseus.

Vathí, die Hauptstadt von Ithaka, besitzt den wohl schönsten Naturhafen Griechenlands. Wie ein Amphitheater umringt der Ort die tief eingeschnittene Hafenbucht.

Ithaka ist mit 96 qkm die zweitkleinste der Ionischen Inseln – und die am wenigsten besuchte, weil die Anreise umständlich ist. Die Insel besteht aus zwei gebirgigen Teilen, zusammengehalten durch den 600 m breiten Isthmos bei **Aetós**. Vor dem Zweiten Weltkrieg lebten rund 15 000 Menschen auf Ithaka, heute nur noch ein Sechstel davon. Der Krieg und das Erdbeben von 1953 haben zu Auswanderungswellen geführt. Ithaka hat tief eingekerbte, zerklüftete Küsten. Von den bis auf gut 800 m ansteigenden Bergen kann man das Festland und die Nachbarinseln sehen; Kephaloniá ist an der engsten Stelle nur 4 km entfernt.

Der Archäologe Heinrich Schliemann ging davon aus, dass Ithaka die Heimat des Odysseus war. So hatte er es bei Homer gelesen, dessen Schriften ihm heilig waren. Er hat die bei Homer beschriebene Burg jedoch nicht gefunden. Sein Kollege Wilhelm Dörpfeld hingegen war überzeugt, Homers Ithaka sei Lefkáda. Auch ihm gelang der Beweis nicht. Dörpfeld musste sich den Vorwurf gefallen lassen, er wolle seine Lieblingsinsel Lefkáda aufwerten, auf der er lebte und auch begraben ist.

Vathí → S. 119, D 8

800 Einwohner

Hauptort von Ithaka ist Vathí. Piraten sollen im Mittelalter die Ansiedlung gegründet haben. Sicher weniger wegen des idyllischen Hintergrundes aus üppigem Grün unter glänzenden Bergkronen; ganz vordergründig hatten sie nur ein gutes Versteck im Auge. Und das bot diese eindrucksvolle Bucht, in deren Mitte die Insel **Lazaretto** Stürme von der See her bremst.

Das öffentliche Leben von Vathí spielt sich in der Mitte des Hafens ab. Das Rathaus liegt hier, auch die Reisebüros, Tavernen und Geschäfte. Wer etwas auf sich hält, trinkt seinen Morgenkaffee im Vorgarten der Villa Drakoúli, am Rande des Meerwassersees. Hinter der Villa liegen Archäologisches Museum und Kulturzentrum. Baden kann man am nördlichen Ausläufer der Bucht, in Loutsá, oder an Stränden, zu denen Boote verkehren: **Gidáki, Filiatró.**

MERIAN-Tipp

9 Taxifahrer Spiros

Wie Spiros mag auch Odysseus, der Held aus dem Trojanischen Krieg, ausgesehen haben, der laut Homer aus Ithaka stammte. Spiros zeigt und erklärt zum Stundenpreis seine Insel (auf englisch). Für die Kaffeepause kennt er den richtigen Ort.

Mobil 69 76/57 69 76 → S. 119, D 8

Hotels/andere Unterkünfte

Captain Yannis Hotel

Moderne Bungalowanlage mit Pool und Poolbar, Tennisplatz und angeschlossenem Restaurant.

Tel. 2 67 40/3 33 11, Fax 3 28 49

●●● CREDIT

Odyssey Apartments

Die Anlage, bestens ausgestattet, thront über der Nordseite des Hafens.

Tel. 2 67 40/3 34 00, Fax 3 26 68; www.ithaki-odyssey.com; 9 Apartments ●●● CREDIT

Mentor

Einfache, saubere Zimmer, freundliche Atmosphäre.

Am nordöstlichen Ende des Hafens; Tel. 2 67 40/3 24 33, Fax 3 22 93; www.hotelmentor.gr; 36 Zimmer ●● CREDIT

Aktaion

Kleines Haus für Preisbewusste.

Beim Fähranleger; Tel. 2 67 40/3 23 87; 10 Zimmer ●

Essen und Trinken

Alle beschriebenen Lokale liegen »in der zweiten Reihe« hinter dem Hafen.

Sirínes
Das Restaurant mit sehr guter griechischer Küche ist in einem alten Kapitänshaus eingerichtet.
Odós Doureíou Íppou;
Tel. 2 67 40/3 30 01 ●●● CREDIT

O Nikos
Einfache typische Taverne mit guter griechischer Küche.
Platía Politechníou ●●

Trechantíri
Griechische Küche. Die Taverne ist bei den Einheimischen sehr beliebt.
Odós Doureíou Íppou ●●

SERVICE

Anreise
Feste Schiffsverbindungen bestehen mit dem Festland (Pátras, Astakós) und mit Kephaloniá, in der Saison auch mit Lefkáda; im Sommer Ausflugsboote.

Auskunft
Delas Tours
Das Reisebüro befindet sich beim Zollgebäude am Hafen. Angeboten werden Auskünfte über Bus- und Fährverbindungen, Ausflüge und Zimmervermittlung.
Tel. 2 67 40/3 21 04, Fax 3 30 31;
www.ithaca.com.gr

Polyctor Tours
Das Reisebüro befindet sich am Hafen beim Taxistand. Man erhält hier Auskünfte, kann Schiffstickets kaufen und auch Apartments und Hotelzimmer buchen.
Tel. 2 67 40/3 31 20, Fax 3 31 30

Hafenamt
Tel. 2 67 40/3 29 09

Medizinische Versorgung
Krankenhaus
Tel. 2 67 40/3 22 22

Polizei
Tel. 2 67 40/3 22 05

Ziele in der Umgebung

Fríkes

→ S. 118, C 7

Der kleine Ort im Norden der Ostküste ist gut für ruhige Ferien. Man sitzt direkt am stimmungsvollen Hafen, geht zum Baden 500 m Richtung Süden, wo Stufen zum Kieselstrand mit kristallklarem Wasser führen. Drumherum eine unvergleichliche Kulisse: Weiße »Stalagmiten« säumen die Bucht, hell ausgewaschene Felsen, die senkrecht aus dem Wasser ragen.
20 km von Vathí

HOTELS/ANDERE UNTERKÜNFTE

Nostos
→ MERIAN-Tipp, S. 13

ESSEN UND TRINKEN

Penelope
Fischspezialitäten; der Bruder des Wirts ist Fischer.
Am Hafen ●●

Symposion
Griechische Küche, frischer Fisch und Wein vom Fass.
Am Hafen ●●

Kióni

→ S. 118, C 7

200 Einwohner

Auf der Insel des Odysseus fühlt man sich nicht nur im Hauptort wohl: Noch geruhsamer als Vathí ist der kleine Hafenort Kióni im Nordosten Ithakas. Die Natur hat hier ein Plätzchen zum Verlieben geschaffen, das sich bislang durch den Fremdenverkehr noch kaum verändert hat. 9
25 km von Vathí

Kloster Kathará

→ S. 118, C 8

In 600 m Höhe an den Hängen des Néritosgebirges erhebt sich das Kloster aus dem 17. Jh. Pater Theodosios,

der Englisch spricht, lebt hier allein. Wenn er nicht gerade laut die Liturgie singt und die Kirchentür hinter sich zugezogen hat, kann man seine Kirche besichtigen, sonst muss man im friedlichen Innenhof des Klosters warten. Das äußere Tor ist von 13–15 Uhr geschlossen.
10 km von Vathí;
tgl. 8–20 Uhr geöffnet

Nymphengrotte

→ S. 119, D 8

Die von Homer besungene Grotte ist bei einem etwa zweistündigen Spaziergang von Vathí aus zu erkunden. Der Weg führt am Wasser entlang Richtung Stavrós, biegt am Ende der Bucht links ins Land ab (Wegweiser »Cave of Nymphies«).

Perachóri

→ S. 119, D 8

400 Einwohner

Das Hangdorf Perachóri kann man von der Hauptstadt aus leuchten sehen – morgens im Schein der aufgehenden Sonne, abends aufgrund hunderter von Glühlampen. Überwältigend schön ist der weite Panoramablick über die Bucht.
1,5 km von Vathí

Stavrós

→ S. 118, C 7

320 Einwohner

Stavrós, auf einem Bergrücken gelegen, ist Hauptort des Inselordens. In der Nähe sind Archäologen tätig, die die Hauptburg des Odysseus bei Pilikáta vermuten, von wo aus man »drei Meere« sehen kann, wie der Dichter Homer es in der Odyssee beschreibt. Hier sind Reste kyklopischer Mauern und eine Nekropole mit einem in Stein gehauenen Grab und einem Altar gefunden worden. Stavrós hat ein kleines **Archäologisches Museum** mit Funden aus der Gegend.
16 km von Vathí;
Museum: 8.30–15 Uhr; Eintritt frei

Essen und Trinken

Petra
Fleisch und Wein aus eigener Produktion. Der Wirt vermietet auch einfache Zimmer im Ort.
Tel. 2 67 40/3 15 96 ●●

Der Esel ist als Lastenträger und Fortbewegungsmittel auch heute noch unentbehrlich.

Yachting im Ionischen Meer

Wer in diesen Gewässern Segel setzt, wird sich fühlen wie einst die phönizischen Seefahrer.

Die Ionischen Inseln sind ein Traumrevier für Segler. Sie liegen parallel zur Festlandküste und bieten bei unruhigem Wetter auf ihrer Leeseite guten Schutz vor Wind und Seegang. Es gibt kaum einen Punkt, der mehr als 30 Seemeilen von einem geschützten Hafen entfernt ist. Die Seefahrer der Antike haben diese guten Segelbedingungen schon vor Jahrtausenden erkannt und geschätzt.

Wie alle griechischen Inseln sind Korfu und die umliegende Inselwelt auch umrankt von Mythen, deren bekannteste Homer in seiner Ilias und Odyssee niedergeschrieben hat. Wer hierher zum Segeln kommt, muss allerdings keine »Odyssee« erleben – wenngleich die Vielfalt der Törns oder Exkursionen durchaus »verwirrend« ist. Im Vergleich zu den anderen griechischen Inseln hat sich die Natur hier verschwenderisch entfaltet. Überall herrscht üppiges Grün in einem fast subtropischen Klima. Darüber hinaus haben Korfu und die Ionischen Inseln eine äußerst interessante Geschichte. Römer, Byzantiner, Venezianer und Türken hinterließen ihre Spuren. Die Ruinen, einst stolze Burgen, sind heute mit bunten Wildblumen überwachsen und beschauliche Ausflugsziele für Landgänge.

Wind und Wetter

Wegen der guten Windverhältnisse eignen sich die Ionischen Inseln auch für weniger erfahrene Segler oder Familien. Das Klima ist ausgeglichen, und der von vielen Seglern gefürchtete »Meltemi«, schon den alten Griechen als Etesien (etos: jährlich) bekannt, erreicht die Ionischen Inseln nicht. Sportliche Segler können indessen von Korfu aus an der Westseite der Inseln den Süden ansteuern und auf dem Rückweg die Vielfalt der Inseln genießen. Der »Maestros«, ein normalerweise leichter bis mäßiger Schönwetterwind aus Nordwest bis Nord, sorgt hier für ideale Bedingungen. Er ist verbunden mit stabilem Hochdruck. Meist stellt er sich am späten Vormittag ein und erreicht

am Nachmittag kaum mehr als fünf Beaufort (was einer frischen Brise von rund 30 bis 40 Stundenkilometer entspricht), um dann mit dem Sonnenuntergang wieder einzuschlafen.

Das Ionische Meer mit dem Golf von Korinth zählt eher als Leichtwindrevier. Rund um die Inseln herrscht typisches Mittelmeerklima mit heißen, trockenen Sommern und mäßigen, feuchten Wintern. Von Mai bis September bläst der Wind aus Nordwesten, und von Oktober bis April kommt der Wind gewöhnlich aus Südwesten, was das Segeln ein bisschen anspruchsvoller macht. Hauptsegelsaison ist hier in den Monaten März bis November.

Nicht nur der Ruhm der antiken Seefahrer sowie die hervorragenden Wind- und Wetterverhältnisse, sondern auch die üppige Inselvielfalt stehen immer noch hoch im Kurs und kommen heute dem Tourismus zugute. Aus aller Welt reisen Segler an – nicht zuletzt wegen der ursprünglichen Gastfreundschaft der Einheimischen.

Die Bewohner sind aufgeschlossen und Besuchern gegenüber absolut hilfsbereit.

Segelcharter

Die sechs Hauptinseln sind Korfu, Páxos, Léfkáda, Ithaka, Kephaloniá und Zákynthos. Sowohl Korfu als auch Zákynthos und Léfkáda sind per Flugzeug zu erreichen. Korfu und Kephaloniá werden auch von Fähren aus Italien angelaufen. Zum Segeln auf einem gecharterten Boot benötigt der Skipper einen amtlichen Sportbootführerschein oder einen BR-Schein, außerdem braucht ein zweites Crew-Mitglied den A-Schein oder eine entsprechende Segelbefähigung, die z. B. der Segelverein ausstellen kann. Der Charterer muss immer auch den amtlich vorgeschriebenen Chartervertrag des griechischen Charterverbandes unterschreiben.

Charterinfos, u. a. auch zu Frauentörns, bei:
Maestros Yachting Germany
Meierfeldstraße 12
92237 Sulzbach-Rosenberg
Tel. 0 96 61/94 11
Fax 0 96 61/10 24 45
www.maestros-yachting.de oder
www.ionian-seaguide.de

Weitere Charteranbieter:
www.griechenland.charterpartner.com

Hervorragende Wetterverhältnisse machen die Ionischen Inseln mit ihren kleinen Fischerhäfen und glasklaren Buchten zu einem traumhaften Segelrevier auch für weniger erfahrene Segler und Familienurlauber.

Páxos

Auf der kleinsten der Ionischen Inseln befinden sich Mensch und Natur noch weitgehend im Einklang.

Quirliges Zentrum für Individualreisende: Lákka (→ S. 86) liegt im Norden der Insel in einer herrlichen Bucht. Hier kann der Gast abschalten und die Seele baumeln lassen.

Páxos galt lange als Geheimtipp. Ausspannen kann man auf der kleinsten der Ionischen Inseln mit 10 etwa 2500 ständigen Bewohnern natürlich immer noch, nur nicht mehr allein – hierher kommen inzwischen mehr Gäste als auf das größere Ithaka, weil die Insel besser erreichbar ist. Nicht nur von Griechenland, auch aus Italien legen Fähren im neuen Teil des Hafens von Gáios an. Trotzdem ist die nur 19 qkm große Insel mit ihrer kleineren Schwester **Antípaxos** (ca. 6 qkm) kein Ziel für Massen. Die Insel hat ein treues Stammpublikum. Zudem haben Österreicher, Deutsche und Italiener Zweitwohnungen erworben.

Korfu und Páxos bildeten in Urzeiten eine Einheit. Der Mythologie zufolge trennte der wilde Meeresgott Poseidon sie mit einem Wurf seines Dreizacks, um auf Páxos einen Platz für Schäferstündchen mit der schönen Amphitrite zu haben. Der Dreizack ist denn auch das Symbol für Páxos.

Die Insel hat zwei Gesichter. Schroff, felsig, unnahbar zeigt sie sich von Westen. In den steilen Hängen sind Höhlen entstanden, einige so groß, dass heute Ausflugsboote hineinfahren, früher dienten sie als Versteck, zum Beispiel für griechische U-Boote im Zweiten Weltkrieg. Wer einen Tagesausflug von Korfu bucht, erlebt die Höhlen als erste Anlaufstation. Bei den häufigen Westwinden erfordert das Einfahren in die Höhlen nautisches Geschick.

Wenn das Schiff die Südküste mit den vorgelagerten Inselchen **Kaltsionísi** und **Mongonísi** umrundet hat, tut sich der Hafen auf – ein ganz anderer, ein malerischer Anblick. Schiffe laufen von zwei Seiten nach Gáios ein. Am neuen Anleger machen die Fähren fest, im alten Fischerhafen die Ausflugsboote. Zwei Inseln liegen wie Wellenbrecher davor. Die größere, **Ágios Nikólaos**, wurde in byzantinischer Zeit zum Schutz bei Überfällen mit einer Festung versehen. Auf der kleineren, weiter draußen liegenden Insel **Panagía** stehen der Leuchtturm und ein Marienkloster, das alljährlich am 15. August zum Wallfahrtsziel wird.

Tourismus, Fischfang und Olivenöl sind die drei Einnahmequellen der Insulaner. Oliven wachsen hier seit Jahrhunderten, rund eine Viertelmillion Bäume werden nach wie vor gepflegt. Das auf Páxos produzierte Öl gilt als das beste im gesamten Mittelmeerraum.

Gáios

⇢ S. 87, b 2

800 Einwohner

Die schönste Straße von Gáios ist die Hafenpromenade. Fischer flicken ihre Netze und reparieren ihre Boote. Im Sommer fahren sie Gäste zu den vorgelagerten Inseln, nach Antípaxos, zu den Stränden im Osten und den Höhlen im Westen. Dicht am Wasser steht das Denkmal für Georgios Paxinos Anemójannis. Nach dem Text der Widmung war es sein größter Wunsch, »in Freiheit mit den Brüdern« zu leben – 1821, mit 23 Jahren, starb er im Freiheitskampf.

Die Insel besitzt nicht nur fünf Taxis, sondern auch fünf kleine Schulen und eine Krankenstation. In früheren Zeiten mussten sich die Bewohner auf ihren Schutzpatron verlassen. Für Páxos ist das der hl. Charálambos, dem eine schöne Kirche geweiht ist. Da er womöglich viel zu tun hatte, wandten sich die Bewohner an verschiedene Heilige, was 63 Kirchen bezeugen. Im Jahresverlauf werden deshalb häufig Heiligenfeste gefeiert.

Von Gáios aus besteht wochentags eine Busverbindung nach Lákka (→ S. 86) und Lóngos (→ S. 87).

Hotels/Andere Unterkünfte

Páxos Beach ⇢ S. 87, b 2

Schöne Unterkunft in Wassernähe.

Tel. 2 66 20/3 22 11, Fax 3 26 95; www.paxosbeachhotel.gr; 42 Zimmer ●●● CREDIT

MERIAN-Tipp

10 Übernachten mit Hafenblick

Studios mit dem schönsten Blick über die Hafenbucht von Gaios auf Páxos vermietet Thekli Zenembisi. Unbedingt vorher anmelden (englisch), da nur fünf Studios zur Verfügung stehen. Das Hobby der Wirtin ist die Jagd auf Oktopusse.

Tel./Fax 2 66 20/3 23 13 → S. 87, b 2

Páxos Club
1 km außerhalb von Gáios im Grünen, in besonders ruhiger Lage. Komfortable, geräumige Apartments. Die Anlage verfügt über einen Pool.
Tel. 2 66 20/3 24 50, Fax 3 20 97; www.paxosclub.gr; 26 Apartments für 2–5 Personen ●● CREDIT

Essen und Trinken

Alexandros
Fischtaverne am Hafen; auch griechische Hausmannskost.
●●

Taka Taka
Einheimische Küche; Gastraum an der Straße und Plätze im Garten.
Seitengasse vom Hafen ●

Service

Auskunft
Die kleinen Reisebüros am Kai beraten, vermitteln Ausflüge, Fahrzeuge und Unterkunft.

Páxos Holiday Agency
Die Agentur hat den besten Überblick über die Lage am Zimmermarkt.
Am Hafen; Tel. 2 66 20/3 22 69, Fax 3 21 22; www.paxosmagic.com,

Hafenamt
Tel. 2 66 20/3 25 33

Polizei
Tel. 2 66 20/3 22 22

Ziele in der Umgebung

Antípaxos → S. 87, c 3

Auf dem kleinen, zu Páxos gehörenden und der »großen Schwester« südlich vorgelagerten Inselchen leben nur drei Familien. Im Sommer kommen Helfer für die Landwirtschaft hinzu. Was für Páxos der Olivenbaum, ist für Antípaxos der Weinstock: Mehrere Rebsorten versprechen einen ausgezeichneten Wein. In der Saison stehen einige Fremdenzimmer zur Verfügung. Und Stammgäste kommen zum Beispiel mit dem eigenen Boot aus Italien. Der winzige, sehr flache Hafen liegt im Osten. Von hier, von Agrapidiá, führt eine Straße ins einzige Dorf, nach Vígla.

Wer die Insel auf eigene Faust erkunden will, sollte sich von Gáios mit dem »Wassertaxi« oder Badeboot übersetzen lassen und zunächst die Frage der Unterkunft klären.

4 km von Gáios; mit dem Boot ca. 15 Min.

Lákka → S. 87, a 1

250 Einwohner

Lákka ist der zweite Hafen der Insel, an der Nordküste. Wegen der geringen Wassertiefe wird er nicht von Fähren angelaufen. Bizarre Sandsteinformationen rahmen den Ort.

Südlich von Lákka beginnen im Westen die berühmten **Höhlen** und **Grotten**, zu denen Ausflugsboote fahren. Von Nord nach Süd sind die bekanntesten Ipapánti, Kastanída, Petríti. Auch manche Felsen haben hier einen Namen: Orthólithos oder Monólithos nennt man einen aufrecht stehenden Riesen, Trípitos einen Bogen, der sich vor der Küste über einen Kanal spannt. Lákka gilt als Wassersportzentrum der Insel. Der höchste Punkt der Insel (250 m) ist nach der Kirche Ágios Isavrós benannt.

8 km von Gáios

Essen und Trinken

Nautilus
Gemütliche Fischtaverne.
Am Hafen ●●

Kafeníon Ariston
Das Traditionscafé serviert auch schmackhafte Kleinigkeiten.
Am Hafen ●

Lóngos

S. 87, b 1

150 Einwohner

Der kleine Hafen an der Ostküste steigt von Jahr zu Jahr in der Gunst der Besucher. Beim Ort selbst kann man am winzigen Kieselstrand Levrechio ins Wasser gehen, schöner sind freilich die Badebuchten in der Umgebung, die per Boot oder Moped erreichbar sind. Die brachliegende alte Seifenfabrik am Nordrand der Bucht soll von Engländern demnächst in eine Ferienanlage verwandelt werden. An der Fabrik vorbei, Richtung Norden, kommt man zur schönen Bucht von **Glifáda**.
7 km von Gáios

Essen und Trinken

Die drei am Hafen gelegenen Tavernen **Jannis, Nassos** und **Vassilis** servieren griechische Gerichte und Wein von der Nachbarinsel Antípaxos: einfach, schmackhaft, preiswert.

Routen und Touren

Sein Name bedeutet »Herrscher der Welt«: Der Berg Pantokrátor (→ S. 46) ist mit 906 Metern die höchste Erhebung Korfus. Der Blick von seinem Gipfel ist grandios.

Das reizvolle Hinterland der Ferienorte lässt sich natürlich organisiert erkunden. Noch schöner ist der individuelle Ausflug mit Leihwagen, die in verschiedenen Preisklassen angeboten werden.

Korfus Norden – Herrliche Badebuchten und endlose Olivenhaine

Charakteristik: An den Hängen ziehen sich silbrig schimmernde Olivenhaine hin. Jenseits des Wassers liegt Albanien zum Greifen nahe; **Länge:** ca. 90 km; **Dauer:** Tagesausflug; **Einkehrmöglichkeiten:** Kassiópi am Hafen, Tavernen in Wassernähe; **Karte:** ---> S. 116/117

Eine Reise durch unendlich scheinende Olivenhaine, zu Badebuchten und mondänen Bädern bietet die Fahrt in Korfus Norden.

Man verlässt Korfu-Stadt beim Hafen Richtung Norden und stößt nach dem Überqueren des Flusses **Potamós** auf die große Badebucht, die bis Nissáki reicht. Im Fluss soll einst die Nymphe Kérkyra gebadet haben, die Tochter des Flussgottes Asopos, die der Insel ihren griechischen Namen gab. Von Poseidon empfing Kérkyra einen Sohn: Phäax, Stammvater der Phäaken, die Odysseus halfen und dafür vom Meeresgott Poseidon, dem erklärten Feind des Odysseus, bestraft wurden.

Kontokáli ---> Kassiópi

Kontokáli, der erste Ort, verdankt seinen Namen einem korfiotischen Seefahrer: Christophoros Kontokáli, der Teilnehmer mehrerer Schlachten des 16. Jh. war. Die folgende Bucht von **Gouvion** wird von zwei Landzungen eingerahmt. **Gouviá** mit seinem riesigen Yachthafen ist einer der ältesten Urlaubsorte auf Korfu. Die Ortschaften Koméni, Daphníla und Dassiá folgen (bis Dassiá verkehrt übrigens der Stadtbus Nr. 7). Ípsos, Pirgí, Barbáti und Nissáki schließen sich an. Landschaftlich ist die Strecke abwechslungsreich – links Olivenhaine, dahinter das Bergmassiv des Pantokrátor, rechts Steilküstenabschnitte, Badebuchten und Häfen. Je weiter man sich von Korfu-Stadt entfernt, desto ruhiger werden die Badeorte.

Das Bild ändert sich in **Kassiópi.** Aus dem alten Fischerdorf im Norden ist längst ein quirliger Urlaubsort geworden. Über dem Hafen erheben sich Reste einer alten Burg. An den Stränden unterhalb der Burg wurden terrassenartige Liegeplätze angelegt.

Man setzt die Fahrt auf der neuen Straße fort, die Kassiópi mit den Badeorten weiter westlich verbindet: Acharávi, Róda und Sidári. 13 km lang ist die Bucht von **Róda,** wegen des flachen Sandstrandes vor allem bei Familien ausgesprochen beliebt. An dieser Bucht liegt auch **Acharávi,** ein Ort, der weite Flächen der Ebene bedeckt, weil hier ein Aufenthalt im Bungalow die meistgewählte Art der Unterkunft darstellt.

Sidári, noch weiter westlich gelegen, ist wegen seiner Naturschönheiten am Wasser berühmt. Das Meer hat den weichen Sandstein ausgehöhlt und bizarre Felsen entstehen lassen. Durch Abbrüche bei Winterstürmen verändert die Küste ihr Gesicht. Jenseits des flachen Hinterlandes erhebt sich der höchste Berg Korfus, der Pantokrátor (906 m). Vorgelagert sind die kaum bewohnten Inseln Othóni, Erikoúsa und Mathráki, zu denen man nur per Ausflugsboot gelangt.

Sidári ---> Korfu-Stadt

Für die Rückfahrt nach Korfu-Stadt wählt man die Route durchs Inselinnere. Von Róda bzw. Sidári führt der Weg nach Karoussádes, dann über Chorepískopi, Troumbéttas, Skriperó und Skómbou nach Korfu. Bis Troumbéttas steigt die Straße an, danach geht es wieder abwärts. Beim Durchfahren der schönen alten Bergdörfer sollte man gut aufpassen: Die Dorfstraßen sind sehr eng!

Korfus Westküste – Raue Klippen, bizarre Felsen und reizvolle Buchten

Charakteristik: Besonders steil zeigt sich die Westküste Korfus. Manche der kleinen Buchten sind durch Stichstraßen erreichbar; **Länge:** ca. 70 km; **Dauer:** Tagesausflug; **Einkehrmöglichkeiten:** Paleokastrítsa und Lákones; **Karte:** ⇢ S. 116/117

Rau und felsig präsentiert sich der Westen der Insel. Den Buchten verleiht dieser Rahmen jedoch einen ganz besonderen Reiz.

Korfu-Stadt ⇢ Paleokastrítsa

Anders als an der Nord- und Ostküste gibt es im Westen Korfus keine durchgehende Straße. Berge trennen die einzelnen Buchten voneinander. Kleine vorgelagerte Felseneilande, pittoreske Steinformationen verstärken den Zauber. Mit dem Auto kann man von Korfu-Stadt in reizvoller Landschaftsfahrt nach **Paleokastrítsa** gelangen – man berührt dabei die Orte Alépou, Ágias Vlassis und Vassiliká. Das Dorf Paleokastrítsa mit seinen beiden Badebuchten gilt als besonders schöner Urlaubsort. Hier lohnt auch der Besuch des Marienklosters am Berghang oberhalb der Bucht.

Wer die Gegend von noch höherer Warte betrachten will, muss 3 km zurückfahren, um links nach **Lákones** abzubiegen. Vom »Balkon der Westküste« bietet sich eine wahrhaft herrliche Aussicht. Weite Abschnitte der Küste kann man von der Burg Angelokastro einsehen.

Der Rückweg ab Paleokastrítsa führt weiter an der Westküste entlang. Man hält sich rechts und kommt über Kanakádes, Mármaro und Giannádes zur Bucht von **Ermónes**, wo sich eine Badegelegenheit ergibt. Die nächste Bucht Richtung Süden, **Mirtiótissa**, ist mit dem Wagen schlecht zu erreichen, was für **Glifáda** weiter südlich nicht gilt. Sein »Golden Beach« ist der wohl beliebteste Sandstrand im Westen der Insel.

Pélekas ⇢ Korfu-Stadt

Eine Pause kann man im Bergdorf **Pélekas** einlegen; hier bietet sich der Besuch von »Kaisers Thron« an, eine Erinnerung an Kaiser Wilhelm II. Über Agía Triáda gelangt man anschließend wieder zurück in die Stadt.

Hoch über der Bucht von Paleokastrítsa (→ S. 46) liegt die beeindruckende Burgruine Angelokastro. Die im 12. Jahrhundert errichtete Burg diente einst als Zufluchtsort.

Kephaloniás Süden – Hier lockt der höchste Gipfel der Inselgruppe

Charakteristik: Wilde Naturschönheiten umrahmen den höchsten Berg der Inselgruppe, den Enos mit 1628 m; **Länge:** ca. 125 km; **Dauer:** Tagesausflug; **Einkehrmöglichkeiten:** in Poros mit Blick zum kleinen Hafen; **Karte:** → S. 120/121

Unvergessliche Naturschönheiten und ein paar kleine »Geheimnisse« säumen bei dieser Tour den Weg.

Argostóli → Póros

Man verlässt die Hauptstadt **Argostóli** Richtung Südosten auf der Straße nach Skála. Nach 8 km, bei der Ortschaft Peratáta, besteht die Möglichkeit, zur Burg **Ágios Geórgios** hochzufahren, an deren Fuß sich bis zur Venezianerzeit die Hauptstadt Kástro befand. Bei Peratáta liegt auch das Kloster **Ágios Andréas**, in dessen alter Kirche nach dem Erdbeben 1953 ein byzantinisches Museum eingerichtet wurde.

Literaturfreunde zieht es nach **Metaxáta**, wo der englische Dichter Lord Byron 1823 einige Monate lang lebte. Ein Gedenkstein erinnert an den Aufenthalt des Philhellenen.

Die Straße führt in einigem Abstand zum Meer durch schöne Dörfer. Rechts blickt man über fruchtbare Ebenen hinüber zu den Stränden, links hinauf zum Énos. Auf Terrassen am Hang liegt **Vlacháta**; zum zugehörigen Strand folgt man dem Schild »Vlachata Beach«. Auf einem Plateau über dem Meer thront **Lourdáta**, ein Ort im Grünen, der frisches Quellwasser vom Énos bekommt. Der Waschplatz wird noch heute genutzt. **Simonáta** ist ein weiteres schönes Hangdorf auf der Strecke.

Hinter Plateiés teilt sich die Straße. Der Weg führt rechts weiter in der Nähe des Ufers zu den Stränden im Süden, bei Káto Katelićs und über Ratzaklí nach **Skála**. Von dort könnte man vorbei an fast einsamen Buchten bis zum Hafen Póros fahren, doch man erreicht ihn besser auf der Straße durchs Land über Markópoulos, Ágios Geórgios, Agía Iríni und Tzanáta.

Zu **Markópoulos** gehört eine wundersame Geschichte: Jedes Jahr am 15. August, so will es die Legende, kommen kleine Schlangen, die das Zeichen des Kreuzes auf dem Kopf tragen, ins Dorf und kriechen durch die Marienkirche von Agrínia. Die Dorfbewohner bestätigen die Geschichte. Wahr ist, dass Mitte August zur Paarungszeit eine bestimmte Natternart aus ihren Verstecken kommt.

Póros → Énos

Von **Póros** aus geht es nordwärts, durch eine »Pforte«, die von haushohen Felswänden freigelassen wird. 6 km hinter Tzanáta liegt bei Ágios Nikólaos der so genannte »unendliche See«, der **Ávithos**, dessen Tiefe bis heute niemand feststellen konnte. Man fährt weiter durch eine herrliche Berglandschaft bis Zerváta und Grizáta, um dann links Richtung Argostóli einzubiegen. An der Kreuzung davor führt der Weg rechts zur Höhle von **Drongaráti**. Etwa 8 km hinter der Kreuzung zweigt links der Weg zum höchsten Gipfel ab, dem 1628 m hohen Énos. Der Weg ist bis zur Radarstation gut befahrbar. Das letzte Stück sollte man zu Fuß gehen.

Nach dem Rundblick vom Gipfel setzt man die Fahrt über Frangáta und Razáta fort. Kurz vor der Bucht von Argostóli liegt unterhalb einer engen Brücke die Kirche Agía Varvára, vor vielen Jahren zum Dank für das Überleben eines Kindes beim Sturz in die Schlucht erbaut. Von **Drapáno** aus kann man die Brücke benutzen, die am Obelisken vorbei in die Hauptstadt zurückführt.

Kephaloniás Norden – Bilderbuchdörfer und Naturwunder säumen den Weg

Charakteristik: Es warten landschaftliche Höhepunkte, kombiniert mit Naturwundern und bezaubernden Orten; **Länge:** ca. 110 km; **Dauer:** Tagesausflug; **Einkehrmöglichkeiten:** Assos am Hauptplatz, Fiskárdo am bunten Hafen; **Karte:** → S. 118, 120

Grüne Gebirgsregionen mit schmucken Dörfern, ein Höhlensee und eine Tropfsteinhöhle – ein Highlight folgt dem anderen auf dieser Tour.

Argostóli → Mírtos Beach

Von Argostóli aus fährt man über die Brücke nach Drapáno, dann links die Bucht entlang. **Fársa**, das nächste Bergdorf, steht erst seit 1953 an der jetzigen Stelle, die Ruinen des alten Ortes sieht man höher am Berg. Noch weitere typische Bergdörfer säumen die Straße. Bei der Ortschaft **Angónas** erreicht man den Golf von Mírtos; der nächste Strand heißt Agía Kiriakís. 6 km weiter öffnet sich der immer wieder fotografierte Mírtos Beach, zu dem sich ein ziemlich holpriger Weg hinunterschlängelt (4 km). Das Farbenspiel des Wassers verzaubert stets auf Neue. Vom hellen Grün zum Tintenblau ändert der Wind das Bild ständig. Der Strand besteht weitgehend aus glatten Kieseln, so dass man eine Matte als Unterlage braucht.

Ássos → Sámi

Hinter Anomeriá führt die Straße dicht an der Bucht mit dem wunderbaren Farbenspiel des Wassers vorbei. Links zweigt die Straße nach **Ássos** ab, einem der schönsten Orte im Norden. Die Auffahrt zur Burg ist auf Schotterpisten zwar möglich; man wird den Wagen oben jedoch kaum parken können – die 2 km lange Strecke empfiehlt sich folglich als Spaziergang. Erholen kann man sich anschließend beim Imbiss am kleinen Dorfplatz von Assos. Weiter geht es Richtung Norden nach **Fiskárdo**, das das verheerende Erdbeben vor fast 50 Jahren heil überstand. Bis **Sinori** sollte man dieselbe Strecke zurückfahren, dann links nach **Agía Ephimía** abbiegen. Der kleine Hafen atmet Beschaulichkeit. In der Nähe des Ortes laden Mini-Buchten zum Sprung ins kühlende Nass ein.

Ein besonderes Erlebnis ist eine Fahrt durch den Höhlensee Melissáni (→ S. 68).

Kurz vor Sámi wartet der berühmte Höhlensee **Melissáni**. **Sámi** ist der bedeutendste Fährhafen der Insel, touristisch durchorganisiert. Hier nimmt man den Weg durch die Berge und fährt quer über die Insel wieder nach Argostóli. 4 km von Sámi entfernt folgt rechts die Tropfsteinhöhle von **Drongaráti**. Der Abstecher zum Énos ist auch von hier aus möglich, falls man den Berg noch nicht kennt.

Inselrundfahrt auf Zákynthos – Die Blume der Levante ist von sanfter Schönheit

Charakteristik: Die landschaftliche Vielfalt von Zákynthos wird im Norden durch weiße Felsen und eine blaue Grotte ergänzt; **Länge:** ca. 85 km; **Dauer:** Tagesausflug; **Einkehrmöglichkeiten:** Agios Nikólaos Skinarioú, bei der Ablegestelle zur Blauen Grotte; **Karte:** ---> S. 120/121

Die italienischste aller griechischen Inseln verzaubert mit archaischen Klöstern, viel Grün und traumhaften Stränden. Nicht zu vergessen die Blaue Grotte!

Zákynthos-Stadt ---> Shipwreck Bay

Man verlässt Zákynthos-Stadt Richtung Süden, biegt am Ortsausgang beim Fluss rechts ab und fährt ein Stück Richtung Flughafen und Volímes. Der Airport bleibt links liegen, weiter geht es rechts über Danáto nach Macherádo. In der Mitte des Dorfes steht die berühmte Wallfahrtskirche **Agía Mávra** aus dem 16. Jh., die eine wundertätige Ikone besitzt. Man sieht sie links von der vergoldeten Ikonostase, sie ist mit zahlreichen Votivgaben behängt. Am Ortsausgang Richtung Rómiri erhebt sich das Kloster der Panagía Eleftherótria, gebaut wie eine Festung, mit mehreren bekrönten Türmen.

Die Straße führt in Serpentinen zwischen den Bergen hinauf ins Dorf **Kilioméno** mit der beachtenswerten Nikolaus-Kirche und einem der schönsten Glockentürme der Insel. Durch stets wechselnde Landschaft gelangt man nach **Ágios Léon** und **Éxo Chóra,** von wo aus man links einen Abstecher nach **Kampí** einschieben kann. Hier lassen sich besonders schöne Sonnenuntergänge erleben. Das große weiße Kreuz erinnert an die Toten des letzten Weltkrieges.

Über Maríes führt die Straße nach **Anafonítria** mit dem gleichnamigen Kloster, in dem der Schutzpatron der Insel, der hl. Dionysíos, einstmals als Mönch lebte. Wie die Legende berichtet, gewährte er hier sogar dem Mörder seines Bruder Zuflucht. Am Ortsausgang lohnt es sich, links zum Kloster des hl. Geórgios Krimnón abzuzweigen. Von der Taverne auf dem Vorplatz genießt man einen schönen Blick auf das Meer.

Kurz hinter dem Kloster biegt die Fahrstraße zur viel fotografierten Bucht mit dem Schiffswrack ab. Tausende Besucher kommen in der Saison täglich, um die malerische **Shipwreck Bay** an der felsigen Westküste von Zákynthos zu bestaunen. 1 Man kann die Bucht von oben einsehen, betreten jedoch nur vom Wasser her, mit dem Ausflugsboot bei einer Inselrundfahrt oder ab Porto Vromi.

Volímes ---> Ágios Nikólaos Skinarioú

Die Straße führt weiter nach **Volímes,** einem Bergdorf, in dem sich die Frauen mit Weben und Sticken beschäftigen. Über Skinariá kommt man nordwärts zum hübschen Hafen **Ágios Nikólaos Skinarioú.** Von hier aus fahren kleine Boote zur **Blauen Grotte,** Ausflugsbusse machen weiter südlich am **Makrís Gialós** eine Picknick- und Badepause, in einer Bucht mit Kieselstrand und kristallklarem Wasser. Oberhalb der Bucht wartet das Restaurant Pilarinos mit Campingplatz und Tauchschule (Tel. 2 69 50/3 13 96) auf Gäste. Die Rückfahrt nach Zákynthos-Stadt führt durch das schöne Hangdorf **Katastári,** dann über Ágios Dimítrios.

Wer will, kann kurz vor Zákynthos-Stadt einen Abstecher zur alten Festung in Bóchali machen. Gegenüber im Ehrenhain erinnert ein Gedenkstein an Nationaldichter Sólomos.

Rund um Lefkáda – Weiße Felsen und gelbe Strände vor tiefblauem Meer

Charakteristik: Gebirgig präsentiert sich die Inselmitte, hohe Felsen umrahmen die Strände der Westküste; **Länge:** ca. 85 km; **Dauer:** Tagesausflug; **Einkehrmöglichkeiten:** Vassilikí mit Tischen rund um den Hafen oder am Hauptplatz von Lefkáda-Stadt; **Karte:** ⟶ S. 118/119

Bezaubernde Badebuchten, die »Liebesklippen« im Süden und Lagunen im Norden – das bietet Lefkáda bei dieser Inselrundreise.

Nídri ⟶ Halbinsel Geni

Die meisten Lefkáda-Urlauber wohnen in Nídri; deshalb ist die Inselrundfahrt von hier aus beschrieben. Man startet Richtung Süden, kann zunächst die Wirkungsstätte des Archäologen Wilhelm Dörpfeld besuchen. Rund um die Vlichó-Bucht fährt man zur Halbinsel Geni. Am Ende der Fahrstraße lässt man den Wagen stehen. Links geht es nun auf einem Pfad am Wasser entlang zur Landspitze mit der Kirche Agía Kiriakí. Um die Ecke stand das Wohnhaus von Dörpfeld, kurz vor der Kirche sieht man sein Grab.

Póros ⟶ Lefkáda-Stadt

Weiter Richtung Süden führt der Weg nach **Póros**. Der nächste Küstenort ist **Vassilikí**, als Urlaubsziel in vielen Katalogen zu finden. Bis nach **Pónti**, dem auf Karten kaum verzeichneten nächsten Ort am Wasser, reihen sich Boots- und Surfbrettverleiher nebst Sportschulen aneinander. Hinter Pónti geht es nordwärts, durch das traditionelle Dorf **Ágios Pétros** nach **Komilió**, wo man sich südwärts wendet. Bis Atháni ist die Straße gut befahrbar, danach kommen Schotterpisten. Immer wieder laden Badebuchten ein. Am einfachsten zu erreichen sind **Káthisma**, wo die asphaltierte Straße über Serpentinen bis ans Wasser führt, oder **Pefkoúlia** fast an der Straße gelegen. Dazwischen liegt der Fischerort **Ágios Nikítas**, wo man von der Terrasse des letzten Cafés direkt ins Wasser springen kann.

Über Tsoukaládes führt die Rundreise in die Hauptstadt **Lefkáda**. Vorher ist ein Abstecher zum Kloster Phaneroménis zu empfehlen. In der Hauptstadt lädt eine etwa 1 km lange Fußgängerzone zum Bummeln ein. Sie führt von der Nordspitze mit der Anbindung ans Festland landeinwärts. Ungewöhnliche, von Venedig beeinflusste Kirchen sind zu finden, dazu einfache und gehobene Geschäfte, vor allem alte und moderne Cafés, wo man mit Einheimischen Tavli spielen oder das bunte Treiben genießen kann. An der Ostküste mit ihren Ferienorten geht es zurück nach Nídri.

Der malerische Strand von Káthisma (→ S. 25) ist von hohen Felsen umgeben.

Rundfahrt auf Ithaka – In der Heimat des mythischen Helden Odysseus

Charakteristik: Die Insel wartet mit grünen Berghängen, kleinen Dörfern und bezaubernden Miniatur-Häfen auf; **Länge:** ca. 50 km; **Dauer:** Halbtagesausflug; **Einkehrmöglichkeiten:** an der reizvollen Hafenbucht von Kióni oder in Stravrós; **Karte:** ····› S. 118/119

Klares türkisblaues Wasser zeichnet den Strand von Ágios Ioánnis aus.

Ein Tipp für Individualisten ist die Fahrt um die Heimatinsel von König Odysseus. An einigen Stellen ist sie so schmal, dass man gleich mehrere Küsten im Blick hat.

Vathí ····› Kloster Kathará

Eine Rundfahrt von **Vathí** nach Vathí ist eine Tour durch den Nordteil Ithakas – der felsige Süden ist unbewohnt. Am Fähranleger vorbei geht es Richtung Stavrós zur **Aetós-Bucht,** mit nur 600 m Breite die engste Stelle Ithakas. Links biegt die Straße nach Píso Aetós ab, einem kleinen Hafen mit Badebucht, von wo im Sommer Boote nach Sámi auf Kephaloniá ablegen. Die Hauptstraße schraubt sich ins Níritos-Gebirge, gibt rechts den Blick frei auf die Insel Lazaretto. Die Nachbarinsel Kephaloniá auf der linken Seite scheint zum Greifen nah. Bei der Gabelung biegt man zum **Kloster Kathará** ab. Von der Aussichtsplattform beim Klosterturm genießt man einen unvergleichlichen Blick auf die Berge, nach Kephaloniá und zurück zur Hauptstadt Vathí. Die Klosterkirche kann besichtigt werden. Eine Ikone der Muttergottes wird besonders verehrt. Sie überlebte als einzige einen Brand. Aufrecht soll das Bildnis in den Trümmern gestanden haben. Ein Fest erinnert an jedem 8. September an dieses Wunder.

Anógi ····› Agios Ioánnis

Anógi, das höchste Dorf, liegt 650 m über dem Meeresspiegel; man sieht es bald linker Hand der Straße. Weiter geht es nach **Stavrós**, dem Hauptort im Norden, teilweise über Schotterpisten. In Stavrós nimmt man rechts die Straße nach **Fríkes**, lässt sich dort Zeit für einen Bummel am kleinen Hafen, ehe man sich dann rechts nach **Kióni** mit seinem reizvollen Hafen hält. Der Weg zurück führt über Stavrós, wobei man die Bucht von Afales besuchen kann.

Hinter Stavrós schlägt man rechts den Weg zur Polisbucht ein oder fährt gleich Richtung **Léfki**, einem kleinen, als reich geltenden Dorf, da die wenigen Einwohner von Verwandten aus Australien unterstützt werden. Von Léfki führt ein 3 km langer Weg zum »White Beach«, offiziell **Ágios Ioánnis**, einer der saubersten Buchten der Insel. Der Rückweg geradeaus wäre kürzer, ist aber kaum befahrbar. Besser ist es, über Léfki nach Aetós und Vathí zurückzukehren.

Wenn Neugier und innovatives Denken
mit einer Auszeichnung belohnt werden ...
... dann muss es live! sein!
MERIAN
live!
Berlin
EXTRA:
Berlin-Lexikon
Hackesche Höfe – Wo Berlin sich amüsiert
• Galerien und Museen – Wo alte Meister und Junge Wilde sich begegnen
EXTRA MERIAN Quiz mit Gewinnspiel
NEU Stadtplan zum Herausnehmen
Doppelter Grund zur Freude: Der Innovationspreis 2007 der Internationalen Tourismus-Börse ITB in der Kategorie „Kompakte Reiseführer" geht an MERIAN live! – für die nützlichen und spannenden Neuerungen „herausnehmbarer Faltplan" bzw. „MERIAN Quiz". Darüber freuen wir uns sehr. Und Sie können sich noch mehr auf Ihre nächste Reise freuen!
Mehr Informationen unter
WWW.MERIAN.DE
MERIAN
live!
Die Lust am Reisen

Wissenswertes über Korfu und die Ionischen Inseln

Auf den Ionischen Inseln ist die Bevölkerungsdichte mit 78 Menschen pro Quadratkilometer höher als im Gesamtdurchschnitt Griechenlands. Die meisten Einwohner »drängen« sich auf Korfu: Männer bei einer Mußestunde in Korakiana, Zentral-Korfu.

Hier finden Sie alle wichtigen Informationen von A(nreise) bis Z(oll), um Ihre Urlaubsreise optimal vorbereiten zu können. Mit Sprachführer, Essdolmetscher und Nebenkostentabelle.

Jahreszahlen und Fakten im Überblick

Um 3000 v. Chr.
Auf dem griechischen Festland entsteht eine der ältesten Kulturen Europas, die helladische. Illyrer besiedeln Inseln im Ionischen Meer.

Um 1200 v. Chr.
Im Trojanischen Krieg besiegen die Griechen unter ihrem Führer Agamemnon Troja auf dem kleinasiatischen Festland. Griechen besiedeln den Ostrand des Mittelmeeres. Laut Homer nahm Odysseus, König auf Ithaka, am Kampf um Troja teil.

734 v. Chr.
Die Handelsmacht Korinth gründet Kolonien im Westen, darunter Korkyra auf Korfu. Korkyra wird so mächtig, dass es 664 v. Chr. zur ersten Seeschlacht der Griechen kommt, bei der Korkyra gegen Korinth gewinnt.

5. Jh. v. Chr.
Die Griechen werden von den Persern bedroht, bleiben 490 v. Chr. Sieger der Schlacht bei Marathon. Durch geschickte Taktik besiegen sie zehn Jahre später die überlegene Flotte der Perser in der Schlacht bei Salamis.

431–404 v. Chr.
Der Peloponnesische Krieg entbrennt zwischen Sparta und Athen. Korinth und Korfu sind auf unterschiedlichen Seiten beteiligt.

400–338 v. Chr.
Selbstständigkeit der Ionischen Inseln. 338 erobert Philipp II. von Makedonien Korfu. 336 folgt ihm sein Sohn Alexander, der die Welt bis Indien erobert; Verbreitung des griechischen Geistes (Hellenismus).

229 v. Chr.
Rom legt im heutigen Kassiopi den ersten Hafen im Norden Korfus an, den mehrere Kaiser besuchen.

148 v. Chr.
Die Ionischen Inseln werden der römischen Provinz Macedonia zugeschlagen.

330 n. Chr.
Kaiser Konstantin verlegt die Hauptstadt des Römischen Reiches nach Byzanz. Sein »neues Rom« wird Konstantinopel. Beginn des Byzantinischen Reiches (Ostrom).

395
Teilung des römischen Imperiums in West- und Ostrom mit den Hauptstädten Rom und Konstantinopel. Die Ionischen Inseln gehören zu Ostrom.

1054
Es kommt zur Kirchenspaltung, dem so genannten Schisma. Die Grenze zwischen römisch-katholischem und griechisch-orthodoxem Glauben verläuft auf dem Balkan.

1204
Nach der Plünderung Konstantinopels durch die Ritter des 4. Kreuzzuges und die Schwächung des byzantinischen Kaiserreiches erfolgt eine Veränderung der Machtverhältnisse im Mittelmeer. Venedig baut seine Handelsverbindungen aus, gründet Stützpunkte zur Sicherung der Seewege.

1386
Korfu bittet Venedig um Schutz gegen die Osmanen, die Konstantinopel bedrohen und nach Westen vordringen. Bis auf Lefkáda schließen sich die Ionischen Inseln dem Schutz Venedigs an. Die Republik Venedig behält die Inseln für rund 400 Jahre.

1453
Sultan Mehmet II. erobert Konstantinopel: Ende des Byzantinischen Reiches, Griechenland bleibt rund 400 Jahre türkisch besetzt.

16. Jh.
Mehrmals belagern die Türken Korfu, dringen auf den Balkan vor. 1537 und 1571 werden türkische Angriffe auf Korfu abgewehrt.

1716
Erneuter Angriff der Türken auf Korfu. Venedig überträgt die Verteidigung dem deutschen General Matthias von der Schulenburg, der die Türken aufhalten kann, bis Prinz Eugen auf dem Balkan aufmarschiert und die Türkengefahr endgültig bannt.

1797
Napoleon besetzt Venedig. Die Ionischen Inseln werden französisch.

1800
Auf Korfu wird die »Republik der Sieben Inseln« unter russischem Schutz ausgerufen.

1807
Der Vertrag von Tilsit spricht die Inseln erneut Frankreich zu. Ab 1809 versuchen die Engländer, die Franzosen von den Inseln zu vertreiben.

1815
Nach dem Ende der napoleonischen Ära werden die Ionischen Inseln England zur Verwaltung übertragen. Zehn Lordhochkommissare bestimmen von 1815 bis 1864 die Politik.

1830
In Griechenland wird ein neuer Staat ausgerufen. König wird Prinz Otto von Bayern, ein Sohn König Ludwig I. Otto hält den Thron 30 Jahre.

1864
Königin Viktoria gewährt den Ionischen Inseln die Unabhängigkeit. Am 21. Mai Anschluss ans griechische Mutterland.

1916
Im Ersten Weltkrieg wird Korfu Stützpunkt der Alliierten.

1941–1944
Im Zweiten Weltkrieg bombardieren die Italiener Korfu und Zákynthos, besetzen anschließend die Inseln. 1943 folgen deutsche Truppen.

1945–1949
Ein Bürgerkrieg zwischen Königstreuen und Kommunisten erschüttert Griechenland. Sieg der Konservativen.

1953
Ein schweres Erdbeben verwüstet die Ionischen Inseln, insbesondere Kephaloniá und Zákynthos. Der Wiederaufbau verändert die Städte.

1967–1974
Militärdiktatur in Griechenland, die viele Opfer fordert.

1981
Griechenland wird Mitglied der Europäischen Gemeinschaft.

1996
Kostas Simitis wird Ministerpräsident und Parteiführer der von Papandreou gegründeten Panhellenischen Sozialistischen Bewegung (PASOK).

2002
Griechenland erreicht die Kritierien für den Beitritt zur Europäischen Währungsunion.

2004
Konstantin Karamanlis wird Ministerpräsident einer konservativen Regierung. – Für die Organisation der Olympischen Spiele erhält Griechenland internationale Anerkennung.

2005
Der Sozialist Karolos Papoulias wird zum Staatspräsidenten eines konservativ dominierten Parlaments gewählt.

2006
Erstmals in der Geschichte übersteigt die Zahl der ausländischen Urlaubsgäste die 15-Millionen-Marke.

Nie wieder sprachlos

In allen größeren Hotelanlagen wird auch Deutsch gesprochen, in kleineren Hotels, in Restaurants und Souvenirgeschäften von Fall zu Fall. Hauptverkehrssprache im Tourismus ist Englisch. Orts- und Straßenschilder weisen fast immer eine Umschrift in lateinischen Buchstaben auf. Für diesen Reiseführer wurde nicht die international normierte Umschrift aus dem Griechischen gewählt, sondern eine, die deutschsprachigen Reisenden die richtige Aussprache griechischer Wörter möglichst erleichtert. So schreiben wir nicht nach traditioneller Art »gyros«, sondern »gíros«. Der Akzent zeigt die betonte Silbe an, mit einem Vokal beginnende, groß geschriebene Wörter (Eigen- und Ortsnamen) ohne Akzent werden stets auf der ersten Silbe betont. Für die Verständlichkeit ist richtige Betonung meist wichtiger als eine korrekte Aussprache! Als Faustregel für die Aussprache gilt, dass alle Silben kurz und die Vokallaute offen ausgesprochen werden.

Zum kleinen Grundwortschatz sollten die Zauberwörter »efcharistó« (danke), »parakaló« (bitte) und »signómi« (Entschuldigung) gehören und als Ausdruck von vielseitiger Verwendbarkeit »jássas«. Das sagt man zur Begrüßung (wie »Guten Tag«, »Grüß Gott« und »Grüezi«), zum Abschied (wie »Tschüs«, »Servus« und »Ade«), beim Heben der Gläser (»Prosit«) und wenn das Gegenüber niest – »Gesundheit« –, was denn auch die Grundbedeutung dieses Wortes ist. Die Griechen freuen sich, wenn ihre Besucher sich bemühen, zumindest einige Floskeln in der Landessprache zu beherrschen. Probieren Sie es einfach einmal!

Das griechische Alphabet

Großbuchstabe	Kleinbuchstabe	Name	Ausspracheregeln	Umschreibung
Α	α	álfa	kurzes a wie in »Hand«	a
Β	β	wíta	w wie »Wonne«	w
Γ	γ	gámma	j wie in »Jonas« vor den Vokalen -i und -e, weiches g vor den übrigen Vokalen	j, g
Δ	δ	délta	wie stimmhaftes engl. th, z. B. in »the«	d, D
Ε	ε	épsilon	e wie in »Bett«	e
Ζ	ζ	síta	stimmhaftes s wie in »Rose«	s
Η	η	íta	kurzes i wie in »Ritt«	i
Θ	θ	thíta	wie stimmloses engl. th, z. B. in »thanks«	th
Ι	ι	jóta	i wie in »Ritt«	i
Κ	κ	káppa	k wie im Französischen »col«	k
Λ	λ	lámbda	l wie im Deutschen	l
Μ	μ	mi	m wie im Deutschen	m
Ν	ν	ni	n wie im Deutschen	n
Ξ	ξ	ksi	ks wie »Axt« oder »Lachs«	x

Groß-buch-stabe	Klein-buch-stabe	Name	Ausspracheregeln	Um-schrei-bung
Ο	ο	ómikron	o wie »oft«	o
Π	π	pi	p wie im Französischen »pomme«	p
Ρ	ρ	ro	Zungenspitzen-R wie im Italienischen	r
Σ	σ,ς	sigma	stimmloses s wie in »Tasse«; stimmhaftes s wie in »Rose« vor stimmhaften Konsonanten	s, ss s
Τ	τ	taf	t wie im Französischen »tableau«	t
Υ	υ	ípsilon	kurzes i wie in »Ritt« w wie in »Wonne« nach Alpha und Epsilon, wenn ein stimmhafter Konsonant folgt f wie in »Fehler« nach Alpha und Epsilon, wenn ein stimmloser Konsonant folgt	i w f
Φ	φ	fi	f wie in »Fehler«	f
Χ	χ	chi	ch wie in »ach« vor a-, o- und u-Lauten sowie vor Konsonanten ch wie in »ich« vor e- und i-Lauten	ch ch
Ψ	ψ	psi	ps wie in »Pseudonym«	ps
Ω	ω	ómega	o wie in »oft«	o

Buchstabenkombinationen

ΑΙ	αι	álfa-jóta	e wie in »Bett«	e
ΕΙ	ει	épsilon-jóta	i wie in »Ritt«	i
ΟΙ	οι	ómikron-jóta	i wie in »Ritt«	i
ΟΥ	ου	ómikron-ípsilon	u wie in »bunt«	u
ΑΥ	αυ	álfa-ípsilon	af wie in »Affe« vor stimmlosen Konsonanten, in allen anderen Fällen aw wie in »Avus«	af aw
ΕΥ	ευ	épsilon-ípsilon	ef wie in »Effekt« vor stimmlosen Konsonanten, in allen anderen Fällen ew wie in »Beweis«	ef ew
ΓΓ	γγ	gamma-gamma	ng wie in »lang«	ng
ΓΧ	γχ	gamma-chi	Lautkombination ngch	ngch
ΜΠ	μπ	mi-pi	In Fremdwörtern (meist am Wortanfang) wie deutsches b, in Wortmitte (außer bei Fremdwörtern) mb wie in »Amboss«	b mb
ΝΤ	ντ	ni-taf	wie oben: in Fremdwörtern ... wie deutsches d, im Wortinneren ... wie nd in »Anden«	d nd
ΓΚ	γκ	gamma kappa	wie oben: in Fremdwörtern ... wie deutsches g, im Wortinneren ... wie ng in »lang«	g ng

Wichtige Wörter

ja	*nä*
nein	*óchi*
danke	*efcharistó*
bitte	*parakaló*
und	*ke*
Wie bitte?	*Oríste?*
Ich verstehe nicht.	*Den katalawéno.*
Entschuldigung	*signómi*
Hallo	*jiá/jássas*
Guten Morgen/ Guten Tag	*kaliméra*
Guten Abend	*kalispéra*
Auf Wiedersehen	*jiá/jássas/adío*
Ich heiße ...	*Me léne ...*
Ich komme aus ...	*Íme apó ...*
– Deutschland.	*– tin jermanía*
– Österreich.	*– tin afstría*
– der Schweiz.	*– tin elwetía*
Ich möchte ...	*Tha íthela ...*
Wissen Sie ...?	*Ksérete ...?*
Wie geht's?	*Ti kánete?*
Danke, gut.	*Kalá, efcharistó.*
wer, was, welcher	*pjoss, ti, pjoss*
wann	*póte*
wie viel	*pósso*
wie lange	*pósso keró*
Sprechen Sie deutsch/ englisch?	*Miláte jermaniká/ angliká?*
heute	*símera*
morgen	*áwrio*
gestern	*echtés*

Zahlen

eins	*énas, mía, éna (n, m, f)*
zwei	*dío*
drei	*tría, tris*
vier	*téssera, tésseris*
fünf	*pénde*
sechs	*éksi*
sieben	*eftá*
acht	*októ*
neun	*ennéa*
zehn	*déka*
einhundert	*ekató*
eintausend	*chília, chílji, chíljes*

Wochentage

Montag	*deftéra*
Dienstag	*tríti*
Mittwoch	*tetárti*
Donnerstag	*pémpti*
Freitag	*paraskewí*
Samstag	*sáwwato*
Sonntag	*kyriakí*

Mit und ohne Auto unterwegs

rechts	*deksiá*
links	*aristerá*
geradeaus	*efthía*
Wie weit ist es nach ...?	*Pósso makriá ine ja ...?*
Wie kommt man nach ...?	*Poss boró na páo sto ...?*
Wo ist ...	*Pu íne ...*
– die nächste Werkstatt?	*– to epómeno sinerjío?*
– der Bahnhof?	*– o stathmós?*
– die nächste U-Bahn-Station?	*– o epómenos stathmós tu metró?*
– der Flughafen?	*– to aerodrómio?*
– die Touristeninformation?	*– to praktorío turistikón pliroforión?*
– die nächste Bank?	*– mía trápesa edó kondá?*
– die nächste Tankstelle?	*– éna wensinádiko edó kondá?*
Bitte voll tanken!	*Jemíste, parakaló!*
Normalbenzin	*wensíni aplí*
Super	*súper*
Diesel	*petréleo*
bleifrei	*amóliwdi*
Öl	*ládi*
Panne	*wláwi*
Ich möchte ein Auto/Fahrrad mieten.	*Tha íthela na nikijásso éna aftokínito/ éna podilato.*
Wir hatten einen Unfall.	*Íchame éna atíchima.*
Wo finde ich ...	*Pu boró na wró ...*
– einen Arzt?	*– éna jatró?*
– eine Apotheke?	*– éna farmakío?*
Eine Fahrkarte nach ... bitte!	*Éna issitírio ja ... parakaló!*

Hotel

Ich suche ein Hotel.	*Psáchno éna ksenodochío.*
Ich suche ein Zimmer für ... Personen.	*Psáchno éna domátio ja ... átoma.*
Ich möchte ein Zimmer mit Bad.	*Tha íthela éna domátio me banjo.*
Haben Sie noch Zimmer frei ...	*Échete éna domátio eléfthero ...*
– für eine Nacht?	*– ja mía níchta?*
– für zwei Tage?	*– ja dio méres?*
– für eine Woche?	*– ja mía ewdomáda?*
Ich habe ein Zimmer reserviert.	*Éklissa éna domátio.*
Wie viel kostet das Zimmer ...	*Póso kostísi to domátio ...*
– mit Frühstück?	*– me proinó?*
– mit Halbpension?	*– me éna jéwma?*
Kann ich das Zimmer sehen?	*Boró na do to domátio?*
Ich nehme das Zimmer.	*Tha to páro.*
Einzelzimmer	*monóklino*
Doppelzimmer	*díklino*
Kann ich mit Kreditkarte zahlen?	*Boró na plirósso me pistotikí kárta?*
Haben Sie noch Platz für einen Wohnwagen?	*Ipárchi chóros ja éna trochóspito?*
Ich möchte mich beschweren.	*Thélo na paraponethó.*
funktioniert nicht	*den liturgí*

Restaurant

Die Speisekarte bitte!	*Ton katálogo, parakaló!*
Die Rechnung bitte!	*To logarjasmó, parakaló!*
Ich hätte gern ...	*Tha íthela ...*
Auf Ihr Wohl!	*Stin ijá sas!*
Wo finde ich die Toiletten (Damen/Herren)?	*Pu íne i tualéttes (jinekíes/andrikés)?*
Kellner/-in	*servitóros/servitóra*
Frühstück	*proinó*
Mittagessen	*mesimerianó*
Abendessen	*dípno*
Ich möchte kein(en) Fleisch/Fisch.	*Tha protimúsa na mín fáo kréas/psári.*

Einkaufen

Wo gibt es ...?	*Pu échi .../pu ipárchi ...?*
Haben Sie ...?	*Échete ...?*
Wie viel kostet ...?	*Pósso káni/pósso kostísi ...?*
Das ist zu teuer.	*Íne polí akriwó.*
Das gefällt mir/gefällt mir nicht.	*Aftó mu aréssi/dén mu aréssi.*
Ich nehme es.	*Tha to páro.*
Geben Sie mir bitte 100 Gramm/ein Kilo ...	*Dóste mu sas parakaló ekató grammária/éna kiló ...*
Danke, das ist alles.	*Aftá, efcharistó.*
geöffnet/geschlossen	*aniktá/klistá*
Bäckerei	*artopiío, fúrnos*
Kaufhaus	*polikatástima*
Markt	*agorá/laikí*
Metzgerei	*kreopolío*
Lebensmittelgeschäft	*pandopolío/míni márket*
Post	*tachidromío*
Briefmarken für einen Brief/eine Postkarte nach ...	*grammatóssima ja éna grámma/ja mía kárta pros ...*

Gesundheit

Krankenhaus	*nosokomío*
Rettungswagen	*asthenophóro*
Fieber	*pyretós*
Ich habe Bauchschmerzen (Kopfschmerzen/Zahnschmerzen/Durchfall)	*Écho ponókilo (ponokéfalo/ponódondo/efkília)*
Schmerztabletten	*pafsípono/analgitiká chápia*
Hilfe!	*Voíthia!*

Die wichtigsten kulinarischen Begriffe

A

angúrja saláta (αγγούριασαλάτα): Gurkensalat
arnáki (αρνάκι): Lamm
– fassolákja (αρνάκι φασολάκια): Lammfleisch mit grünen Bohnen
arní (αρνί): Hammel
– patátes (αρνί πατατες): Hammel mit Kartoffeln
– piláfi (αρνί πιλάφι): Hammel mit Reis
arsinósalata (αρσινόσαλατα): Seeigel-Salat
áspro krassí (άσπρο κρασί): Weißwein
astakós (αστακός): Hummer
awgó, awgá (αυγό, αυγά): Ei, Eier

B

bakaljáros (μπακαλιάρος): gekochter Stockfisch
baklavás (μπακλαβάς): Nachtisch aus Blätterteig mit Nüssen, Mandeln, Pistazien und Honig
bamjés (μπαμιέσ): Okra-Schoten
barbúnia (μπαρμπούνια): Rotbarben
brisóla (μπρισόλα): Kotelett (Rind oder Schwein)

C

chirinó (χοιρινό): Schwein
choriátiki (χωριάτικη): Bauernsalat mit Schafskäse

D

diáfora orektiká (διάφορα ορεκτικά): gemischte Vorspeisen
dolmádes (ντολμάδες): mit Reis und Hackfleisch gefüllte Weinblätter
domatósupa (ντοματόσοᵛπα): Tomatensuppe
dsadsíki (τζατζίκι): Joghurt mit geriebener Gurke, Knoblauch, Zwiebeln und Olivenöl

E

eljés (ελιές): Oliven
entrádes (εντράδες): Eintopf- und Fertiggerichte

F

fassoláda (φασολάδα): Bohnensuppe
fassólja (φασόλια): Bohnen
féta (φέτα): weißer Schafkäse

G

gála (γάλα): Milch
gíros (γίὼοῦ): Geschnetzeltes vom Drehspieß
gliká (γλυκά): Süßspeisen
glóssa (γλώσσα): Seezunge

I/J

Jaúrti anjeládos (γιαουρτι αγγελάδος): Kuhmilch-Joghurt
– prówjo (πρόβειο): Joghurt aus Schafsmilch
jemistés (γεμιστές): gefüllte Tomaten und Paprikaschoten

K

kafés (καφές): griechischer Kaffee
– glikó (γλυκό): süß
– skétto (σκέττο): ungesüßt
– metrio (μέτριο): halbsüß
kalamarákja (καλαμαράκια): Tintenfische
karpúsi (καρπούσι): Wassermelone
kefalotíri (κεφαλοτύρι): Hartkäse
keftédes (κεφτέδες): Hackfleischkugeln
kokkinistó (κοκκäνιστό): geschmort
kokorédsi (κοκορέτσι): am Spieß gegrillte Innereien
kotópulo (κοτόπουλο): Huhn
krassí (κρασί): Wein
kréas (κρέας): Fleisch

L

lachanikó (λαχανικό): Gemüse
láchanosaláta (λαχανοσαλάτα): Krautsalat

ládi (λάδι): Öl
laderá (λαδερά): Ölgebackenes
lemóni (λεμόνι): Zitrone

M

manúri (μανούρι): Schafskäse
marides (μαρίδες): Sardellen
máwro krassí (μαύρο κρασί): Rotwein
meli (μέλι): Honig
melidsánes (μελιτζάνες): Auberginen
melidsánosaláta (μελιτζάνοσαλάτα): kaltes Auberginenpüree
mesé (μεσέ): kalte und warme Vorspeisen
metallikó neró (μεταλλικό νερό): Mineralwasser ohne Kohlensäure
mídja (μύδια): Muscheln
mosschári (μοσχάρι): Kalb
moussakás (μουσακάς): Auberginenauflauf mit Hackfleisch, Kartoffeln und einer Béchamel-Sauce

N

neró (νερό): Wasser
nescafé (νεσκαφέ): Instant-Kaffee
– *frappé (φραππέ):* kalt
– *sestó (ζεστό):* heiß

P

païdákja (παϊδάκια): Lammkoteletts
– *s'cháras (σχάρας):* gegrillte Lammkoteletts
pastítsio (παστίτσο): aus Nudeln, Hackfleisch und Tomaten geschichteter Auflauf
patátes (πατάτες): Kartoffeln
– *tiganités (τηγανιτές):* Pommes frites
pepóni (πεπόνι): Honigmelone
piláfi (πιλάφι): Reis
potá (ποτά): Getränke
psári, psárja (ψάρι, ψάρια): Fisch, Fische
psitó (ψητό): gebraten
psomí (ψωμί): Brot

R

rakí (ρακί): Tresterschnaps
rénga (ρέγγα): Hering
retsína (ρετσίνα): geharzter Wein
rísi (ρύζι): Reis
rodákina (ροδάκινα): Pfirsiche

S

saganáki (σαγανάκι): gegrillter Schafkäse
saláta (σαλάτα): Salat
saláta choriátiki (σαλάτα χωριάτικη): Bauernsalat (»Greek salat«)
sáltsa (σάλτσα): Soße
sardélles (σαρδέλλες): eingelegte Sardellen, kalte Vorspeisen
síka (σύκα): Feigen
sikóti (σηκότι): Leber (ist immer durchgebraten)
simariká (ζυμαρικά): Nudel- und Reisgerichte
skumbrí (σκουμπρί): Makrele
sóda (σόδα): Sodawasser
sofríto (σοφρίτο): Rinderschmorbraten in Knoblauchmarinade
spanáki (σπανάκι): Spinat
spetsofái (σπετσοφάι): Wurst/Gemüsegericht
stafília (σταφίλια): Weintrauben
stifádo (στιφάδο): eine Art Gulasch aus Rindfleisch mit Zwiebeln
sti chára (στη χάρα): gegrillt
sudsukákja (σουτζουκάκια): Hackfleischwürstchen in Sauce
súpa awgolémono (σούπα αυγολέμονο): Brühe mit Reis, Eiern und Zitrone
suwlákja (σουβλάκια): Schweinefleischspießchen

T

taramosaláta (ταραμοσαλάτα): Fischrogenpüree
tirjá (τυριά): Käse
tirópites (τυρόπιτες): Blätterteig mit Schafskäsefüllung
tónnos (τόννος): Tunfisch
tsai (τσάϊ): Tee

W

waréli (βαρέλι): Fass
– *apó waréli (από βαρέλι):* vom Fass (Bier, Wein)
wodíno (βωδίνο): Rind
wútiro (βούτυρο): Butter

Nützliche Adressen und Reiseservice

Auf einen Blick
Einwohnerzahl: 120 000
Fläche Korfus: 592 qkm
Fläche der sechs Inseln: 2193 qkm
Verwaltungseinheiten: Die sechs Inseln bilden vier der 51 Präfekturen Griechenlands. Verwaltungsorte sind Korfu, Kephaloniá, Lefkáda, Zákynthos.
Religion: 95 % griech.-orthodox.
Sprache: Neugriechisch.
Wirtschaft: Tourismus, Landwirtschaft, Fischfang, wenig Industrie.

Anreise

Mit dem Flugzeug

Charterflüge nach Korfu gibt es von fast allen deutschen Flughäfen, ebenso aus Österreich und der Schweiz. Hapag Lloyd/TUI, LTU, Thomas Cook/Condor, Aero Lloyd und Air Berlin bringen jede Woche Gäste auf die beliebte Ferieninsel. Auch Kephaloniá und Zákynthos mit eigenen Flughäfen werden von Spezialveranstaltern direkt angeflogen. Lefkáda ist über den Flughafen Préveza erreichbar. Die Taxifahrt nach Lefkáda-Stadt dauert 20 Minuten. Es gibt keinen Airportbus. Dafür hält der Linienbus Préveza – Lefkáda-Stadt auf Wunsch am Airport. Paxos und Ithaka sind über die Nachbarinseln Korfu bzw. Kephaloniá zu erreichen.

Flugverbindungen

Ab Athen fliegt Olympic Airways nach Korfu, Kephaloniá, Lefkáda (Préveza) und Zákynthos. Olympic Airways hat Querverbindungen zwischen den Inseln Korfu, Kephaloniá, Zákynthos und Lefkáda (über Préveza) eingerichtet, meist als Zwischenstopps auf dem Wege nach Athen oder Thessaloniki. Aegean Airways macht der Staatslinie Konkurrenz, fliegt mehrmals täglich von Athen nach Korfu bzw. Kephaloniá und zurück. Den neuen Zentralflughafen von Athen erreicht man mit Express-Bussen. Die Linie E 96 verkehrt von/bis Piräus, Linie E 95 ab/bis Syntagma-Platz im Zentrum Athens, die Linie E 94 ab/bis Metro-Station »Ethniki Amyna« (z. Zt. Endstation der neuen M3). Die Entfernung vom Zentrum nach Spata beträgt etwa 25 km.

Ab Athen kommt man auch preisgünstig mit dem **Bus** zu den Ionischen Inseln. Der Busbahnhof (Praktoríon KTEL) befindet sich in der Odós Kifissoú 100 (Endstation der Buslinie 51, Abfahrt in der Nähe des Omónia-Platzes, Odós Aléxandros). Busse gibt es nach Korfu, Kephaloniá (Argostóli), Lefkáda und Zákynthos; Fahrplanauskunft in Athen für Korfu Tel. 5 12 94 43, für Kephaloniá 5 15 07 85, für Lefkáda 5 15 01 08, für Zákynthos 5 12 94 32. Expresslinie 93 verbindet Flughafen und Busbahnhof.

Hapag Lloyd wird durch die »TUI Hellas« vertreten. Deren Callcenter Athen erledigt auch Umbuchungen oder Stornierungen, Tel. (2 10) 9 40 91 91.

In **Korfu-Stadt** sind Auskünfte auch beim dortigen Büro der TUI Hellas erhältlich, Odos Ethniki Lefkimis, Tel. 2 66 10/2 01 00.

LTU-Vertretungen in **Korfu:**
→ Umschlagkarte hinten, westl. a 1
Gran Tourismo, Odós Ethnikís, Anastáseos 18; Tel. 2 66 10/2 11 77, Fax 4 43 27
Zákynthos:
Flughafen, Int. Notflughalle; Tel./Fax 2 69 50/4 94 61

Olympic Airways
Korfu:
→ Umschlagkarte hinten, d 1
Odós Kapodístriou 20;
Tel. 2 66 10/3 86 94/6, Fax 3 66 34
Flughafen **Tel. 2 66 10/3 01 80**

Kephaloniá: Argostóli, Odós R. Vergoti 1; → S. 63, b 2
Tel. 2 67 10/2 88 08
Flughafen; Tel. 2 67 10/4 15 11
Lefkáda: Odós Derpfeld 1, → S. 119, D 5
Lefkáda-Stadt; Tel. 2 64 50/2 28 81
Páxos: Gaios, Am Hafen; → S. 87, b 2
Tel. 2 66 20/3 12 01
Préveza: Odós Spiliadou & Balkou Straße; Tel. 2 68 20/2 86 74
Flughafen; Tel. 2 68 20/2 23 55
Zákynthos: Flughafen;
Tel. 2 69 50/2 86 11

Mit dem Auto/mit dem Schiff
Mit dem eigenen Wagen reist man die Ionischen Inseln am besten über Italien an. Von den italienischen Häfen Venedig, Ancona, Bari und Brindisi gibt es Fährverbindungen nach Igouménítsa, Korfu und Patras. Info in den Reisebüros.

Fährverbindungen aus Italien:
Superfast Ferries
Ancona–Patras ca. 18 Std.
Bari–Patras ca. 16 Std.
Bari–Igoumenitsa 8 Std.
Büro Igouménítsa: Agion Apóstolon, Neuer Hafen; Tel. 2 66 50/2 81 50-55
Büro Korfu: Odos Ethnikís, Antistáseos 2; Tel. 2 66 10/8 12 22, Fax 2 64 26;
E-Mail: grandsea@superfast.com

Blue Star Ferries
Italien–Griechenland, Ionische Inseln, Kykladen, Dodekanes
Büro Igouménítsa: Agion Apóstolon 145; Tel. 2 66 50/2 39 70; Fax 2 23 48
Büro Korfu: Odos Ethnikís, Antistáseos 1; Tel. 2 66 10/8 12 22, Fax 82 64 26

MINOAN Lines
Venedig–Igouménítsa/Korfu/Patras
Ancona–Patras, Ancona – Korfu
Büro Igouménítsa: Odós Ethnikís, Antistáseos 58 A; Tel. 2 66 50/2 29 52
Büro Korfu: Odós Ethnikís, Antistáseos 2;
→ Umschlagkarte hinten, westl. a 1
Tel. 2 66 10/2 50 00, Fax 4 65 55;
E-Mail: vergis@minoan.ker.forthnet.gr

Auskunft

Griechische Zentrale für Fremdenverkehr (EOT)

In Deutschland
- Neue Mainzer Str. 22, 60311 Frankfurt/Main; Tel. 0 69/25 82 70, Fax 25 78 27
- Wittenbergplatz 3 a, 10789 Berlin; Tel. 0 30/2 17 62 62-63, Fax 2 17 79 65
- Neuer Wall 18, 20354 Hamburg; Tel. 0 40/45 44 98, Fax 45 44 04
- Pacellistr. 5, 80333 München; Tel. 0 89/22 20 35-36, Fax 29 70 58

In Österreich
Opernring 8, 1010 Wien;
Tel. 01/5 12 53 17, Fax 5 13 91 89

In der Schweiz
Löwenstr. 25, 8001 Zürich;
Tel. 01/2 21 01 05, Fax 21 20 51 26

Auf Korfu
→ Umschlagkarte hinten, c 3
EOT-Büro in Alikés, im Sommer Infostelle am Rathaus; Tel. 2 66 10/3 75 20, Fax 3 02 98; E-Mail: eotcorfu@otenet.gr

Auf Kephaloniá
EOT-Büro Argostóli → S. 63, nördl. b 1
Odós Metaxá, beim Fähranleger nach Lixoúri; Tel. 2 67 10/2 22 48, Fax 2 44 66

Auf Zákynthos
Touristenpolizei Zákynthos-Stadt,
→ Umschlagkarte hinten, b 4
Odós Lombárdou 62; Tel. 2 69 50/2 44 84

Buchtipps

Der englische Autor Lawrence Durrell hat einen Korfu-Klassiker geschrieben, der seit 1967 immer wieder neu verlegt wird (Rowohlt Taschenbuch): **»Schwarze Oliven«** beschreibt Korfu in Form von Tagebuchaufzeichnungen zwischen 1937 und 1941. Die Charakterisierung des griechischen Lebens damals im Vergleich zu heute ist sehr aufschlussreich.

Lawrence Durrell und Henry Miller begegneten sich auf Korfu. Mit diesem

Zusammentreffen beginnt ein spannender Bericht des Amerikaners mit dem Titel **»Der Koloss von Maroussi«** (Rowohlt Taschenbuch 1997).

Diplomatische Vertretungen

Konsulat der Bundesrepublik Deutschland
→ Umschlagkarte hinten, d 2
Odós Kapodístriou 23, Korfu-Stadt; Tel./Fax 2 66 10/3 68 16

Botschaft der Bundesrepublik Deutschland
Odós Karaoli kai Dimitríou 3, 10675 Athen; Tel. 2 10/7 28 51 11, Fax 7 25 12 05

Botschaft der Republik Österreich
Leofóros Alexándras 26, 10683 Athen; Tel. 2 10/8 25 72 30, Fax 8 21 98 23

Honorarkonsul Österreichs
→ Umschlagkarte hinten, c 1
Odós Zavitsiánou 19, Korfu-Stadt; Tel. 2 66 10/4 42 52, Fax 2 65 45

Honorarkonsul der Schweiz
→ Umschlagkarte hinten, b 2
Mitropolítis Methodíou 3, Korfu-Stadt, beim San Rocco-Platz; Tel./Fax 2 66 10/4 31 64

Botschaft der Schweiz
Odós lassíou 2, 11521 Athen; Tel. 2 10/7 23 03 64, Fax 7 24 92 09

Feiertage

1. Januar	Neujahr
6. Januar	Epiphanias
25. März	Nationalfeiertag zur Erinnerung an den ersten Aufstand gegen die türkische Besetzung am 25.3.1821
Ostern	Das orthodoxe Osterfest wird bis zu fünf Wochen später gefeiert als das westliche. Nur etwa alle zehn Jahre feiert die Christenheit gemeinsam.
1. Mai	Tag der Arbeit
21. Mai	Tag des Anschlusses der Ionischen Inseln ans griechische Mutterland (1864)
15. Aug.	Höchstes Marienfest »Mariä Entschlafung« (Mariä Himmelfahrt)
28. Okt.	Nationalfeiertag zur Erinnerung an den Tag des historischen »Óchi« (= nein) als Antwort auf Mussolinis Ultimatum zur Kapitulation 1940
25./26. Dez.	Weihnachten

Fernsehen

Landesweit werden die staatlichen Programme ET 1 und ET 2 ausgestrahlt, dazu fast überall ET 3, das in Thessaloniki produziert wird. Ebenfalls überall zu empfangen sind die großen Privatsender Antenna, Mega und Skaï. Über Satellit werden in größeren Hotels auch deutsche Programme eingespeist. Die Spielfilme der griechischen Sender laufen meistens in den Originalsprachen mit griechischen Untertiteln.

FKK

Nacktbaden ist in Griechenland grundsätzlich verboten. Allerdings sind die Zeiten, als sofort der Dorfpolizist alarmiert wurde, wenn jemand oben ohne ins Wasser stieg, inzwischen vorbei. Ganz die Hüllen fallen lassen sollte man allerdings nur in wirklich sehr einsamen Gegenden und an Strandabschnitten, wo man die Gefühle der Einheimischen, vor allem schwarzgekleideter Witwen, nicht verletzt. Auf Korfu wird FKK am Strand von Mirtiótissa geduldet.

Fotografieren

Fotografieren ist an den meisten Orten erlaubt. In manchen Museen ist für Videoaufnahmen oder Fotografieren mit Stativ und Blitzlicht eine Erlaubnis einzuholen. Sie wird in der

Regel jedoch gegen Lösen einer zweiten Eintrittskarte erteilt.

Filme sind in Griechenland teurer als zu Hause. In Touristenorten werden belichtete Filme innerhalb eines Tages oder sogar im Stundenservice entwickelt. In der Nähe militärischer Anlagen besteht Fotografierverbot.

Geld

Am 1. Januar 1999 wurden die Umrechnungskurse zwischen den Währungen der Mitgliedsstaaten der Europäischen Währungsunion und dem Euro festgelegt. Seit dem 1. Januar 2001 ist auch Griechenland Mitgliedsstaat, nachdem es die im Maastricht-Vertrag festgelegten Beitrittskriterien besser erfüllte als so manches Land aus der ersten Reihe. Preise sind in diesem Reiseführer durchgängig in Euro angegeben. Zur Erinnerung: 1 € = 1,95583 DM = 340,75 Drs. = 1,54 sFr = 14 Schilling.

Am 1. Januar 2002 wurden die Euro-Banknoten und -Münzen in Umlauf gebracht. Seit diesem Termin sind Sie die lästigen Wechselmodalitäten los. Spätestens am 1. Juli 2002 verloren dann die einzelstaatlichen Währungen – also auch die griechische Drachme – ihre Gültigkeit als gesetzliche Zahlungsmittel.

Kreditkarten werden vom Mittelklassehotel an aufwärts akzeptiert, im Restaurant nur in der Oberen Preisklasse. Wer in einer Taverne isst, sollte also Bargeld mit sich führen.

Die Banken sind montags bis donnerstags von 8 bis 14 Uhr geöffnet, freitags nur bis 13.30 Uhr. In den Flughäfen gibt es Wechselstuben, die länger offen haben, ebenso die Wechselstuben der Reisebüros und Touristikunternehmen vor Ort. Devisenbeschränkungen gibt es nicht. Mit dem Postsparbuch kann man in Griechenland nur in Athen etwas anfangen.

Internet

Im Internet werben sehr viele Touristikunternehmen mit eigenen Produkten. Allgemeines zu Griechenland und dem dortigen Urlaubsangebot erfährt man im Internet unter www.teletour.de/Griechenland oder bei der Griechischen Zentrale für Fremdenverkehr, ebenfalls im Internet unter www.eexi.gr/gnto.

Kleidung

Auch im Juli und August sollte man einen Pullover für kühle oder windige Abende im Gepäck haben. Ein heftiger Regenschauer ist auch im Sommer möglich. Kirchen und Klöster sollte man nicht in kurzen Hosen bzw. ärmellosen T-Shirts oder Blusen betreten. Vergessen Sie den Hut gegen die Sonne nicht!

Öffnungszeiten

An nationalen Feiertagen sind Banken, Behörden und große Kaufhäuser geschlossen. Kleinere Läden, vor allem in den Urlaubsorten, sind auch an Feiertagen offen, oftmals bis spät in die Nacht. Es gibt in Griechenland keine festen Ladenschlusszeiten. Restaurants haben keine festen Öffnungszeiten. In der Saison wird bis weit nach Mitternacht auf Gäste gewartet.

Nebenkosten in Euro

1 Tasse Kaffee	2,00–3,00
1 Bier	2,50–4,00
1 Cola	2,00–2,50
1 Brot (ca. 500 g)	0,80–1,20
1 Schachtel Zigaretten	2,70–3,00
1 Liter Normalbenzin	0,96
Fahrt mit öffentl. Verkehrsmitteln (Einzelfahrt)	1,00
Mietwagen/Tag	ab 50,00

Stand: Februar 2007

Reisedokumente
Für die Einreise nach Griechenland reicht ein gültiger Pass oder Personalausweis. Pässe sollten keine Sichtvermerke des türkisch besetzten Nordzypern enthalten. Kinder brauchen ab zehn Jahren einen Ausweis mit Lichtbild. Die Höchstaufenthaltsdauer beträgt drei Monate. Wer länger bleiben möchte, muss dies spätestens 20 Tage vor Ablauf der Dreimonatsfrist bei der nächsten Polizeidienststelle oder der Ausländerpolizei in Athen beantragen:

Astinomia Allodapon
Leofóros Alexándras 173, 10683 Athen; Tel. 0 10/7 70 57 11

Reiseknigge
Kirchen und Klöster sollte man nicht in kurzen Hosen oder ärmellosen T-Shirts besuchen. Unter Umständen wird das Betreten verwehrt. Während der Gottesdienste kann man hinten in der Kirche stehen bleiben, bitte dabei nicht fotografieren. In Restaurants wird ein kleines Trinkgeld erwartet, vom Taxifahrer ebenso.

Reisezeit
Die touristische Saison beginnt Ende April und endet nach den Herbstferien spät im Oktober. Insbesondere auf Korfu, aber auch in einigen Inselhauptstädten gibt es ganzjährig geöffnete Hotels, wobei nicht alle Unterkünfte beheizbar sind. Allerdings fliegen im Winter die Charterer nicht. In reinen Ferienorten sind im Winter fast alle Betriebe geschlossen. Dafür haben die Menschen mehr Zeit für einen Schwatz mit dem Fremden, der auf eigene Faust angereist ist.

Beste Reisezeit sind die Monate Mai, Juni sowie September/Oktober – der Frühling wegen der Blütenpracht, der Herbst wegen der noch warmen Temperaturen, auch des Wassers.

Strom
220 V Wechselstrom, deutsche Stecker passen meist.

Telefonieren
Telefonkarten werden an Kiosken oder bei der Telefongesellschaft OTE für 5 und 10 € verkauft. Die in Mitteleuropa gebräuchlichen Mobiltelefone funktionieren in Griechenland ebenfalls. Wer ein griechisches Netz auf seinem Handy hat, kann für Griechenland gleich mit der Ortskennzahl beginnen, z. B. für Athen mit der 2 10.

Vorwahlen
D, A, CH → GR 00 30
GR → D 00 49
GR → A 00 43
GR → CH 00 41

Tiere
Bei der Einreise mit Hunden oder Katzen muss für die Tiere ein internationaler Impfpass oder ein amtstierärztliches Attest (in englischer oder französischer Sprache) vorgelegt werden. Die letzte Impfung sollte nicht länger als ein Jahr zurückliegen, aber spätestens 15 Tage vor der Einreise erfolgt sein.

Touristenpolizei
Die Touristenpolizei hilft bei allen Fragen, weiß sogar in der Hochsaison, wo noch ein Bett zu finden ist. Auf den Inseln sind die Büros (Touristikí Astinomía) unter folgenden Telefonnummern erreichbar:

Korfu, Tel. 2 66 10/3 06 25
Ithaka, Tel. 2 67 40/3 22 05
Kephaloniá, Tel. 2 67 10/2 28 15
Kíthira, Tel. 2 73 50/3 12 06
Lefkáda, Tel. 2 64 50/2 93 79
Paxos, Tel. 2 66 20/3 22 22
Zákynthos, Tel. 2 69 50/2 44 84

Die Touristenpolizei in Athen (Odós Dimitrakopoúlou 77, 11741 Athen) erteilt unter Tel. 2 10/1 71 rund um die Uhr Auskünfte.

Verkehrsverbindungen
Auto
Wer den eigenen Wagen nutzen will, kann über Italien einreisen. Autofähren verkehren ab Venedig, Ancona, Bari und Brindisi (→ S. 109). Leihwagen

sind vor Ort in großer Zahl erhältlich. Für einen VW Polo oder eine vergleichbare Kategorie muss man mit rund 50 € pro Tag rechnen, für einen komfortableren Großen das Doppelte. Preise in Prospekten täuschen; Versicherungen und Treibstoff kommen hinzu. Günstig: Wagen schon zu Hause mieten!

Auf den Straßen gelten die europäischen **Verkehrsregeln**. Allerdings werden sie von den Griechen individuell ausgelegt. Geschwindigkeitsbegrenzungen: 50 km/h in Ortschaften, 110 km/h auf Landstraßen, 120 km/h auf Autobahnen. In Griechenland gilt die 0,5-Promille-Grenze. Pannenhilfe leistet der ELPA, die Partnerorganisation des ADAC. Pannentelefone in Athen und Patras sind rund um die Uhr besetzt, in Korfu von 7 bis 22 Uhr. Athen: Tel. 2 10/1 04, Patras: Tel. 26 10/1 04, Korfu: Tel. 2 66 10/1 04. Die Grüne Versicherungskarte ist nicht vorgeschrieben, wird aber empfohlen. Im Straßenverkehr muss man auf alles gefasst sein – hinter jeder Kurve kann ein Omnibus auftauchen, der die ganze Straßenbreite einnimmt, oder auch eine Ziegenherde. Fahren Sie also so risikoarm wie möglich!

Zweiräder

Beliebt sind Roller und Motorräder, die in allen touristischen Orten zu mieten sind. Auch Fahrräder sind zu haben. Allerdings sind die Einsatzmöglichkeiten auf gebirgigen Inseln begrenzt.

Taxi

Taxifahren ist in Griechenland relativ preiswert. Für die 25 km lange Strecke von der Athener Innenstadt zum Flughafen zahlt man 15 bis 20 €. Extragebühren werden für Gepäckstücke über 10 kg berechnet, ebenso für Nachttouren. In der Woche vor Ostern und Weihnachten wird ein »Feiertagseuro« erhoben. Bei großen Abweichungen kann man sich an die Touristenpolizei wenden.

Öffentliche Verkehrsmittel

Busse sind das öffentliche Verkehrsmittel Nummer eins. Am Busbahnhof hängen Fahrpläne. Im Sommer gibt es Handzettel, weil mehr Verbindungen angeboten werden. Am Wochenende ist das Angebot dünner. Bei kürzeren Strecken zahlt man beim Schaffner; für Überlandstrecken wird der Fahrschein vorher gelöst. Er enthält Tag und Uhrzeit sowie eine Sitzplatznummer, die

Entfernungen (in km) zwischen wichtigen Orten auf Korfu

	Dassiá	Kávos	Kinopiástes	Korfu-Stadt	Moraitika	Paleokastrítsa	Pélekas	Pirgí	Róda	Sidári
Dassiá	–	60	22	12	32	18	18	4	29	30
Kávos	60	–	41	47	28	72	57	64	83	84
Kinopiástes	22	41	–	10	16	27	13	26	46	47
Korfu-Stadt	12	47	10	–	20	25	13	16	36	37
Moraitika	32	28	16	20	–	44	29	36	56	57
Paleokastrítsa	18	72	27	25	44	–	20	20	28	30
Pélekas	18	57	13	13	29	20	–	22	45	46
Pirgí	4	64	26	16	36	20	22	–	26	28
Róda	29	83	46	36	56	28	45	26	–	6
Sidári	30	84	47	37	57	30	46	28	6	–

Nonnen in einem Olivenhain bei Episkepsi, Zentral-Korfu, breiten Netze zur Olivenernte aus. Die Produktion von Olivenöl ist ein wichtiger Wirtschaftszweig.

man auf der Rückseite der Lehne im Bus wiederfindet.

Schiff

Zwischen den Inseln verkehren im Sommer kleine Fähren und Ausflugsboote. »Inselhüpfer« können ihr Gepäck mitnehmen. Dann verfällt zwar die Rückfahrt; dieser Weg ist aber schneller, als auf dem »offiziellen« Kurs erst aufs Festland überzusetzen. Da die Fahrpläne sich oft ändern, ist es ratsam, sich aktuelle Auskünfte bei der Hafenpolizei geben oder Abfahrten bestätigen zu lassen:

Korfu, Tel. 266 10/3 26 55
Ithaka, Tel. 267 40/3 29 09
Kephaloniá, Tel. 267 10/2 22 02
Kíthira, Tel. 273 50/3 12 22
Lefkáda, Tel. 264 50/2 21 76
Páxos, Tel. 266 20/3 25 33
Zákynthos, Tel. 269 50/2 81 18

Wirtschaft

Auf den Ionischen Inseln leben insgesamt ungefähr 200 000 Menschen, gut die Hälfte von ihnen auf Korfu. Haupterwerbszweige waren in der Vergangenheit Landwirtschaft (Olivenöl, Gemüse), Viehzucht und Fischfang. Auf Korfu ist inzwischen der Tourismus wichtigster Wirtschaftszweig.

Zeitverschiebung

Es gilt die osteuropäische Zeit, die der mitteleuropäischen um eine Stunde voraus ist. Man muss die Uhren also um eine Stunde vorstellen.

Zoll

Gegenstände des persönlichen Gebrauchs können in Griechenland unbegrenzt eingeführt werden, ebenso Zahlungsmittel. Bei der Ausfuhr gelten übliche Begrenzungen. Die Ausfuhr von Antiquitäten ist verboten, beim Kauf von Ikonen und Kopien antiker Gegenstände muss man eine schriftliche Bestätigung mitführen, dass die Kopie rechtlich erworben wurde. Selbst wer eine antike Scherbe findet und mitnimmt, muss mit Strafen rechnen. Bei der Einreise empfiehlt die griechische Polizei folgende Mengenbegrenzung pro Person: 300 Zigaretten oder 75 Zigarren, 4 Liter Wein, 2 Liter Hochprozentiges.

Weitere Auskünfte unter www.zoll.de, www.bmf.gv.at/zoll und www.zoll.ch.

Kartenatlas

Orientierung leicht gemacht: mit Planquadraten und allen Orten und Sehenswürdigkeiten.

Legende

Routen und Touren

- Korfus Norden (S. 90)
- Korfus Westküste (S. 91)
- Kephaloniás Süden (S. 92)
- Kephaloniás Norden (S. 93)
- Inselrundfahrt auf Zákynthos (S. 94)
- Rund um Lefkáda (S. 95)
- Rundfahrt auf Ithaka (S. 96)

Sehenswürdigkeiten

- MERIAN-TopTen
- MERIAN-Tipp
- Sehenswürdigkeit, öffentl. Gebäude
- Sehenswürdigkeit Kultur
- Sehenswürdigkeit Natur
- Kirche

Sehenswürdigkeiten ff.

- Kloster; Ruine
- Schloss, Burg; Ruine
- Museum
- Leuchtturm
- Archäologische Stätte
- Höhle

Verkehr

- Autobahn
- Autobahnähnliche Straße
- Fernverkehrsstraße
- Hauptstraße
- Nebenstraße
- Unbefestigte Straße, Weg
- Fußgängerzone

Verkehr ff.

- Parkmöglichkeit
- Busbahnhof
- Flughafen; -platz

Sonstiges

- Information
- Theater
- Denkmal
- Markt
- Botschaft, Konsulat
- Strand
- Golfplatz
- Naturpark
- Friedhof

A
B
C
1
2
3
4
Bari
Erikoússa
Othónoi
Diapontia Nisia
Mathráki
Diaplo
Drastis
Canal d'Amour
Órmos Sidá
Sidári
Peroulades
Avliotes
Karoussádes
Agrafoi
Kepháli
Ág. Stefános
Rachtades
Velonades
Dafni
Valaneio
Ág. Geórgios
Agros
Arilla
Troumpettas
Kólpos Ág. Geórgiou
Doukad
Lákones
6
Angelókastro
Paleokastrítsa
Órmos Liapados
Kanakádes
Iliadoros
Marmaro
Kolyvri
Giannades
Moní My
Mirt
Ionisches Meer
A
B
C

D
E
F
1
2
3
4
Kepi i Oefalil
Finiq
L. i Bistricës
Mesopotam
Sarandë
Livinë
Gjashtë
Onchesmos
Lekurës
Gjiri i Sarandës
Çaush
Çukë
Ág. Ekaterinis
Dhivër
Shengjergj
Ág. Ilias
Kassiopis
Loutses
Ág. Martinos
Kassiópi
Varvaras
Liqen i Butrintit
320
Livadhje
ALBANIEN
Ág. Stefános
Perithea
Pantokrátor
Ksamil
Petaleia
Sgourades
906
Porta
Kouloura
M. i Milës
Vagalat
Nissáki
Kalámi
Buthrotum
Liqen i Rrëzës
Spartylas
Vor. Steno Kerkyras
Vrinë
800
Xarrë
Barbáti (Barmpati)
L. i Pavllës
Pirgí (Pyrgi)
Mursi
M. i Saraqinit
Ípsos (Ypsos)
Órmos Ypsou
1029
Dassiá
Kepi i Stillos
257
Çiflik
Órmos Krevatsoula
Koméno
Órmos Gouvion
Konispol
Gouviá
Lazareto
Kontokáli
Vidos
854
Alikés
Sidero
Potamós
KORFU (KERKYRA)
2
3
4
5
Sagiada
Ág. Ioánnis
Afra
Alépou
Kanali
Mon Repo
Ormos Sagiades
Ág. Triáda
Kánoni
GRIECHEN-
Kalafationes
Pontikonisi
Pérama
Kastellanoi
Achilleion
509
Kestrini
576
Ág. Górdis
Benítzes
Kato Pavliana
Thyamis P.
Vatatsas
LAND
Ano Pavliana
Órmos Valtou
Strongyli
Igoumenitsa
Matthaios
Ano Messongi
Moraitika
464
Messongí
Notio Steno Kerkyras
Gardiki
Vragkaniótika
Panagía Mesavrysi
Lefkimmis
Limni Korission
Chlomós
Petriti
Kólpos Lefkimmis
Argirádes
Ág. Ioannis
Linia
Lefkimmi
Konsia
Perivóli
Ág. Geórgios
Ano Lefkimi
Lagoudia
Lefkimi
Vitalades
Palaiochori
Megachoros
Kávos
Dragótina
Kountouris
Arkoudila
134
Moní Panagías
Asprókavos
Gáios
0
9 km
N
© MERIAN-Kartographie

A
B
C
5
6
7
8
Brindisi
Igoumenítsa
Ionisches
Meer
Lefkáda
Tsoukaládes
Phaneromé
Pefkoúlia
Káthisma
Ágios Nikítas
Kalamítsi
Kariá
Eglouví
Chortáta
1158
Eláti
Komilió
Nikolís
643
Ágios Ilía
Atháni
Ágios Pétros
Sívros
Lefkátas
Egrimni
Ág. Ioánnis sto Rodáki
Porto Katsíki
Pónti
Vassilikí
Evgiros
432
Ágios Nikólaos Nirás
Órmos Vassilikís
Lipsó
Sappho-Klippen
Kap Doukáto
Mélissa
350
Schule Homers
Platithrías
Exógi
Pelikáta
Stavrós
Antipata
Fiskárdo
Touliata
Pólis-Höhle
Nérito
Léfki
Vassilikiádes
Stenón Ithákis
806
Kothréas
Plagiá
Kathará
Ássos
Kariá
Aetós
Odysseus Burg
Athéras
Kakáta
7
Mírtos
Komitáta
Ágios Spirídon
Kólpos Mírtou
Anomeriá
901
Neochóri
Divaráta
Sinori
Ag. Kiriakí
Athéras
518
Zóla
Taxiárc
Agó
Angónas
Makriótika
Agía Ephimía
Nífi
Kardakáta
Agía Dináti
1132
Melissáni
Kólpos Sámis
Kontogenáda
Karavómilos
Kouvaláta
Kourouklata
A
Palíki
B
120
C
Sámi
Kaminaráta
Kólpos
Fársa
Dilináta
Drongaráti
929
Chavdáta
Faváta
Lixoúri
Davgáta
Chaliotáta

Ág. Nikoláou
Agios Nikólaos
Límni Voulkariá
Lefkáda
Peratiá
Stérna
507
Plagiá
Pogoniá
Órmos Palérou
Órmos Drepanoú
Monastiráki
Thyrrheion
Thirio
Drimós
Loutráki
Amfilohía
Limnaia
Sardinia
E55
E951
5
685
Trifos
Voústri
1428
Stános
581
Katoúna
Páleros
Agía Dimitriou
Ahirá
Vátos
1589
1171
Sérekas
Akarnanika
Komboti
Konopina
L. Amvrakia
Rivio
Spárti
Skorpiós
1573
1406
605
Kandila
Pavagoúla
Aetós
Pappadatos
Fities
Georgouléika
Arhontohóri
Mitikas
8
Vathí
Katoméri
301
Meganíssi
917
Vlizianá
Límni Ozeros
Bambini
750
Episkopí
697
841
Skourtou
Maherás
Kálamos
596
388
Kythros
155
Kastós
Vassilópoulos
609
Prodromos
Karaiskakis
Hrissovitsa
Agrámbela
Veloútsa
930
Astakós
352
Strongilovoúni
333
Átokos
Kólpos Astakou
Ln. Platygiali
Ehinades Nissi
415
Valtio
Lessini
251
Petalas
Oiniadai
Skínos
Sidáki
9
Sarakíniko
Órmos Sarakíniko
Vromónos
Ekvoles Aheloou
434
421
Ág. Jánnou
Pátras
0
9 km
© MERIAN-Kartographie

A
B
C
9
10
11
12
118
Nífi
Kardakáta
Kontogenáda
Melissáni
Kólpos Sámis
Karavómilos
Agrilia
Sámi
Kouvaláta
Kouroukláta
Palíki
Kaminaráta
Fársa
Dilináta
Drongaráti
929
Kólpos
Chavdáta
Faváta
Lixoúri
Davgáta
Chaliotáta
Grizáta
Zerváta
Panagía Kipouraíon
Pale
Meerwasser-Mühle
Farakláta
835
Drapáno
Ág. Eleftherios
Kouloura
Chavriáta
Argostólíou
Agía Varvára
Razáta
1125
Mantzavináta
Frangata
Lepáda
Argostóli
Lássi
Digaléto
Troianáta
Kounópetra
Xi
Megas Lákos
Ágios Gerásimos
Ágios Gerásimos
Énos
Akrotíri
Ágios Geórgios
Makrís Gialós
Peratáta
Vardianoí
Metaxáta
Ágios Andréas
Mousáta
1628
Platís Gialós
Vlacháta
Svoronáta
Lourdáta
Simonáta
Spartiá
Pessáda
Plateiés
Kyanoún (Blaue Grotte)
Skinári
Koríthi
Ágios Nikólaos Skinarioú
Ágios Geórgios Krimnón
583
Shipwreck Bay
Volímes
Skinariá
Anafonítria
Spileotíssas
Anafonítria
Orthoniés
Alikés
Katastári
Vrachiónas
758
Maríes
Órmos Vromí
Éxo Chóra
Kallithéa
Loúha
Órmos Exochóras
Kampí
Ág. Pántes
Ágios Léon
Panagía Eleftherótria
Kilioméno
Zákynthos
Agalás
Límni Keri
Kerí

D
E
F
Pátras
Kephaloniá
Ionisches
Meer
9
Theotókou
Átrou
Póros
Agía Iríni
Ágios Geórgios
Plástra
Skála
Ratzaklí
Moúnta
10
Patraíkos
Kólpos
Pátras
Kilíni
Moní Vlahernou
Neohóri
Golden Beach
Kástro
Máhos
Vartholomió
Ligia
11
Arkoúdi
Ioviko
Díavlos Zakinthou
Tsilivi
Plános
Bóchali
Zákynthos
5
Argássi
Porto Zoro
492
Banana Beach
Kalamáki
Skopiotissa
Vasilikós
Kólpos Laganá
Gérakas
Géraki
Marathonísi
12
D
E
0
9 km
N

A
Acharávi ○ 117, D1
Achilleion ★ 117, D3
Aetós Δ 118, C8
Aetós ○ 119, F6
Afra ○ 117, D3
Agalás ○ 120, C12
Agia Dimitriou ★ 119, E5
Agía Dináti ▲ 118, B8
Agía Ephimía ○ 118, C8
Agía Iríni ○ 121, D10
Agía Mavra ★ 119, D5
Agía Varvára ★ 120, B9
Ágios Andréas ★ 120, B9
Ágios Dimítrios ○ 120, C11
Ágios Ekaterinis Δ 117, D1
Ágios Elefthérios ○ 120, C9
Ágios Geórgios ★ 120, B9
Ágios Geórgios Krimnón ★ 120, B11
Ágios Geórgios ○ 116, C2
Ágios Geórgios ○ 117, E4
Ágios Geórgios ○ 121, D10
Ágios Gerásimos ★ 120, B9
Ágios Gerásimos ★ 120, C9
Ágios Górdis ○ 117, D3
Ágios Ilias ○ 117, D1
Ágios Ilías ○ 118, C6
Ágios Ioannis ★ 117, E4
Ágios Ioánnis ○ 117, D3
Ágios Ioánnis sto Rodáki ★ 118, C6
Ágios Jánnou Δ 119, D8
Ágios Kiriakí ~ 118, B8
Ágios Léon ○ 120, C12
Ágios Martinos ○ 117, D1
Ágios Matthaios ○ 117, D3
Ágios Nikítas ○ 118, C5
Ágios Nikólaos ○ 119, D5
Ágios Nikólaos ○ 120, C9
Ágios Nikólaos Nirás ★ 118, C6
Ágios Nikólaos Skinarioú ○ 120, C11
Ágios Pántes ○ 120, C12
Ágios Pétros ○ 118, C6
Ágios Spirídon ○ 118, A8
Ágios Stefános ○ 116, C2
Ágios Stefános ○ 117, E1
Ágios Triáda ○ 117, D3
Agó ○ 118, B8
Agrafoi ○ 116, C1
Agrámbela ○ 119, F6
Agrilion ★ 120, C9
Agros ○ 116, C2
Ahirá ○ 119, E5
Akarnanika ∞ 119, E5
Akrotíri Δ 120, A9
Alépou ○ 117, D3
Alikánes ○ 120, C11
Alikés ○ 117, D2
Alikés ○ 120, C11
Ambelókipi ○ 121, D12
Amfilohía ○ 119, F5
Anafonítria ★ 120, B11
Anafonítria ○ 120, B11
Angelókastro ★ 116, C2
Angónas ○ 118, B8
Ano Korakiána ○ 117, D2
Ano Lefkimi ○ 117, E4
Ano Messongi ○ 117, D3
Ano Pavliana ○ 117, D3
Anógi ○ 118, C7
Anomeriá ○ 118, B8
Antipata ○ 118, B7
Arethoúsa-Quelle ★ 119, D8
Argássi ○ 121, D12
Arginía ○ 120, C10
Argirádes ○ 117, E4
Argostóli ○ 120, B9
Arhontohóri ○ 119, E6
Arilla Δ 116, C2
Arkoúdi Δ 119, D7
Arkoúdi ★ 121, F11
Arkoudila Δ 117, E4
Asprochavos Δ 117, F4
Ássos ○ 118, B8
Astakós ○ 119, F7
Atháni ○ 118, C6
Athéras Δ 118, A8
Athéras ○ 118, A8
Átokos Δ 119, D7
Átros ▲ 121, D9
Avliotes ○ 116, C1

B
Bambini ○ 119, F6
Banana Beach ~ 121, D12
Barbáti (Barmpati) ○ 117, D2
Benítzes ○ 117, D3
Bóchali ○ 121, D11
Buthrotum ★ 117, E2

C
Canal d'Amour ★ 116, C1
Çaush ○ 117, E1
Chaliotáta ○ 120, C9
Chavdáta ○ 120, A9
Chavriáta ○ 120, A9
Chlomós ○ 117, E4
Chorepískopoi ○ 116, C2
Chortáta ○ 118, C6
Çiflik ○ 117, F2
Çukë ○ 117, E1

D
Dafni ○ 116, C2
Danáto ○ 121, D12
Danilia ○ 117, D2
Dassiá ○ 117, D2
Davgáta ○ 120, B9
Dhivër ○ 117, F1
Diaplo Δ 116, B1
Diapontia Nisia Δ 116, A1
Díavlos Zakinthou ~ 121, E11
Digaléto ○ 120, C9
Dilináta ○ 120, B9
Divaráta ○ 118, B8
Doukades ○ 116, C2
Dragotina ○ 117, E4
Drapáno ○ 120, B9
Drastis Δ 116, C1
Drimós ○ 119, E5
Drongaráti ★ 120, C9

E
Eglouví ○ 118, C5
Egrimni ~ 118, C6
Ehinades Nissi Δ 119, E7
Ekvoles Ahelooú ~ 119, F8
Eláti ▲ 118, C6
Énos ∞ 120, C9
Episkepsi ○ 117, D2
Episkopí ○ 119, E6
Erikoússa Δ 116, B1
Ermónes ○ 116, C3
Evgiros ○ 118, C6
Éxo Chóra ○ 120, C11
Exógi ○ 118, C7

F
Farakláta ○ 120, B9
Fársa ○ 120, B9
Faváta ○ 120, A9
Finiq ○ 117, E1
Fiskárdo ○ 118, C7
Fities ○ 119, F6
Frangáta ○ 120, C9
Frikes ○ 118, C7
Fternó ○ 118, C6

G
Gardelades ○ 116, C2
Gardiki ★ 117, D3
Gastoúni ○ 121, F11
Gazatika ○ 117, D2
Georgouléika ○ 119, E6
Gérakas ~ 121, D12
Géraki Δ 121, D12
Giannades ○ 116, C2
Gidáki Δ 119, D8
Gjashtë ○ 117, E1
Gjirii Sarandës ~ 117, E1
Glifáda ○ 117, D3
Golden Beach ★ 121, F11
Gouviá ○ 117, D2
Grizáta ○ 120, C9

H
Hrissovitsa ○ 119, F6

I
Iliadoros Δ 116, C2
Ionian Sea ~ 116, A3
Ionian Sea ~ 118, A6
Ionian Sea ~ 121, F9
Iovikó ★ 121, F11
Ípsos (Ypsos) ○ 117, D2
Ithaka Δ 118, C7

K
Kakáta Δ 118, B8
Kalafationes ○ 117, D3
Kalamáki ○ 121, D12
Kalámi ○ 117, D2
Kalamítsi ○ 118, C5
Kálamos Δ 119, E6
Kálamos ○ 119, E6
Kalipádo ○ 120, C11
Kallithéa ○ 120, C11
Kaminaráta ○ 120, A9
Kampí ○ 120, C11
Kanakádes ○ 116, C2
Kanali ○ 117, D3
Kandila ○ 119, E6
Kánoni ★ 117, D3
Kap Doukáto Δ 118, C6
Karaiskakis ○ 119, F6
Karavómilos ○ 120, C9
Kardakáta ○ 118, B8
Kariá ○ 118, C5
Kariá ○ 118, C8
Kariótes ○ 119, D5
Karoussádes ○ 116, C1
Kassiópi ○ 117, D1
Kassiopis Δ 117, D1
Kastellanoi ○ 117, D3
Kastós Δ 119, E6
Kastós ○ 119, E6
Kástro ○ 121, F11
Katastári ○ 120, C11
Kathará ★ 118, C8
Káthisma ~ 118, C5
Káto Kateliós ○ 121, D10
Kato Korakiána ○ 117, D2
Kato Pavliana ○ 117, D3
Katochóri ○ 118, C6
Katoméri ○ 119, D6
Katoúna ○ 119, F5
Kavallouri ○ 116, C1
Kávos ○ 117, F4
Kepháli Δ 116, B2
Kephaloniá Δ 121, D9
Kepii Oefalil Δ 117, D1
Kepii Stillos Δ 117, D2
Kerí ○ 120, C12
Kestrini ○ 117, F3
Kilíni ○ 121, F11
Kilioméno ○ 120, C12
Kioni ○ 118, C7
Kipséli ○ 120, C11
Klimatia ○ 117, D2
Königsgräber ★ 118, C6
Kólpos Ág. Geórgiou ~ 116, C2
Kólpos Argostóliou ~ 120, B9
Kólpos Astakou ~ 119, F7
Kólpos Laganá ~ 121, D12
Kólpos Lefkimmis ~ 117, E4
Kólpos Mírtou ~ 118, B8
Kólpos Mólos ~ 118, C8
Kólpos Sámis ~ 118, C8
Kolyvri Δ 116, C2
Komboti ○ 119, E5
Koméno Δ 117, D2
Komilió ○ 118, C6
Komitáta ○ 118, C8
Konispol ○ 117, F2
Konopina ○ 119, F5
Konsia Δ 117, D4
Kontogenáda ○ 118, A8
Kontokáli ○ 117, D2
Korfu Δ 117, D3
Korfu (Kerkyra) ○ 117, D2
Koríthi ○ 120, C11
Kothréas ○ 118, C8
Kouloura ○ 117, D2
Koulouráta ○ 120, C9
Kounópetra ★ 120, A9
Kountouris Δ 117, F4
Kouroukláta ○ 120, B9
Kouvaláta ○ 120, A9
Ksamil ○ 117, E2
Kyanoún (Blaue Grotte) ★ 120, C10
Kythros Δ 119, D6

L
L. Amvrakia ~ 119, F5
L. Ávithos ~ 121, D9
L. i Bistricës ~ 117, F1
L. i Pavllës ~ 117, F2
Laganás ○ 121, D12
Lagoudia Δ 117, D4
Lákones ○ 116, C2
Lássi ○ 120, B9
Lazaráta ○ 118, C5

Lazareto ∆ 117, D2
Lefkáda ∆ 118, C5
Lefkáda ❍ 119, D5
Léfkas ★ 119, D5
Lefkátas ∆ 118, C6
Léfki ❍ 118, C7
Lefkimi ~ 117, F4
Lefkimmi ❍ 117, E4
Lefkimmis ∆ 117, E4
Lekurës ★ 117, E1
Lepáda ❍ 120, B9
Lessini ∞ 119, F7
Liapades ❍ 116, C2
Ligia ❍ 121, F11
Limnaia ★ 119, F5
Límni Kerioú ❍ 120, C12
Limni Koríssion ~ 117, D4
Límni Ozeros ~ 119, F6
Límni Voulkariá ~ 119, D5
Linia ❍ 117, D4
Lipsó ∆ 118, C6
Liqeni Butrintit ~ 117, E1
Liqeni Rrëzës ~ 117, E2
Lithakiá ❍ 120, C12
Livadhje ❍ 117, F1
Livinë ❍ 117, F1
Lixoúri ❍ 120, B9
Ln. Platygiali ~ 119, F7
Loúha ❍ 120, C11
Lourdáta ❍ 120, C10
Loutráki ❍ 119, F5
Loutses ❍ 117, D1

M
M. i Milës ∞ 117, E2
M. i Saraqinit ∞ 117, F2
Macherádo ❍ 120, C12
Maherás ❍ 119, F6
Máhos ❍ 121, F11
Makriótika ❍ 118, B8
Makrís Gialós ~ 120, B9
Mantzavináta ❍ 120, A9
Marantochóri ❍ 118, C6
Marathiá ∆ 120, C12
Marathonísi ∆ 121, D12
Maríes ❍ 120, B11
Markópoulos ❍ 120, C10
Marmaro ❍ 116, C2
Mathráki ∆ 116, B1
Mavráta ❍ 121, D10
Meerwasser-Mühle ★ 120, B9
Megachoros ❍ 117, E4
Meganíssi ∆ 119, D6
Megas Lákos ~ 120, B9
Mélissa ∆ 118, C7
Melissani ~ 118, C8
Merovígli ▲ 118, C8
Mesopotam ★ 117, F1
Messongí ❍ 117, D3
Metaxáta ❍ 120, B9
Mirtiótissa ~ 116, C3
Mírtos ~ 118, B8
Mitikas ❍ 119, E6
Mon Repo ★ 117, D3
Monastiráki ❍ 119, E5
Moní Myrtidion ★ 117, D3
Moní Panagias ★ 117, F4
Moní Vlahernou ★ 121, F11
Moraitika ❍ 117, D3
Moúnta ∆ 121, D10
Mousáta ❍ 120, C9
Mursi ❍ 117, E2

N
Neochóri ❍ 118, C6
Neochóri ❍ 118, C8
Neohóri ❍ 121, F11
Néritos ∞ 118, C7
Nidri ❍ 119, D6
Nífi ❍ 118, B8
Nikiána ❍ 119, D5
Nikolís ❍ 118, C6
Nissáki ❍ 117, D2
Notio Steno Kerkyras ~ 117, F3
Nymfes ❍ 116, C2
Nymphengrotte ★ 118, C8

O
Odysseus' Burg ★ 118, C8
Oiniadai ★ 119, F7
Onchesmos ★ 117, E1
Órmos Ág. Geórgiou ~ 116, C1
Ormos Ág. Nikoláou ~ 119, D5
Órmos Drepanoú ~ 119, D5
Órmos Exochóras ~ 120, B11
Órmos Frikes ~ 118, C7
Órmos Gouvion ~ 117, D2
Órmos Kerí ~ 121, D12
Órmos Krevatsoula ~ 117, D2
Órmos Liapados ~ 116, C2
Órmos Palérou ~ 119, D5
Órmos Roúda ~ 118, C6
Órmos Sagiades ~ 117, F3
Órmos Sarakíniko ~ 119, D8
Órmos Sidári ~ 116, C1
Órmos Skínos ~ 119, D8
Ormos Valtou ~ 117, F3
Órmos Vassilikís ~ 118, C6
Órmos Vromí ~ 120, B11
Órmos Ypsou ~ 117, D2
Orthoniés ❍ 120, C11
Othónoi ∆ 116, A1

P
Palaiochori ❍ 117, E4
Pale ★ 120, B9
Paleokastrítsa ❍ 116, C2
Páleros ❍ 119, E5
Palíki ∆ 120, A9
Panagía Kipouraíon ★ 120, A9
Panagía Mesavrysi ★ 117, D4
Pantokrátor ▲ 117, D2
Pappadatos ❍ 119, F6
Patraïkos Kólpos ~ 121, F10
Pavagoúla ❍ 119, E6
Pefkoúlia ~ 118, C5
Pélekas ❍ 117, D3
Pelikáta ★ 118, C7
Perachóri ❍ 119, D8
Pérama ❍ 117, D3
Peratáta ❍ 120, B9
Peratiá ❍ 119, D5
Peritheia ❍ 117, D2
Perivóli ❍ 117, E4
Peroulades ❍ 116, C1
Pessáda ❍ 120, C10
Petalas ∆ 119, E8
Petaleia ❍ 117, D2
Petriti ❍ 117, E4
Phaneroménis ★ 118, C5
Pirgí (Pyrgi) ❍ 117, D2
Plagiá ❍ 118, C8
Plagiá ❍ 119, D5
Plános ❍ 121, D11
Plástra ❍ 121, D10
Plateiés ❍ 120, C10
Platís Gialós ~ 120, B10
Platístoma ❍ 118, C5
Platithrías ❍ 118, C7
Pogoniá ❍ 119, D5
Pólis-Höhle ★ 118, C7
Pónti ❍ 118, C6
Pontikonisi ∆ 117, D3
Póros ❍ 119, D6
Póros ❍ 121, D9
Porta ❍ 117, D2
Porto Katsíki ~ 118, C6
Porto Zoro ~ 121, D12
Potamós ❍ 117, D2
Pródromos ❍ 119, F6

R
Rachtades ❍ 116, C2
Ratzaklí ❍ 121, D10
Razáta ❍ 120, B9
Rivio ❍ 119, F5
Róda ❍ 117, D1
Rómiri ❍ 120, C12

S
Sagiada ❍ 117, F2
Sámi ★ 120, C9
Sámi ❍ 120, C9
Sappho-Klippen ★ 118, C6
Sarakíniko ∆ 119, D8
Sarandë ❍ 117, E1
Sardinia ❍ 119, F5
Schule Homers ★ 118, C7
Sérekas ∞ 119, E5
Sgourades ❍ 117, D2
Shengjergj ★ 117, E1
Shipwreck Bay ~ 120, B11
Sidári ❍ 116, C1
Sidero ∆ 117, D2
Simonáta ❍ 120, C10
Sinarades ❍ 117, D3
Sinori ❍ 118, B8
Sívros ❍ 118, C6
Skála ❍ 121, D10
Skinári ∆ 120, C11
Skinariá ❍ 120, C11
Skopiotissa ★ 121, D12
Skopós ▲ 121, D12
Skorpiós ∆ 119, D6
Skourtou ❍ 119, F6
Skriperó ❍ 116, C2
Sokraki ❍ 117, D2
Spárti ∆ 119, D6
Spartiá ❍ 120, B10
Spartochóri ❍ 119, D6
Spartylas ❍ 117, D2
Spileotíssas ★ 120, C11
Stános ❍ 119, F5
Stavrós ❍ 118, C7
Stenón Ithákis ~ 118, C7
Stenón Meganisioú ~ 119, D6
Stérna ▲ 119, D5
Strongilovoúni ❍ 119, F7
Strongyli ❍ 117, D3
Svoronáta ❍ 120, B10

T
Taxiárchon ★ 118, C8
Temploni ❍ 117, D2
Theotókou Átrou ★ 121, D9
Thirio ❍ 119, E5
Thyamis P. ~ 117, F3
Thyrrheion ★ 119, E5
Touliata ❍ 118, C7
Trifos ❍ 119, F5
Troianáta ❍ 120, B9
Troumpettas ❍ 116, C2
Tsiliví ~ 121, D11
Tsoukaládes ❍ 118, C5
Tzanáta ❍ 121, D9

V
Vagalat ❍ 117, F2
Valaneio ❍ 116, C2
Valtio ❍ 119, F7
Vanáto ❍ 121, D11
Vardianoí ∆ 120, A9
Vartholomió ❍ 121, F11
Varvaras ∆ 117, E1
Varypatades ❍ 117, D3
Vasilikós ❍ 121, D12
Vassiliká ❍ 117, D2
Vassilikí ❍ 118, C6
Vassilikiádes ❍ 118, C7
Vassilópoulos ❍ 119, F6
Vatatsas ∆ 117, F3
Vathí ❍ 119, D6
Vathí ❍ 119, D8
Vátos ❍ 117, D3
Vátos ❍ 119, E5
Velonades ❍ 116, C2
Veloútsa ▲ 119, F7
Vidos ∆ 117, D2
Vitalades ❍ 117, E4
Vlacháta ❍ 120, C9
Vlichó ❍ 118, C6
Vlizianá ❍ 119, F6
Volímes ❍ 120, B11
Vor. Steno Kerkyras ~ 117, D2
Voústri ❍ 119, E5
Vrachiónas ∞ 120, B11
Vragkaniótika ❍ 117, D4
Vrinë ❍ 117, E2
Vromónos ∆ 119, E8

X
Xarrë ❍ 117, E2
Xenópoulo ❍ 121, D9
Xi ~ 120, A9

Z
Zákynthos ∆ 120, B12
Zákynthos ❍ 121, D11
Zerváta ❍ 120, C9
Zóla ❍ 118, B8

Zeichenerklärung

❍ Orte
∆ Kap, Insel
▲ Berg
∞ Landschaft
~ Gewässer, Strand
★ Sehenswürdigkeit

Hier finden Sie alphabetisch aufgeführt alle in diesem Band beschriebenen Orte und Ziele, Routen und Touren. Bei einzelnen Sehenswürdigkeiten steht jeweils der dazugehörige Ort in Klammern, bei Hotels steht zusätzlich die Abkürzung H für Hotel. Außerdem enthält das Register wichtige Stichworte sowie alle MERIAN-TopTen und MERIAN-Tipps dieses Reiseführers. Wird ein Begriff mehrfach aufgeführt, verweist die **fett gedruckte** Zahl auf die Hauptnennung im Band, eine *kursive* Zahl verweist auf ein Foto.

A
Acharávi (Korfu) **39**, 90
Acharávi Beach (H, Acharávi/Korfu) 39
Achilleion (MERIAN-TopTen, Korfu) 39, *39*
Afroditi (H, Róda/Korfu) 48
Agá Triáda (Korfu) 91
Agía Kiriakís (Kephaloniá) 93
Agía Mávra (Zákynthos) *73*, 94
Agía Varvára (Kephaloniá) 92
Ágias Mínas (Lefkáda-Stadt) 71
Ágias Vlassis (Korfu) 91
Ágios Andréas (Kephaloniá) 92
Ágios Dionysíos (Zákynthos-Stadt) 52
Ágios Geórgios (Kephaloniá) 92
Ágios Geórgios (Zákynthos-Stadt) 53
Ágios Geórgis (Kástro/Kephaloniá) 65
Ágios Gerásimos (Kephaloniá) 65
Ágios Górdis (H, Ágios Górdis/Korfu) 40
Ágios Górdis (Korfu) 40
Ágios Ioánnis (Ithaka) 96, *96*
Ágios Nikítas (H, Ágios Nikítas/Lefkáda) 73
Ágios Nikítas (Lefkáda) 73
Ágios Nikólaos (H, Lefkáda-Stadt) 71
Ágios Nikolaos tou Mólou (Zákynthos-Stadt) 53
Ágios Pétros (Korfu) 44
Akrotiri Beach (H, Paleokastrítsa/Korfu) 46
Aktaion (H, Vathí/Ithaka) *79*
Alépou (Korfu) 91
Alikés (Korfu) 40
Alikés (Zákynthos) 55
Alte Festung (MERIAN-Tipp, Korfu-Stadt) 35
Alte Festung (Zákynthos-Stadt) 53
Anetis (H, Plános/Tsiliví/Zákynthos) 58
Angelokastro (Korfu) 91, *91*
Angónas (Kephaloniá) 93
Anreise 108
Anthis Dreams (H, Fiskárdo/Kephaloniá) 66
Antípaxos 9, **86**
Apartments Linardos (H, Ássos/Kephaloniá) 65
Apartments von Theocharis (Káthisma/Lefkáda) 75
Apollo (H, Vassilikí/Lefkáda) 77
Aqualand (MERIAN-Tipp, Ágios Ioánnis/Korfu) **27**, 40
Archäologisches Museum (Argostóli/Kephaloniá) 63
Archäologisches Museum (Korfu-Stadt) 37
Archäologisches Museum (Lefkáda-Stadt) 72
Argássi (Zákynthos) 56
Argassi Beach (H, Argássi/Zákynthos) 56
Argostóli (Kephaloniá) **61**, 92
Arion (H, Korfu-Stadt) 33
Arkadion (H, Korfu-Stadt) 33
Ássos (Kephaloniá) **65**, *66*, 93
Asteria (H, Alikés/Zákynthos) 55
Astron (H, Korfu-Stadt) 33
Atlantis (H, Korfu-Stadt) 33
Auskunft 109
Ávithos (Kephaloniá) 92

B
Barbáti (Korfu) **40**, 90
Behindertengerecht 13
Bella Venezia (H, Korfu-Stadt) 33
Benítzes (Korfu) 41
Best Western Zante Park (H, Laganás/Zákynthos) 57
Blaue Grotte (Zákynthos) 57
Bóchali (Zákynthos-Stadt) 51
Britischer Friedhof (Zákynthos-Stadt) 53
Brücke (Argostóli/Kephaloniá) 62
Buchtipps 109
Byzantinisches Museum (Korfu-Stadt) 37
Byzantinisches Museum (Lefkáda-Stadt) 72
Byzantinisches Museum (Zákynthos-Stadt) 54

C
Camping 13
Camping Argostóli (Argostóli/Kephaloniá) 62
Camping Ideal (Ípsos/Korfu) 43
Camping Karavómilos (Sámi/Kephaloniá) 69
Camping Kariótes-Beach (Lefkáda-Stadt) 71
Camping Papagos (Zákynthos) 55
Camping Paradiso (Pirgí/Korfu) 48
Camping Roda Beach (Roda/Korfu) 48
Camping Vassilikí Beach (Vassilikí/Lefkáda) 77
Captain Yannis Hotel (H, Vathí/Ithaka) *79*
Caterina Studios (H, Kerí/Zákynthos) 57
Cavalieri (H, Korfu-Stadt) 32
Charamoglios-Bibliothek (Lefkáda-Stadt) 72
Chlomós (Korfu) 41
Chorepsískopi (Korfu) 90
Chrysi Akti (H, Argássi/Zákynthos) 56
Corfu Chandris (H, Dassiá/Korfu) 41
Corfu Holiday Palace (H, Kanóni) 32
Corfu Palace (H, Korfu-Stadt) 32

D
Danáto (Zákynthos) 94
Daphníla (Korfu) 90
Dassiá (Korfu) **41**, 90
Dassiá Chandris (H, Dassiá/Korfu) 41
Delfinia Hotels (H, Moraitika/Korfu) 45
Der schönste »Balkon« von Korfu (MERIAN-Tipp, Lákones/Korfu) 45
Diana (H, Zákynthos-Stadt) 52
Diapontische Inseln 41
Diplomatische Vertretungen 110
Drongaráti (MERIAN-TopTen, Kephaloniá) **65**, *67*, 92, 93

E
Egrimni (Lefkáda) 73
Einkaufen 18
Énos (Kephaloniá) 8, 92
Entfernungen 113
Erikoússa (H, Erikoússa) 41
Erikoússa 41
Ermónes (Korfu) *12*, **42**, 91
Ermónes Beach (H, Ermónes/Korfu) 42
Esplanade (MERIAN-TopTen, Korfu-Stadt) 7, *10*, *14*, **34**
Essdolmetscher 106
Essen 14
Events 20

F
Familientipps 26
Fársa (Kephaloniá) 93

Feiertage 110
Fernsehen 110
Feste 20
Filoxenia (H, Plános/Tsiliví/ Zákynthos) 58
Fiskárdo (Kephaloniá) 66
FKK 110
Folklore-Museum (Lefkáda-Stadt) 72
Fotografieren 110
Fríkes (Ithaka) 80
Frini (H, Pérama/Korfu) 47

G
Gáios (Páxos) 9, **85**
Galaxis (H, Gouvía/Korfu) 43
Geld 111
Geschichte 100
Glifáda (Korfu) **42**, 91
Go-Kart 23
Golf 23
Gouviá (Korfu) **42**, 90
Grecotel Corfu Imperial (H, Gouvía/Korfu) 42

H
Handarbeiten 19
Herodots Pechquellen (MERIAN-Tipp, Límni Kerioú/Zákynthos) 53
Höhle des hl. Gerásimos (Lássi/Kephaloniá) 67
Holz 19
Hotel Nostos (H, MERIAN-Tipp, Ithaka) 13
Hunde 13

I
Ikonen 19
In Ruhe lesen oder träumen (MERIAN-Tipp, Korfu-Stadt) 38
Inselrundfahrt (Zákynthos) 94
Internet 111
Ionian Plaza (H, Argostóli/ Kephaloniá) 62
Ionian Princess (H, Acharávi/Korfu) 39
Ionion Star (H, Lefkáda-Stadt) 71
Ípsos (Korfu) 43
Ípsos (Korfu) 90
Ithaka 6, 9, **78**

J
Jahreszahlen 100
Jason (H, Ípsos/Korfu) 43

K
Kalámi (Korfu) 43
Kanóni (MERIAN-TopTen, Korfu) 34
Kap Doukáto (Lefkáda) 73
Kariá (Lefkáda) 74, *74*
Kariá Village (H, Kariá/ Lefkáda) 74
Karoussádes (Korfu) 90
Kassiópi (Korfu) 43, *43*
Kástro (Kephaloniá) 65
Katavóthres (Argostóli/ Kephaloniá) 62
Káthisma (Lefkáda) **74**, 95, *95*
Kávos (H, Kávos/Korfu) 44
Kávos (Korfu) 44
Kephaloniá 6, 9, **60**
Kephaloniás Norden 93
Kephaloniás Süden 92
Keramik 19
Kerí (Zákynthos) 57
Kiki (H, Fiskárdo/Kephaloniá) 66
Kinder 26
Kióni (MERIAN-TopTen) 80
Kirche des hl. Spirídon (Korfu-Stadt) 34
Kirche Jason und Sosipater 34
Kíthira 6, 9
Kleidung 111
Kloster der Panagía Mirtiótissa (Korfu) 45
Kloster Kathará (Ithaka) **80**, 96
Kloster Phaneroménis (Lefkáda) 74
Klostermuseum (Paleokastrítsa/Korfu) 46
Koméni (Korfu) 90
Königsgräber (Nídri/Lefkáda) 76
Königspalast (Korfu-Stadt) 35
Kontokáli (Korfu) **45**, 90
Kontokáli Bay (H, Kontokáli/ Korfu) 45
Korfu 6, 7, *7*, **30**
Korfu aus der Vogelperspektive (MERIAN-Tipp) 32
Korfu-Stadt *17*, *30*, 31
Korfus Norden 90
Korfus Westküste 91
Kyanoún-Höhle (Blaue Grotte/ Zákynthos) *55*, 57
Kythera 6

L
Laganás (Zákynthos) 8, **57**
Lákka (Páxos) *84*, 86
Lássi (Kephaloniá) 67
Lebensmittel 19
Lederwaren 19
Lefkáda *4*, 6, 8, 9, **70**
Lefkáda-Stadt *70*, 71
Leuchtturm (Argostóli/ Kephaloniá) 62, *64*
Límni Kerioú 57
Lixoúri (Kephaloniá) 68
Lóngos (Páxos) 87
Louis Corcyra Beach (H, Gouvía/Korfu) 42
Louis Kérkyra Golf Hotel (H, Alikés/Korfu) 40
Louis Zante Beach (H, Laganás/ Zákynthos) 57
Lourdáta (Kephaloniá) 92

M
Macherádo (Zákynthos) 94
Madoúri 75
Mantzavináta 8
Marathonísi 57
Marilena (H, Pirgí/Korfu) 48
Marine-Museum (Zákynthos-Stadt) 54
Markópoulos (Kephaloniá) 92
Mathráki 41, 42
Meeresmühle (Argostóli/ Kephaloniá) 62
Mega (H, Ípsos/Korfu) 43
Meganíssi (H, Meganíssi) 75
Meganíssi (MERIAN-TopTen) 75
Melissáni (Kephaloniá) 66, 93
Melissáni-See 68, *93*
Menekrates-Grab (Korfu-Stadt) 35
Mentor (H, Vathí/Ithaka) 79
Metaxáta (Kephaloniá) 92
Mimosa (H, Sidári/Korfu) 48
Mimoza (H, Argássi/ Zákynthos) 56
Mirabel (H, Argostóli/ Kephaloniá) 62
Miramare Beach (H, Moraitika/Korfu) 45
Mirtiótissa (Korfu) **45**, 91
Mírtos (MERIAN-TopTen, Kephaloniá) *9*, 68, *69*
Mírtos Beach (Kephaloniá) 93
Mitropolis-Kirche (Korfu-Stadt) 36
Mon Repos (Korfu-Stadt) 36
Montreal (H, Alikés/ Zákynthos) 55
Moraitika (Korfu) 45
Mouíkis (H, Argostóli/ Kephaloniá) 62
Museum für Asiatische Kunst (Korfu-Stadt) 37

N
Nebenkosten 111
Nefeli (H, Ágios Nikítas/ Lefkáda) 73
Neue Festung (Korfu-Stadt) 36, *36*
Nicolas (H, Fiskárdo/ Kephaloniá) 66
Nídri (Lefkáda) 75, *77*
Nidri Beach (= Nidri Akti) (H, Nídri/Lefkáda) 76
Nirikos (H, Lefkáda-Stadt) 71
Nissáki (Korfu) **45**, 90
Nissáki Beach (H, Nissáki/Korfu) 46
Nostos (H, MERIAN-Tipp, Fríkes/Ithaka) 80

Nützliche Adressen 108
Nymphengrotte (Ithaka) 81

O

Oasis (H, Kassiópi/Korfu) 44
Oasis (H, Pérama/Korfu) 47
Obelisk (Argostóli/Kephaloniá) 62
Odyssea (H, Ágios Nikítas/ Lefkáda) 73
Odyssey Apartments (H, Vathí/Ithaka) 79
Öffnungszeiten 111
Olga (H, Argostóli/Kephaloniá) 62
Othóni 41, **42**

P

Paleokastrítsa (H, Paleo-kastrítsa/Korfu) 46
Paleokastrítsa (Korfu) *22*, *44*, **46**, 91
Panagía Phaneroménis (Zákynthos-Stadt) 53
Panorama (H, Laganás/ Zákynthos) 57
Pantokrator (H, Barbáti/Korfu) 41
Pantokrátor (Korfu) **46**, *88*, 90
Pantokrátoras (Lefkáda-Stadt) 72
Papiergeld-Museum (Korfu-Stadt) 37
Paradise Beach (H, Argássi/ Zákynthos) 56
Páxos (MERIAN-TopTen) 6, 9, **84**
Páxos Beach (H, Gáios/Páxos) 85
Páxos Club (H, Gáios/Páxos) 86
Pélekas (Korfu) **46**, 91
Peloponnes 9
Peloúzon 57
Pension Chrysses Folies (H, Ágios Górdis/Korfu) 40
Pension Dennis (H, Laganás/ Zákynthos) 57
Pension Tasoula (H, Laganás/ Zákynthos) 57
Perachóri (Ithaka) 81
Pérama (Korfu) 47
Perikles (H, Sámi/ Kephaloniá) 69
Perivóli (Korfu) 47
Phoenix (H, Zákynthos-Stadt) 52
Phoenix Beach (H, Plános/ Tsiliví/Zákynthos) 58
Phonographisches Museum (Lefkáda-Stadt) 72
Pigí Irodótou (H, Kerí/ Zákynthos) 57
Pinakothek (Korfu-Stadt) 37
Pirgí (Korfu) **47**, 90
Plános/Tsiliví (Zákynthos) 58
Póros (Kephaloniá) **68**, 92
Póros (Lefkáda) 76
Póros Bay (H, Póros/ Kephaloniá) 69
Porto Galini (H, Nídri/Lefkáda) 76
Porto Katsíki (Lefkáda) 77
Préveza 8

R

Radwandern 23
Rathausplatz (Korfu-Stadt) 37
Reisedokumente 112
Reisezeit 112
Reiten 23
Reiseknigge 112
Róda (Korfu) **48**, 90
Roda Inn (H, Róda/Korfu) 48
Routen 88
Rozina (H, Kontokáli/Korfu) 45
Rundfahrt Ithaka 96

S

Sámi (Kephaloniá) *60*, **69**, 93
Sami Beach (H, Sámi/ Kephaloniá) 69
San Stefano (H, Benítzes/ Korfu) 41
Santa Maura (H, Lefkáda-Stadt) 71
Shell Museum (Benítzes/Korfu) 41
Shipwreck Bay (MERIAN-TopTen, Zákynthos) **25**, 94
Sidári (Korfu) *47*, **48**, 90
Simonáta (Kephaloniá) 92
Skála (Kephaloniá) 69
Skómbou (Korfu) 90
Skorpiós 75
Skriperó (Korfu) 90
Sólomos-Museum (Zákynthos-Stadt) 54
Spiti Lagadi (H, Ágios Nikítas/ Lefkáda) 73
Sport 22
Sprachführer 102
Städtische Galerie (Pinakothek, Korfu-Stadt) 37
Star Light Hotel (H, Skála/ Kephaloniá) 69
Stavrós (Ithaka) 81
Strada Marina (H, Zákynthos-Stadt) 52
Strände 24
Strani-Hügel (Zákynthos-Stadt) 54
Strom 112
Studios Ilias (H, Laganás/ Zákynthos) 57
Studios Pavlos Buzikis (H, Laganás/Zákynthos) 57
Studios Pigí (H, Laganás/ Zákynthos) 57
Sunset (H, Alikés/Korfu) 40

T

Tauchen 23
Taxifahrer Spiros (MERIAN-Tipp, Vathí/Ithaka) 79
Telefonieren 112
Tennis 23
The Windmill Complex (H, Argássi/Zákynthos) 56
Tiere 112
Touren 88
Tourist (H, Argostóli/ Kephaloniá) 62
Touristenpolizei 112
Trinken 14
Troumbéttas (Korfu) 90
Tsiliví (Zákynthos) 58

U

Übernachten 12
Übernachten mit Hafenblick (MERIAN-Tipp, Gáios/ Páxos) 86
Unterwegs 28

V

Vasilikós (Zákynthos) 58
Vassiliká (Korfu) 91
Vassilikí (Lefkáda) 77
Vassiliky Bay (H, Vassilikí/ Lefkáda) 77
Vathí (Ithaka) *9*, *78*, **79**
Verkehrsverbindungen 112
Vlacháta (Kephaloniá) 92
Volímes (Zákynthos) **58**, 94
Volkskunde- und Geschichtsmuseum (Argostóli/Kephaloniá) 63
Volkskundemuseum (Kariá/Lefkáda) 74
Volkskundesammlung (Lixoúri/Kephaloniá) 68
Vrachíonas (Zákynthos) 51

W

Wandern 23
Wasserfälle (Nídri/Lefkáda) 76
White Rocks (H, Lássi/ Kephaloniá) 67
Wirtschaft 114
Wissenswertes 98

Y

Yachting im Ionischen Meer (MERIAN-Spezial) 82

Z

Zákynthos 6, 7, *8*, *28*, **50**, *50*
Zákynthos-Stadt (MERIAN-TopTen) 51
Zeitverschiebung 114
Zoll 114

Liebe Leserinnen und Leser,
wir freuen uns, Ihre Meinung zu diesem Reiseführer zu erfahren. Bitte schreiben Sie uns, wenn Sie Berichtigungen und Ergänzungsvorschläge haben oder wenn Ihnen etwas besonders gut gefällt:

TRAVEL HOUSE MEDIA GmbH, Postfach 86 03 66, 81630 München
E-Mail: merian-live@travel-house-media.de, Internet: www.merian.de

Der Autor
Diesen Reiseführer schrieb **Konrad Dittrich.** Er lebt als Journalist und Sachbuchautor in Lübeck, hat eine Reihe von Büchern über Norddeutschland und seine »zweite Heimat« Griechenland veröffentlicht.

Bei Interesse an Karten aus MERIAN-Reiseführern schreiben Sie bitte an:
iPUBLISH GmbH, geomatics
Berg-am-Laim-Straße 47
81673 München
E-Mail: geomatics@ipublish.de

Fotos
Titelbild: Typische Inseltaverne (M. Pasdzior)
Alle Bilder von M. Pasdzior, außer: Amme/laif 82/83; Bildagentur Waldhäusl/ W. Luger 33; Caputo/laif 55; Griechische Zentrale für Fremdenverkehr 60, 78; R. Hackenberg 18, 20, 30, 40, 91, 98/99, 114; IML IMAGE GROUP LTD/laif 50, 52, 70, 95, 96; On Location/laif 56, 69, 93; (c) Schapowalow/Atlantide 128; U. Sommerfeld 84

Programmleitung
Susanne Böttcher
Redaktion
Simone Riedle
Lektorat
Beate Martin
Gestaltung
wieschendorf.design, Berlin
MERIAN-Quiz
Verónica Reisenegger
(Konzept und Idee)
Karten
MERIAN-Kartographie
Satz
Filmsatz Schröter, München
Druck
Appl, Wemding
Bindung
Auer, Donauwörth
Gedruckt auf
Nopacoat Edition von der Papier Union

1. Auflage

TRAVEL HOUSE MEDIA

100 JAHRE
GANSKE VERLAGSGRUPPE

Korfu

MERIAN-Tipps

Tipps und Empfehlungen für Kenner und Individualisten

1. **Hotel Nostos auf Ithaka**
Wer Inselruhe pur sucht und sich in familiärer Atmosphäre verwöhnen lassen möchte, dem sei dieses kleine Hotel in dem Örtchen Frikes empfohlen (→ S. 13).

2. **Aqualand auf Korfu**
Während die Kleinen auf den Wasserrutschen und Rampen toben, relaxen die Eltern am Pool (→ S. 27).

3. **Korfu aus der Vogelperspektive**
Über den Dächern von Korfu: Genießen Sie bei einem guten Essen den herrlichen Blick über die Altstadt (→ S. 32).

4. **Alte Festung in Korfu-Stadt**
Die stattliche Burg gibt einen guten Einblick in Korfus wechselhafte Geschichte (→ S. 35).

5. **In Ruhe lesen oder träumen**
Der kleine Park der Pinakothek von Korfu-Stadt lädt zum Verweilen ein (→ S. 38).

6. **Der schönste »Balkon« von Korfu: Bella Vista**
Vom kleinen Bergdorf Lákones hat man einen unvergesslichen Ausblick auf die Buchten von Paleokastrítsa (→ S. 45).

7. **Herodots Pechquellen**
Schon Herodot beschrieb dieses Naturwunder im 5. Jh. v. Chr., damals wertvoller Rohstoff für den Schiffsbau (→ S. 53).

8. **Apartments von Theocharis**
Traumhafte Apartments mit Meeresblick in einer ruhigen Bucht von Lefkáda (→ S. 75).

9. **Taxifahrer Spiros auf Ithaka**
Seine Statur erinnert an Odysseus: Taxifahrer Spiros zeigt Ihnen den besten Platz für die Kaffeepause (→ S. 79).

10. **Übernachten mit Hafenblick**
Die Wirtin Thekli Zenembisi auf Páxos vermietet Studios mit dem schönsten Hafenblick – und jagt Oktopusse (→ S. 86).

← MERIAN-TopTen finden Sie auf Seite 1